선국자

Paniri

上

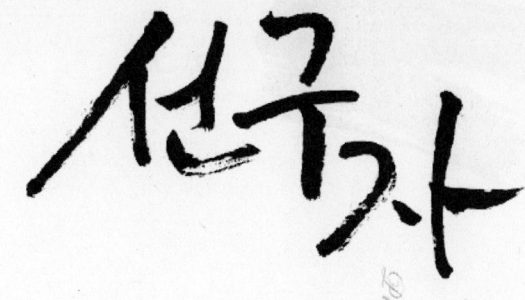

Pioneer

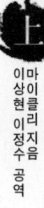

上

마이클 리 지음
이상현 이정수 공역

한국학술정보㈜

머리말

이 소설은 1903년 헐벗고 굶주렸던 사람들이 조국과 고향산천, 부모 형제와 친구들을 두고 낯선 미국으로 이민 왔던 한인 초기 이민자들을 배경으로 한 역사소설이다. 오랫동안 우리가 잊고 살았던 우리 역사의 한 토막이다. 하와이에서 노동계약이 끝나고 미국 본토로 건너온 우리 선조들은 인종차별, 언어와 문화의 장벽 속에서도 굴하지 않고 꿋꿋하게 살아왔다. 하와이 사탕수수밭에서 시작하여 농장품팔이로, 철도공사노 동자로, 탄광노동자로 그분들은 서로 돕고 서로 보호하기 위해 철새처럼 같이 떠돌아다녔다. 그러다가 땅이 기름진 캘리포니아 중부로 몰려와서 농업에 종사하면서 조선인 마을을 이루고 살았던 자랑스러운 이민 선구 자들이었다. 열심히 일하여 번 돈을 먹을 것과 입을 것만 빼놓고 상해임 시정부에 막대한 독립자금으로 보낸 자랑스러운 선조들이었다.

그런데도 그들의 피눈물 나는 역사는 조국에서도 이민 후손들에게도 오랫동안 외면당했다. 배고프고 희망이 없어서 낯선 땅으로 왔던 그분들 의 역사는 바로 우리의 역사이다. 수십 년 동안 조국도 그 이후 미국으로 온 이민자들도 찾아오지 않은 외로운 골짜기에서 잠들고 있었던 우리의 용감한 선구자들을 소개하는 것이 작가로서 그분들을 위해 할 수 있는 조그마한 수고라고 생각하고 3년 동안 그분들의 발자취를 더듬으며 이

역사소설을 썼다. 나는 선구자들의 생활에서 우리 민족의 역사에서 흐르는 민족의 한을 다시 한 번 느꼈고 어떤 난관에도 굴하지 않는 우리 민족의 얼을 보았다.

이 소설에 나오는 대부분 주요 인물들은 실존했던 사람들이다. 그러나 소설을 쓰기 위해 그분들의 역사를 배경으로 했고 이름이나 인물들 역시 가상임을 밝혀 둔다. 이 책에 나오는 연대 및 역사적인 사건들은 정확성을 기했다.

많은 분들이 이 책을 읽고 지금까지 몰랐거나, 아니면 잊어버렸던 우리의 역사를 재조명하고 우리 선조들의 얼을 높이 평가하며 현시점에서 우리 자신의 애국정신과 전통적인 민족의 얼을 다시 한 번 돌아보는 기회가 되기 바란다. 역사를 뒤에 남기는 사람들과 그 역사를 발견하고 교훈을 배우고 재조명하는 사람들이 하나가 되는 것이 동일민족이라고 생각한다.

마지막으로, 이 책을 출판하기 위해 수고하신 한국학술정보(주)와 김영권 부장님, 편집부, 그리고 출판사업부 이주은 씨에게 심심한 감사를 드린다.

2009년 10월 레이크 타호에서
이정수

제1부
보스웰, 유타 주

제1장

1.

박유진은 눈을 뜬 채 아내 옆에 누워 꿈속에서 만난 조 선생을 생각하고 있었다. 정말 예기하지 않았던 기쁜 재회였다. *우리가 캘리포니아 우드랜드에서 마지막 본 것이 얼마나 오래 전의 일인가? 아마 이십 년은 넘었으리라. 세월은 마치 고향에서 날아다니던 참새처럼 빨리 지나가는군.*

그는 아직도 곤히 잠들어 있는 아내 쪽으로 몸을 돌려 누웠다. 순자는 밤새 코를 심하게 골았다. *내가 없는 동안 아이들 넷을 키우느라고 몹시 힘들었을 테지*라고 아내를 측은하게 생각했다.

삼주 전에 유진이 와이오밍 주 샤이엔(Cheyenne)에서 돌아왔다. 그는 그곳에서 지난 십월부터 그해 봄까지 6개월 동안 석탄광부로 일했었다.

노동하느라 찌든 아내의 얼굴을 가만히 바라보자 가슴을 찌르는 아픔을 느꼈다. 그는 가만히 아내의 손을 잡았다. 젊었을 때의 부드러움은 없었으나 아직도 사랑스럽고 따뜻했다.

반바지를 입은 채 조심스럽게 침대에서 내려와 조용히 문을 열었다. 천사가 인간의 육신으로 태어난 것 같은 두 딸이 옆방에서 곤히 잠을 자고 있었다. *아이들이 이렇게 계속 자라면 곧 대나무만큼이나 키가 크겠지.* 그 기대가 가슴을 뿌듯하게 했다. 딸아이들의 침실을 지나서 두 아들이 잠자고 있는 다른 방문을 열었다. 방바닥에 길게 뻗어 누워 잠자던 사냥개 블러드하운드가 무거운 눈꺼풀 사이로 침입자를 바라보았다. 자랑스러운 마음으로 두 아들을 바라보며 유진은 자신에게 말했다. *"이 아이들을 반드시 대학에 보내야지. 그 일을 위해서라면 어떤 일이라도 할 것이야."*

26년 전 하와이 사탕수수 밭에서 일했을 때 자신에게 했던 맹세를 다시 새롭게 다짐했다. 그 소망은 한결같이 변함이 없었다. 오랜 세월 동안 그 꿈을 고이 키워 오며 그 꿈이 이루어질 날을 기다려 왔다. *농사일이 부끄러운 일 때문이 아니라 내 애들은 농사일보다 훨씬 나은 일을 할 수 있을 것이고 그저 먹고살려고 이 골짜기로 다시 돌아와선 안 돼.*

유진이 다시 침대로 돌아왔을 때 이른 새벽의 짙은 빛이 창문을 통해 들어오고 있었다. 순자는 조금 전에 잠을 깼다. 그녀는 언제나 동이 트기 전에 일어났는데 그것도 정확하게 같은 시간에 일어났다. 그리고 하루 일과를 감사기도로 시작했다.

"어디 다녀오셨어요?" 순자가 미소를 머금고 남편에게 물었다. 그 옛날 지루하고 힘들었던 결혼식이 끝나고 두 몸이 하나로 연합했을 때 지었던 바로 그 미소였다. 그날 아침에도 여느 때처럼 유진은 그 미소를 기억하고 있었다.

"아이들을 둘러보고 왔소." 유진은 삐걱대는 침대 모서리에 걸터 앉으며 말했다. 그 침대가 허리 아래쪽에 심한 고통을 주는 원인인지 모른다고 늘 의심해 왔다.

"당신이 집에 계시니 너무 좋아요. 아이들이 당신을 얼마나 기다렸는지 아세요? 특히 사내아이들이요."

"아이들이 당신을 잘 도왔어요?"

"그럼요." 순자는 몸이 쑤시는지 천천히 일어나 앉으며 말했다. "당신은 훌륭한 아들을 두셨어요. 하나님의 축복이에요."

"남자는 기반이 든든해야 하는 법인데 그 기반이란 바로 가정이요." 유진은 위엄 있는 얼굴을 지으며 말했다. "아이들을 대학에 보내려면 할 수 있는 대로 돈을 많이 저축해야 하겠어요. 비록 하루 한 끼 먹는 일이 있더라도 말이요. 그렇다고 우리가 굶는다는 뜻이 아니고 말을 하자면 그렇다는 거요."

순자의 아버지는 아내와의 언쟁에 진저리가 나서 자신의 고통을 보상받고 딸이 제 어미처럼 드세지 않기를 바라는 마음에서 딸아이의 이름을 순하다는 '순' 자를 따서 순자라고 지었다.

유진이 살고 있는 마을에는 다른 조선인 가정이 없었다.─그 골짜기에는 동양인 두 가정이 살고 있었다. 유진의 집에서 동쪽으로 조금 떨어진 곳에 다카하시라는 일본인 가족이 살고 있었으나 그들은 서로 원수처럼 여겼다. 이웃 사람들은 독일인과 스칸디나비아 사람들이었다. 몇 몰몬 가정은 제한된 범위 안에서 그들의 아이들이 박씨 집안 아이들과 같이 놀도록 허락했다. 유진의 영어는 손색이 없는데도─이웃 사람들은 그들 나라의 강한 발음 그대로 영어를─그들은 유럽인의 문화를 이어받은 덕분에 그들 스스로를 미국인이라고 생각했고 유진의 집안을 그들과 동등하게 생각하지 않았다.

유진이 두 아이를 학교에 입학시키러 갔을 때 포스보그 여선생이 "미스터 박, 당신은 완벽한 영어를 구사하시군요."라고 유진에게 말했었다. "미국에서 태어나셨나요?" 그녀는 매우 친절한 교사로서 몰몬 신자였다.

"평양에 있던 미국 선교사님들이 나를 키워 주셨어요." 유진이 대답했다. "삼촌과 살고 있었는데 내가 아홉 살 때 돌아가셨고 그래서 나는 다시 고아가 됐어요. 그 후 미국 선교사님들을 만나게 됐습니다. 그분들이 나를 돌보시면서 나에게 영어를 가르쳐 주셨어요. 나는 그분 가정에서 친아들처럼 살았습니다. 그 선교사님이 나에게 조선말과 영어를 가르쳐 주셨어요."

"그래서 영어를 완벽하게 구사하시는군요." 포스보그 선생이 말했다.

"감사합니다. 가끔 있는 일이지만 어떤 사람들은 내가 영어로 말하는데도 나에게 영어를 할 줄 아느냐고 묻기도 했어요. 어떤 사람들은 나에게 영어를 가르쳐 주겠다고 지나친 친절을 베푸는 사람들도 더러 있어요."

미세스 포스보그 선생이 친절하게 웃었다. "어떤 사람들은 민망할 정도로 무식해요. 아마 미스터 박은 그런 일을 재미있게 생각하셨을 거예요. 미스터 박은 언제 미국에 오셨나요?"

"1903년도입니다. 그때 내 나이가 스물네 살이었고 아내는 열여덟 살이었습니다. 아이들은 모두 보스웰에서 태어났지요."

유진은 잠시 동안 생각에 잠겼다. 순자는 남편을 바라보며 지금 그의 마음이 어디에 가 있을까 의아해했다. 그녀는 유진을 자신이나 아이들보다 더 사랑했다. *남자는 가장일 뿐 아니라 존경과 사랑*

을 *받아야 해*. 남자는 여자의 한결같은 관심과 조건 없는 이해가 필요해. 그것 없이는 남자가 출세하지 못한다는 것을 순자는 결혼생활을 통해서 터득했다. 남자들은 힘은 세지만 또한 어린아이 같은 면도 있다.

"여보", 순자는 상냥한 목소리로 남편을 불렀다. "오늘 아침예배에 가실 거예요?"

남편은 매우 종교적인 사람이었다. 남편이 교회에 가겠다면 아이들을 준비시켜 트레먼턴에 있는 교회까지 허름한 우유배달차를 타고 오리가 족한 거리를 달려야 한다.

"피곤해요." 유진이 말했다. "오늘은 우리 집에서 예배를 드리도록 합시다."

"피곤하신 줄 알고 있어요. 샤이엔에서 여기까지는 먼 거리더군요. 더구나 집으로 돌아오신 후 쉬지도 못하시고 줄곧 일을 하셨으니. 오늘은 푹 쉬도록 하세요. 당신이 좋아하시는 갈비를 구울게요."

유진은 잠시 아내를 멀거니 바라보다가 한숨을 쉬었다. "당신이 영어를 할 줄 알면 얼마나 좋을까. 당신도 알고 있겠지만 그 목사님은 참 훌륭하신 목사님이에요. 그러나 당신이 무슨 설교를 하는지 알아듣지를 못하니 답답한 일이요."

"영어는 배우기가 무척 힘이 드는 말이에요." 순자가 부끄러워하며 말했다. "나는 결코 영어를 배우지 못할 거고 우린 조선인이니 영어를 배우고 싶은 생각이 없어요. 조선 사람은 조선말을 해야 해요."

유진이 머리를 흔들었다. "똑같이 케케묵은 변명을 하는군. 조선 여자들은 언제나 당나귀같이 고집이 세단 말이야."

"게다가 보스웰에는 조선 학교가 없어요. 우리가 우리네 말을 쓰지 않으면 아이들은 아름다운 우리말을 아주 배우지 못할 거예요."

"당신은 대문을 나서면 장님이요 귀머거리요. 아무에게도 말을 건네지 못하고 남들이 하는 말도 알아듣지 못하니. 예를 들어 말하리다. 당신은 우리가 살고 있는 동네 이름조차 제대로 발음을 못하지 않소."

"그렇지만 조선말은 우리말이고 우리는 조선말을 써야 해요." 순자가 긴 머리를 손으로 꼬아 목덜미에 말아 올린 다음 머리카락이 흘러내리지 않도록 옥비녀로 꽂았다. 그녀는 머리를 매만지면서 남편을 바라보았다. 그녀의 눈은 사랑으로 가득했다. 남편을 향한 사랑이 그녀에게는 가장 귀중한 보물이기에 그 사랑을 가슴 가장 깊은 곳에 소중히 간직하고 살아왔다. 그녀의 사랑은 입에 발린 몇 마디 말로 표현할 수 없는 귀중한 것이었다. 말이란 무게가 없고 값싼 것이다. 여러 세기 동안 조선 여인들은 이 황금률을 두려워하는 마음으로 지켜 왔고 말이 지나칠까 봐 항상 혀를 조심했다. 지나간 세월 순자는 그녀의 순수한 사랑을 그냥 스치고 지나가는 말이 아니라 순종, 자기희생 그리고 변함없는 충절로 살아왔다.

2.

온 가족이 부엌 식탁에 둘러앉았다. 좁은 공간이지만 부엌과 거실로 나누어 사용하고 있었다. 순자와 아이들은 검은 성경책을 들고 나타날 설교사를 기다리고 있었다. 눈이 많이 내릴 때면 낡은 4인승 마차를 타고 5리 길을 달려 교회에 가는 것이 위험한 일이어서 유진은 그럴 때마다 하나님의 말씀을 가족에게 선포해야 할 책임이 가장에게 있다고 믿었다. 순자는 남편이 감리교회의 조셉 킹 목사보다 훨씬 더 훌륭한 설교사가 될 수 있었을 것이라고 생각했다. 그러나 아이들에게 솔직한 의견을 말하라고 한다면 아이들은 어머니의 생각에 동의하지 않을 것이다. 그녀는 언제나 남편의 설교를 좋아했다. 남편의 모든 설교는 항상 그녀의 영혼을 감동시켰다. 남편은 그녀의 숨겨둔 자랑이었다.

유진은 단 한 벌밖에 없는 검은 양복을 입고 낡은 검은색의 성경책을 손에 들고 부엌으로 들어왔다. 아침 식사가 끝난 뒤에 아내가 애써 닦아 놓은 유진의 검은 구두가 마치 새 구두처럼 반짝거렸다. 하얀 와이셔츠에 파란 넥타이를 매고 말쑥하게 차려입은 셋째 아들 다니엘은 아버지를 쳐다보면서 아버지는 왜 언제나 똑같은 검은 양복을 입으실까 궁금하게 여겼다. *아마 아버지는 새 양복을 살 돈이 없으실 거야.* 다니엘이 생각했다. *내가 크면 아버지가 좋아하시는 양복을 많이 사 드릴 거야.*

일단 아버지 설교가 시작되면 아버지에 대한 측은한 마음과 사랑이 여덟 살 난 다니엘에게 도전해 올 것이다. "기도합시다."라고 아버지가 긴 설교가 끝난 것을 선포할 때까지 참을성에 한계가 있는 어린 소년은 몸을 비비꼬면서 인내해야 한다. 모든 설교사들이나 선지자들이 아버지처럼 다들 저렇게 엄격했을까? 다니엘이 의아해했다.

다니엘이 기억하고 있듯이 아버지는 불같은 설교 도중에 예고도 없이 갑자기 큰소리를 쳐서 가족을 깜짝 놀라게 했다. 그러나 다니엘은 아버지를 사랑했다. *나는 커서 아버지처럼 될 거야.* 다니엘은 아버지가 성경책을 여는 것을 지켜보면서 생각했다. *그렇지만 내가 커서 설교사가 되면 아버지처럼 가끔 설교 도중에 갑자기 소리를 질러 우리를 깜짝 놀라게 하지 않을 거야.*

루스는 둘째 딸이었다. 어머니 옆에 조용히 앉아 존경하는 눈으로 아버지를 바라보았다. 루스의 눈도 어머니의 눈처럼 아버지를 향한 사랑과 존경으로 가득 차 있었다. 옆에 앉아 있는 동생 그레이스가 뛰어 돌아다니지 못하도록 루스가 동생의 조그만 손을 꼭 붙들고 있었다. 루스는 그해 열 살이었는데 형제들 가운데 가장 영리한 아이였다. 그레이스는 겨우 다섯 살인데 응석받이였고 집안에서 루스를 빼놓고서는 아무도 두려워하지 않았다.

제이콥은 맏아들이었다. 검은 양복에 폭이 넓은 빨간색 넥타이로 정장하고 있었다. 아이들 중에서 제이콥 혼자만 성경을 가지고 있었고 그 아이는 부모의 자랑이었다. 그는 같은 나이 또래의 학급 아이들보다 키가 컸다. 학교 야구팀에서 활약하며 활동적일 뿐 아니라 때로는 호전적이기도 했다. 순자는 종종 제이콥이 외할아버지와 성격이 너무나 닮았다고 말했다. "네 외할아버지는 힘이 세고, 성격이 아주 깐깐하고, 한 번 목표를 세우면 결코 포기하지 않으셨다. 사내아이들은 외가 쪽을 닮는 것이 좋다고들 한단다." 순자가 제이콥에게 말했었다. "여자아이들이 외할아버지 성격을 닮았더라면 크게 불행한 일이었을 거야. 너는 사내아이고 사내아이들은 억세야 한다. 그렇지만 성경에 나오는 선한 사마리아인의 이야기를 잊지 말아라. 좋은 교훈을 배울 것이 있을 거야."

"루스, 내 손 놔." 그레이스가 언니에게 소리 질렀다. 그레이스는 언제나 그녀를 등에 업고 휘파람을 불며 집 안을 걸어 다니는 아버지에게 달려가고 싶었다. 그러나 루스는 그레이스의 깡마른 성깔을 항복시키려고 조그만 손을 더 힘주어 잡았다.

"아빠", 그레이스가 울먹였다. "루스가 나를 아프게 해요." 유진은 집안에서 그레이스 혼자만이 그를 아빠라고 부르도록 허락했다. 그레이스는 아빠가 당장에 개입해 주기를 애원하듯 눈물이 글썽거리는 눈으로 아빠를 바라보았다. 유진은 그레이스를 못 본 척하려고 마음먹었으나 너무 지나친 벌을 주는 것 같았다. 사랑스러운 딸이 조용해지기를 바라며 유진은 막내딸에게 짐짓 엄한 얼굴로 바라보았다. 그러나 유진은 다른 아이들이 어렸을 때 먹혔던 그 방법이 그레이스에게는 잘 통하지 않는다는 것을 알고 있었다. 아버지의 그런 표정에 겁낼 아이가 아니었다.

"그것 보세요. 당신이 아이를 응석받이로 만들었다구요." 순자는 그녀의 표정에서 그 메시지를 읽고 있는 남편을 빤히 바라보았다.

그레이스는 아빠의 그런 엄한 표정이 오히려 그녀를 사랑하는 표현이라고 여겼다.

유진이 식탁 머리에 우뚝 서자 남편을 바라보던 순자는 자신이 얼마나 남편을 사랑하고 있는지 그녀 자신에게 속삭였다.

유진은 큰 키에 딱 벌어진 어깨와 단단한 근육이 아침 일찍 순자가 다려 놓은 사지양복 안에 감추어져 있었다. 옥수수 수염같이 숱이 많은 검은 머리는 빗질이 잘돼 있었고 콧수염은 정성스럽게 손질되어 있었다. 풀을 먹여 빳빳하게 다린 하얀 와이셔츠와 검은 양복 그리고 실크로 만든 넓은 넥타이로 정장을 하고 나선 남편이 흔히 보는 그런 목사가 아니라 진짜 목사처럼 보여 순자는 남편이 더욱 자랑스러워 마음이 흐뭇했다.

유진은 여러 면에서 전형적인 한국 사람이 아니었다. 그는 아무리 화가 나도 집안에서 소리를 지르지 않았다. 어떤 일을 가족에게 강요하는 일도 없었다. 그는 언제나 친절하고 남들의 잘못을 참아주는 사랑이 많은 사람이었다. 농장에서, 철도 공사장에서 그리고 탄광에서 오랫동안 힘든 노동을 해 왔기에 나이보다 훨씬 늙어 보였지만 순자에게는 그런 남편의 얼굴이 더욱 성숙하고 위엄 있게 보였다.

이런 훌륭한 남편을 가진 나는 참으로 축복받은 사람이야. 순자는 다시 한 번 행복한 생각에 빠져들어 갔다.

그날은 화창한 육월의 어느 하루였다 산과 들은 화사하고 활기에 넘치는 색으로 잔뜩 멋을 내고 마치 땅에서 막 뛰어나와 초록색의 골짜기를 넘나들며 흥겨워 춤을 출 듯이 보였다. 유진의 어두운 갈색 집은 계곡을 내려다보는 비탈에 자리 잡고 있었다. 빨간 페인트를 칠한 마구간과 허름한 가축사육장은 집에서 조금 떨어져 있었다. 집에서 귀에 익은 찬송가가 하늘 높이 흘러나와 초원 아래로 조용히 퍼져 나갔다.

구주의 십자가 보혈로
죄 씻음 받기를 원하네.
내 죄를 씻으신 주 이름 찬송합시다.
찬송합시다. 찬송합시다.
내 죄를 씻으신 주 이름 찬송합시다.

집 뒤에는 그 마을을 지켜 주는 수호신마냥 산이 우뚝 서 있었고 그 아래 완만한 경사를 이루고 있는 비탈길에는 눈부신 아침햇

살을 받으며 염소와 소떼가 풀을 뜯고 있었다. 몇 마리의 염소와 소가 머리를 쳐들고 매 주일마다 들어 왔던 천상의 아름다운 하모니를 듣고 있었다. 매 주일마다 듣곤 하는 아름다운 하모니였다. 새끼를 밴 염소 한 마리가 고개를 치켜들고 가족합창단과 같이 노래를 하고 싶은 듯 목소리를 가다듬었다.

지구 한구석에 자리 잡은 그 작은 마을은 순식간에 천국으로 변했고 부질없는 인간들의 평화추구가 얼마나 헛된 것인가를 보여 주고 있었다. 1929년, 유타 주 보스웰에 있는 한 외로운 가족의 새로운 하루가 그렇게 시작됐다.

3.

유진은 아침 일찍 집에서 만든 버터를 팔러 읍내에 갔다. 집으로 돌아오는 길에 트레먼턴에 사는 김씨 가정을 잠시 방문했다. 흙먼지 길을 운전하며 눈앞에 파노라마처럼 펼쳐진 계곡의 모습을 즐겼다. 산 밑까지 완만하게 굽어 올라 간 탁 트인 평평한 들판에 작은 집들이 여기저기 흩어져 있었다. 유진의 집은 포치가 딸린 나무로 지은 전형적인 시골집이었는데 계곡 서쪽에 자리 잡고 있었다. 집에 돌아오자 차를 울타리 앞 길 옆에 세워 두고 먹이를 쪼고 있는 한 떼의 닭을 지나 집 뒤 야채 텃밭에서 일하고 있는 순자를 만나려고 집 모퉁이를 돌았다.

"우리 고향 새 소식 듣지 못했어요?"

유진은 머리를 내저었다. 아내와 나눌 좋은 소식이 없어 마음이 언짢았다.

순자가 말했다. "왜 매일같이 당신에게 똑같은 질문을 하는지 모르겠어요."

유진은 아내의 긴 한숨소리를 들었다. 순자는 아픈 마음으로 남편을 바라보았다. 유진이 기억하기로는 순자는 여러 해 동안 똑같은 질문을 해 왔다. 순자는 조국에서의 심한 가뭄과 고통스러웠던 굶주림을 기억하고 있었다. 언젠가 아이들에게 조국에서 배고팠던 무서운 경험을 이야기해 주리라. 창자를 쥐어짜고 훑어내는 고통스러웠던 굶주림과 속이 비어서 참기 힘들었던 메스꺼움을 이기려고 안간힘을 다했던 일을 결코 잊지 못할 것이다.

유진은 아내가 북녘 땅에 형제들을 두고 왔기에 똑같은 질문을 하는 것을 이해했다. 유진은 눈을 들어 산을 바라보았다. 고집스럽게 찾아오는 향수로 속이 메스꺼워졌다. 유진도 아내처럼 깊은 한숨을 내쉬었다. 서러움이 마치 범람하는 한여름의 홍수처럼 그의 영혼에 밀려왔다.

"우리는 조국을 잃었어요." 유진은 마치 쓸개가 담즙으로 가득 찬 듯 말을 내뱉었다.

"언젠가는 고향에 갈 거예요. 당신과 내가요." 순자가 잡초를 뽑으며 말했다. 순자는 조그마한 텃밭에 여러 가지 조선 채소를 심었는데 잡초들이 말썽을 부렸다.

유진이 퉁명스럽게 물었다. "어디로 돌아간다고? 이 여자야, 이제 우리에게는 나라가 없어요. 우리는 안 돌아가. 내가 죽기 전에는 안 돌아가."

"나는 포기 안 해요." 허리를 펴면서 순자가 일어섰다. "우린 언젠가는 고향으로 돌아갈 거예요. 난 알아요." 하룻밤 사이에 많이 자란 잡초를 뽑으려고 순자가 다시 쪼그리고 앉았다. 그때 갑자기 채소와 잡초를 예리한 눈으로 분간하는 순자의 눈에 조선 고추가 보였다. 싱그럽고 부드러웠다. 그렇지만 곧 빨갛게 익을 것이다. 순자는 기뻐서 마치 아이들을 어루만지듯 풋고추를 부드럽게 만졌다. 남편이 좋아하겠지만 아직은 저녁 식탁에 올리기에는 너무 일렀다. "우린 해마다 고추를 많이 심었어요." 순자가 혼잣말을 하듯이 중얼거렸다. "가뭄이 들면 어머니와 나는 언덕을 한참 걸어 내려가 채소밭에 줄 물을 길었어요. 아버지는 아삭아삭한 풋고추를 좋아하셨어요. 고추장에 찍어 드셨어요." 조그마한 한 점의 옛 기억이 눈앞에 떠오르자 순자는 미소 지으면서 즐겁게 말을 이어 갔다.

유진은 순자의 이야기를 들으려고 조금 떨어진 곳에 앉아 있었다. 그는 순자를 무척 사랑했다. 아내는 그의 기쁨이자 그의 모든 것이었다. 비록 아내에게 사랑한다는 말은 하지 않았지만—남자는 경솔한 여자처럼 그런 말을 함부로 지껄여선 안 돼—아내는 그의 사랑을 믿어 의심치 않았다. 사랑이란 너무 값진 것이기에 함부로 사랑한다는 말을 입 밖에 내지 말아야 한다.

"아직 저축해 놓은 것은 많지 않지만 우리가 더 이상 일할 수 없게 되면 우리나라로 돌아가서 우리 민족과 같이 살다가 죽어야 해요." 순자는 그들의 생활이 얼마나 외로운지 유진에게 상기시켰다. "우리나라 같은 나라는 세상 어디에도 없어요. 부모님은 벌써 돌아가셨을 거예요. 무덤이라도 찾을 수 있으면 좋으련만."

"일본 제국주의자들이 판을 치는 한 나는 안 돌아가요. 차라리 이 나라에서 죽는 편이 나을 거요." 유진이 말했다. "우리 아이들은 이 나라에서 살아야 해요. 여기가 그들이 태어난 나라니까."

"일을 할 수 없게 되면 아이들이 우리를 돌볼 거예요. 허지만 아이들에게 짐이 되고 싶지 않아요. 우리 고향에 아늑한 집을 삽시다. 오후에는 친구들과 즐겁게 놀이를 하구요. 가끔 당신과 같이 언덕에 올라가 싱싱한 약초와 산딸기를 따구요."

순자는 남편을 바라보며 미소를 띠었다. 남편만이 읽을 수 있는 소녀의 따스한 사랑이 순자의 눈에 가득 담겨 있었다. "그리고 우리가 만나곤 하던 산 위에 있는 그곳을 찾아가기도 하고요." 갑자기 그녀의 목소리에 아픔이 스며 나왔다.

"이 지울 수 없는 향수!" 순자가 신음했다.

"돌아가면 왜놈들의 노예가 될 테니 돌아가면 안 돼요."

"누가 노예가 된다는 말을 했나요?"

"일장기 밑에서 사는 것은 노예로 사는 것과 다를 바 없어요. 우리는 안 돌아가요. 우리는 이 나라를 선택했어요. 그러니 이 나라가 우리나라요."

"유준이라는 당신 진짜 이름을 유진으로 바꾼 이 나라요? 이 나라 사람들은 당신 이름도 제대로 못 불러요. 그 이상한 영어 이름보다 당신 진짜 이름이 훨씬 좋아요. 세상에, 유진이라니! 하나님, 맙소사" 실망에 찬 목소리로 순자는 그녀의 이마를 탁 치며 말했다. "내 남편은 유준이라구요. 유진이 아니구요."

"부르기가 훨씬 편해서 그런 거지. 게다가 소리도 거의 비슷하니까." 유진이 어색해했다. "이러나저러나 왜놈들이 우리나라에 있는 한 나는 돌아가지 않을 것이요."

순자가 말했다. "그럼 당신 손을 꽁꽁 묶어서 고향으로 가는 배에 태울 거예요."

"당신 말투도 내가 아는 다른 조선 여자들과 똑같구먼. 바보같이 포기하는 일이 없다니까. 하나님께서 조선 여자들을 그렇게 만드신 것을 인정하지만서도."

"남자는 강한 것 같지만 사실은 뭐 그렇게 강하지도 않아요. 내 생각엔 하나님께서 여자를 마치 사나운 암호랑이처럼 만드셨다고 생각해요." 순자가 활짝 웃었다. "하지만 내 남편은 진짜 호랑이에요. 당신은 강하고 야성적인 만주 호랑이 같아요."

유진은 약간 얼굴을 붉혔다. 그러나 아내의 찬사가 그리 싫지는 않았다.

"만일 내가 당신을 그 사탕수수 농장에서 밀어내지 않았더라면 아직도 그곳에서 무식한 노동자처럼 일하고 있을 거예요."

유진이 말했다. "우리가 많이 다툰 끝에 결정한 일이었어요."

"내가 고집 부렸던 것을 다행으로 생각하지 않으세요?" 순자는 남편의 얼굴을 사랑스러운 눈으로 바라보았다.

"나는 아직도 일개 노동자요."

"그건 사실이 아니에요. 이제 우리는 농장도 있고 우리가 먹을 채소도 재배하고 있고 아무도 당신에게 이래라저래라 소리 지르지도 않아요. 게다가 당신은 영어를 잘하시고 당신이 받은 교육이 당신이나 아이들에게 얼마나 도움이 되는지 몰라요."

"그러나 나는 학교라곤 문턱에도 가 본 일이 없어요."

"그 당시엔 조그마한 서당밖에 없었으니까 그럴 수밖에 없었지요. 그렇지만 미국 선교사님이 당신에게 영어, 수학, 세계사 그리고 예수님에 대해 많은 것을 가르쳐 주셨잖아요. 나는 정말 당신이 자랑스러워요." 언제나 늘 그랬듯 순자는 마음에 있는 생각을 솔직하게 말했다. 그녀는 정직하게, 타고난 모습 그대로 살며 자발적이고 때로는 심하다 할 정도로 표현이 강했다.

"아이들이 성적표를 가지고 올 때가 됐어요." 유진이 말했다. "아이들을 위해 뭔가 별식을 만들어 주도록 해요. 우리 아이들은 항상 반에서 일등을 맡아 놓고 있어요."

"떡을 만들고 용돈을 줄래요."

유진은 아내에게 미소를 지었다. 터놓고 말은 안 했지만 자신보다 순자 머리가 항상 빨리 돌아간다는 사실이 자랑스러웠다. 갑자기 아내에 대한 사랑이 소용돌이처럼 마음속에 일어났다. 자신이 아내를 얼마나 사랑하는지 다시 한 번 깨달았다. "쌀값이 그리 싸지 않아요."

"나는 빵이 싫어요. 떡이 더 좋아요. 아이들도 떡을 더 좋아해요."

유진이 천천히 일어나며 말했다. "내년에는 사탕무를 많이 심읍시다." 그는 마구간을 향해 걸어갔다. 할 일이 잔뜩 밀려 있었다. 그때 제이콥이 마구간에서 말을 끌고 나오고 있었다. *제이콥은 참 좋은 아이야.* 유진은 자신에게 말했다. *저 녀석이 아주 자랑스러워. 우리 아이들 모두 참으로 자랑스러워. 암, 그렇고말고.*

말을 빗질하는 장남을 지켜보고 있자니 갑자기 제이콥이 북녘 고향 땅에서 일곱 살짜리 꼬마로 변하여 삼촌댁의 소에게 풀 먹이려고 풀이 무성한 마을 뒷산으로 소를 몰아가고 있었다. 그 일은 유진의 하던 일과 중 하나였다. 유진은 그 일을 자랑스럽게 생각하고 있었다. 그 당시에는 소가 두 마리면 부자였다. 그는 소에게 풀을 먹이려 뒷산에 오는 순자를 자주 만났다. 순자의 집에는 늙은 수소가 한 마리 있었는데 너무 늙어 번식력이 없어 재산으로서는 가치가 없었다.

유진과 순자는 이십호가 채 안 되는 작은 마을에서 태어나 함께 자랐다. 언제부터 순자와 사랑에 빠졌는지 기억나지 않았지만 언제나 결혼할 가까운 관계를 유지해 왔다. 삼촌이 돌아가시자 그는 마을을 떠나 평양으로 갔다. 틈이 생길 때마다 숙모를 도와 드리려고 마을에 돌아오곤 했는데 그의 주목적은 순자를 만나는 일이었다. 그들은 첫사랑을 계속하다가 드디어 결혼했다.

"우리는 하늘이 맺어 준 인연이에요." 지루했던 결혼식이 끝나고 두 사람이 부드러운 비단 이불 밑에서 발가벗은 몸으로 살을 맞대고 누웠을 때 순자가 새신랑에게 그렇게 속삭였다. 그때 순자의 나이는 열여섯이었고 유진의 나이는 스무 살이었다. 그녀는 비록 나이가 어렸지만 첫날밤에 무슨 일이 있을 것을 알고 있었다. 불타듯 뜨거운 몸, 가슴이 두근거리며 풍만한 가슴이 마구 뛰는가 하면 열병을 앓는 사람의 입술처럼 입술이 바짝 타는 것을 체험했다. 그리고 잘생긴 신랑에게 전적으로 순종하면서 첫날밤의 고통을 이겨냈다.

그날 밤 유진의 몇몇 친구들이 침실 밖에 서성거리며 전통적인 짓궂은 장난을 했다. "야, 이제 하는 거야?" 어떤 친구들은 장난스럽게 묻기도 했고 어떤 친구들은 신혼부부의 은밀한 소리를 듣고 싶어 방문에 귀를 바짝 부비며 "야, 다 들린다."라고 놀려댔다.

"아버지", 제이콥이 유진을 불렀다. "거기서 뭐 하세요?"

아들이 아버지를 한낮의 달콤한 꿈에서 깨웠다. 유진은 조금 멋쩍었다. 오랜 세월을 중노동만 하느라 거칠어진 주걱같이 큰 손을 아들에게 흔들며 웃었다. 그러고는 지나간 세월을 그리워하며 마구간으로 발길을 옮겼다. 농기구와 건초가 있는 마구간으로 들어왔다. 오래된 건물 한가운데 서서 유진은 마구간을 찬찬히 살폈다. 깨진 창문으로 두껍고 강한 아침 햇살이 들어오고 있었다. 지붕과 머리 위에 있는 대들보는 상태가 그런대로 괜찮았으나 벽은 수리를 해야 할 것 같았다. 수리를 끝내려면 며칠 걸리겠다고 생각했다.

벽에 뚫려 있는 커다란 구멍 두 개를 바라보며 유진은 머리를 흔들었다. 가축용 건초를 쌓아 둔 구석으로 걸어갔다. 건초에서 나는 곰팡이 냄새가 유진의 코끝을 간질였다. 허리를 숙여 건초 한 가닥을 뽑아 입에 물었다. 어린 시절 고향에서 그랬듯이 건초를 질근질근 씹기 시작했다. 그날 아침에는 조국을 그리는 마음이 강하게 살아났다. *수천 마일 떨어진 세계의 한구석진 이곳에서 나는 조국을 바라보고 있어. 조국은 이곳에 있어. 내 마음 속에 있다구.*

유진은 건초더미에 올라 앉아 작업복 가슴 호주머니에서 떨어지지 않도록 고무줄로 동여맨 장부를 꺼냈다. 조그마한 공책인 장부를 열어 꼼꼼히 살펴보았다. 노후를 대비해 동전 한 닢이라도 더 저축해야 한다. *우리 조국이 해방되고 내가 늙으면 고향에 돌아가련다.* 장부를 보고 또 보면서 그 생각을 했다.

"아버지, 뭐 하고 계세요?" 제이콥이 열려 있는 문으로 조와 함께 들어왔다. "군터 집 마구간을 청소하실 건가요?"

"그래야지." 유진은 장부를 호주머니에 다시 넣으면서 말했다. "점심 식사 후에 마구간을 청소하자꾸나. 오전에는 다른 할 일이 많아."

제이콥이 말했다. "그럼 점심 먹고 나서 거기로 갈게요."

"제이콥, 잠깐 얘기 좀 하자." 제이콥이 막 밖으로 나가려 할 때 유진이 아들을 불렀다. 제이콥이 되돌아서서 아버지에게 다가갔다.

유진이 물었다. "학교생활은 어떠냐?"

"잘하고 있어요." 제이콥이 아버지 옆에 있는 작은 건초더미에 앉으며 대답했다. 제이콥은 아버지가 한 말이 무슨 뜻인지 알고 있었다.

"청소는 내가 할 테니 너는 가서 공부를 해라. 그게 네가 해야 할 일이다."

"학교생활을 잘하고 있다고 말씀드렸잖아요. 온종일 공부만 할 필요가 없어요."

"배움이란 아무리 많이 배워도 끝이 없는 법이다." 유진이 아버지의 염려스러운 눈을 바라보는 아들에게 말했다. "너는 이 집의 장남이라 책임이 크다. 너는 가장 좋은 대학교에서 공부해야 한다. 너를 대학에 보내기 위해 내가 못 할 일이 없다. 죽음도 나를 막을 수 없을 게다."

"말씀드린 대로 공부 잘하고 있어요." 제이콥이 공손하지만 단호한 자세로 말했다. "저는 가장 좋은 대학교에 진학하고 싶어요. 그동안 최고 학점을 따려고 열심히 공부했어요. 그래서 계속 A 학점만 받아 왔어요."

"알고 있다. 너는 나의 희망이다. 제이콥, 네가 가장 좋은 대학교에 가지 못한다면 내 인생은 허황하게 끝나고 말 것이다. 우리는 조국에 돌아갈 수 없으니 너희들이 상공할 때까지 미국에서 살기로 했다. 그것을 잊지 말아라." 유진은 보다 나은 미래를 향해 부자가 함께 같은 길을 걷고 있는지 확인하기 위해 아들에게뿐만 아니라 자신에게 그 말을 했던 것이다. 유진은 아이들에게 보다 나은 내일이 무슨 뜻인지 정의를 내려 주었다. 아이들은 변호사나 의사가 되어야 한다. 그러면 돈도 많이 벌고 부자가 돼 크게 존경을 받을 것이다.

"걱정 마세요, 아버지. 저는 장학금을 받을 거예요. 저는 자신해요." 포부에 찬 열네 살짜리 아들이 각오를 새롭게 다지며 아버지를 바라보았다. 햇빛에 그슬린 아버지의 구릿빛 얼굴에 주름이 깊이 패여 있는 것이 눈에 들어왔다. 제이콥은 주름살보다 더 많은 것을 보았다. 그것은 만성이 된 피로와 절망 그리고 근심과 망향이었다.

유진은 마음이 놓여 아들을 보라보며 웃었다. "워싱턴에서 큰 사람이 되어야 한다. 알겠니?"

"아버지, 알고 있어요." 제이콥이 천 마디의 말보다 뜻이 깊은 웃음을 머금고 아버지를 바라보았다. *이 농장을 떠나면 다시는 돌아오지 않을 거야.* 제이콥이 생각했다. *가난과 절망을 유산으로 이어받아 먹고살기 위해 농사를 짓고 싶지 않다. 이곳에는 아무것도 없어. 나를 위한 미래도 없어. 우리 가족을 이 농장에서 멀리 옮길 거야. 그리고 부모님이 다시는 땅을 가는 가난한 농부가 되선 안 돼.*

제이콥은 동포들의 목소리를 대변하는 사람이 되고 싶었다. 그러기 위해서 다른 젊은 조선인들의 훌륭한 모범이 되어야 한다. 우리는 절대 꿈을 포기해서는 안 되고 최선을 위해 참고 싸워야만 해. 우리 앞에는 수많은 장애물이 놓여 있지만 용기를 가지고 밀고 나가야 한다.

비록 나이는 어리지만 제이콥은 동포들과 나눌 자신의 뿌리와 운명을 깨닫고 있었다. 왜 그런지는 알 수 없었지만 제이콥은 어렸을 때부터 자신이 나가야 할 방향을 알고 그것을 가슴속 깊이 간직해 왔다. 아무도 그런 마음을 심어 준 사람이 없었다. 아버지마저도 그러지 않았다. 그러나 제이콥은 자신의 뿌리를 알고부터는 항상 그것을 가슴에 깊이 새겨 두었다.

"너 아직도 그 거만한 일본인 아들과 어울리고 있니?" 유진이 제이콥의 눈을 바라보며 물었다.

"예. 아버지." 제이콥이 호소하는 눈길로 아버지를 바라보았다. 제이콥은 일본인들이 그의 원수이며 나라의 원수라는 말을 들어 왔다.

유진은 제이콥을 노려보며 눈앞에 삿대질을 했다. "그 녀석하고 어울리지 말라고 내가 몇 번이나 말했니. 그 애는 다른 일본인들과 마찬가지로 우리의 원수야. 일본인들이 우리나라를 침략해서 수천 명의 죄 없는 사람들을 학살했어. 일본인들은 잔인하고 피에 굶주린 살인자들이고 게다가 우상숭배자들이야. 내가 한 말을 꼭 명심해."

제이콥은 아버지 눈에 증오심이 불타는 것을 보고 고개를 끄덕였다. 그러고는 고개를 푹 숙이고 손을 호주머니에 넣은 채 문 쪽으로 걸어갔다.

유진은 마구간에서 걸어 나가는 아들을 지켜보았다. 유진은 뜻있는 삶을 살고 있다고 느꼈다. 그동안 견디어 왔던 갖은 중노동, 학대 그리고 사람들 앞에서 당한 굴욕이 이제는 그리 대수롭지 않게 여겨졌다.

비록 조국이 일본의 식민지가 됐지만 유진이 중국인으로 불리는 일이 없어야 한다. 사람들이 그를 차이나 맨이라고 부를 때마다 유진은 모멸감을 느꼈고 마음에 깊은 상처를 받았다. 그의 유일한 위안은 전능하신 하나님께서 아름다운 조국을 언젠가 일본의 압제로부터 해방시키시리라는 것이었다. 그때는 아무도 그를 차이나 맨이라고 멸시하지 않을 것이고 그는 다시 나라가 있는 자랑스러운 사람이 될 것이다.

제이콥은 나의 자랑이야. 유진이 홀로 남아 생각했다. *제이콥은 내 젊음의 첫 열매이자 장차 내 꿈을 이룰 아이다. 아무리 힘들고 현실이 어려워도 하나님께서는 이미 제이콥이 가야 할 길을 예비해 놓으셨다.*

그때 동포들의 편협한 마음이 생각났다. 그들은 구시대 사람들이고 옛 방식대로 살기를 고집하니 사랑하는 아들의 마음이 상처를 받을 것이다. 조선 부모들은 자녀들에게 옛이야기를 해 줄 때마다 언제나 판에 박힌 김빠진 서론으로 시작했다. "옛날, 옛날, 그 옛날에 호랑이가 담배 피던 시절에." 유진은 한숨을 내쉬었다.

왜놈들이 우리를 싸그리 죽이려고 왔을 때 우리는 그 옛날이야기에 나오는 바로 그 늙은 호랑이었어. 긴 대나무 담뱃대로 담배를 피면서 시원한 그늘에 앉아 장기를 두고 막걸리를 마시는 동안 수많은 늙은 호랑이들이 죽어 갔어. 왜놈들이 파도처럼 밀려와 총으로 고귀한 생명들을 앗아갈 때 우리는 겁에 질린 노루 새끼 같았어. 놈들은 총을 쏘았지만 늙은 호랑이는 몇 개 남지 않은 흔들거리는 이빨과 발톱으로 무자비한 적을 상대로 싸웠어.

유진은 지난날 제이콥이 여러 번 그를 깜짝 놀라게 한 일이 생각났다. 제이콥은 도전적이며 의지가 강하고 독립적이며 가끔 신랄하게 비평을 하기도 했다. 따뜻하고 감수성이 많은 다니엘과는 달리 제이콥은 호전적이었다. 이기기 위해서는 아무것도 주저하지 않앉다. 그 아이에게는 승리가 전부였다. 유진 자신은 조용하고 주의 깊은 사람이었지만 제이콥은 아주 달랐다. 제이콥은 모든 것을 도전으로 생각했고 어떤 값을 치르고서라도 이겨야 했다. *제이콥은 혈기가 대단하고 타협을 거부하는 아이야. 결국 그 아이도 조선인이니까. 우리 조선인은 끝장을 볼 때 까지 가는 사람들이야.* 유진은 한숨을 내쉬며 머리를 흔들었다.

유진이 마구간에서 밖으로 나왔다. 몇 발짝 걸어가자니 한 남자가 커다란 가방을 두 개 들고 그의 집 쪽으로 걸어오고 있는 것이 보였다. 아직 먼 거리에 있었기에 유진은 그 사람이 누구인지 알 수가 없었다.

유진을 찾아오는 사람은 거의 없었다. 그 사실이 그를 더욱 의심스럽게 만들었다. 조는 이미 그 낯선 남자를 향해 마구 짖었고 제이콥은 조가 그 사람에게 달려들어 물지 않도록 조를 꼭 붙들었다. 온 식구가 개 짖는 소리를 듣고 밖으로 나왔다. 아치형 대문 근처에 있는 느릅나무 아래에 모여 의심스러운 눈으로 부지런히 걸어오고 있는 사람을 바라보았다.

수년 전에 몇몇 젊은 인종차별주의자들이 술에 취해 유진 가족에게 문제를 일으킨 일이 있었다. 어느 날 저녁, 그들이 불쑥 말을 타고 나타나서는 손가락으로 눈가장자리를 위로 밀어 올려 위로 찢어진 동양인의 눈을 흉내 내며 유진의 가족을 놀렸다. 그들은 조선인인 유진의 가족에게 소리 질렀다. "야, 이 더럽고 냄새나는 아시아 놈들아!"

집 밖에 서 있는 순자의 귀에 "냄새 나는 중국 놈들아!" 하고 소리치던 그들의 소리가 다시 울렸다.

그 남자는 활기찬 발걸음으로 길 위쪽을 향해 걸어왔다. 유진은 마침내 그 사람을 알아보았다. 라라미 탄광에서 함께 일했던 황길만이었다. 넓은 미국 땅 한구석에서 다시 그를 만나게 된 것은 놀라운 일이었다.

"길만!" 유진은 그 사람을 향해 달려가면서 손을 내밀었다. 길만은 낡은 여행 가방을 땅바닥에 내려놓고 유진의 손을 잡았다. 두 사람은 너무 기뻐서 손을 아래위로 흔들고 또 흔들었다.

"자네를 찾게 되어 너무 기쁘고만." 길만은 색이 바랜 손수건으로 땀을 닦으며 말했다. "사실 자네를 찾을 수 있을지 자신이 없었제."

"이렇게 나를 찾아줘서 너무 반갑네. 그런데 무슨 일로 여기까지 오게 되었는가?"

"자네가 떠난 몇 달 후에 다이뉴바에 가서 조 선생님을 만났고만. 자네 얘기를 하시더라고."

유진이 서둘러 물었다. "평안하신가?"

"돌아가셨고만." 길만은 슬픈 소식을 전하면서 이맛살을 찡그리며 말했다. 유진에게는 가슴 아픈 소식이었다. 유진은 새벽에 꾼 꿈을 생각하며 멀거니 길만을 바라보고 서 있었다.

길만은 말을 이었다. "그분은 우리 조선인 노동자 캠프에서 가장 연장자였잖여. 우리 다 그분을 존경했지. 아버지처럼 말이여."

"왜 돌아가셨는가?"

"연세도 많고 말이여, 일도 너무 힘들었던 거여."

"어느 묘지에 모셨나?"

"리들리 묘지에 모셨는디 좋은 비석도 세워드렸제."

유진은 할 말을 잃었다. 조 선생은 젊은 조선 농장일꾼들에게는 지혜로운 상담자였고 유진과 그분은 매우 가깝게 지낸 사이였다. 유진에게 마치 아버지와 같은 존재였고 두 사람은 같은 이북 출신이었다. 유진에게 조선인 이민 농사꾼들로부터 멀리 떨어져서 아이들을 키우라고 하면서 와이오밍으로 이주할 것을 권한 것이 바로 그분이었다.

"와이오밍에는 많은 일거리가 있다고 들었네. 농사일이란 그저 입에 풀칠만 하는 정도일세. 그러나 가난에서 벗어나려면 땅을 소유해야 해. 탄광에서 일을 해서 고향에 다시 돌아가게 되면 땅을 살 돈을 모으게." 그 어른이 캘리포니아에서 유진에게 충고를 해 주셨다. 이십여 년 전의 일이었다. 유진에게는 그것이 바로 어제 일만 같았다.

유진은 고개를 돌려 여전히 느릅나무 아래 서 있는 아내와 아이들을 바라보았다. "아무튼, 자네를 다시 만나게 되어 너무 반갑네. 자, 어서 들어가세. 우리 식구들을 만나봐야지."

길만은 낡은 검정 가죽 여행 가방을 집어 들었다.

유진이 가방 하나를 집어 들었다. "내가 도와줌세."

식구들이 아직도 밖에 서서 낯선 사람을 바라보고 있는 집을 향해 두 사람은 걸어갔다.

"이 사람이 내 아낼세." 유진이 순자를 길만에게 소개했다. "이 사람은 황길만이요. 전에 라라미에서 함께 일했지. 기억 안 나요?"

예의를 차리느라고 길만은 중절모를 벗고 머리를 숙여 순자에게 인사했다. 순자는 공손하게 그 인사에 답했다.

"내 아이들일세. 제일 큰 애가 제이콥이고, 루스, 다니엘 그리고 막내 그레이스야." 유진은 어색한 웃음을 머금고 있는 길만에게 아이들을 소개했다. 아이들은 아버지의 신호에 따라 존경의 표시로 허리를 숙여 길만에게 인사했다. 아이들이 인사하는 동안 순자는 길만을 잽싸게 곁눈으로 훔쳐보았다. 길만은 체구가 작은 사람이었는데 검은 양복에 검은색 줄이 있는 폭이 넓은 노란 넥타이를 매고 있었다. 흰색 셔츠는 색이 누렇게 바랬고 칼라에는 심하게 얼룩이 져 있었다. 애써 웃느라 길만의 작은 눈이 반짝거렸으나 오히려 억지웃음이 그를 어색해 보이게 만들었다. 순자는 그의 두 눈에서 차가움밖에 보지 못했다. 그의 오래된 검정 구두는 낡았고 바지는 마치 어렸을 때 입었던 바지마냥 짧아 깡총했다. 그런 모습이 길만을 마치 장례식에서 막 돌아온 사람 같아 보이게 만들었다.

순자는 길만을 보자 옛날 어릴 때 고향에 살던 이웃 노인이 생각났다. 그 노인 역시 길만의 눈처럼 차가웠는데 자식도 없고 마을에 친구 한 사람도 없었다. 그 노인 부부는 언덕 아래 개울 옆에 있는 큰 집에서 살고 있었다.

마을 사람들은 남녀노소 할 것 없이 노인 부부가 온종일 쓸고 닦는 그 집을 지나가기를 꺼렸다. 그 노인의 부인은 하루의 대부분을 앞마루에 앉아 담배를 피우며 누가 집 앞을 지나가면서 쓰레기라도 버리지 않나 지켜보는 것이 일이었다.

"그게 하루 종일, 그것도 매일같이 그분들이 하는 일이야. 하루 종일 쓰레기를 줍고 앞마당을 쓸고." 마을 사람들이 비웃으며 말했다.

그 이상한 노부부를 피하기 위해 마을 사람들은 지름길을 피해 일부러 먼 길로 돌아갔다. 들리는 소리에 의하면 그 집에서는 단 한 번도 사람이 말하는 소리나 웃음소리가 들린 적이 없다고 했다.

노인은 삐걱거리는 쇠한 몸을 이끌고 마누라에게 줄 생선을 사려고 이십리 떨어진 장터까지 걸어가는 수고를 했다. 그 먼 길을 걸어서 시장에 갔는데도 딱 생선 두 마리만 사서 새끼에 매달아 집으로 돌아왔다. 한 마리는 영감이 먹을 것이고 다른 한 마리는 할머니가 먹을 것이라고 아낙네들이 수군거렸다.

유진과 길만은 작은 거실에 앉아 있었다. 유진은 집에 손님이 찾아와 기뻤다. 유진의 집을 찾은 손님은 몇 사람뿐이었는데 그해 일찍이 킹 목사와 몇몇 몰몬 가정이 방문했다.

뜻밖의 손님이 찾아와 순자는 부엌에서 점심을 준비하느라 분주했다. 가끔씩 고개를 쭉 빼고 벽에 붙어 있는 작은 창문으로 아이들을 내다보았다. 두 딸은 밖에서 인형을 가지고 놀고 있었고 두 아들은 유진이 작년에 산 1923년형 검은 색의 포도러(Fordor) 세단차를 세차하고 있었다.

"우리 밀린 이야기가 많아." 유진이 길만에게 물었다. "다이뉴바와 리들리에는 무슨 일이 있었는가?"

"조그만 농촌마을이고 대부분 멕시코 사람들이여. 그들도 우리처럼 농사꾼들이여." 길만은 중절모를 벗어 무릎 위에 올려놓았다.

유진은 친구가 말하는 소식을 들으면서 연신 고개를 끄덕였다. 그 당시에는 미국에 사는 조선인들은 대부분 서로 잘 알고 있었다. 최소한 다른 조선인들이 어디에 살며 무엇을 하고 있는지 알고 있었다. 그들이 흔히 말하듯 소수의 조선인들은 마치 한 커다란 가족과 같았다.

길만은 점심을 아주 맛있게 먹었다. 엿새 전에 리들리를 떠난 뒤로 입에 맞지 않는 샌드위치와 햄버거만 계속 먹었다. 점심은 김치, 상추, 풋고추, 고추장, 생마늘, 된장국 등 전부 조선음식이었다. 얼마나 식욕이 좋고 잘 먹던지 순자가 놀랄 정도였다.

맛있는 점심 식사가 끝나자 유진은 군터의 미망인에게 세를 낸 집을 길만에게 보여 주고 나서 두 사람은 그 집 포치(현관 앞에 있는 집의 일부. 지붕이 있고 마당보다 조금 높다.) 계단에 앉았다.

"참 아름다운 곳이고만." 길만이 파이프에 불을 붙이며 말했다. 길만은 파이프를 이로 지그시 물고 느긋하게 연기를 빨아들였다. 잠시 뒤에 길만은 유진을 방문한 목적을 말하기로 마음먹었다. 길만에게는 오직 두 색깔만이 세상에 존재했다. 하나는 검은색이고 다른 하나는 흰색이었다. 때론 한 번에 한 가지 색밖에 보지 못할 때도 있었다.

"내가 왜 이곳을 찾아왔는지 궁금하것지."

"일자리를 찾으려고 왔는가?" 유진은 길만이 며칠간 머무를 것이라 생각하며 물었다.

"그런 이유도 있지만 말이여. 우리 식구는 캘리포니아에서 다른 곳으로 이사할 생각이여."

"아니, 왜? 자네는 캘리포니아가 좋다고 하지 않았는가?" 유진은 길만의 툭 튀어나온 작은 눈에서 조그마한 근심의 구름이 이는 것을 보았다. 라라미에서 몇몇 중국인들은 길만을 뱀눈이라고 불렀다.

"캘리포니아가 좋기는 헌디 중가주(캘리포니아 중부)에서 살고 있는 사람들은 이제 더 이상 예전 같지 않여. 다 그런 것은 아닐지라도 말이여. 일이 끝나면 술 마시고 노름하는 것이 전부여. 정말여, 예전 같지 않고만."

"사실인가?"

"내 말을 믿어. 아이들을 키우기에는 맞지 않는 곳이여. 그래서 조 선생을 찾아뵙고 자네에 대해 물어본 거여." 길만은 슬픈 눈으로 유진을 바라보며 말했다. "우리 아이들을 그곳에서 벗어나게 해야겠어. 자네가 도와줄 수 있었지?"

"자네가 여기서 무슨 일을 할 수 있겠나? 여기는 일자리도 없고 다른 조선 사람들도 없어. 몇몇 조선인 가정이 솔트레이크 시에 산다는 말은 들었지만."

"무슨 일이든 할겨. 자네, 혹시 일손이 필요한 사람 몰러? 나는 농사꾼이고 내가 아는 것은 농사짓는 것밖에 없으니 조그만 농장을 세내고 싶고만."

"돈을 좀 모았는가?" 유진은 친구를 가엾게 여겼다. 씨앗을 사고 다음 추수 때까지 식구들을 먹일 돈이 있으면 땅을 세내는 것이 좋을 것이다.

"모아 놓은 돈 없제. 돈을 모은다는 것이 얼마나 어려운지 자네도 잘 알잖여." 길만은 고개를 돌려 다른 곳을 바라보며 긴 한숨을 내쉬었다. "우리 모두 조국이 해방되면 고향에 돌아가기를 원혀. 그런디 돈 모으는 일이 정말 어렵잖여. 겨우 입에 풀칠이나 할 정도여." 길만은 다시 한숨을 내쉬었다.

유진은 친구를 이해했다. "자네만 그런 것이 아니지." 유진이 침울하게 말했다. "중국 사람이 물에 빠지면 목숨보다 돈주머니를 구한다는구면. 물속에서 빠져 허덕이면서도 돈이 물에 젖지 않도록 돈주머니를 두 팔로 머리 위로 올려 허우적거린다는 말을 들었어. 돈이 없으면 고향에 돌아갈 수 없으니까. 고향에 있을 때 들은 말이지." 유진은 근심에 쌓여 있는 친구를 위로하려고 싱긋 웃으며 말했다.

"동양의 유대인들이여. 그것이 말이여, 터무니없는 헛소리긴 허지만 우리가 배울 것이 있다고. 돈이 없으면 우리도 고향에 돌아갈 수 없는 거여."

"물에 빠져 죽으면 돈이 있어도 고향에 못 돌아가." 유진이 껄껄 웃으며 말했다. "나 같으면 내 목숨을 먼저 구하겠네."

"나는 가족밖에 가진 것이 아무것도 없고만. 여기서 먹고살 만한 일이 뭐 있것어?"

"뭔가 할 만한 일이 있겠지. 그러나 백인들 틈에 끼여서 산다는 것이 정말 외로울 때가 많아." 유진은 아내와 함께 새로운 정착지를 찾아 솔트레이크 시를 향해 갈 때 이 계곡에 처음 흘러 들어왔던 날을 생각했다.

"어디서든 그들과 같이 산다는 것은 쉬운 일이 아니여." 길만은 마치 자신의 좌절감을 질식시킬 듯이 담배연기를 폐 속 깊숙이 빨아들이며 말했다. "그자들은 말이여, 어느 인종이 그들과 어울려 살기에 합당하고 합당치 않는지 제 놈들 입맛대로 결정하잖여. 자네도 알잖여. 옛날엔 그들을 스스로 코카시안이라 불렀잖여. 언젠가 중국인 입국 금지안을 통과시킨 다음에 동양인 입국금지안을 통과시키더니 그들 스스로를 '백인'이라고 부르기 시작혔어. 다른 색깔의 인종보다 우수하다는 거여. 그놈들은 색맹이여. 자네도 알잖여."

유진은 길만에게 몸을 돌렸다. 유진은 여러 해 동안 길만을 알고 지냈다. 길만은 급진적이며 타협을 거부하는 과격파 조선인이었다.

그는 그의 과격적인 견해를 받아들이지 않는 사람은 누구든지 비난했고 그의 적이라고 여겼으나 유진이 알기로는 그는 정직한 사람이었고 이유는 모르겠지만 길만은 유진을 좋아했다. 유진은 그의 우정을 고마워했다. 비록 길만은 글을 읽지도 쓰지도 못했지만 야심가였고 또한 구두쇠인데다가 외국인을 혐오하는 사람이었다. 그는 일본인들을 미워했고 비정상적일 만큼 백인들을 의심했다. 유진은 그를 순수하고 위험한 민족주의자라고 생각했다. 유진은 그의 도움을 받으려고 캘리포니아에서 그 먼 길을 찾아온 길만에게 미약하지만 도움을 주고 싶었다. 그 문제는 점심 식사 때 길만을 조심스럽게 관찰하던 아내와 함께 의논해야 할 문제였다. 때로 순자는 너무 성급한 결론을 내리곤 했지만 그녀에게는 소위 여자의 육감이라는 것이 있어서 그녀의 예언이 정확하게 들어맞아 유진을 당황하게 만들 때가 종종 있었다.

"내 인생은 가치가 없고만." 길만이 유진을 바라보며 말했다. "그렇지만 내가 할 수 있는 데까지 우리 아이들을 돕고 싶고만. 모든 조선인 부모들이 그렇듯이 말이여. 이런 마음, 자네도 잘 알 것이여. 아들이 좋은 환경에서 자랄 수 있도록 여기저기 이사를 다녔던 맹자의 어머니처럼 말이여."

"물론 잘 알고 있네. 그 때문에 내가 아는 사람 하나도 없는 이곳 유타로 온 거야. 나는 아이들을 위해서 올바른 결정을 내린 것을 다행으로 생각해."

"자네는 영어를 잘하니 다른 사람들보다야 훨씬 쉬웠을 것이여." 길만이 깊은 생각에 잠기며 담배를 담뱃대에 꼼꼼하게 채워 넣었다.

"대부분의 이민자들이 영어 단어 하나도 모르고 미국에 왔지만 자네가 원하기만 하면 영어를 배울 수 있네."

"내가 말여?" 길만은 담배를 채우던 손을 멈추고 유진을 멀끔히 바라보았다. 길만의 작은 눈이 이상하게 커 보였다. "놀리지 말어. 내가 어떻게 영어를 배울 수 있다고 그려? 나는 이제 너무 늙었고 혓바닥은 굳어 버렸다고."

"그러면 혀에 버터를 잔뜩 바르게." 유진이 웃으며 말했다. "캘리포니아에 살 때 한번은 어느 조선 가정을 도와서 학교에 간 일이 생각나는군. 선생이 내게 왜 대부분의 동양인들은 영어를 할 줄 모르냐고 물었어. 그래서 내가 '당신 부모님은 어디에서 왔소?' 하고 물었어. 그랬더니 불란서에서 이민 왔다고 하더군. 그래 내가 다시 물었지. '그분들이 미국에 왔을 때 영어를 잘했나요?'라고."

"뭐라고 대답혔어?" 길만은 경멸에 찬 눈으로 물었다.

"영어를 못 했다고 하더군. 그래서 내가 말했지. '그것이 선생의 질문에 대한 내 대답입니다.'라고 말이야." 유진이 싱긋 웃었다. "미국에서 사람답게 살고 싶거든 영어를 배워."

"나는 틀렸어. 그러나 우리 애들은 나보다 훨씬 좋게 살 것이여. 암, 그렇고말고."

유진은 길만이 매우 호전적이고 성질이 급한 것이 머리에 떠올랐다. 화가 나면 열에 들뜬 환자처럼 온몸을 부들부들 떨며 물불을 가리지 않는 사람이었다. 누가 길만을 욕하면 그는 사나운 야수로 변해서 삽이나 곡괭이를 들고 상대방의 뼈를 부셔 버리려는 듯 달려들었다. 그래서 그에게는 미친 조선인이라는 별명이 붙었다. 많은 사람들이 그를 두려워했고 슬슬 피했다.

"내 생각엔 말여. 미국 정부가 마치 옛날에 원주민들에게 했듯이 동양 사람들을 이 땅에서 몰아내려고 하는 것 같여. 그놈들을 믿어서는 안 된다고." 길만의 옆으로 찢어진 작은 눈이 의심으로 번뜩거렸다.

"그렇다면 누구를 믿어야 한단 말인가?"

"많은 이민자들이 미국 정부를 안 믿잖여. 자네도 잘 알고 있어야 할 거여. 그들에게는 그럴 만한 이유가 있다고. 미국 정부는 중국인들에게 시민권을 주는 것을 거부혔고 이제는 마치 닭 모가지 비틀 듯이 우리 모가지를 비틀려고 무슨 망할 놈의 구실을 들고 일어날 거여."

"자네는 편견이 심하군."

"그렇지 않여. 나는 아니여." 길만이 보란 듯이 강하게 거부했다.

"여보게 길만, 우리는 흑인이든, 백인이든, 멕시코인이든 좋아하지 않네. 누구나 어느 정도 편견을 가지고 있다고 생각해. 모든 인종이 타 인종을 싫어한다는 말일세."

"편견이란 영적 불치병이라고 언젠가 조 선생이 내게 말한 적이 있었고만." 길만이 헛기침을 하면서 말했다. "그때는 말이여 그 말이 무슨 말인지 몰랐다고. 왜놈들은 우리를 마치 개처럼 다루고 백인들도 마찬가지여. 우리를 흑인들보다는 좀 낫게 대하긴 허지만 말이여."

"그런 생각이 자네에게 위로가 된다면 그렇게 생각하게." 유진은 머리를 흔들었다.

"어쩐지 마음이 편치 않아요." 순자가 유진에게 말했다. 그날 밤 유진과 순자는 늦게 잠자리에 들었다. 순자는 마치 뭔가 무거운 생각이 마음을 짓누르기라도 하듯 입을 다물고 있었다. 남편으로부터 마음이 멀어져 있었다. 잠자리에 들자 유진은 길만과 나눈 이야기를 순자에게 꺼내기로 마음먹었다. 놀랍게도 순자는 입을 닫고 있었다. 옆으로 돌아누워 눈을 감고 깊이 잠든 척했다. 순자는 남편이 하는 말을 한마디도 놓치지 않고 다 듣고 있었지만 대답하지 않기로 마음먹었다. 왜 그런지 모르겠지만 순자는 길만의 출현에 몹시 마음이 편하지 않았다.

"내가 아는 사람들 중에 길만은 가장 독립심이 강하고 매우 정직한 사람이오." 아내를 설득하는 일이 어려운 것을 알고 있는 유진이 순자에게 말을 걸었다. "그 사람 가족을 만난 일이 한 번도 없지만 슬하에 어린 딸 하나와 아들 하나가 있다는구먼. 길만의 처가 사진신부였으니 아이들이 어릴 수밖에. 그 사람 처는 아주 젊은 여자일 거요. 길만은 아이들을 이 골짜기에서 키우고 싶어 해요."

순자는 유진이 하는 말에 주의를 기울이고 듣고 있었지만 조금도 움직이지 않았다.

"아는 것이 농사일이라 이곳에서 밀밭을 소작하고 싶어 해요. 우리 이웃에 조선인 가정이 있으면 좋을 게요. 내가 할 일이란 그 사람을 도와 세 낼 농장을 찾아 주는 일이오. 나머지는 길만이 알아서 하겠지. 어떻게 생각해요?" 순자가 잠들지 않았다는 것을 알고 있는 유진은 아내의 등을 바라보았다. 순자는 깊이 잠든 척 보이려고 애써 노력했지만 척하는 일이 불편하고 생각보다 어려웠다. 코와 등이 간지러워 미칠 것 같았다. 간지러운 곳을 긁으려고 손을 까닥만 해도 척하는 것이 탄로가 날까 봐 순자는 계속 자는 척하려고 결심을 다시 다짐했다.

"길만을 도와줍시다. 그의 아이들을 위해서 말이오. 그는 억세고 보수적인 민족주의자이지만 아이들은 무식한 일꾼들 사이에서 키우고 싶지 않다고 했어요. 그쪽에 사는 대부분의 조선인들이 일자무식이고 상스러운 말을 예사로 하고 대부분이 결혼도 못 한 독신들이라 하더군." 유진은 순자의 대답을 참을성 있게 기다리며 말했다. "잠든 척하지 말아요. 무슨 일로 화가 난 게요? 아니면 뭘 잘못 먹었어요?" 유진은 손가락으로 순자의 등을 조금 밀어 보았으나 순자는 반응이 없었다. 유진은 간지럼을 잘 타는 순자의 옆구리를 간질여 볼까 생각했다. 손이 옆구리에 닿기 바쁘게 순자는 몸을 비비 꼬면서 어린아이처럼 깔깔 대고 웃었다.

"제발 그만해요." 유진의 손을 피하려고 몸을 꿈틀거리며 순자가 애원했다. 그러나 유진은 손을 놓지 않았다. 순자는 깔깔 웃으며 벌떡 일어났다. 유진은 순자를 화나게 하지 않았나 생각했다. 그러나 순자의 눈은 따뜻하고 부드러웠다. 순자는 목소리를 높이거나 남편에게 대든 적이 한 번도 없었다. 어떠한 상황이든, 좋든 나쁘든, 그녀는 언제나 존경하는 남편이자 예쁜 아이들의 아버지인 유진의 인격을 높이 받들고 격려하려고 온갖 노력을 해 왔다. 남편은 한 번도 그녀의 신뢰를 자신의 편리를 위해 나쁘게 이용한 일이 없는 것을 순자는 알고 있었다.

"어떻게 생각해요?" 유진은 아름다운 아내의 얼굴을 바라보며 물었다. 순자의 헝클어진 머리카락과 반쯤 열린 그녀의 관능적인 입술을 보니 유진의 입술이 바짝 말랐다.

"나는 그 사람이 싫어요." 순자가 말했다. "그 사람 너무 차갑고 스스로 의인이라고 생각하는 사람이에요."

"그건 새로운 발견이 아니요." 유진이 웃었다. "분명히 말하지만 그 사람 성인(聖人)이 아니요. 우리도 성인이 아니고."

"오늘 아침에 온 뒤로 한 번도 누구를 좋게 말한 적이 없었어요. 우리 집에서 가까운 곳에 살면 당신과 그 사람이 원수가 될까 걱정이에요." 순자는 긴 머리칼을 어깨 뒤로 쓸어 넘기며 말했다.

유진은 순자의 말이 재미있어서 아내를 바라보았다. 오래전에 긴 머리를 짧게 자르라고 설득했던 일이 얼마나 부질없는 노력이었던 가 생각했다.

"바보 같은 말을 하는구려. 걱정도 팔자야. 오랫동안 친구이니 우리에게는 그런 일은 없을게요. 길만은 우리를 성가시게 할 사람이 아니오. 쌀 한 도박 빌려 달라고 한밤중에 우리 집 대문을 두드릴 사람이 아니에요."

"이미 당신이 그 사람을 도와주기로 마음을 굳혔으면 왜 이 난리에요?" 순자가 유진의 눈을 바라보았다. 유진은 순자의 눈에서 무언의 저항을 읽고 있었다.

"당신이 길만에게 조금 더 친절하게 대해 주었으면 하고 바라는 마음에서 이러는 거요. 당신은 매우 친절한 사람이고 나는 언제나 동정심이 많은 당신을 우러러봐요. 그런 사람이 내 아내인 것에 늘 감사하고 있어요."

"황씨와 그 사람의 가족을 위해 최선이라고 생각하는 대로 하세요. 당신의 결정은 또한 내 결정이기도 하니까요. 나는 항상 당신의 결정을 존중해요."

유진은 순자를 껴안고 그녀의 따뜻한 몸을 끌어당겼다. 순자에게는 유진의 품이 피난처였다. 더 바랄 것이 없었다.

4.

어느 여름 날 오후, 루스가 버스정거장에서 집으로 걸어오고 있었다. 그녀의 긴 검은 스커트와 흰색 블라우스는 그녀의 아름다운 모습을 더욱 돋보이게 했다. 루스는 몸이 호리호리하고 나이에 비해 키가 컸고 목 바로 위에서 자른 짧은 머리카락이 총총걸음을 옮길 때마다 물결쳤다. 순자는 루스가 학교에 가려고 집을 나서기 전에 딸이 옷을 제대로 입었는지 반드시 확인했다. 그녀는 딸아이들에게 옷을 골라 입히는 일에 매우 신경을 썼고 적당히 양보하는 일이 없었다. 아무리 바쁘더라도 딸아이가 같은 주(週)에 똑같은 옷을 두 번 입게 허락하지 않았고 검은 스커트에 흰색 블라우스는 순자가 가장 좋아하는 옷차림이었다.

한 떼의 소녀들이 루스 앞에 걸어가고 있었다. 루스가 훨씬 더 어렸을 때는 함께 걸어 다니던 친구들이었다. 그러나 그 애들은— 대부분이 몰몬 가정 아이들이었다.—언제부터인가 루스와 거리를 두기 시작했다. 그때가 이년 전쯤이라고 루스는 슬프게 기억했다. 오랫동안 친하게 지내던 친구들이었다.

좁은 마을에서 이웃으로 살았기에 비록 루스가 몰몬이 아니었지만 그 아이들의 부모는 루스를 여러 교회 행사에 초대했었다. 학교에 동양아이라고는 겨우 두세 명이 있었고 루스는 유일한 조선소녀였다. 가끔 학교에서 그 애들과 놀 때도 있었지만 이제 더는 친한 친구가 아니었기에 그 사실이 루스를 슬프게 했다. 가까운 친구가 없었기에 루스는 자신이 마치 버려진 감자 껍질같이 느껴졌다. 때로 옛날 친구들이 말 한마디 없이 루스 옆을 지나치는 것이 정말 미웠다.

"사람들은 다 변하는 법이란다." 아버지가 말했다. "친구를 선택하는 것도 친구를 바꾸는 것도 그들의 권리야."

변덕이 심한 사람의 천성을 이해하는 일이 루스에게 그리 쉬운 일은 아니었다. 다른 이웃들같이 루스의 부모는 아주 가난한 것도 아니고 아버지는 비록 제대로 학교교육은 받지 못했지만 읽고 쓸 줄 알았다. 어머니는 글을 읽고 쓰지는 못하지만 그 사실을 누구에게도 말하지 않았다. 어머니는 모든 아이들이 갖고 싶어 하는 사랑이 넘치는 그런 어머니였다.

"사람들은 변하는 법이란다." 아버지의 목소리가 다시 귀 안에서 울렸다.

"루스!"

뒤에서 한 목소리가 들렸다. 돌아보니 같은 학급 친구인 로버트 슈로더가 루스를 따라잡으려고 뛰어오고 있었다. 둘은 수년 동안 좋은 친구로 지냈다. 비록 로버트는 몰몬이고 루스는 기독교인이지만 언제나 가깝게 지냈다. 로버트는 그의 할아버지가 "퍼시픽 유니언" 철도회사에서 측량기사로 일해 왔다고 말했다. 그러나 1869년 마침내 대륙 간 철로가 연결되자 할아버지는 직장을 잃고 이곳 보스웰로 이사 와서 농사를 지었다고 했다.

"시험 잘 봤니?" 로버트가 물었다. 그날 아침에 여름방학을 앞두고 학년 말 시험을 치렀다.

"내 생각에 잘 본 것 같아." 루스가 로버트를 바라보며 말했다. 루스는 그의 깊고 푸른 눈을 좋아했다. 그의 두 눈은 항상 따뜻하고 순진해 보이며 심지어 신비스럽기까지 했다. 그러나 루스는 로버트가 입고 있는 옷이 싫었다. 그는 매일 똑같은 냄새나는 검은색 셔츠를 입고 학교에 오는 것 같았다. 발목에서 약 삼인치쯤이나 껑충하게 짧은 때 묻은 바지를 입은 로버트는 마치 서커스의 광대처럼 보였다.

"밥, 시험 잘 봤니?" 루스가 물었다.

"잘 모르겠어." 로버트가 말했다. "늘 엄마를 도와야 하기 때문에 공부할 시간이 없어." 그는 잠시 발아래 먼지 나는 흙길을 내려다보았다. "나는 책을 읽고 싶어. 많은 책을 읽고 싶어. 내가 가진 책은 겨우 서너 권밖에 안 되지만 읽고 또 읽고, 틈이 날 때마다 다시 읽어."

"내 책을 빌려 줄게. 나는 책이 많아." 루스는 마음이 아팠다. 로버트의 부모는 아주 가난했고 술주정뱅이 아버지는 집을 마치 아무 때나 마음 내킬 때 들어오고 나가는 하숙집처럼 드나드는 사람이었다.

"정말이야?" 로버트의 얼굴이 순진한 웃음으로 밝아졌다.

"그럼. 책이 읽고 싶으면 언제든지 찾아와."

"고마워, 루스. 너는 나의 제일 좋은 친구야." 로버트가 루스를 바라보며 웃었다. "나는 커서 부자가 될 거야. 우리 엄마도 말했지만 부자가 되려면 책을 많이 읽어야 한대. 내가 좀 더 자라면 필라델피아에 있는 외삼촌 집에 보내실 거라고 했어. 우리 외삼촌은 거기서 큰 철물점을 하시는데 부자래."

"필라델피아에 가서 뭘 할 건데?" 루스는 궁금했다.

"삼촌 밑에서 일할 거야. 내 생각엔 삼촌이 나를 대학교에 보내주실 것 같아. 삼촌은 자식이 없거든."

"자식이 없다고? 하나도?"

"그래. 하나도 없어. 우리 삼촌은 아주 착실한 몰몬이야. 몇 년 전에 삼촌이 엄마를 보러 왔을 때 한 번 만났어."

"나도 대학에 갈 거야. 우리 부모님은 내가 꼭 대학에 가야 한다고 하셨어." 루스는 로버트와 나란히 걸으며 말했다. "난 대학에 가고 싶어. 이곳 골짜기에는 장래가 없어. 너도 알잖아."

"좋은 생각이야. 그런데 우리 아버지는 여자가 대학에 가면 안 된다고 했어."

"어떻게 그런 심술궂은 말을 하실 수 있니?" 루스는 발끈했다. "너 아버지 참 못됐다. 왜 그런 지독한 말을 했다고 생각하니?"

"아버지는 엄마를 미워해. 우리 엄마는 좋은 몰몬이셔. 아버지는 아마 자기 자신도 미워한다고 생각해." 로버트는 눈길을 다른 데로 돌렸지만 루스는 재빠르게 그의 슬픈 얼굴을 보았다.

"커서 돈을 많이 벌겠다고 엄마에게 약속했어. 나는 우리 엄마와 여동생들을 잘 보살펴 줄 거야."

"정말 좋은 일이야. 밥, 너 참 착하다." 왠지 이유는 알 수 없었지만 루스는 로버트가 자랑스러웠다.

"너희 부모님도 싸우시니?" 로버트가 물었다. 그의 철없는 생각으로는 남자와 여자의 관계란 어둡고 두려운 것이었다.

"안 싸우셔." 루스는 여느 때처럼 꾸밈없이 말했다. 루스의 대답이 로버트를 놀라게 했다.

"우리 부모님은 안 싸우셔. 한 번도. 아버지는 우리에게 언성을 높이는 일이 없어. 그리고 엄마가 아버지에게 대드는 일도 없고."

"한 번도 안 싸운다고?" 로버트는 어리둥절한 표정이었다. 조금 전에 루스가 한 말은 로버트에게는 불가사의한 일이었다. 아버지가 집에 돌아오면 하루도 폭언과 말다툼 없이 지나가는 날이 없었다.

"정말 안 싸우셔. 내 말이 안 믿기니?" 루스는 마치 로버트를 부드럽게 꾸짖듯 그의 눈을 뚫어지게 들여다보았으나 그녀의 눈은 친절과 동정심으로 가득 차 있었다.

"모르겠어." 로버트는 얼굴을 붉혔다. "나는 남자와 여자는 마치 개와 고양이처럼 싸우도록 만들어졌다고 생각해."

"하지만 우리는 안 싸우잖아?" 루스가 물었다. 왠지 로버트가 한 말이 루스를 슬프게 만들었다.

"우린 단 한 번도 싸운 일이 없어. 왜냐하면 우린 아직 어리고 결혼도 안 했잖아."

"밥, 그렇지 않아. 남자와 여자는 싸우려고 만들어진 것이 아니고 서로 사랑하도록 만들어진 거야. 밤낮 싸움만 하려고 결혼하는 것이 아니라고 생각해. 늘 싸움만 하는 집도 있겠지만 꼭 싸울 필요가 없어. 밥, 넌 어떻게 생각하니?"

"네 말이 맞을지 몰라." 로버트가 다시 얼굴을 붉히며 말했다. "나는 결혼하면 절대 싸우지도 않고 아내를 때리지도 않을 거야. 절대로." 그의 목소리는 어린아이의 목소리가 아니었다. 그의 말투는 단호하고 강했다. 로버트가 루스에게 눈물을 보이지 않으려고 훌쩍 앞서서 걸어갔기에 루스는 그의 눈에 눈물이 고이는 것을 미처 보지 못했다.

"밥, 너는 아주 인정이 많다." 루스가 친구를 따라잡으려 애쓰며 말했다. "그런데 왜 이렇게 빨리 걸어?"

로버트는 대답이 없었다. 루스는 몇 걸음 달려가 뒤에서 로버트의 셔츠를 잡아당겨 걸음을 멈추게 했다. 루스가 로버트 앞에 서자 그의 찌그러진 얼굴에서 빨개진 눈을 보았다. 그제야 루스는 로버트가 울었다는 것을 눈치챘다. 루스는 로버트의 손을 부드럽게 잡고 그를 쳐다보았다. 로버트는 저항하지 않았다. 그의 애기 같은 얼굴이 다시 붉어지더니 얼굴색이 새빨갛게 변했다. 루스도 로버트도 아무 말이 없었다. 로버트는 루스를 보자 비록 루스만큼 대담하지 않지만 언제나 오래 참으시는 따뜻한 어머니가 생각났다. 둘은 말없이 서로 쳐다보았다. 긴 침묵이 흐른 뒤 루스는 로버트의 손을 가만히 놓았다. 둘은 눈부신 여름 오후의 햇볕을 받으며 다시 나란히 걸었다.

루스가 집에 돌아오니 황씨네 가족이 도착해 있었다. 길만의 가족은 네 시간 전에 도착했다. 유진이 브리검 시(市) 기차역으로 마중 나갔었다. 루스는 엄마가 "나를 가장 기쁘게 해 주는 곳"이라고 부르는 부엌에서 엄마를 만났다. 엄마는 두 가족을 위한 식사 준비를 하고 있었다. 길만의 가족이 옛 군터의 집에 도착했을 때 순자는 새 이웃을 환영하러 갔었다. 캘리포니아에서 그 먼 거리를 여행하느라 얼마나 힘들었는지 순자는 알고 있었다. 여러 해 전, 그녀도 남편을 따라 똑같은 경로를 통해 와이오밍에 도착했었고 한 번도 들어 보지도 못한 도시와 한 번도 만나 보지도 못한 사람들에 대한 미지의 두려움을 경험했었다. 순자는 일본에서 기선을 타고 하와이라 불리는 섬으로 향할 때 그리고 다시 샤이엔으로 가는 추운 열차에서 눈에 보이지 않는 두려움을 경험했었다. 미지의 세계에 대한 두려움이 마치 미끄러지듯 기어 다니는 뱀처럼 그녀에게 기어 올라왔다. 두렵고 지친 순자는 하나님에게 보이지 않는 두려움에서 구해 달라고 기도했었다.

"루스, 어서 가서 우리 새 이웃을 만나보아라." 루스가 부엌에 들어서자 순자가 말했다. "아이들이 몹시 피곤해 보였다. 특히 막내 아이가 그렇게 보였다. 그 애는 이제 겨우 여섯 살이야. 큰 아이가 여덟 살이니 다니엘과 같이 학교에 다니게 되겠구나."

루스는 곧 새 이웃을 만나러 건너갔다. 두 아이의 어머니가 남편보다 너무 젊은 것을 보고 루스는 깜짝 놀랐다. 길만은 루스의 아버지와 비슷한 나이였다. 모두 짐을 풀고 옮기느라 분주했다. 큰딸 미숙은 이국땅 낯선 곳에서 조선 여자아이를 보자 반가워 활짝 웃으면서 루스 뒤를 그림자처럼 졸졸 따라다녔다.

미숙의 동생 종태는 낯선 환경에 마음이 들떠 있었다. 그러나 곧 세 살 위인 다니엘을 좋아했다. 다니엘은 마치 자석이 쇳가루를 끌어당기듯 만나는 사람마다 가깝게 잡아끄는 힘이 있었는데 루스에게는 그것이 항상 신기했다. 어머니는 다니엘이 하나님을 섬기는 종이 될 것으로 믿었지만 다니엘은 어머니의 그런 예언에 마음조차 두지 않았다. 어머니 혼자만 그 꿈을 가슴속에 간직하고 있었다.

"다니엘, 너는 이다음에 훌륭한 목사가 될 거야." 어머니가 다니엘에게 여러 번 그렇게 말했다. "그것이 하나님께서 너를 위해 예비하신 길이란다."

그러나 유진은 마음속으로 순자의 말에 동의하지 않았다. *"우리 다니엘은 목사가 아니라 의사가 될 거야."*

루스는 부엌에서 젊은 어머니를 도우려고 '부엌살림'이라고 한글로 정성스레 적어 둔 박스를 풀었다. 그 글씨는 젊은 어머니의 자필어었다.—길만은 글을 몰랐다. 말순은 키가 크고 동작이 민첩하며 다감했다. 좁은 부엌에서 일하면서 별로 말이 없었지만 말순은 계속 활짝 웃었다. 길만의 식구는 기본적인 생필품만을 꾸려 이사 왔다.

종태는 다니엘 뒤를 좇아 마구간 쪽으로 달렸다. 조(Joe)는 어린 주인 다니엘 옆에서 뛰었다. 종태는 다니엘 뒤를 좇아가면서 너무 빨리 달리지 말라고 소리 질렀다. 단거리 경주에서 다니엘에게 지고 싶지 않았다. 그들은 집 뒤로 달려갔다. 그러고 나서 마구간을 한 바퀴 돌고는 마구간 문 앞에 멈추어 섰다.

"이 안에 말이 있어." 다니엘이 활짝 웃으면서 말했다. "너희 집엔 말이나 개가 없니?" 조의 부드러운 털에 뺨을 부비고 있는 종태에게 물었다.

"없어." 종태가 말했다. "개가 있으면 좋겠는데 우리 아버지가 개를 싫어해." 종태가 허리를 구부려 조의 등을 부드럽게 쓰다듬었다.

"넌 이제 내 이웃이니까 내 개랑 놀아도 좋아."

"그래도 내 개를 갖고 싶어." 종태는 부루퉁해서 말했다.

"조가 새끼를 낳으면 한 마리 줄게." 다니엘이 말했다. 다니엘은 언제 조가 새끼를 뱉지 몰랐다. 그 일을 아버지에게 물어봐야지 하고 생각했다. 그때 다니엘은 학급에 있는 모든 친구들에게 똑같은 약속을 한 일을 기억했다. 그 약속을 지킬 수 있도록 조가 새끼를 많이 낳아 주기를 바랐다. 하나님께 기도만 하면 끝나. 그렇게 생각하니 마음이 놓였다.

그때 길에서 차 경적소리가 들렸다. 다니엘과 종태는 소리 나는 쪽으로 얼굴을 돌렸다. 다니엘은 흙먼지 길을 덜컹거리며 달려오는 낯익은 식품배달 트럭을 보았다. 일 년에 두세 번 정도 쌀, 간장, 고추장, 건어 등 동양식품을 팔러 오그덴에서 오는 후지마야의 트럭이었다. 다니엘과 종태는 트럭을 향해 달려갔다. 둘은 트럭이 유진의 집 앞에 멈출 때까지 트럭을 따라 옆에서 달렸다.

"잘 지냈니, 꼬마들아?" 후지야마가 트럭에서 내리면서 말했다. 그는 키가 땅딸막하고 정성스럽게 다듬은 콧수염을 가진 사교성 좋은 사람이었다. 눈 부시는 하얀 여름 햇살이 번들거리는 그의 대머리에서 미끄럼을 타고 있었다.

"저희는 잘 있어요." 다니엘은 후지야마가 손에 들고 있는 막대사탕을 홀린 눈으로 바라보며 대답했다.

"옛다. 여기 사탕 받아라." 후지야마는 다니엘과 종태에게 사탕을 하나씩 주었다. 그의 시선이 종태에게 멈췄다.

"이 아이는 누구냐?"

"우리 새 이웃이에요. 캘리포니아에서 조선인 가정이 새로 이사 왔어요, 미스터 후지야마." 다니엘이 막대사탕을 혀 위에서 이리저리 굴리며 자랑스럽게 말했다.

"새 이웃이라? 네가 좋아하겠구나." 후지야마가 말했다.

두 조선 여인이 트럭을 향해 걸어왔다. 말순은 처음으로 일본상인을 만났다.

"안녕하셨어요, 미세스 박?" 후지야마가 순자와 말순에게 인사했다. "안녕하세요, 부인?"

"잘 지내요." 순자는 웃으며 답례했다.—그녀는 잘 지낸다는 영어 단어 '화인'을 '파인'이라고 발음했다. 순자가 말순에게 말했다. "후지야마 선생은 일 년에 몇 차례 여러 가지 동양식품을 가지고 찾아오셔요. 오그덴에 큰 식품점을 가지고 있어요.”

“미세스 박, 매사가 다 순조로우신가요?”

“그럼요. 덕분에요. 감사합니다.” 순자가 말했다. 이번에는 고맙다는 '땡큐'를 '당큐'로 발음했다.

“부인, 오늘은 무엇이 필요하세요?”

“쌀 이백 파운드하구요.” 순자가 후지야마에게 구입할 물품 목록을 건넸다. 집안에 무엇이 있고 없는지를 잘 아는 유진이 만든 목록이었다. 유진은 일본인인 후지야마가 싫었지만 적으로부터 식품을 사도록 허락하는 실질적인 사람이기도 했다. 식품을 사러 먼 솔트레이크 시까지 운전하는 것이 힘들고 위험한 일이었다. 유진은 비록 후지야마와 말해 본 일이 없었지만 아이들이 후지야마와 얘기하는 것을 허락해 주었다. 그는 가족에게 후지야마로부터 어떤 공짜 선물이든 받지 못하게 했지만 후지야마가 아이들에게 주는 사탕만은 금지된 물품에서 제외했다.

후지야마는 유진이 현관에 서서 팔짱을 끼고 서 있는 것을 보았다. 조선인 농부로부터 차가운 시선을 느꼈지만 그 적의를 부드럽게 받아들였다. 후지야마는 독실한 불교신자로서 그의 조국인 일본에 대해 공개적으로 항의했던 일이 있었다. “만일 누가 우리 집을 침입하면 나는 내 가족을 보호하기 위해 어떤 일이든 주저하지 않을 겁니다.” 언젠가 후지야마가 순자에게 말했다. “누구든지 나에게 내 집안일을 이래라저래라 간섭하면 가만두지 않을 겁니다. 내 가족은 내 소관이고 누구도 나에게 이래라저래라 할 권리가 없어요.”

“아저씨, 우리 엄마가 기른 마늘 사실래요? 엄마가 여쭤보래요.” 오십 파운드짜리 쌀가마를 차에서 내리느라 바쁜 후지야마에게 다니엘이 물었다.

"내가 전부 다 사겠다고 말씀드려라. 케이스빌에 조선인 몇 가정이 있는데 마늘이 많이 필요하다."

"미스터 임은 어떻게 지내나요?" 순자가 후지야마에게 물었다.

"잘 지내고 있어요. 딸기 농장에 오두막을 또 한 채 지었더군요." 후지야마가 마지막 쌀가마를 내려놓으며 말했다. "아참, 깜빡 잊을 뻔했군요. 미스터 임이 딸기를 딸 일손이 필요하답니다. 유타에는 조선인이 그리 많이 살지 않아서 일손이 모자라는 모양입니다."

"지난여름에 우리 엄마가 누나랑 딸기 따러 거기 갔었어요." 다니엘이 말했다. "그때 돈 많이 벌어왔어요. 그랬지요, 엄마?" 다니엘이 엄마를 자랑스럽게 올려다보았다. 순자는 웃으며 고개를 끄덕였다.

"나도 알고 있다." 후지야마가 다니엘에게 말했다. "다니엘, 너는 모르는 것이 없구나. 네가 자라면 주지사에 출마하렴. 내 한 표 찍어 주마." 후지야마가 다니엘의 등을 토닥였다.

순자는 집으로 뛰어 가서 마늘 한 자루를 가지고 돌아왔다. 이번에는 루스가 엄마를 따라 나왔다.

"부인은 필요하신 것 없나요?" 일본인 식품상인이 말순에게 물었다. 일본인에 대한 적개심을 감추려고 말순은 순자 쪽으로 몸을 돌렸다.

순자는 말순의 눈에서 그것을 보고 낮은 소리로 말했다. "저분에게서 식품을 사도 괜찮아요. 좋은 분이에요."

"쌀 백 파운드쯤 주세요." 말순은 후지야마와 눈을 마주치지 않으려고 애쓰면서 말했다.

"안녕하세요? 후지야마 씨." 루스가 후지야마에게 인사했다.

"안녕? 루스. 지난번에 봤을 때보다 많이 컸구나." 후지야마는 루스를 보고 반가워하며 웃었다. 루스가 마늘이 담긴 삼베 자루를 건네주자 후지야마가 그 것을 손저울에 달았다.

"엄마는 지난주에 트레먼턴에 있는 독일 상점에 마늘을 조금 팔았어요." 후지야마가 저울에 마늘을 다는 동안 루스가 말했다.

"독일 사람들이 마늘을 산다고?" 후지야마는 믿지 못하겠다는 듯 머리를 옆으로 갸우뚱했다.

"예."

"내 그 사람들보다 돈을 더 쳐 주마. 내 약속하지."

"말린 생선도 좀 주세요." 말순은 후지야마에게 말을 걸었다.

"마른 멸치도 있고 소금에 절인 조기와 고등어도 있습니다."

"다 조금씩 주세요."

"이거, 오늘 장사 잘되는데요." 후지야마는 신바람이 나서 휘파람을 불었다.

5.

유진의 집에서 즐거운 식사를 마치고 길만은 유진과 함께 가족이 살고 있는 군터의 낡은 집으로 갔다. 말순은 부엌에 남아 순자를 돕고 있었다. 순자는 말순이 매우 친근한 사람이라는 것을 알았다.

"설거지는 제가 할게요. 좀 쉬세요." 말순이 순자에게 말했다. "오늘 저희 가족을 위해 너무 수고하셨어요."

"뭐 별로 한 것도 없는데." 순자가 말했다. "바로 옆집에 이웃이 생겨 너무 기뻐요. 이 마을에서 친구라곤 한 사람도 없거든요. 그래서 때론 너무 외로웠어요." 순자는 기분이 좋아 어머니의 사랑스러운 시선으로 말순을 바라보았다. 친구 하나 없이 외로운 골짜기에 사는 순자는 지금까지 외로움과 정신적 궁핍 그리고 텅 빈 느낌을 가슴에 품고 살아왔다.

"다이뉴바에서 친구를 많이 사귀었어요. 대부분 나이가 많으신 분들이었죠. 그래서 무슨 모임이라도 있을 때는 일은 우리 젊은 아낙들이 맡았어요."

순자는 말순을 잠시 조용히 바라보다가 말했다. "종태 아빠는 행운아예요."

말순은 순자가 무슨 말을 했는지 알고 웃었다. "그러나 그이는 그렇게 생각하지 않아요."

"미숙이 아빠는 고맙게 생각해야 해요."

"그이를 샌프란시스코에서 처음 봤을 때 저는 너무 실망했어요."

"왜요?" 순자는 머리를 갸우뚱했다.

"사진에는 젊어 보였거든요. 심지어 중매쟁이도 그런 줄 알았어요. 그래서 그 사람과 결혼하려고 태평양을 건너온 거지요. 그런데 그이를 보자 첫눈에 그이가 나를 속인 걸 알았어요." 말순은 조용히 한숨을 내쉬면서 말했다. "저 혼자만 그런 것이 아니었어요. 우리 일행 가운데는 열네 명의 처녀가 있었는데 아주 아름다운 어린 처녀가 한 사람 있었어요. 부두에서 처음으로 사진에서만 봤던 남자를 보자 마치 부모 초상이라도 난 듯이 비명을 지르고 울면서 가슴을 쳤어요. 속았다고요. 신랑감이라고 나타난 사람은 늙은 노인이었어요."

"그래서 어떻게 됐어요?"

말순은 슬픈 표정으로 머리를 흔들며 말했다. "그 남자와 함께 가지 않겠다고 발버둥 쳤어요. 그러고는 부두에 털썩 주저앉아 울었어요. 많은 백인들이 주위에 몰려들어 마치 무슨 서커스에 온 양 구경을 했어요. 그 어린 처녀는 가슴을 치며 통곡하더군요. '아이고, 내 팔자야'라고 하면서요. 그렇지만 그 처녀에게는 다른 선택의 여지가 없었어요. 나머지 우리들처럼 그녀에게는 조선으로 돌아갈 여비도 없었으니까요. 수년 뒤에 들은 얘기지만 결국 조선으로 돌아갔다고 하더군요."

순자는 그 이야기에 깜짝 놀랐다. "나는 운이 좋았어요. 우리가 배를 타고 보니 조그만 아이들이 딸린 가정은 겨우 몇 가정뿐이었어요."

"저희 부모님은 너무 가난해서 열한 명이나 되는 아이들을 먹여 살릴 수가 없었어요. 그래서 어머니는 날보고 미국으로 건너가서 사진 속의 남자와 결혼하라고 하셨어요. 잘생긴 남자라고 하시면서요." 말순은 고개를 숙이고 마치 그때 무서웠던 기억을 박박 문질러 버리기라도 하듯 싱크대를 힘주어 문질러 닦기 시작했다. 고향에서 수만 리나 떨어진 태평양 건너편의 한 부두에서 열여섯 살 소녀가 결혼할 상대인 나이 든 남자를 바라보며 두려움에 떨고 서 있는 자신의 모습이 눈앞에 떠올랐다. 지난 세월 동안 자신을 속인 남편에 대한 분노와 적의를 감추며 살았으나 그리 쉽지 않은 일이었다. 말순은 고통스러운 절망감에서 벗어나려고 몇 번인가 자살을 시도했었다.

"다이뉴바는 괜찮았어요?" 순자는 말순의 무거운 마음을 눈치챘다.

말순은 고개를 끄덕였다. "예. 좋았어요."

"그러면 왜 떠났어요?"

말순은 행주에 손을 닦으며 말했다. "같은 마을에 사는 한 젊은 조선 남자가 있었어요. 남편은 그 사람이 나를 연모한다고 생각하고서 그 사람을 질투했어요."

"그 남자를 좋아했나요?" 순자가 놀라서 물었다. 그런 일은 있을 수 없다고 생각했다.

"아뇨. 저는 그 남자가 저를 좋아한다는 사실조차 모르고 있었어요. 게다가 저는 이미 결혼한 몸이었잖아요. 잘 아시겠지만 우리 조선에는 이런 말이 있지요. 결혼한 여자는 개도 안 돌아본다구요. 그 사람이 나를 좋아했다면 그건 그 사람 잘못이에요. 게다가 남편은 질투심이 유별나게 심해요. 그래서 이렇게 유타로 이사 오게 된 거예요." 말순이 쓴웃음을 지었다. 이상하게도 말순의 어두운 이야기와는 너무나 대조적으로 그녀의 하얀 치아가 부엌 불빛 아래서 반짝거렸다.

"우리는 이 나라에서 아주 특별한 사명을 가지고 있어요." 둘이 거실로 걸어 나오며 순자가 말했다. "남정네들은 우리 도움이 필요해요. 아이들을 잘 도와 조그마한 조선인 집단에서 벗어나 미국 주류사회 속에서 자라도록 하는 것이 우리의 책임이에요."

둘은 소파에 나란히 앉았다.

"내가 주님을 구세주로 영접했을 때 내가 이곳 미국으로 온 것은 내 뜻이 아니라 그분의 뜻이었다는 것을 깨달았죠. 하나님께서는 미국에 있는 나이 든 남자를 위해 시골 소녀를 택하셨어요. 이제는 그 사실을 받아들이는 데 아무 문제가 없어요." 목소리에는 분노도 적의도 없이 말순은 차분해 보였다. "저는 모든 조선 여인들이 똑같은 사명을 가지고 있다고 믿어요. 가능한 한 많은 자녀를 낳아 우리 조선인 사이에서 길러야 해요. 우리 조선인 사회가 아무리 좁더라도 나는 아이들을 조선인들 속에서 키우고 싶어요."

"그렇지만 우리는 조선인이라고는 찾을래야 찾을 수도 없는 곳에서 살고 있어요. 이 계곡에 사는 조선인이라곤 우리밖에 없어요." 순자는 말순의 논리를 이해할 수 없었다. 아마 피곤해서 그러려니 생각했다. "남편은 가능하면 아이들을 한인사회로부터 멀리 떨어져서 키우기를 원했어요. 그것이 우리가 이곳에 사는 유일한 이유예요. 남편은 우리 아이들이 미국 주류사회에서 성장해야만 한대요."

"왜 그렇죠?" 말순이 물었다. 순자가 말하는 의도를 알았지만 부정할 수 없이 분명한 조선 여인 모습 뒤에 감추어져 있는 순자의 진정한 모습을 보고 싶었다. 말순은 캘리포니아에서 살 때 많은 조선인들을 만났는데 그들은 같은 조선인과 같이 어울려 사는 것에 불만을 나타냈다. *우리가 일본 제국주의자들에게 나라를 빼앗긴 것이 놀라운 일이 아니야.* 그런 생각이 말순의 기분을 씁쓸하게 만들었다.

"남편은 우리 아이들이 조선인 사회가 아닌 미국인 사회에서 성공하기를 바래요. 아이들 교육이 다 끝나면 남편과 나는 조선으로 돌아갈 거예요. 그러나 애들 아버지는 우리 아이들은 미국에 남아 있어야 한대요." 순자가 잠시 말을 멈췄다. "그런 남편의 뜻에 내가 어떻게 반대할 수 있겠어요."

"그럼 왜 이곳 미국에 오셨어요?"

"한국에서는 사는 것이 너무 힘들었어요. 앞날에 대한 희망도 없이 그저 그날그날 살았어요. 아침마다 허기와 절망으로 눈을 떴어요." 순자는 의식적으로 불쾌한 기억 속으로 빨려 들어가지 않으려고 저항했지만 버리고 온 모든 일들이 머리에 떠올랐다.

"내가 어렸을 때 꽁보리밥밖에는 아무것도 먹을 것이 없었어요. 꽁보리밥을 지어 하루에 세 끼, 일주일 내내, 일 년 내내 꽁보리밥과 된장국만 먹었어요."

말순이 말했다. "저도 알아요. 배고픔은 가장 고통스럽고 잔인하고 수치스러운 경험이었어요. 그 어려웠던 때에도 우리 부모님은 저를 학교에 보내 세상을 바라볼 수 있는 눈을 뜨게 해 주셨어요."

"나는 그런 혜택도 받지 못했어요. 종태 엄마는 운이 좋았군요." 순자는 젊은 여인을 부러워했다. "나에게는 하얀 것은 종이고 까만 것은 글자예요. 좋은 두 눈을 가진 장님이죠." 순자가 한숨을 내쉬었다. "그렇지만 남편이 내 눈이랍니다. 때론 아이들 성적표도 나에게 읽어 주셔요." 순자는 사랑하는 남편을 생각했다. 유진은 더운 여름에는 시원한 그늘을 만들어 주고 땅이 얼어붙는 추운 겨울에는 따뜻하고 포근한 양지바른 곳을 만들어 순자를 지켜 주는 세상에서 가장 높은 망루였다.

"여기 생활은 어때요?" 말순이 물었다. 말순은 새로운 삶을 찾아 이사 온 그곳이 어떤 곳이며 무엇을 기대할 수 있을지 알고 싶었다. 조만간 캘리포니아로 다시 돌아갈 수 있으리라고 확신했지만 상황을 잘 이용해서 진행속도를 빠르게 할 수 있을지 알고 싶었다. 누구든지 자신이 처해 있는 환경을 잘 이용해야 한다. 말순은 나이 많은 남자의 아내가 된 자신의 운명을 받아들이고 이기기 힘든 일

련의 어려운 장애물과 부딪치면서 그 교훈을 배웠다.

갖고 싶은 것을 갖기 위해서는 싸워야 해. 세상에는 공짜가 없어. 말순은 투쟁을 통해 그녀 속에 숨어 있던 내적 힘을 발견했다. 그 힘은 자신이 생각했던 것보다 훨씬 강했다. 여자는 성관계할 때를 빼놓고서는 자신의 감정을 드러낼 권리가 없다고 믿는 남편의 만행을 그 힘으로 이겨 왔다.

"아주 외로워요." 순자가 말했다.

순자의 그런 고백을 말순은 예상하고 있었다. 그러나 말순은 외로움의 파도가 다시 밀려올 때까지 기다리지 않을 것이다. 말순은 지난날 어둡고 무서웠던 외로움과 맞서 싸워야 했고 그 모든 몸부림은 스스로를 외롭다고 생각하는 남편의 책임이라고 믿었다. 그녀는 지금까지 남편의 어두운 그늘 밑에서 헤아릴 수도 없이 수많은 공허했던 낮과 밤을 싸워 왔다. 곧 여기 유타를 떠나기 위해 주어진 환경을 조심스럽고도 과감하게 이용할 것이다. 말순은 잠시 동안 잘 알지도 못하는 세상의 한구석에서 또다시 태풍이 일어나 그녀를 마구 뒤덮칠 것을 생각하니 몸이 떨렸다.

"몹시 외로워요. 친구도 없고 놀러 갈 곳도 없어요. 고향과 친지들을 떠난 지가 벌써 이십칠 년이 지났고 캘리포니아에서 새 친구를 사귀었지만 다시 다른 곳으로 옮겨야 했어요. 가끔 트레먼턴이나 솔트레이크 시로 쇼핑을 가요. 매일같이 캘리포니아에 있던 친구들을 생각해요. 비록 여기에 가족이 있지만 내겐 친구가 필요해요." 순자는 보스웰에서 자신의 인생을 생각하면서 앞으로 이 조그만 마을에서 과연 무슨 희망적인 일이 있을까 어렴풋하게라도 내다보고 싶었다. "하루도 캘리포니아에 있는 친구들을 생각하지 않고 지나가는 날이 없어요. 비록 내 가족과 같이 살고 있지만 친구가 꼭 있어야 한다고 생각해요."

6.

유진은 아침 일찍 하루를 시작했다. 유타와 전 미국에 영향을 미칠 경제공황이 곧 닥칠 것이라는 말을 들었다. 그렇지만 유진은 가을에 밀과 감자, 특히 환금작물인 사탕무의 풍작을 기대하고 있었다. 유진이 가장 좋아하는 시간인 새벽에 돼지를 살펴보러 우리 쪽으로 걸어갔다.

유진은 기분이 상쾌해서 소를 살피러 외양간으로 걸어가 소를 세어 보았다. 손가락으로 여러 번 세어 보았다. 가축이 몇 마리나 있는지 정확히 알고 있었고 또 이제껏 마을에서 가축을 도난당했다는 말도 들어 보지 못했지만 가축을 세는 일이 언제나 유진의 가슴을 뿌듯하게 해 주었고 마음을 든든하게 해 주었다. 아침 식사 후 순자가 가족이 먹다 남은 찌꺼기를 돼지에게 먹이고 저녁에는 제이콥 차례인데 건더기 하나 없는 멀건 양념 국물 찌꺼기를 돼지 먹이통에 채웠다.

그날 아침, 유진은 이상하게도 차분한 기분이었다. 어려운 시기가 전 미국에 닥쳐온다고들 하지만 가족을 먹여 살릴 양식이 충분했다. *정부 도움은 받지 말아야 해. 내 가족은 내 책임이니까.* 그것은 유진이 생활을 통해 스스로 배운 철학이었는데 신앙적인 자세로 그 철학을 고수해 왔다.

유진은 외양간 밖에 서서 땅이 꽁꽁 얼어붙는 어느 추운 겨울날 평양 길 한구석에서 죽어 가던 그를 발견한 친절하고 관대했던 미국 선교사 로버트 모리스 목사님을 생각했다. 그 극적인 구조 이후 유진은 소수의 사람들이 아닌 미국 사람 모두가 모리스 목사처럼 친절하고 인정이 많으리라는 막연한 생각이 들었다. 그런 생각이 친절한 미국 사람들을 찾아가고 싶다는 막연한 기대감으로 유진의 크리스천 영혼을 유혹했다. 유진은 그런 겸손한 마음과 기대감으로 친절하고 잘사는 미국 사람들과 새 천지를 찾아 영국 증기선을 탔다. 그러나 배에 오르던 첫날부터 그의 기대는 무자비하게 무너지고 말았다. 무엇 때문에 소리를 지르는지 이유조차도 모르고 무슨 말을 하는지 한마디도 알아듣지 못하는 조선 사람들에게 마구 삿대질을 하며 고래고래 고함지르는 돼먹지 못한 백인선원들이 유진을 실망시켰다. 몇 년 뒤에 여러 사람들이 이민 수수료라 불리는 빚을 갚고 고국으로 되돌아갔다.

미국이 모든 사람에게 다 좋은 나라는 아니야 유진이 생각했다.

유진은 재고품 조사를 마치고 밀밭으로 갔다. 사탕무밭에서 일을 시작했다. 비록 보리밥을 좋아해 본 적이 한 번도 없었지만 사탕무밭에 땅을 조금 남겨두었다가 그 자리에 보리를 심었다. 순자가 유사시를 대비해서 보리를 심자고 졸랐던 것이다. 어려울 때는 보리가 가족을 살려 줄 것이라고 말했다. 삼촌 집에 살 때 쌀밥을 먹는 사람은 삼촌 혼자뿐이었다. 매일 삼시 세 끼를 보리밥만 먹었기 때문에 유진은 보리밥에 질린 기억이 그때까지도 머릿속에 생생했다.

어린 유진은 삼촌 집에서 머슴보다 나을 것이 없는 생활을 했다. 힘든 일은 혼자서 다 맡아 하다시피 했는데 날씨가 춥거나 덥거나 어린 유진은 매일 아침 일찍 일어나서 숙모가 부엌에서 아침 식사를 만들 수 있도록 모든 것을 준비해 놓아야 했다. 장작이 부엌 아궁이에서 활활 타오르면 어린 소년은 물을 긷고 야채를 씻었다. 밥이 다 되어 무거운 밥솥뚜껑이 열리면 어린 소년은 숙모의 어깨 너머로 반짝반짝 빛이 나는 놋쇠 밥그릇에 기름이 자르르 흐르는 쌀밥을 담는 것을 침을 흘리며 훔쳐보고 서 있었다. 흰 쌀밥에서 김이 무럭무럭 올랐다. 얼마나 쌀밥이 먹고 싶었던가! 쌀밥 한 숟갈이면 간절한 소원이 풀렸을 것을.

한낮이 가까워오자 유진이 허리를 펴고 일어섰다. 순자가 점심을 바구니에 담아 이고 종종걸음으로 밭을 향해 오는 것이 보였다. 짧은 다리로 살랑살랑 걸어오는 아내를 감동스러운 눈으로 바라보던 유진은 순자를 도우려고 달려갔다. 보스웰에 오던 첫해 순자는 덩굴과 지푸라기를 엮어서 바구니를 만들었는데 그날 오후에 머리에 이고 오는 바구니가 바로 그 바구니였다. 유진은 바구니를 받아 조심스럽게 땅에 내려놓았다. 음식이 따끈하도록 물기 있는 상보로 바구니를 덮어 놓았다.

"냄새 좋은데." 유진이 말했다.

"돼지 김치찌개를 만들었어요." 순자는 쪼그리고 앉아 하얀 상보를 젖히며 말했다. "당신이 가장 좋아하시는 김치찌개예요." 순자는 바구니에서 음식을 꺼내 밥상에 음식을 차리듯이 하나하나 정성스럽게 내려놓고는 남편이 앉을 때를 기다리며 서 있었다. 유진이 바닥에 앉자 순자가 조용히 맞은편에 앉았다. 순자는 유진의 손을 잡고 물에 적신 수건으로 남편의 손을 닦아 주었다. 하나님이 만드신 동산에서 남편과 같이 점심을 먹는 시간이 가장 기다려지는 때였다. 밥과 찌개가 따끈했다. 순자는 그녀의 밥그릇에서 밥을 덜어 유진의 밥그릇에 담아 주었다.

유진이 순자를 바라보며 말했다. "간단하게 샌드위치를 먹을 걸."

"당신에게 절대로 식은 음식을 먹게 하지는 않을 거예요. 더운 음식이 항상 몸에 좋아요." 순자는 찌개를 떠서 입에 넣었다.

"당신 일이 수월해질 텐데."

"아무리 바쁘더라도 당신을 위해 밥 짓는 일은 언제나 즐거워요." 순자는 마치 남편이 그녀의 성스러운 영역을 침해한 듯 화난 얼굴로 말했다.

"올해는 사탕무를 팔면 돈이 좀 생길 게요." 유진은 통통한 아내의 얼굴을 바라보며 말했다. "밀, 도마도, 감자도 다 풍작일 거요."

"불경기가 온다고들 하지요?" 순자는 전에 불경기를 겪으면서 힘들었던 때를 기억했다.

"라디오에서 들었어요. 이야기가 제각각이니 뭐가 뭔지 모르겠어. 누가 감히 앞일을 내다볼 수 있겠어요?"

"저축해 놓은 돈도 조금인데." 순자가 걱정스러워 보였다. "돈을 이부자리 밑에 감춰 두고 있어요. 거기가 은행보다 더 안전해요. 더구나 많은 은행들이 문을 닫았잖아요. 상황이 더 나빠지면 캘리포니아로 돌아갈 돈은 충분할 거예요. 무슨 일이 있으면 돈을 꺼내려고 은행으로 뛰어갈 필요가 없어요."

"어째서 캘리포니아는 여기보다 나을 거라고 생각해요?"

"그냥 혼자 생각이에요. 내 생각으로는 다 고생할 것 같아요."

"아무리 부자라도 힘이 들게요. 우리는 이년 동안 견딜 양식이 충분해요. 돼지고기, 소고기, 밀, 또 각종 야채도 재배하니까. 아무 것도 살 필요가 없어요.”

“황씨네가 걱정이에요.” 풋고추를 집어 된장에 찍은 다음 유진의 입으로 가져가자 유진은 어미닭 앞에서 입을 벌리는 병아리처럼 입을 벌렸다.

“황씨가 일거리를 못 찾으면 어떡하지요? 아이들이 둘씩이나 있 는데 걱정이에요.”

“돼지를 기르고 싶다고 하더군.”

“겨울이 곧 올 텐데.” 순자는 길만의 가족을 걱정했다. 그녀는 멀리 있는 산을 바라보았다. 겨울이 오면 차가운 바람이 산과 언덕 을 휩쓸며 불어 내려오고 땅이 눈에 파묻혀 버릴 것이다. 새 이웃 은 이곳 겨울이 어떤지 모를 것이다. 유타의 겨울은 캘리포니아의 겨울과는 사뭇 다르다. 울부짖는 바람, 귀찮은 눈, 길고도 외로운 겨울 밤. 순자는 서글픈 마음으로 그런 것들을 생각했다.

“길만은 자신이 무슨 일을 하는지 잘 알고 있는 그런 유의 사람 이에요. 머리가 잘 돌아가고 부지런해요.” 유진이 말했다. “겨울이 되면 중국처럼 돼지고기 수요가 부쩍 늘어나요. 중국에서는 추운 겨울을 나려고 돼지고기를 엄청 많이 먹는다고 하더구먼.”

“황씨는 질투심이 많다고 들었어요. 그러니 그 사람의 부인을 멀 리하도록 하세요.”

“내가 그렇게 젊은 아내를 가졌다면 나라도 질투할 거요. 말순이 는 길만이보다 스물여섯 살이나 아래요. 그 친구 운이 억세게 좋아. 억세게도 운이 좋다고.” 유진이 아내가 샘을 낼까 시험해 보려고 슬쩍 미끼를 던졌다. 재미가 나서 곁눈질로 아내의 반응을 살펴보았지만 순자는 미끼를 물지 않았다.

"내일 아침에 길만과 함께 읍내에 나갔다 오겠어요. 킹 목사를 만나 길만에 대해 상의하려고 해요. 혹시 성도들 중에 농장을 세놓으려 하는 사람을 알고 있을지도 모르니까. 그 일이 끝나고 나면 아이들을 상점으로 데리고 가서 필요한 것을 사 주려고 해요. 학용품과 새 신발이 필요할 테니. 당신은 필요한 거 없어요?"

"아뇨. 필요한 건 다 있어요. 이번 추석을 쇨 건가요?" 순자의 목소리에는 명절을 기리는 고집스런 목마름이 서려 있었다. 그리고 옛날 고향에서 지냈던 추석이 눈앞에 어른거렸다.

"무슨 추석을 지낸다고 그래요? 우리는 이 나라 추수감사절을 지키지 않소. 이제 추석은 잊어버립시다. 추석은 이교도들의 풍습이고 조선풍습은 이제 우리에겐 합당치 않아요."

"그렇지만 추석이 그리워요. 게다가 우린 조선 사람이니 아이들도 조선의 명절을 알아야 해요." 그런다고 유진의 마음이 바뀌지 않을 것을 알면서도 순자는 힘없는 항의를 해 보았다.

"우리 아이들은 조선에 대해 알 필요가 없어요. 내가 어린 나이로 조선에서 굶어 죽어 갈 때 조국은 나를 못 본 체했어요. 이제 미국이 우리나라요."

유진의 목소리에 차가움을 느끼면서 순자는 한숨을 내쉬었다. 저 사람은 조국과 굶주림을 절대 용서하지 않을 거야. *하나님, 저이의 마음을 움직이사 동포들에게 눈을 돌리도록 해 주세요.* 순자는 마음속으로 기도했다.

7.

유진이 길만과 함께 트레먼턴에 가려고 문밖으로 나설 때 조 워런이 픽업을 타고 마당으로 들어섰다. 그는 매일 마을 사람들의 입에 오르는 가십의 주인공이었다. 그는 오백 미터 거리를 사이에 두고 두 집 살림을 하고 있었다. 개울 건너편에 일부다처주의자들이 몇 명 살고 있었는데 조 워런이 그중 한 사람이었다. 그는 매우 친절하고 부유한 사람이었다. 유진은 그를 몇 번 만난 일이 있었는데 마지막 만난 때가 2년 전이었다. 그는 몸집이 건장하고 키가 크고 온화한 인상을 주는 사람이었다.

유진이 문 앞에 서서 그에게 잠시 들어오라고 하니 조 워런은 정중하게 사양했다. 그러자 유진은 이른 아침에 무엇 때문에 자기를 찾아왔을까 의아해하며 조 워런에게 다가갔다.

"새 가족이 이사 왔다는 소문을 들었습니다." 조 워런이 말했다.

"내 친구 가족입니다. 이곳에서 자리를 잡으려고 이사 왔습니다." 유진이 조 워런 옆에 다가와 섰다. "지금 막 친구와 함께 트레먼턴으로 가려던 참이었습니다."

"혹시 일자리를 찾고 있습니까?" 조의 굵은 목소리가 아침 공기를 울리면서 부엌에서 일하던 순자의 귀에까지 퍼져 나갔다. "유진, 제안할 것이 있습니다." 조가 파이프를 입에 물고 말했다. "나는 트레먼턴 개울 서쪽에 삼십 에이커의 땅이 있는데 일손이 필요합니다. 친구 분이 내 땅에 관심이 없을까요? 일부를 세낼 수 있지요."

"잘 모르겠는데요. 돼지와 닭을 키우고 싶어 합니다."

"돼지와 닭을 키우려면 땅과 물이 있어야지요. 개울 서쪽에 있는 내 땅에는 필요한 것이 다 있습니다." 조 워런이 말했다. "솔직히 말씀드리지만 트레먼턴에 있는 땅을 임대했던 사람이 오그덴으로 떠났어요. 오그덴에는 일거리가 많다는 말을 들었지요. 내 생각으로는 그 소식을 듣고 농사일에 손을 떼려고 했던 것 같아요."

"그래 말하실 골자가 무엇입니까, 미스터 워런?" 유진은 조의 방문 목적을 알고 싶었다.

"그냥 조라고 불러 주십시오." 조 워런이 유진을 바라보며 말했다. "친구 분이 관심이 있으면 한번 들러 달라고 해 주세요. 당신은 이쪽에서 잘하고 있다고 들었습니다. 반가운 소식입니다."

"감사합니다. 그저 농사일로 먹고살고 있습니다."

그때 두 사람은 길만이가 걸어오는 것을 보았다. 검은 양복에 중절모를 삐딱하게 쓰고 있었다. 마치 장례식에 가는 사람같이 보였다.

"아, 저 사람입니까?" 조는 눈을 가늘게 뜨고 파이프에서 안개같이 피어오르는 연기 사이로 길만을 바라보았다. "원 세상에. 꼭 그 꼴사나운 몰몬같이 보이는군요. 저 사람 혹시 몰몬 아닙니까?"

"뭐 특별히 믿는 것이 없는 사람입니다."

"그거 좋은 일이군요. 자신을 믿는 것이 훨씬 낫지요. 하나님이 밥 먹여 줍니까?"

길만은 유진과 조에게 바로 다가왔다.

유진이 길만을 소개했다. "길만, 이분은 조 워런일세."

길만은 모자를 벗고 허리를 굽혔다. 조가 손을 내밀었다. 길만은 짐짓 머뭇거리다가 조의 손을 잡았다. 조는 길만의 의심에 찬 눈에서 얼음 같은 차가움을 보았다. "서로 알게 돼서 반갑습니다. 그냥 조라고 불러 주십시오. 곧 나에 대한 소문을 많이 듣게 되실 겁니다." 조는 호탕하게 웃었다.

순자는 젖은 손을 닦으며 총총 걸음으로 부엌을 나와 문 뒤에 서서 남자들의 대화를 들었다.

"저는 길만이라고 합니다. 만나서 반갑습니다." 길만이 강한 조선 억양이 섞인 영어로 말했다.

"자네가 조의 농장을 세내고 싶지 않은지 알아보려고 찾아왔어."

"트레먼턴에 있는 땅은 좋은 농작물을 생산하는 땅입니다. 저쪽 길 밑에 땅이 또 한 덩어리가 있는데 손이 많이 가야 합니다. 그렇지만 돼지를 키우기에는 좋은 곳이지요." 도전적으로 보이는 동양인의 마음을 읽으려는 듯 조가 눈을 가늘게 뜨고 길만을 바라보았다. "케이만, 기왕 말이 나왔으니 말입니다만 왜 돼지를 키우려고 하십니까? 돼지는 더럽고 냄새나고 돼지는 큰돈이 안 됩니다. 나는 베이컨을 좋아합니다만. 내 생각으로는 젖소를 키우는 것이 나을 것이라는 생각이 드는군요. 물론 당신이 당신 부인과 무슨 짓을 하던 제가 상관할 일은 아니지만 말입니다."

"내 이름은 케이만이 아니라 길만이여." 길만은 자신의 이름을 바르게 발음하지 못한 백인을 차갑게 바라보며 말했다. 조는 그를 조롱하려고 고의적으로 이름을 틀리게 발음했다고 생각했다. 그런 생각이 들자 풍상을 많이 겪은 길만의 얼굴이 굳어지고 화가 난 어린아이처럼 입술을 오므리고 눈을 가늘게 떴다.

조는 사과하려고 재빨리 손을 내밀었다. "이름을 제대로 발음하지 못해서 미안합니다. 이곳에는 독일계 사람들이 많이 사는데 나는 때로 그 사람들의 이름도 제대로 부르지 못해요." 조가 뒤통수를 긁적거렸다. 길만은 마지못해 조의 손을 잡았다. 두 사람은 형식적으로 악수했다. "제 할머니는 덴마크 사람입니다. 할아버지와 결혼하고 나서 성을 바꾸셨지요. 제대로 발음하기가 정말 힘든 성씨였어요. 길만, 관심이 있으면 한번 들르세요. 좋은 조건으로 일을 성사시켜 보도록 합시다." 조는 말을 마치고 급히 차로 돌아가서 길 아래쪽으로 타고 온 픽업을 몰았다.

"자넨 어떻게 생각하나?" 흙먼지를 일으키며 저쪽으로 달리는 조의 픽업을 바라보며 유진이 물었다. "조는 참 좋은 사람이라고 들었어. 아내가 둘이긴 하지만."

그 말에 길만은 깜짝 놀랐다. "아내가 둘이라고?" 길만이 소리쳤다. "사람이 아니고 짐승이고만!"

"그 사람이 말했듯이 자기 처와 무엇을 하건 그건 우리가 간섭할 일이 아닐세." 유진이 길만을 다시 본론으로 끌고 왔다. "그 사람의 농장을 세내면 좋을 걸세. 요즘 좋은 농장을 세낸다는 것이 어디 그리 쉬운 일인가."

"조건만 좋다면 말이여." 길만이 의심스러운 듯 말했다. "나는 백인들을 안 믿는고만. 눈앞에서는 웃고 돌아서면 칼로 등을 찌르는 사람들이여."

"그렇지만 조는 이 골짜기에서 가장 인심이 좋은 사람이라고 들었네. 그리고 우리 이웃들은 다 좋은 사람들이야. 그들 대부분이 몰몬인데 우리 가족에게 매우 친절한 사람들이야."

"트레먼턴은 어떤기여?" 길만이 유진에게 물었다. 그는 모자를 여러 번 고쳐 쓰고는 눈 바로 위까지 모자를 푹 내려 썼다. 길게 자란 머리 때문에 좁아진 모자가 길만의 얼굴을 위로 잡아당겼다. 그러자 기분 나쁘게 반짝거리는 작은 두 눈이 위로 당겨 올라가 마치 구리동상에 조그만 검은 조약돌 두 개를 아무렇게나 꽂아 놓은 것처럼 보였다.

"조선인 한 가정이 거기에 살고 있어. 김씨네 집일세. 몇 주 전에 트레먼턴에 갔을 때 잠깐 들렀었지. 그곳에서 잘 살고 있다고 하더군."

"그 사람도 캘리포니아에서 이주혀 왔디여?" 길만은 갑자기 흥미를 보이며 물었다.

"아니, 워싱턴에서 왔어. 야키마에 있는 과수원에서 다른 조선인들과 같이 일하다가 반외국인 법이 통과되자 과수원 주인이 조선인을 모조리 쫓아냈어. 땅을 세낼 수도 없고 해서 이곳으로 흘러들어 온 걸세."

"나하고 좋은 친구가 될 것 같고만."

"그건 잘 모르겠네." 유진이 말했다. "아주 전형적인 조선 사람이야. 딸아이들이 사내아이들과 얼굴을 마주 보고 말도 못 하게 하는 사람이야. 딸아이들이 사내아이들과 말을 해야 할 때는 딸아이들은 한쪽 방에, 사내아이들은 다른 방에다 집어넣고서는 벽을 통해 서로 말하게 하는 구식 사람이야."

"그 사람과 어떻게 잘 지낼 수 있을 것이여?"

"두 여자가 같은 부엌을 못 쓴다는 말이 있네."

"자네 말 한번 잘혔어. 나는 항상 자네의 솔직한 의견이 마음에 드는고만. 이곳에서 살도록 허겄어." 길만이 고개를 힘차게 끄덕였다.

제2장

1.

또 다른 아름다운 하루가 계곡을 찾아왔다. 내일은 추수를 거두는 첫날이기에 동원이 가능한 모든 인력이 밭으로 나가야 한다. 심지어 어린 그레이스조차 밭에 나가 일을 거들어야 한다. 추수가 시작되면 마을아이들은 부모를 도우려고 밭으로 나갔다. 땅을 파먹고 사는 힘든 농촌생활의 필요성에 의해 만들어진 전통은 교육보다는 추수를 우선으로 받아들였다.

이른 아침 유진은 제이콥, 다니엘 그리고 길만과 함께 솔트크릭으로 낚시를 갔다. 몇 주 전에 순자가 추수 첫날에 생선찌개를 끓일 싱싱한 잉어와 대합을 잡아 오라고 유진에게 부탁했었다. 가을은 온 가족에게 힘들었지만 즐거운 계절이었고 유진이 들에서 곡식을 거두어들이며 찬송을 즐겨 부르는 계절이기도 했다.

순자는 루스와 함께 부엌에서 분주했다. 내일 곡식을 거두는 첫날을 위해 준비하고 있었다. 루스는 말순 집안과 나눌 버터를 만드느라 사 미터 높이의 교유기에 크림을 젓고 있었다. 크림을 젓는 일은 아주 힘든 일이기 때문에 제이콥이 그 일을 늘 맡아 왔지만 오늘 제이콥은 아버지와 함께 낚시를 하러 갔기 때문에 루스가 그 일을 맡았다.

유진은 때로 집에서 만든 버터를 팔러 읍내로 나가곤 했지만 추수가 시작되면 다른 일을 할 시간이 없었다. 순자와 루스는 작업복을 입고 그동안 수도 없이 반복해 온 일을 좁은 부엌에서 능률적으로 해내고 있었다. 그레이스는 부엌 한구석에서 인형을 가지고 놀고 있었다. 그레이스는 아무도 귀찮게 해서는 안 된다는 것을 알고 있었다. 엄마는 그레이스에게 소리치면 들리는 거리에서 놀도록 명령했다. 부엌에는 수도가 없어서 두 사내아이들이 집 뒤에 있는 우물에서 물을 길어왔다. 순자는 우물에서 설거지하는 것을 좋아했는데 그것은 옛날 여덟이나 되는 식구가 있는 집안에서 어린 시절에 오랫동안 해 온 습관이었다.

"물고기를 많이 잡아 오면 좋겠다." 순자가 수건으로 땀을 닦으며 말했다. "지난해에는 메기와 잉어를 잔뜩 잡아 와서 내가 대부분 통조림을 만들어 간수했지. 매콤하고 양념이 많이 든 생선찌개는 추운 겨울을 나기에 아주 좋다."

"아버지는 재주가 많으세요. 몇 다스쯤은 잡아 오실 거예요." 루스가 물을 마시려고 일어서며 말했다. "제이콥도 낚시질 잘해요."

"그래. 제이콥은 외할아버지를 쏙 빼다 박았다." 순자가 웃으며 딸을 쳐다보았다. 순자는 아이들이나 남편의 좋은 점은 모두 외할아버지 탓이라고 했다. "우리 아버지는 이른 아침부터 해질 때까지 연못에서 낚시를 하셨다. 우리 마을 남쪽 끝에 점쟁이 할머니가 혼자 사시던 집이 있었는데 그 길을 조금만 지나면 커다란 연못이 두 개 있었다. 아버지는 커다란 잉어를 많이 잡아 오셨어. 여름이면 우리 아버지는 은어를 잡아 오셨지. 어떤 때는 아버지가 나를 데리고 가셨다. 모래사장에 앉아 막 잡은 싱싱한 물고기로 찌개를 끓여 점심을 함께 먹었다. 엄마는 너무 아름다운 어린 시절을 보냈다. 근심 걱정 없던 그때가 그립구나." 잊을 수 없는 그리움으로 순자의 눈이 반짝거렸다.

"엄마 없이 자란 아버지를 생각하니 슬퍼요." 루스는 교유기를 다시 저으며 말했다.

"아무도 할머니를 살릴 수 없었단다. 아버지가 태어나자마자 바로 돌아가셨대. 들은 얘기다만." 순자는 마음이 언짢아 머리를 흔들었다. "그 당시엔 병원도 없었어. 나이 드신 한의원 한 분이 읍내에 있었을 뿐이었으니까."

루스는 엄마를 바라보았다. "엄마, 우리 할아버지 기억하세요?"

"아니, 한두 가지만 생각 나. 나는 그때 어린아이였으니까."

누가 문을 두드리는 소리가 들렸다. 루스가 일어나 문을 열자 로버트 슈로더가 문밖에 서 있었다.

"루스, 안녕." 로버트가 손을 호주머니에 찔러 넣은 채 인사했다.

"밥, 안녕. 무슨 일이니?"

순자는 그들이 말하는 소리를 부엌에서 듣고 있었다. 순자는 로버트를 몇 번 만난 일이 있었다. 루스는 매일 쓰고 다니던 낡은 철도모자를 안 쓰고 밝은 노란색 셔츠를 입고 나타난 로버트를 보자 반가웠다. 로버트는 아주 깨끗해 보였다. 그러나 루스의 눈길이 그의 낡은 군화에 닿자 눈살을 찌푸렸다. 너무 낡아 발가락이 삐져나올 정도였다.

"혹시 네 아버지가 일손이 더 필요하지 않나 해서 왔어. 일을 도와 드리고 돈을 좀 벌려고 그래. 작년에는 일본 집에 가서 양파 거두는 일을 도왔어. 한 자루당 십 센트씩 받았어."

"일손이 필요해." 순자가 한국말로 말했다. 순자는 일어서서 문쪽으로 빨리 걸어갔다. 로버트를 몇 번밖에 본 일이 없지만 순자는 로버트를 좋아했다.

"내가 아버지에게 물어볼게. 틀림없이 내일 일손이 필요할 거야." 루스가 엄마의 강한 이북 사투리를 통역할 차례였다. 한 마디도 알아듣지 못하는 먼 세계의 말을 통역하는 루스의 아름다운 목소리를 듣고 서 있는 로버트의 맑고 깊은 눈이 반짝거렸다.

"학교에 필요한 돈을 벌어야 해." 로버트가 말했다. 그의 태도에는 조금도 비굴함이 없었다. "내가 직접 네 아버지께 여쭈어 볼까?" 부드럽게 미소 짓고 서 있는 루스를 바라보며 로버트가 물었다. 순자는 그것을 놓치지 않고 지켜보았다.

루스가 말했다. "아버지는 아침 일찍 낚시하러 가셨어."

"어디로?"

"분명히 솔트크릭에 가셨을 거야. 친구 분이랑 오빠랑 같이 가셨어."

"그러면 내가 가서 직접 만나 말씀드릴게."

"잠깐!" 로버트가 돌아서려는 순간 순자가 그를 불렀다. "네 어머니에게 드릴 것이 있다." 루스가 다시 통역을 했다.

"여기서 잠깐만 기다려라." 순자가 급히 다시 부엌으로 걸어가면서 말했다.

"너도 아버지 일을 도울 거니?" 로버트가 문에 서 있는 루스에게 물었다.

"며칠 동안만." 루스는 수줍어하며 말했다. "아버지는 우리가 농장에서 일하는 것을 원하지 않으셔."

순자는 깨끗한 하얀 상보를 덮은 큰 사발을 가지고 나왔다. 그 사발을 로버트에게 건네주었다. "오늘 아침에 만든 빵이다. 그리고 버터도 조금 담았다."

"고맙습니다. 미세스 박. 엄마가 좋아하실 거예요." 로버트는 사발을 손에 들고 돌아서서 걸어갔다.

루스는 로버트를 자랑스럽게 지켜보고 서 있었다. 로버트가 저만치 갔을 때 큰소리로 물었다. "책 좀 빌려 갈래?"

로버트가 돌아섰다. "아니, 오늘은 안 빌릴래. 아마 추수가 끝날 때까지는 책을 읽을 시간이 없을 거야." 로버트는 걸어가던 길로 다시 돌아섰다. 루스는 문 옆에 그대로 서서 로버트가 들판을 지나고 그 모습이 시야에서 사라질 때까지 바라보았다. 싱그러운 아침 공기만이 루스의 가벼운 한숨을 들었다.

"잉어가 몸에 좋다고들 그려." 길만이 낚싯줄을 천천히 잡아당기며 말했다. "한 마리 걸린 것 같고만."

"오늘 잘 잡히는군. 여러 마리 잡았어." 유진이 또 다른 입질을 기다리며 길만을 바라보았다.

그들은 길 아래 개울둑에 서서 낚시를 했다. 낚시를 하기에 너무나 좋은 날씨였다. 푸른 동산은 황금빛으로 물들었고 길 위쪽에서부터 마을 밑에까지 뻗힌 누런 밀밭이 산들바람에 황금물결을 이루었다. 짜릿한 가을 냄새는 수줍게 불어오는 바람과 넉살좋게 시시덕거렸다. 상류 저쪽 편에서는 마을 사람들이 낚시를 하고 있었다.

길만이 낚싯대를 끌어올렸다. 커다란 잉어가 낚싯줄 끝에서 몸부림치고 있었고 은색 비늘이 햇빛을 받고 반짝거렸다. 길만이 재빠르게 아가미를 잡고 조심해서 낚싯바늘을 뺀 뒤 망태기에 집어넣었다. "잉어를 어떻게 먹는지 알아?" 길만은 검고 작은 지렁이를 손바닥에 올려놓았다. 꿈틀거리는 지렁이를 손톱으로 싹둑 잘라 반

쪽을 낚싯바늘에 끼었다. "은근한 불에 오래오래 고아야 혀. 건강에 아주 좋당께. 살도 먹고 국물도 마시고 말여."

"아이나 임산부에게 좋다고 들었네." 유진이 말했다.

길만이 낚싯줄을 다시 던지며 말했다. "집사람보고 매운탕을 끓이라고 혀야겠어. 자네 식솔을 데리고 우리 집에 와. 우리 집사람 요리 솜씨는 일품이여." 던지며 말했다.

"좋지. 그렇게 함세." 제이콥은 조금 위에 서서 초조하게 낚싯줄을 지켜보고 있었다. 조그만 메기 두 마리만 낚았다. 마음이 초조해지자 목이 뻣뻣해지고 손이 피로했다. 제이콥은 지루함을 달래려고 눈을 들어 낯익은 주위를 바라보았다. 그때 저 멀리서 로버트 슈로더가 그들을 향해 부지런히 걸어오는 것을 보았다. 로버트는 도로에서 갓길로 들어섰다. 제이콥을 보자 밝게 웃었으며 큰소리로 인사했다. 뛰어온 탓에 숨을 헐떡거리고 있었다.

제이콥이 물었다. "밥, 웬일이야?"

"제이콥, 네 아버지를 만나려고 왔어." 로버트가 마른 입술을 혀로 적시며 말했다. "뭐 좀 잡았어?"

"겨우 못생긴 메기 두 마리만 잡았어. 오늘은 낚시가 안되는 날인가 봐."

"그래 무슨 일로 나를 보러 왔느냐?" 유진이 로버트 쪽으로 몸을 돌리며 물었다. 유진은 로버트를 볼 때마다 마치 오래전 고향에서 살던 자신의 모습을 보는 것 같았다. 독립적이고 정직하며 야심 있는 로버트가 마음에 들었다.

"박 선생님", 로버트가 유진 앞으로 용감하게 다가서며 말했다. "돈이 좀 필요해서 일거리를 찾고 있어요. 혹시 내일 제가 거들어

드릴 일이 없을까 해서요."

"젊은이, 어떤 일을 할 수 있나?" 유진은 로버트를 바라보았다. 매우 정직한 그 아이에게는 소심한 것도 꾸밈도 없었다.

"무를 뽑아 차에 실을 수도 있구요. 박 선생님, 저는 여러 가지 일을 할 수 있습니다."

"계속 말해 봐."

"박 선생님, 실망하지 않으실 겁니다. 루스도 알지만 저는 여러 집을 도운 일이 있습니다. 저는 경험 있는 농장 일꾼이라고요."

유진은 로버트를 바라보며 싱긋 웃었다. "그래? 아마 일손이 필요할 것 같다. 보상조건은 뭐냐?" 유진은 호기심이 났다. 그는 이 독일계 소년을 마치 자식처럼 생각하고 있었다.

"식사 무료제공 그리고 공정한 임금을 주시면 됩니다. 지나치게 바라지 않지만 노력을 한 만큼 적당한 임금을 받기를 바랍니다." 로버트가 유진을 올려다보며 온 목적을 놓고 유진과 교섭했다.

"우린 조선 음식을 먹는데 네 입에 맞겠니?"

"그럼요, 박 선생님."

"그러면 내일 아침 일찍 우리 집으로 오너라. 새벽에 일을 시작할 테니까. 만일 늦으면 밭으로 곧장 오너라. 거기서 나를 만날 수 있을 게다."

"감사합니다. 박 선생님." 로버트가 웃었다. "내일 새벽에 집으로 가겠습니다." 로버트는 돈이 몹시 필요한 어머니를 돕기 위해 일거리를 찾게 되어 뛸 듯이 기뻤다. 어머니는 겨울이 오기 전에 아들에게 새 신발과 따뜻한 옷을 사 주기를 원했다. 칠월에 로버트는 복숭아를 따서 십오 불을 벌었다. 그러나 겨울에 땔 석탄과 동생들

옷을 사려면 어머니는 많은 돈이 필요할 것이다.

2.

유진과 온 식구가 밭을 향해 행군하고 있을 때 날이 느린 거북이걸음처럼 새기 시작했다. 새벽바람은 시원하고 상쾌했다. 마치 군부대가 치열한 전투를 앞두고 행진하듯 전 가족이 일렬종대로 행진했다. 유진, 제이콥 그리고 로버트는 말을 타고 있었고, 루스는 아직도 반쯤 잠든 어린 그레이스의 손을 끌면서 등불을 손에 들고 총총 걸음을 걷고 있는 엄마 뒤를 따라갔다. 다니엘은 맨 뒤에서 걸어갔다.

밭에 이르자 남자 아이들은 옆으로 세워 놓은 무거운 통나무에 말을 맸다. 유진은 팔을 들어 허공에다 원을 그렸다. 가족은 그것이 무슨 뜻인지 알고 있었다. 해마다 그랬던 것처럼 오늘도 하나님의 축복을 간구하려고 온 가족이 재빨리 작은 원을 그리며 유진의 주위에 모였다.

몰몬인 로버트는 이른 아침 조선인 가족 한가운데 끼여 루스 옆에 서 있는 자신을 발견하고 놀랐다. 이른 아침의 고요 속에서 서서 그들은 '주 은혜 놀라와' 찬송을 불렀다. 로버트는 가사를 한두 줄밖에 몰라서 찬송을 부르지 않았다. 유진의 가족이 찬송을 부르는 동안 로버트는 눈을 뜨고 엄숙한 기독교 가족의 모임을 바라보았다. 로버트는 그들 가운데 거룩하신 하나님의 임재를 느꼈다.

*이 코리언 가정은 우리 집과 다르다*고 로버트가 생각했다. 그의

아버지는 하나님을 믿는 신앙인도 아니었다. 로버트는 마치 하나님의 임재를 찾는 듯 눈을 들어 불똥처럼 별들이 반짝이는 새벽하늘을 쳐다보았다. 그에게 사랑이 가득한 어머니를 주신 것과 망나니 아버지를 주신 것까지도 그리고 그날 일거리를 준 유진을 하나님께 감사했다. 그날 아침의 경외에 찬 그 체험을 로버트는 평생 잊지 못하리라 생각했다.

찬송이 끝나고 유진이 성경을 펼치자 순자는 유진이 하나님의 말씀을 읽을 수 있도록 등불을 얼굴 가까이 갖다 댔다. 유진은 마태복음 9장 37절부터 읽었다.

> 이에 제자들에게 이르시되 추수할 것은 많되 일꾼이 적으니
> 그러므로 추수하는 주인에게 청하여 추수할 일꾼들을 보내 주소서 하라
> 하시니라

유진이 성경을 닫고 기도를 시작했다. 로버트는 옆 눈질로 살짝 그들을 바라보았다. 그들은 엄숙한 침묵 속에서 머리를 숙이고 두 손을 가슴 위에 모으고 서 있었다. 로버트는 마치 자신이 유진의 가족인 것 같은 가까움을 느꼈다.

"위대하고 자비로우신 하나님, 하나님의 자비와 은혜에 감사드립니다. 오늘 첫 사탕무를 추수하고자 모였습니다. 이 추수를 축복하셔서 우리가 굶주리는 일이 없도록 하시고 우리 아이들이 배고프지 않게 하시고 빵을 구걸하는 일이 없게 해 주시며 또한 하나님의 뜻에 따라 배고픈 사람들을 먹일 충분한 양식을 주옵소서.

"아브라함 자손들이 애급에서 나그네였던 것처럼 우리도 이 땅

에서 나그네입니다. 지극히 거룩하신 하나님, 우리나라에 자비를 베풀어 주옵소서. 우리 땅을 침략해 죄 없는 백성들을 총과 칼로 살육하는 자들로부터 구하여 주소서. 우리가 비록 이 땅에서 나그네로 살지만 우리가 다른 사람들을 존경과 사랑으로 대하도록 도와주소서. 이는 우리가 하나님의 자녀이기 때문입니다. 지극히 거룩하신 하나님, 우리가 살아 있는 동안 하나님을 찬양하겠나이다. 우리의 구주 되신 예수님의 이름으로 기도드립니다. 아멘."

해가 산 위로 떠오를 즈음 순자와 루스는 사탕무의 푸른 줄기를 다듬느라 분주했다. 순자는 그 줄기를 여러 용도로 사용할 것이다. 조그만 지하창고에 보관하고 나머지는 삶아서 보관해 두었다가 겨울에 국이나 김치찌개를 만드는 데 사용할 것이다.

오래전 마을에 아직 전기가 들어오기 전에 겨울에 야채를 신선하게 저장하기 위해 유진은 햇빛이 잘 드는 집 뒤에 땅을 사 피터 정도 파서 저장소를 만들었다. 그것이 그 집의 냉장고였다. 야채가 얼지 않도록 저장소의 벽을 짚으로 여러 겹 덮었다. 가운데에 야채를 쉽게 꺼낼 수 있도록 작은 문을 달았다. 문 뒤에는 차가운 바람을 막기 위해 짚을 겹겹이 쌓아 못질을 해 두었다. 냉장고는 비싸고 또 전기를 너무 많이 소비했다. 냉장고 없이도 살아온 순자는 꼭 냉장고가 있어야 할 필요를 느끼지 않았다. 냉장고 없이도 부엌일을 잘해 나가고 있었다.

뿌리를 자르면서 루스는 어깨 너머로 살짝 로버트를 바라보았다. 순자는 그것을 놓치지 않고 지켜보았다. *이 아이들은 서로 좋은 친구이지만 친구 이상으로 발전하지 못하도록 해야 해.* 루스는 반드

시 대학에 가서 훌륭한 조선 남자와 결혼해야 한다. 루스는 유타주 립대학교에 진학하고 싶다고 하지만 솔트 레이크 시에는 조선인 가정이 몇 가정밖에 없어. 루스는 반드시 캘리포니아로 가서 좋은 조선인 학생들과 사귀어야 해. 유진은 캘리포니아를 더 좋아하지만 유타를 떠나고 싶어 하지 않았다. 순자는 언젠가 온 가족이 다시 캘리포니아로 이주하기를 갈망했다.

며칠 전 말순은 캘리포니아 중가주로 다시 돌아가 프레스노에서 하숙집을 운영하고 싶다고 했다. 남편이 한 번도 가족을 부양하기 에 충분한 돈을 번 적이 없다고 말하면서 그녀가 일을 하지 않는 한 찢어지게 가난한 살림을 피할 수 없다고 했다. 중가주에는 독신 조선 남성들이 많았다. 그들은 농장 일꾼이었는데 숙식이 필요한 사람들이었다.

순자 역시 뭔가 조그마한 장사를 해 볼 생각을 했지만 유진이 결코 동의하지 않을 것을 알고 있었다. *여자는 가정에만 있어야 한 다.* 유진은 그 전통을 결코 포기하지 않을 것이다. 비록 대부분의 조선 전통과 가치관을 버린 지 오래됐지만 여자는 가정에만 있어 야 한다는 것은 유진이 타협하기를 거부하는 몇 가지 조건 가운데 하나였다.

정오가 조금 안 되어 로버트의 아버지 탐 슈로더가 갑자기 유령 처럼 나타났다. 루스가 먼저 그를 보고 로버트에게 달려가 아버지 가 이쪽으로 오고 있다고 귀띔해 주었다.

유진은 한 번도 탐을 만난 일이 없었기에 그의 갑작스러운 출현 에 별로 관심이 없었다. 그러나 로버트는 마치 상처받은 사슴처럼 뒤뚱거리며 뛰어오는 아버지를 보자 벌컥 겁이 났다. 아버지가 동양인을 공개적으로 미워하는 사실이 기억났다. 로버트는 걱정스러운 얼굴로 유진을 바라보았다. 유진에게 저 사람이 누구인지 알려야 할지 알리지 말아야 할지 도무지 생각이 나지 않았다. 그러다가 로버트가 유진에게 다가가 말했다. "제 아버지예요." 아버지의 의도를 몰랐기 때문에 그 이상 말할 수가 없었다. 그러나 아버지의 의도가 무엇이든 불길한 느낌이 들었다.

유진은 허리를 쭉 펴며 일어섰다. 얼굴에 흐르는 땀을 손등으로 닦았다. 겁에 질려 그를 바라보고 있는 로버트의 마음을 읽지 못한 유진은 자랑스러운 독일계 소년을 보며 웃었다. 모두 일손을 멈추고 달음질쳐 오는 사람을 바라보고 서 있었다. 루스가 엄마에게 탐 이야기를 해 준 일이 있어서 순자는 탐이 혹시 로버트를 때리지 않을까 걱정했다.

"로버트 슈로더!" 탐은 마치 범죄자를 쫓는 경관처럼 뛰어오며 고래고래 소리를 질렀다. 마침내 로버트 앞에 이르자 아들에게 독이 찬 혀를 휘둘렀다. "너, 여기서 뭐하는 거냐? 이 쓰레기 같은 것들하고."

아버지가 무슨 일로 왔는지 겨우 짐작했을 때 탐의 무자비한 큰 손이 로버트의 얼굴을 후려갈겼다. 로버트는 쓰러졌다. 코피를 흘리면서 아버지의 야만스러운 공격에서 자신을 보호하려고 두 팔로 얼굴을 감쌌다.

탐의 난폭한 공격에 깜짝 놀란 유진은 로버트를 구하려 달려갔다. 유진은 탐의 옆구리를 쉬지 않고 발로 걷어차는 로버트 슈로더를 저지하려고 애썼다. 탐은 마치 야수처럼 유진에게 몸을 돌려 공격 자세를 취했다. 그리고 유진의 얼굴을 향해 주먹을 날렸다. 그

러나 유진은 그의 팔을 낚아채고 뒤에서 팔을 비틀었다. 탐은 팔을
빼내려 애쓰며 비명을 질렀다. 유진은 탐의 팔을 위쪽으로 세게 졸
랐다. 유진은 젊었을 때 조선에서 씨름선수였다.—상당히 힘이 센
씨름꾼이었다.—한번은 송아지와 쌀 다섯 가마를 상으로 받은 일도
있었다.

탐은 힘이 센 동양인의 손아귀에서 빠져나오려고 젖 먹은 힘까
지 동원했다. "야, 이 갈보 새끼야!" 탐이 고래고래 소리 질렀다.
"우리 땅에서 꺼져! 여기는 너희 나라가 아냐! 네 거지 같은 나라
로 꺼져! 이 더러운 중국 놈아!"

"나는 중국인이 아냐." 유진이 탐의 팔을 조였다. "나는 코리안
이야. 중국인이 아니라고."

"코리안이나 차이니스나 거기가 거기지. 여기는 네놈이 속한 땅
이 아냐. 여기서 모두 꺼져!" 탐이 미친 듯이 소리를 질렀다.

그때 로버트가 일어나 겁에 질려 옆에 서 있는 루스를 바라보았
다. 피 묻은 얼굴로 아버지에게 다가갔다. "아버지" 로버트가 담대
하게 탐을 바라보았다. 그의 눈에는 더 이상 두려움이 없었다. 그
러나 숨 막히는 미움이 서려 있었다. "우리 집안을 위해서 돈을 벌
려고 하는데 왜 이러세요?"

"모가지를 분질러버리기 전에 입 닥치고 당장 집에 가! 저런 놈
의 돈은 필요 없어. 저놈은 우리 편이 아냐. 알아들었어?" 탐은 마
치 미친개처럼 아들을 노려보았다.

"아버지, 이분들은 좋은 사람들이에요. 아버지 같지 않아요. 아버
지는 주정뱅이 싸움꾼에 지나지 않아요."

"아가리 닥쳐!" 탐이 다시 아들을 노려보며 소리소리 질렀다.

"지금 누구한테 개소리야? 네놈이 누구냐? 너는 내 아들 새끼야.
알았어?"

"이런 아버지를 가진 것이 창피스러워요." 로버트가 가슴에 날카
로운 아픔을 느끼며 울었다. "이분에게 좀 배우세요. 이분은 훌륭
한 분이세요. 가족을 사랑하는 좋은 분이에요." 유진을 쳐다보는
로버트의 눈에서 유진은 무서운 아픔을 보았다. "박 선생님, 죄송
합니다. 저런 아버지를 둔 것은 제 잘못이 아닙니다. 그렇지만 아
버지의 무례에 대해 제가 대신 사과드립니다."

"당신, 훌륭한 아들을 두었구면." 유진이 탐에게 말했다. "아들을
자랑스럽게 여기시오." 유진은 탐을 손아귀에서 풀어 주었다. 탐은
재빨리 몇 발짝 뒤로 물러나 안전한 거리를 두고 섰다. 유진의 억
센 손이 비틀었던 팔에 피를 통하게 하려고 팔을 허공에 마구 휘둘
렸다.

"밥, 추수가 끝날 때까지 우리와 함께 있어도 좋아. 그러나 네가
결정할 일이다."

"감사합니다, 박 선생님. 그렇지만 어머니와 동생들이 기다리는
집으로 돌아가야 해요." 로버트가 돌아서서 자리를 떠났다.

"여기서 꺼지는 것이 좋을 거야. 내 말 들어? 내가 너라면 지금
당장 떠날 거야." 탐은 소리 지르고 연신 욕을 내뱉으면서 아들 뒤
를 쫓아갔다. 유진과 온 가족은 아버지와 아들을 바라보았다. 너무
놀란 루스의 눈에는 오직 로버트만 보였다. 루스는 로버트의 아픔
을 느끼다가 갑자기 그 아픔이 탐을 겨냥한 분노로 변했다. 로버트
를 안고 위로해 주고 싶은 충동이 일어났다. 저항하기에 너무 강열
한 충동이었다. *로버트를 따라가서 위로해 줄 수 있었으면!* 그렇게

생각하자 루스의 눈에 눈물이 고였다.

제3장

1.

크리스마스가 몇 주 앞으로 다가왔다. 마을 사람들에게 유난히도 그해는 겨울이 빨리 찾아왔다. 구월에 있었던 주식시장의 붕괴는 온 마을에 두려운 그림자를 던지고 그 계곡에 살고 있는 사람들은 한결같이 그 영향을 피부로 느꼈다. 대부분 농부들이라 먹을 것은 걱정 없었으나 농작물에 대한 수요가 없었고 많은 사람들이 토지 대금 지불할 일을 걱정하고 있었다. 정말 그해 겨울은 지난해 겨울보다 훨씬 추웠고 연말의 축제 분위기조차 없었다.

차가운 바람이 산 위에서 골짜기를 휩쓸며 불어 내려오고 얼어붙은 땅 위에 부서진 성냥갑처럼 서 있는 마을에도 공통적인 근심 걱정이 스며들었다. 유진의 집도 예외가 아니었다.

썰매에 디처(눈을 치우는 장치)를 옆에 달고 썰매를 달리던 유진은 자식들의 장래를 생각했다. 인간들이 겪는 재앙을 모르는 말 두 마리는 썰매를 끌고 나란히 눈보라 속을 달렸다. 유진은 고향의 얼어붙던 추운 겨울이 머리에 떠올랐다. 추운 겨울날 넝마같이 해진 여름옷을 입고 차가운 겨울바람이 날카로운 이빨로 살을 깨물던 아픔을 참으며 거리의 한 모퉁이에 벌벌 떨고 서 있던 자신의 어렸을 때가 떠올랐다. 지구 다른 한쪽 구석에서 있었던 매서웠던 겨울 추위와 다시 싸우기라도 하듯 유진은 양털 모자를 눈썹까지 깊이 눌러쓰고 두텁고 부드러운 목도리를 단단하게 잡아맸다.

지난밤 어두운 겨울 밤하늘은 일 미터가 넘는 폭설을 쏟아 울타리와 전선주는 눈에 덮여 있었다. 썰매를 끌던 유진은 하늘을 올려다보았다. 하늘은 어둡고 험상궂게 보였다. 눈이 더 내린다는 조짐이었다. 두꺼운 겨울옷으로 몸을 감쌌지만 살을 에는 찬바람은 유진의 얼굴을 때렸고 빙하의 매서운 차가움은 솜털 장갑을 낀 유진의 손가락을 마치 가시처럼 찔렀다.

길이 미끄러웠다. 때로는 아주 위험하기도 했다. 유진이 학교에 이르렀을 때 아이들은 교실에서 공부하고 있었다. 교실이 네 개인 붉은 벽돌로 지은 학교 건물에서 작은 수의 학생들이 공부하고 있었다. 학교 옆에는 몰몬 교회가 서 있었다. 유진은 썰매에서 내려 옆으로 걸어가서 디처를 살펴보았다. 안전하게 보였다. 그때 학교가 끝난 것을 알리는 종이 울렸다. 유진은 밖으로 뛰어나오는 아이들의 무리 속에서 다니엘을 찾았다. 다니엘을 썰매에 태우고 집을 향해 짙은 눈보라 속으로 달렸다.

"학교는 어땠느냐?" 유진이 앞을 바라보며 조선말로 다니엘에게 물었다.

"좋았어요." 다니엘이 서툰 조선말로 대답했다.

마을에 조선인 학교가 없어서 다니엘은 한글을 읽고 쓰는 것을 배우지 못했다. 유진에게 그런 것은 관심 밖의 일이었다. "우리 아이들이 미국 사람이니 굳이 조선말을 배울 필요가 없어요." 유진은 순자에게 그렇게 말했었다.

"그러나 우리 아이들은 이방인이에요. 우리처럼 말이에요." 순자는 얼굴을 찡그리며 말했었다. "종태 엄마에게 부탁해서 우리 아이들에게 한글을 가르쳐 달라고 부탁합시다. 종태 엄마는 조선에서 학교를 다녔으니 분명히 아이들을 가르칠 수 있을 거예요." 몇 주 전에 순자가 한 말이었다.

말순은 아이들을 가르칠 수 있는 능력이 있는 여자라고 마지못해 인정했지만 유진은 순자의 제안을 거절했었다. "그 여자, 전형적인 조선 여인이 아니에요. 너무 드세서 길만이도 마누라를 다루는 데 쩔쩔 매는 것 같소." 유진이 응답했다.

순자는 말순의 가족을 그날 저녁식사에 초대했다. 특별한 날은 아니었다. 무엇 때문에 두 가족을 한곳에 모이게 했는지 아는 사람은 순자뿐이었다.

말순은 밖에서 몇 해 전에 유진이 만든 화덕에 석쇠를 올려놓고 돼지고기를 굽고 있었다. 작고 네모난 화덕이었는데 일 미터 정도의 높이에 지름이 약 이십오 센티미터쯤 됐다. 돌과 회반죽으로 간단하게 만든 화덕이었다. 숯불이 화덕 안에서 빨갛게 달아올랐고 불꽃이 돼지고기에서 떨어지는 기름을 핥으며 타고 있었다. 그 전날 저녁 순자는 싱싱한 마늘을 깨어 참기름과 설탕을 고추장에 버무린 양념을 만들고 돼지고기를 밤새 재어 놓았었다.

눈보라는 조금 전에 멈추었지만 가는 눈발이 저녁의 고요에 맞추어 어두운 하늘에서 춤을 추며 내려왔다. 침울한 하늘과 말순을 둘러싼 세상이 마치 다른 세상에 와 있는 것처럼 너무 고요했다.

거실에 있는 히터롤라 스토브 위에는 된장국이 끓고 있었고 스토브에서 타고 있는 단풍나무 장작은 온 집 안을 싱싱한 여름 향기로 가득 채웠다. 루스는 저녁상을 차리며 아이들을 위해 유진이 몇 해 전에 손수 만든 작은 상을 거실 가운데 차렸다.

"차 더 들게." 유진이 길만의 잔에 뜨거운 차를 따르며 말했다. 두 사람은 거실에서 저녁을 기다리며 뜨거운 차를 마시고 있었다. "내일 눈이 그치면 트레먼턴에 돼지를 운반해야겠어."

"글세", 길만이 차를 마시며 생각에 잠겨 말했다. "고기 값은 자꾸 떨어지고 아직도 오십 마리나 남았제. 몇 푼이나 벌수 있을지 모르겠고만."

"무슨 말을 하는지 알겠네." 유진이 걱정스러운 눈으로 길만을 바라보며 말했다. "자네가 여기로 이사 오자마자 이런 일이 터졌으니, 나도 걱정거리가 많아. 자네도 알다시피 나는 소작인이 아닌가. 미스터 탐슨이 제때에 토지 할부금을 내지 못하면 농장을 뺏길 것이고 그렇게 되면 나도 모든 것을 잃게 돼."

항의라도 하듯 길만이 머리를 한쪽으로 빼딱하게 젖히고 말했다. "돼지를 먹이는 일이 싼 일이 아니여. 돼지들은 하는 것 없이 그저 처먹을 것을 찾느라 코끝을 땅에다 처박고 밤이고 낮이고 꿀꿀대기만 혀. 어떤 때는 총으로 모두 콱 쏴 죽이고 싶을 때도 있제. 그러면 기분이 좀 풀릴 것이여."

유진이 말했다. "최소한 우리는 먹을 양식이라도 있지. 많은 큰 도시 사람들이 직장을 잃었다고 들었어. 식품을 살 돈도 없다는구면. 내가 농부인 것이 다행이야."

"돈 없으면 굶어야 혀. 그놈들도 빈털터리고 나도 빈털터리여." 길만은 매우 비통한 표정이었다. 계속 곤두박질하는 식품가격이 길만으로 하여금 수많은 밤을 뜬눈으로 지새우게 했다.

유진이 말했다. "우리가 이 땅에 올 때는 맨주먹이었는데 그래도 이제는 뭔가 손에 쥔 것이라도 있어. 형편이 이보다 더 나빠지지는 않겠지."

"고향으로 돌아갈 여비를 마련할 수 있을 것인지 나 혼자서 묻고 있제. 이십 오년 전 빈털터리로 하와이에 도착했을 때나 지금이나 나는 여전히 빈털터리여." 길만이 담뱃대를 채우며 말했다. 그는 절망스러운 말만 하는 것이 싫었다. "우리 고향에서는 말이여, 겨울밤이면 숯불을 피운 질화로 가에 둘러앉아 고구마를 불 속에 던져 넣고 익을 때를 기다렸지. 고구마가 뜨거워 입으로 찬바람을 불면서 껍질을 벗기느라 야단들이었지. 우리 어린 것들은 긴긴밤 화롯가에서 어머니가 들려주던 옛날이야기를 듣고 말이여. 그때 우리 집은 최고 품종인 황딩이 밤고구마를 길렀당께." 길만이 잠시 말을 멈추었다. "그런 단 고구마를 먹을 수 있다면 참 좋을 것인디. 오늘같이 추운 겨울에는 딱 제격인디 말이여."

"우리 마을에 어린 장난꾸러기들이 많았어." 유진이 말했다. "겨울이면 캄캄한 밤에 참새를 잡으러 다녔어. 겨울을 지내려고 참새들은 초가집 처마 밑에 둥지를 치거든. 마치 피라미드같이 한 녀석이 다른 친구 어깨 위에 서면 또 다른 친구가 그 친구 어깨 위에 서고, 그런 식으로 말이야. 맨 위에 선 친구가 처마 밑에 손을 넣어 참새를 잡았어." 유진의 입가에 미소가 떠올랐다. "어떤 친구들은 집 안에 토끼를 키웠는데 참새를 많이 잡지 못한 날이면 걔들 집에 들어가 참새 대신 토끼를 잡았어." 유진이 낄낄대며 웃었다.

저녁 식사가 끝나고 순자와 말순은 아이들의 조그만 탁자에 앉아 숭늉을 마시고 있었고 아이들은 방에서 놀고 있었다. 그날 저녁은 모두에게 따뜻하고 아늑한 시간이었다.

"크리스마스에 뭐 할 거예요?" 순자가 말순에게 물었다.

"눈이 이렇게 오면 나갈 수가 없을 거예요. 그냥 집에서 별식이나 해서 먹지요." 말순은 파이프에서 파마머리처럼 피어오르는 담배 연기를 바라보고 있는 길만을 쳐다보며 말했다.

"우리와 같이 크리스마스 예배에 가면 좋겠어요." 순자는 길만이 기독교 교인이 아닌 것을 알고 있었지만 제안을 내놓았다.

"그러면 좋겠네요." 말순이 남편의 동의를 구하며 다시 길만을 바라보았다. "아이들에게 좋을 것 같네요. 이웃이라야 겨우 우리 두 가정뿐이라 아이들이 거룩한 성탄절을 반드시 지키도록 해야지요."

유진이 말했다. "이보게 길만, 날씨가 좋아지면 함께 교회에 가세. 날씨가 나쁘면 우리 집에서 크리스마스이브 예배를 함께 드리고. 아이들은 지들끼리 게임을 하게 하고 말일세. 어떤가?"

"나는 크리스마스고 교회고 다 싫다고. 다 위선자 패거리들이여."

"어떤 면에서 보면 우리 모두가 다 위선자 아닌가요?" 말순은 길만의 눈길을 피하며 날카롭게 대꾸했다.

"그 혓바닥 조심혀야 쓰겠어." 길만이 말순을 쏘아보며 말했다.

"그냥 한번 생각해 본 것뿐이에요." 오랫동안 꺼지지 않고 살아 있는 미움의 불길이 다시 번질까 봐 순자가 얼른 말했다. 순자는 말순에게 얼굴을 돌렸다. "부탁할 것이 하나 있어요."

유진은 무슨 말을 하려나 궁금해하며 순자를 바라보았다.

"뭔데요?"

"우리 아이들에게 조선말을 가르칠 틈을 낼 수 있을까 해서요."

아, 바로 저것이었군. 유진이 속으로 기뻐했다. *항상 나보다 한발 앞선단 말이야.*

말순은 웃으며 대답했다. "물론이죠. 우리 아이들과 함께 배우면 돼요. 매일 우리 아이들을 가르치고 있으니까요."

순자는 크게 기뻐했다. "정말 잘됐네요."

"그렇지만 따로 가르칠 시간은 없어요. 나도 딸아이한테 영어를 배우고 있거든요."

길만은 아내를 쏘아보았다. "아니, 어디다 써먹었다고 영어를 배운다고 그려?"

"학교 다닐 때 영어를 배우긴 했는데 한 번도 써먹지 않았더니 다 잊어버렸어요. 게다가 우리가 이 나라에 사는 동안은 영어를 할 줄 알아야지요."

그 말에 길만은 기분이 불쾌해졌다. "머지않아 고향에 다시 돌아갈 거여."

"글쎄요. 그렇게 될지 난 확신이 없어요." 말순이가 말했다. 순자는 말순의 눈에서 차가움이 반짝이는 것을 보았다.

"우리 아이들을 가르치니 돈 대신 내가 일을 해 드릴게요. 집안 청소를 하거나 하루에 한 번 돼지에게 먹이를 줄 수도 있구요." 순자가 길만을 쳐다보며 말했다. 순자의 미소가 붉어졌던 길만의 얼굴을 제 색으로 돌아오게 했다.

"아니에요. 그동안 우리를 위해서 수고를 많이 하셨는걸요. 그것으로 족해요. 집에 돌아오거든 곧바로 우리 집으로 보내세요."

"황 선생님, 괜찮을까요?" 순자는 길만을 대화에 끌어들이고 싶었다. 순자는 길만이 자기 속을 잘 표현할 줄 모르는 매우 감정적인 사람이라는 것을 알고 있었다. 길만은 더 이상 참을 수 없을 때까지 속에서 삭이고 있다가 마지막에는 마치 화산처럼 폭발하는 사람이었다.

"암요. 저는 괜찮지요. 아이들은 조선어를 배워야지요." 길만은 한발 뒤로 물러선 듯 보였다. 그러나 순자는 재빨리 길만의 눈에 불쾌함이 스쳐 지나가는 것을 보았다. *자신의 감정을 숨길 줄 모르는 사람이야.* 순자가 속으로 생각했다.

그날 밤 늦게 말순은 종태를 침대에 누이고 종태가 좋아하는 옛날이야기를 들려주려던 참이었다. 그 이야기는 그녀가 어렸을 때 즐겨 들었던 이야기이기도 했다 그때 밖에서 술 취한 목소리가 들려왔다. 술 취한 남편의 목소리였다. 말순은 아들과 함께 구슬픈 가락에 귀를 기울였다.

아리랑 아리랑 아라리요
아리랑 고개로 넘어간다.
나를 버리고 가시는 님은
십리(十里)도 못 가서 발병난다.
아리랑 아리랑 아라리요

길만의 목소리는 구성지고 착 가라앉아 있었다. 그는 술만 취하면 노래를 불렀다. 그의 목소리는 거칠었지만 노랫가락은 마치 날카로운 칼로 옛 상처를 다시 잘라 벌려놓은 것처럼 숨어 있던 아픔과 슬픔을 불러일으켰다. 말순은 고향도 꿈도 잃어버린 길만의 아픔을 느끼기 시작했다. 노랫소리가 갑자기 잠시 멈추었다가 다시 그 구성진 가락으로 흥얼거렸다.

말순의 뺨 위로 눈물이 흘러내렸다. 어린 아들의 호기심 어린 작은 눈이 엄마를 올려다보았다. 엄마가 흐느끼는 것을 보자 종태의 마음이 침울해졌다. 종태는 걱정스레 엄마의 얼굴을 만져 보았다. 엄마의 눈물이 손에 닿았다. 그러자 종태는 마치 엄마의 고뇌를 느낀 듯이 훌쩍거리기 시작했다. 말순은 종태를 가슴에 꼭 껴안고 아들의 눈물 젖은 얼굴에 그녀의 얼굴을 갖다 대고 뺨을 비볐다. 어둠 속에서 두 모자가 함께 울었다. 길만이가 부르는 오래된 가락은 말순에게 고향의 모든 기억을 되살렸다. 말순은 고아가 된 기분이었다. 참으로 그녀는 고아였다. 처음으로 그녀는 향수를 뼈저리게 느꼈다. 그녀에게는 돌아갈 나라도 없고 왜 일본 섬사람들에게 나라를 빼앗겼는지 아이들에게 말해 줄 용기도 없었다.

말순은 아마포베갯잇 모서리로 눈물을 닦으며 아이들은 절대로 나라를 뺏기는 일이 없을 것이라고 자신에게 약속하고 또 하나님의 이름으로 맹세했다. 말순은 아이들이 태어난 나라에서 그들의 안전과 행복을 보장하기 위해서는 무엇이든 할 결심이었다. "나는 너희들을 반드시 최고로 좋은 학교에 보내 아무도 너희들을 망가진 장난감처럼 이리저리 밀치지 못하도록 할 거야. 너희들은 떳떳하게 자립해서 존경받는 사람들이 돼야 해." 말순은 부드럽게 종태의 얼굴에서 눈물을 닦아 주면서 엄마가 무슨 말을 하는지 알아듣지 못하는 어린 아들에게 조용한 목소리로 말했다. "너도 울고 있구나, 엄마처럼. 엄마를 위해 울지 마. 나는 괜찮아. 일을 많이 해서 피곤해서 그래."

지난 세월 동안 말순은 그녀를 속이고 그녀의 인생을 파괴한 길만을 미워하는 마음을 감추려고 무척 애써 왔다. 길만은 그녀를 속이고 그녀의 인생을 망친 사람이었다. 그녀의 영혼 속에는 사기꾼에게 줄 사랑이 없었다. 가슴에 받은 상처를 위로하고 남편을 용서

하려고 외롭고 아팠던 길을 여러 해 동안 홀로 걸어왔다. 그래서 말순은 남편을 용서했다고 생각했었다. 그러나 그날 밤 길만의 노랫소리를 듣고 마치 잠자던 화산이 갑자기 폭발하듯 분노와 미움이 가슴 속에서 다시 폭발했다. 말순은 미움이라는 무서운 파괴력 밑에 깔려 어찌할 바를 몰랐고 불행한 결혼을 다시 생각하며 한없이 울다가 허탈감에 빠졌다. 미움의 어두운 손길이 그녀의 목을 졸랐다. 말순은 미친 듯이 머리를 흔들며 남편을 미워하는 사실을 부인했다. 작은 손이 눈물을 닦아 주는 것을 느꼈다. 아버지를 빼다 닮은 아들의 손이었다. 말순은 아들에게 입 맞추며 아들의 아름답고 순진한 눈 속에서 불쌍하고 미운 길만을 보았다.

용서하지 못하는 이 마음을 회개해야 해. 말순은 자신에게 말했다. 그녀의 결혼이 비록 그녀가 기대했던 그런 결혼은 아니었지만 길만은 그녀에게 귀중한 아이들을 주었다.

말순은 길만을 동정했다. 천천히 자리에서 일어나 방을 빠져나와 옛 가락에 홀린 듯 어둠 속의 목소리를 찾아 나섰다. 길만은 눈 위에 동상처럼 서서 노랫가락에 따라 몸을 흔들거리고 있었다. 지는 달이 하늘 높이 걸려 있었다. 은빛 달빛이 눈에 덮인 밤을 더욱 추워 보이게 했다.

길만은 멀리 트레먼턴 너머 서 있는 눈 덮인 웰스빌 산맥을 바라보고 서 있었다. 웰스빌 산이 고향의 뒷산을 생각나게 했다. *고향 같은 곳은 없어.* 길만은 한숨을 내쉬었다.

말순은 길만을 한동안 바라보고 서 있다가 문득 남편이 가엾다는 생각이 들었다. 말순은 길만을 향해 걸어갔다. 차가운 바람으로 뼛속까지 시렸지만 자신과 사기꾼 남편을 용서하지 못하는 무서운 고통 때문에 추운 줄도 몰랐다. 미끄러운 눈 위를 걸어가던 말순의 눈에 남편이 위스키 병을 손에 들고 있는 것이 보였다. 말순은 몸을 떨었다. 길만은 술만 취하면 매우 난폭했다. 말순은 낮은 헛기침을 하여 그녀가 뒤에 서 있는 것을 알렸다. 길만이 몸을 돌리고 말순을 보자 술병을 입에 갖다 댔다.

차가운 은빛 달 아래 말순은 서럽고 화가 나서 일그러진 길만의 얼굴을 바라보았다. 남편의 아픔에 무관심하려고 무척도 애써 왔던 일이 생각났다. 길만이 몸을 돌려 말순을 바라보는 순간 말순에게 기적이 일어났다. 남편의 아픔과 슬픔을 향해 처음으로 그녀의 영혼이 손을 내밀었다.

"고향 생각을 하고 있었고만." 길만이 말했다. 그의 목소리가 떨렸다. 추위 때문에 떨리는 목소리가 아니라 사무치는 망향 때문이었다. "어쩌면 당신 말이 맞을지도 몰러. 다시는 고향에 돌아가지 못할 것이여. 그 아름다운 우리나라. 아름다운 산과 강. 그렇고말고. 높고 푸른 가을 하늘을 잊지 못할 것이여."

"이젠 다 소용없어요." 말순이가 말했다. "그 말 그만하세요. 이제 우리나라는 없어졌어요."

길만은 말순의 말을 무시했다. "당신, 고향의 높고 깊고 웅장한 푸른 하늘 생각 안 난가? 미개한 서양 놈들이 그런 우리나라를 '고요한 아침의 나라'라고 불렀잖여. 당신, 기억나는 것이 아무것도 없당가?"

"기억하지 않으려고 노력하고 있어요." 말순이가 말했다. "물론 파란 하늘과 추수 때가 기억나요." 말순은 자신에게 말하듯 중얼거렸다. 눈물이 고였다. *나의 조국, 나의 고향!* 말순은 속으로 흐느꼈다.

그 말에 길만은 화가 났다. "그러면 당신은 뭣 때문에 사는 사람이여?"

"우리는 나그네예요." 말순은 길만의 모호한 질문을 피하려 애썼다. "우리 아이들도 마찬가지예요. 우리 아이들도 이 나라에서 나그네로 살다가 나그네로 죽을 거예요."

"당신 말이 틀렸어. 이 나라는 우리 아이들의 땅이여. 우리 아이들은 이방인이 아니란 말이지." 길만이 차갑게 웃으며 다시 술병을 입으로 가지고 갔다. 단숨에 술병을 비우고 느릅나무 아래에 수북이 쌓인 눈 위로 빈 병을 내던졌다. "당신이 믿는 전능한 하늘님은 원주민들을 내쫓고 이 땅을 백인들에게 줬당께. 이 땅은 백인들의 소유고 그자들은 동양인, 깜둥이, 맥작 등 기타 유색 인종을 핍박하고 있고만. 왜 그런지 알기나 혀?" 길만이 말순을 바라보았다. "왜냐하면 당신이 믿는 하늘님은 백인들의 하늘님이기 때문이여. 나는 차라리 부처에게 절하고 말것네."

"날씨가 차요." 말순이 한숨을 내쉬었다. 길만이 잠을 자지 않고 길고 긴 겨울밤을 술로 지새울까 걱정됐다. "이제 그만 자요. 내일 아침 배달이 있다면서요."

길만은 말순을 지나 앞에서 걸어갔다. 말순은 길만의 구부정한 허리를 측은한 눈으로 바라보았다. 술에 취한 발걸음은 비틀거렸고 머리가 빠진 뒤통수는 마치 텅 빈 물바가지처럼 보였다. *하나님, 저 사람을 사랑할 수 있도록 도와주세요* 말순은 속으로 울면서 기도했다. *저 사람을 사랑하고 싶지만 어떻게 사랑해야 할지 모르겠어요. 불쌍하지만 내게 한 짓을 생각하면 미워지기만 합니다. 저이를 용서하고 싶지만 이 오래된 미움이 계속 찾아와 저를 괴롭게 합*

니다.

2.

유진과 길만은 이른 새벽에 일을 시작해서 세 번에 걸쳐 트레먼턴에 스물다섯 마리의 돼지를 마차로 배달했다. 편도 오리 거리였지만 길 상태가 전날만큼이나 위험했다. 길이 미끄러워 말이 빨리 달릴 수 없었고 여러 번 눈길에 바퀴가 미끄러졌다. 오후 두 시에 마지막으로 돼지를 실어다 주고 배달이 끝났다. 거래가 끝나자 트레먼턴 거리에 있는 셔먼 상회로 크리스마스 쇼핑을 갔다. 상점 안에는 손님이 몇 사람 없었다.

길만은 싸구려 위스키와 아내와 아이들에게 줄 적당하다고 생각되는 선물을 몇 가지 샀다. 구두쇠 길만은 쇼핑을 아주 싫어했다. 아이들이 아니었으면 엽전 한 푼도 쓰지 않았을 사람이다. 그 때문에 아이들에게 적당한 선물을 고르는 데 많은 시간이 걸렸다. 아내를 위해 양말 한 켤레를 사고 아이들에게는 학용품을 샀다. 그의 기준으로 본다면 그날은 지나치게 사치스러웠다. 그 돈을 저축할 수 있었을 텐데 생각하니 속이 쓰렸다.

유진과 길만은 곧 집으로 향해 마차를 몰았다. 길만은 유진의 옆에 앉아 마구 불어대는 바람을 막으려고 방한모자챙을 손으로 꼭 눌러 잡고 있었다. 바람에 휘날리는 눈보라가 하늘에서 춤을 추었다. "우리 고향에는 말이여, 눈이 한 번도 온 일이 없었는디." 길만이 말했다. 차가운 바람에 얼어붙은 얼굴을 따뜻하게 하려고 길만은 피우는 담뱃대를 뺨에 대고 비볐다. "춥고 바람은 불었지만 눈은 오지 않았당께. 집사람도 남쪽 지방 출신이라 이런 날씨에는 익숙하지 않여.”

“곧 익숙해질 거야.” 유진이 미끄러운 눈길을 살피며 말했다. 유진은 바람을 막으려고 귀에까지 내려오는 털모자를 질끈 동였다. “길만, 크리스마스이브에 우리 집에 올 건가?”

“나는 믿는 사람이 아니여. 어찌 여수의 부모는 아들 이름을 여수라고 지었을까? 조선말로는 여우라는 뜻이 아니더라고.”

“그분의 이름은 여수가 아니라 예수야. 예수는 조선식 발음이야. 너무나 좋으신 하나님이시지. 사귈 만한 가치가 있는 분이야.”

“어렸을 때 부모님이 나를 억지로 절에 데리고 갔당께. 근디 절 밥은 말이여 하도 맛이 좋아 배가 터지도록 잘 먹었제. 중들은 어떻게 음식을 맛있게 만드는지 아는가비여. 집사람처럼 잘하지는 못하지만 말이여.”

유진은 길만의 말에 싱긋 웃으면서 길만을 힐끗 훔쳐보았다. *제법 마누라 자랑도 할 줄 아는구먼.* 그런 생각이 유진을 기쁘게 했다.

유진은 낡은 팍슬리 상점으로 조그만 우편꾸러미를 배달하러 가고 있었다. 계곡은 눈에 덮여 있었다. *화이트 크리스마스가 되겠군.* 유진이 생각했다.

“이런 추운 겨울에는 뜨거운 국물이 제일인데 말이여.” 길만이 담배 연기를 뻐금뻐금 빨며 말했다.

유진은 눈이 쌓여 있는 도로 앞쪽에 무엇이 누워 있는 것을 보았다. 짐승같이 보이기도 했지만 눈보라가 날리는 데다 거리가 멀어 뭔지 분간할 수 없었다. 유진은 해마다 그 길을 헤아릴 수 없이 자주 다녔지만 한 번도 이상한 것을 본 일이 없었다.

“저게 뭘까? 저기 저쪽 길가에 말이야.” 유진이 눈을 가늘게 뜨며 말했다.

길만은 목을 길게 뽑고 눈을 가늘게 떴다. "바위 같고만. 짐승인 지도 모르것고."

"겨울이라 가축을 밖에 내놓지 않을 것이고. 한번 살펴봐야겠어."

"별거 아닐 것이여." 길만이가 짜증스럽게 말했다. 빨리 집에 가서 싸구려 위스키를 실컷 마시고 싶었다. "그냥 집에 싸게 가자고. 이렇게 추워서야 뭣을 할 것이여."

"워- 워-." 유진이 소리를 지르며 말고삐를 천천히 잡아당겼다. 가서 보니 사람이 반쯤 눈에 묻혀 있었다. 양털 잠바를 입은 등만 보였다.

"오매!" 길만은 놀라 소리쳤다. 그러면서도 마차에 그대로 앉아 있었다. 유진은 마차에서 뛰어내려 그 사람에게 달려갔다. 유진은 그 사람을 뒤집으려고 허리를 구부렸다. 재킷은 완전히 얼어 있었고 눈 속에서 사람을 끄집어내는 일이 그리 쉽지 않았다. 길만은 마지못해 마차에서 내려와 유진을 도우려고 터벅터벅 걸어갔다. 마침내 두 사람은 얼어서 뻣뻣한 몸을 뒤집었다. 탐 슈로더였다.

유진은 탐의 희미한 숨결에서 위스키 냄새를 맡았다. "마차에 실으세." 유진이 길만에게 말했다. 술 취한 사람은 힘센 두 농부가 들기에도 무거웠다.

"이 사람, 무겁기가 황소 같고만." 길만이 탐을 밀어 올리면서 투덜거렸다. 탐을 마차에 올리자 유진은 입고 있던 잠바를 벗어 탐을 덮어 주었다. 그리고 다시 트레먼턴으로 급히 마차를 돌려 세웠다.

어둠이 빨리 몰려오자 길이 더 미끄러워져 위험했다. 그러나 이 길을 자신의 손바닥처럼 잘 알고 있는 유진은 말을 챨스 펜튼 의사

진료실을 향해 안전하게 몰았다. 도착하니 마침 펜튼 의사가 진료실 문을 잠그려고 밖으로 걸어 나오고 있었다.

"눈길에 쓰러진 사람을 데리고 왔습니다. 눈 속에서 얼마 동안이나 쓰러져 있었는지는 모르겠습니다." 유진이 마차를 사무실 가까이 대며 말했다. 유진은 탐의 팔을 잡고 길만은 다리를 잡고 탐을 옮겼다. 닥터 펜튼이 문을 열고 진료실 안으로 두 사람을 따라 들어왔다.

"아주 운이 좋은 사람이군." 펜튼 의사가 말했다. "오늘이 아내의 생일이라 막 문을 닫는 참이었어요."

두 사람이 탐을 조심스럽게 침대에 눕혔다. 펜튼 의사는 언 사람의 맥박을 짚었다. "아직 살아 있습니다."

"아주 반가운 소식이군요. 의사 선생님." 유진은 마음이 놓였다. "즉시 이 사람 가족에게 알리도록 하겠습니다."

"그렇게 하세요. 할 수 있으면 이 사람의 부인을 데리고 오도록 하세요."

유진과 길만이 다시 보스웰로 돌아갈 때 말이 말굽을 땅에 대기가 어려울 만큼 길이 미끄러웠다. 오리 길을 삼십 분이 걸려서야 도착했다. 유진이 방이 두 개인 탐의 집 현관문을 두들기자 로버트가 나타났다.

"안녕하세요?" 로버트가 유진을 보고 놀라면서 인사했다.

"네 엄마와 할 말이 있다. 엄마 계시니?"

로버트는 부엌 쪽을 향해 엄마를 불렀다. "엄마, 박 선생님이 오셨어요. 엄마를 뵙고 싶대요."

데보라는 부엌에서 저녁식사를 만들고 있었다. 문으로 걸어 나와 유진에게 인사했다. 아들로부터 유진에 대해 들어 익히 알고 있었다.

"남편께서 닥터 펜튼 진료실에 있습니다. 심각한 건 아니지만 저와 함께 가셔야겠습니다."

데보라와 로버트는 할 말을 잃고 서로 쳐다보고 서 있었다.

"아버지에게 무슨 일이 일어났나요?" 마침내 로버트가 입을 열었다.

데보라가 말했다. "잠시만 기다려 주세요. 준비하고 나올게요."
데보라는 유진을 남겨 두고 급히 안으로 사라졌다.

"무슨 일이에요?" 로버트가 유진에게 다시 물었다.

"글쎄 네 아버지가 눈길에서 쓰러지신 것 같은데 위험하지는 않다. 원하면 함께 가도 돼."

"그래야죠. 제 아버진걸요."

"그러자." 왠지 모르지만 유진은 어린 로버트가 자랑스러웠다.

제4장

1.

다시 봄이 돌아와 계곡이 새 옷으로 갈아입었다. 살아 있는 모든 것들은 활기를 띠기 시작했고 마을 사람들은 바늘로 찌르듯 따가웠던 겨울추위를 벌써 잊어버렸다. 겨울 동안 솔트크릭 둑에서 발가벗고 서 있던 포플러나무는 이제 초록색 옷으로 갈아입고 동네 아이들은 웃을 일을 찾아 개천과 수로로 몰려들었다. 가축들은 들에서 평화롭게 풀을 뜯었고 늙은 암염소는 배가 부른지 음매 하고 목소리를 다시 다듬었다.

이른 아침, 유진의 두 아들은 가축에게 풀을 먹이려 목장으로 나갔다. 마을 사람들은 가축을 먹일 사료를 살 형편이 되지 않아 가축을 유진의 가족에게 맡겨 돌보게 했다. 1929년 10월 29일 주식시장 붕괴 이후 도시에서는 수백만 명이 직장을 잃었으나 보스웰에서는 농장을 버리거나 마을을 떠난 사람은 아직까지 한 사람도 없었다. 농산물 가격이 거의 절반으로 폭락했으나 가격이 다시 오르기를 희망하며 농부들은 일손을 멈추지 않았다. 그러나 그들의 무모한 노력이 가격을 점점 더 떨어지게 만들었다.

조 워렌은 땅을 담보로 돈을 많이 빌려 썼던 지주 가운데 한 사람이었다. 설상가상으로 그가 돈을 빌린 은행이 문을 닫자 농장을 담보로 융자를 더 이상 받을 수 없게 되었다. 그의 아버지는 그 계곡에서 땅을 불하받아 농장을 일군 최초의 개척자 가운데 한 사람이었다. 정부에서 농장을 차압할까 봐 두려워하던 조는 길만을 여러 번 찾아와 수십 에이커의 농장을 임대하라고 권유했었다. 조는 허버트 후버 대통령을 몹시 미워했는데 이유는 대통령이 그의 개인적인 재정난을 도와주지 않는다는 것이었다. 그러나 농산물이 소비자들의 구매량보다 훨씬 더 많이 시장으로 쏟아져 들어온다는 말을 들은 길만은 이미 겪고 있는 어려운 형편보다 더 깊은 구렁텅이로 빠지지 않으려고 조의 제안을 정중하게 거절했었다.

지난 이십 년간 유진은 마을 사람 누구보다도 훨씬 많은 건초를 비축해 왔다. 이유는 몰랐지만 그냥 마구간을 건초로 가득 채우고 싶었다. 이즈음 유진은 하나님의 섭리에 감사를 드렸다. 유진의 가족은 이웃들의 가축에게 꼴을 먹이는 일로 매달 오십 불 이상을 벌었다. 유진은 가족이 먹을 양식을 충분히 쌓아 두었지만 현금이 모자랐다. 그래서 현금을 마련하려고 통조림과일이나 버터, 마늘 등을 팔러 트레먼턴으로 나가야 했다. 그것만이 현금을 손에 쥘 수 있는 유일한 방법이었다. 유진에게는 이제 팔 돼지도 없었다. 가족들이 먹을 몇 마리만 남겨 두고 있었다.

어느 화창한 일요일 아침 유진과 두 아들은 가축을 몰고 가축우리로 갔다. 유진은 쌓아 둔 건초가 빨리 없어지는 것을 보고 걱정했다. 이웃 사람들의 가축을 먹이는 것이 가족사업이 되기는 했지만 건초는 한 달을 못 넘길 것이다. 유진은 두 아들에게 가축을 산으로 끌고 가 풀을 먹이라고 했다. 그날 아침 제이콥과 다니엘은 점심을 싸 들고 소를 한 사람이 두 마리씩 끌고 집을 나섰다. 유진은 두 아들을 바라보다가 문득 삼촌 집에서 살던 옛날이 되살아났다. 갑자기 낡은 옷을 걸친 배고픈 어린 소년이 유진의 눈앞에 나타났다. 삼촌의 소를 이끌고 산을 오르던 어린 유진이었다.

"아이들에게 너무 힘든 일이에요." 두 아들이 소를 몰고 들을 가로질러 걸어가는 모습을 바라보며 순자가 말했다. "우리 아이들이 언제까지 이 조그만 마을에서 계속 살아야 할지 모르겠어요. 이곳에는 아이들이 성공할 수 있는 좋은 기회가 없어요. 여기는 애들에게 장래가 없을 뿐 아니라 여기 살다가 평생을 우리처럼 가난한 농사꾼으로 살까 봐 걱정이에요."

"농업이 부끄러운 일이 아니오. 우리는 남들에게 뒤지지 않을 만큼 살고 있지 않소." 유진이 아내의 어리석음을 꾸짖었다. 그러나 자신의 목소리에 힘이 없는 것을 느꼈다.

"나는 우리 아이들이 농부가 되는 것을 원하지 않아요. 얼마든지 애들이 할 수 있는 좋은 직업이 많은데요. 우리 아이들이 샌프란시스코나 로스앤젤레스 같이 큰 도시에서 살 수 있다면 좋으련만."

"수백만의 도시 사람들이 직장을 잃었어요. 알고나 있소?"

순자가 말했다. "머지않아 모든 것이 좋아지겠죠."

"대통령이 형편이 좋아지게 할 거라고 말들을 하고 있긴 하지만. 이번에 프랭클린 루스벨트가 대통령에 뽑힐 것 같소." 유진은 화제를 피하려는 자신을 발견했다.

"우리하고는 상관없는 일이에요. 우리는 투표권도 없어요. 우리는 언제나 이방인들이에요. 아무도 찾지 않는 농산물처럼. 가난하고 보호받을 길 없는 인종차별의 희생자들. 형편이 어려운 때가 올 때마다 마치 우리가 그들의 문제의 원인이기라도 한 것처럼 우리에게 책임을 뒤집어씌워요."

"그러나 우리도 이 나라의 일부요. 우리에게도 투표권을 줄 날이 올 테지." 유진이 마구간으로 걸어가며 말했다.

갑자기 순자가 비통해지면서 쓰디쓴 감정이 폭발했다. 오랫동안 그녀의 작은 가슴에 묻어 두었던 우울증이었다. 그 큰 나라 한 작은 구석에서 꼼짝할 수 없이 영원히 갇혀 버린 것을 생각하니 눈앞이 캄캄해졌고 게다가 아이들에 대한 염려까지 겹쳐 일초의 경고조차 없이 순식간에 감정이 터져 버렸다. "당신은 언제나 마치 미국 사람처럼 행동해요. 우리 아이들이 우리말을 배우는 것도 원치 않고 조선에 대해 이야기해 준 일도 없어요. 그런데도 당신은 투표할 권리도 없어요. 참 자랑스러운 미국인이세요."

유진은 아무 말도 하지 않았다. 그렇다고 인정하지는 않겠지만 순자 말이 옳다고 생각했다. 순자는 잽싸게 발발이 걸음으로 유진을 따라잡으려고 뒤를 쫓아갔다. "당신은 위선자예요." 마냥 못들은 척하는 남편의 발걸음을 멈추게 하려고 순자가 언성을 높였다. "당신은 미국 사람도 아니고 조선 사람도 아니에요. 당신은 누구에요? 또 나는 누구에요?" 순자의 감정이 처음으로 용암처럼 쏟아져 나왔다.

"마치 길만의 아내처럼 어리석은 말만 하는구려." 유진이 순자를 쳐다보지도 않고 말했다.

"나는 길만의 아내가 아니에요." 순자는 목소리를 더 높였다. "우리는 오랫동안 이 시골 골짜기에서 살고 있어요. 정확히 이십오 년 동안. 그동안 내가 무엇을 겪었는지 알기나 해요?" 순자의 뺨에 눈물이 마구 흘러 내렸다. 그동안 짓눌렀던 깊게 상처받은 감정이 쏟아져 나오자 순자는 몸을 떨었다. "나는 너무나 외로웠어요. 친구도 없고 얘기 나눌 사람도 없어요. 그렇지만 당신이 내 남편이기에 내 감정을 당신에게 한마디도 말하지 않았어요. 내 생각을 해 본 일이 있나요? 아이들 생각을 해 본 일이 있어요?"

"나는 애들의 애비요."

"제이콥은 할아버지가 트레먼턴을 세운 창립자 한 사람이었던 그 백인 아이에게 매번 성적이 뒤떨어져요. 반에서 일등을 차지하려고 내 아들이 아무리 열심히 공부해도 겨우 그 아이 꽁무니를 따라다니는 꼴이에요. 그것도 한두 점수 차이로요."

유진은 대꾸하지 않고 계속 걸었다.

"제이콥은 노력하고 또 노력하지만 안 돼요. 조선 사람이기 때문이지요. 나는 그동안 이 골짜기에 갇혀 살았어요. 내가 어떻게 살아왔는지 생각해 본 일이 있어요? 내 인생이 얼마나 외로웠는지 그런 생각 해 본 일이 있어요? 이렇게 미국에서 살아야 하다면 내 나라로 돌아가고 싶어요."

"우리에겐 돌아갈 나라도 없어요." 유진은 마구간을 향해 걸음을 재촉했다. 유진은 순자의 논쟁이 너무나 사리에 어긋나고 그런 말에 대답하는 것은 시간 낭비라고 생각했다.

"당신은 아이들이 좋은 대학교에 가기를 원하세요. 그런데 여기에는 아이들을 좋은 대학에 진학할 수 있도록 준비시켜 줄 좋은 고등학교도 없어요. 우리 아이들에겐 조선 친구도 없고요. 당신이 조선인들을 싫어하니까 아이들도 조선 사람들과 어울리지 못하게 해요. 당신은 조국이 당신에게 뭐 하나 제대로 해 준 것이 없다고 늘 불평해 왔어요. 당신은 스스로를 미국 사람이라고 믿고 싶어 해요. 말도 안 되는 소리에요. 거울 앞에 서서 당신이 누군지 잘 들여다 보세요. 내 눈에도 다른 사람 눈에도 당신은 백인이 아니에요. 당신을 백인이라고 생각하는 사람은 당신뿐이에요."

"입조심해요!" 마침내 유진이 언성을 높였다. 순자는 유진의 눈이 빨개지는 것을 보았지만 이미 제정신이 아니었으므로 두려울 것이 없었다.

"뭐가 부끄러워 그러세요? 당신의 조국? 조선말? 제대로 된 사람은 자신의 뿌리를 알아요. 백인 친구가 몇 명이나 되죠? 한 사람도 없어요. 당신이 영어를 잘하지만 그렇다고 당신 피부 색깔이 바뀌는 것은 아니에요. 캘리포니아로 돌아가요. 우리 아이들을 위해서요." 순자는 빌다시피 애원했다.

"당신이나 가구려. 나는 아이들과 여기 살터이니."

"나를 위한 것이 아니에요. 내 마음을 그렇게도 모르시겠어요? 하와이에 있을 때 내가 당신에게 한 말 기억 안 나요?"

유진은 순자를 무시하기로 마음먹었다. 생전 처음으로 순자에게 냉소로 대했다. 순자는 그동안 마치 존재하지 않는 척 슬쩍 넘어갔던 유진의 단점과 상처를 헤집어 파고 있었다.

"당신은 그 달콤한 사탕수수 농장을 떠나고 싶어 하지 않았어요. 당신이 더 큰 일을 할 사람이라는 것을 내가 알고 있었기 때문에 내가 당신을 떠밀다시피 했어요. 나는 당신을 믿었어요. 그런데 우리는 여기서 주저앉게 됐어요. 차라리 사탕수수 농장에 그냥 머물렀다면 더 좋을 뻔했어요."

유진은 마구간에 들어가 아내가 따라 들어오지 못하도록 문에 빗장을 걸었다. 순자는 잠긴 문을 멍하니 바라보다가 손으로 얼굴을 묻고 흐느끼며 문에 기댔다. 부서지고 상처 난 감정이 마치 무너진 댐처럼 순자의 가슴에서 쏟아져 나왔다. 순자는 마구 쏟아지는 물을 막을 수 없었다. 이미 수문은 터졌고 여기저기 터진 구멍을 메우기에는 너무 늦었다. 가둬 두었던 감정이 너무나도 순식간에 터졌기에 순자는 그 무서운 파괴력 앞에 자신을 잃고 말았다. 감당할 수 없는 허탈감에 눌려 자신을 억제하려고 하지도 않았다. 차라리 그 상황이 그녀를 어디로 이끌고 가든 그냥 내버려 두고 싶었다. 순자는 땅바닥에 털썩 주저앉아 소리 내어 울었다.

유진은 문 뒤에 서서 천장을 멍하니 바라보면서 문 뒤에서 아내가 우는 소리를 들었다. 유진은 한쪽 구석으로 걸어가 건초가 깔린 바닥에 털썩 주저앉았다. 순자의 울음소리가 귀 안을 울렸다. 조금 전에 있었던 상황에서는 합당하다고 생각하고 아내 앞에서 보인 자신의 행동이 부끄러웠다. 순자가 한 말이 옳았다는 생각이 그를 더 아프게 하고 견딜 수 없이 자신을 부끄럽게 만들었다.

한편으로는 순자의 비난 때문이 아니라 그녀의 행동 때문에 유진의 마음이 뒤숭숭했다. 순자는 미친 듯 제정신이 아니었고 유진의 인격을 쇠망치로 마구 내려친 꼴이 분명 불길한 조짐이었다. 순자는 진실을 말했지만 그녀의 행동은 혐오를 자아내게 했고 걱정스러웠다. 유진이 기억하는 한 순자는 그날 아침 수치스러운지도 모르고 남편에게 퍼붓는 그런 행동을 한 적이 한 번도 없었다. 유진이 조선인들을 싫어한다는 것은 사실이었다. 그동안 여기저기 옮겨 다니며—하와이에서 캘리포니아 우드랜드로—조선인들과 섞여 살면서 유진은 동료 조선인들의 무례함을 지켜보았고 그들에게 환멸을 느꼈다. 술 취한 싸움꾼들과 도박이나 하는 조선인들이 유진으로 하여금 그들과 거리를 두도록 만들었다. 만일 조선인이 강도를 만나 쓰러졌다면 유진은 마치 성경에 나오는 레위인처럼 아마도 못 본 체 피해 갔을지 모른다. 그러나 그날 아침까지 유진은 자신을 결코 위선자라고 생각한 때가 없었다.

"미국 선교사가 당신을 키워 줬어요" 문 저편에서 순자의 목소리가 마치 하나님의 목소리처럼 다시 들려왔다. "그 선교사는 동족이 아니었지만 당신을 도와주었어요. 그리고 당신을 마치 친자식처럼 사랑했어요. 그런데 당신은 조국도 동포도 사랑하지 않아요. 당신은 그것을 자랑스럽게 여기시는구려."

유진은 아내의 풀이 꺾인 목소리를 들었다.

"우리는 언제까지 우리 동포들을 피해 살아야 하나요? 언제까지 우리 아이들을 희생시킬 건가요?" 순자가 자리에서 일어서며 말했다. "나는 우리 동포들이 그리워요. 우리는 좋은 일이 있을 때 함께 웃었고 슬픈 일에는 함께 울었어요. 당신도 그런 것들을 그리워한다는 것을 알고 있어요. 당신 마음 깊은 곳에 가슴 아픈 그리움이 있을 거예요. 옛날 우리나라에서, 우리 말로 당신과 나를 축복해 주던 이웃 사람들 앞에서 내가 결혼했던 그때의 남편으로 돌아가 주세요."

순자는 집을 향해 무거운 발걸음을 옮겼다. 집은 옛날 조선에 있던 초가집보다 컸지만 순자에게는 더 이상 아무 의미가 없었다. 순자는 텅 비어 있었다. 유진이 가끔 자랑하던 그 큰 집이 순자에게는 더 이상 존재하지 않았다.

2.

다음 날 아침, 로버트는 예배가 끝나자마자 루스를 찾아왔다. 필라델피아로 떠나기에 앞서 루스에게 작별을 고하려고 왔다. 로버트의 어머니는 로버트에게 그 마을은 장래가 없는 곳이라고 하며 종종 로버트를 삼촌댁으로 보내겠다고 말해 왔는데 그날이 생각보다 빨리 찾아왔다. 로버트의 삼촌은 만일 아버지가 집에 돌아오지 않으면 나머지 식구들도 몇 달 안에 모두 데려가겠다고 했다.

탈수증과 동상에서 회복한 탐은 팔 개월 전에 일자리를 찾으러 오그덴으로 떠났는데 그 이후로 소식이 끊어졌다. 로버트는 돈을 조금 모았지만 어머니를 도와 가족들을 먹여 살리기에는 너무 부족했다. 로버트의 어머니는 아침에 빵을 굽고 부스러기는 저녁에

먹기 위해 모아 두었다. 감자, 빵 그리고 집에서 만든 버터만 먹고 살았다. 일주일에 몇 번은 어머니가 계란에 야채를 넣은 오믈렛을 만들었다. 닭을 다섯 마리 키우고 있었는데 이제는 한 마리밖에 없었다. 로버트의 어머니는 아들이 필라델피아로 떠나는 작별 파티를 위해 그 닭을 남겨 두었다.

루스는 느릅나무 아래 그네에 앉아 책을 읽고 있었다. 그녀의 세계가 온통 따뜻하고 평화롭게만 느껴지는 그런 날이었다. 노래를 부르고 싶은 충동마저 일었다. 마치 봄날에 녹는 눈처럼 그녀의 영혼이 사르르 녹았다. 검고 노란 호랑나비 한 마리가 머리 위로 날아와 루스의 무릎에 앉았다. 루스는 읽던 책을 덮고 그 곤충을 흥미롭게 바라보았다. 화려한 색깔의 날개를 만져 보고 싶어서 나비가 놀라지 않도록 손을 조심스럽게 움직였다. 그러자 나비는 깜짝 놀라 날아가 버렸다. 루스는 미소 지으며 꽃들과 대화를 나누려고 화단으로 갔다. 장미, 백합, 접시꽃, 미나리아재비 등 많은 꽃들이 순자의 조그만 화단을 가득 채우고 있었고 인디언 페인트 브러시가 보라색 팬지와 평화로운 조화를 이루고 서 있었다.

루스가 화단에 다가갈 때 길 아래에 저쪽에서 눈에 익은 모습이 보였다. 로버트였다. 두근거리는 마음으로 루스는 로버트가 달려오는 것을 지켜보았다. 당장이라도 뛰어가 그를 맞이하고 싶었지만 그것이 합당한 자세가 아닌 것 같아서 기다리기로 했다.

"안녕, 루스?" 로버트가 가까이 오면서 말했다.

"안녕, 로버트?" 루스가 순진한 장난기 섞인 밝은 미소를 지으며 대답했다.

"너를 꼭 만나야 하겠기에 왔어. 앉아도 되니?" 로버트는 루스의 눈을 바라보며 말했다. 집에서 만든 꽃무늬의 노란색 무명치마를 입고 있는 루스는 그날따라 너무 아름다웠다.

"그럼."

둘은 포치 계단에 함께 앉았다. 포치에는 꽃과 식물을 심은 화분이 몇 개 있었고 삐걱거리는 나무벤치가 벽에 기대 있었다. 유진의 집에는 느릅나무가 두 그루 있었다. 한 그루는 길 옆 아치 모양의 입구 옆에 있었고 다른 한 그루는 집 울타리 옆에 서 있었다.

"교회에서 오는 길이니?" 루스가 물었다.

로버트는 고개를 끄덕였다. "엄마에게 허락을 받고 너를 보러 오는 길이야. 엄마도 좋은 생각이라고 하셨어."

"아빠에게서 무슨 소식 있었니?"

"아니." 로버트는 실망스러운 목소리로 말했다. "아직. 엄마는 아빠에 대해 더 이상 말씀 안 하시지만 많이 걱정하시는 것 같아."

"그러실 거야."

"루스, 사실은 할 말이 있어 왔는데…." 로버트는 루스를 바라보았다. 루스는 그의 신비로운 파란 눈을 스쳐 가는 검은 그림자를 보았다. "나 내일 보스웰을 떠나. 어쩌면 영원히 떠나는 것이 될지 몰라."

루스는 깜짝 놀라 로버트의 눈을 바라보다가 마침내 물었다. "왜?"

"삼촌이 내 도움이 필요하대. 몇 달 후에는 우리 식구들 모두 부른댔어. 모두 필라델피아에서 살게 될 거야. 거기에는 좋은 학교가 많이 있대. 큰 도시라고 들었어."

"그러면 이제 안 돌아올 거야?" 루스는 마치 구멍 뚫린 양동이에서 물이 새듯 뭔가 매우 특별하고 소중한 것이 그녀의 삶에서 빠져 나가는 것을 느꼈다. 머릿속에서 두려운 소리가 들렸다. *내 가장 좋은 친구를 영영 잃어버리는구나.* "보스웰로 돌아오지 않겠지만 네게 편지할게. 약속할게." 로버트는 왠지 모르게 죄의식 같은 것을 느끼며 말을 더듬거렸다. "루스, 여기서 곧 이사 가는 건 아니지?"

"그렇게 생각하진 않아." 루스가 말했다. 마치 커다란 검은 손이 루스의 목을 조르는 듯 말이 목구멍에 걸려 잘 나오지 않았다.

"많은 농부들이 다른 곳으로 이주한다고 들었어. 농사일이 괜찮 지만 요즘엔 농사로 먹고 살기가 힘들어."

"근데 왜 이렇게 빨리 떠나니? 좀 더 일찍 내게 알려 주었으면 좋았을 걸." 루스가 로버트의 눈을 바라보았다.

"미안해. 엄마가 어제 말씀해 주셨어. 엄마도 이렇게 빨리 떠나 게 될지 모르셨어." 로버트는 어쩐지 사과하는 목소리로 말했다. "우리 엄마가 삼촌으로부터 기차표가 든 편지를 삼 일 전에 받았 어. 엄마가 바로 말해 주지 않은 이유는 엄마가 나를 보낼 마음의 준비가 되었는지 자신이 없어서 그랬던 거야. 너도 알겠지만 내가 없으면 더 힘이 드실 거야."

"나는 아직 너와 작별할 마음의 준비가 되지 않았어. 작별할 날 이 너무 빨리 왔어." 루스가 시무룩한 얼굴로 입술을 깨물며 말했다.

"네가 보스웰에서 사는 한 꼭 너를 보러 올게. 그렇지만 너도 대 학을 가려면 이 계곡을 떠나겠지."

"나는 유타주립대학에 갈 거야. 그렇지만 엄마는 캘리포니아에 있는 대학교에 가래."

"네가 캘리포니아에 있는 대학에 가면 나도 캘리포니아로 이사 갈 거야."

로버트는 진심이 아닌 말을 하지 않는다는 것을 루스가 알고 있었다. 로버트는 한 번도 약속을 깨뜨린 일이 없었다. "우리 아버지는 절대 캘리포니아로 다시 돌아가지 않으실 거야. 조선인들 가까이 사는 것을 싫어하시거든" 루스가 어깨를 으쓱하며 말했다. "그 이유를 모르겠어."

"어른들을 이해하려면 머리가 조금 돌아야 해."

갑자기 둘 사이에 침묵이 흘렀다. 마치 파란 도화지에 이별의 메시지를 쓰기라도 하듯이 둘은 앉아서 푸른 하늘에 흘러가는 구름을 쳐다보았다.

"루스, 나 좋아하니?" 로버트가 여전히 하늘을 쳐다보며 물었다.

루스는 얼굴이 빨개졌다. "언제나 널 좋아했어." 그 말이 겨우 입 밖에 나왔다.

"우리 엄마도 네가 좋대. 너는 사랑이 넘치고 훌륭한 가정에서 살고 있다고 엄마가 말했어."

"엄마가 그렇게 말씀하셨니?" 루스는 수줍게 웃었다.

"정말이야. 엄마가 그러셨어." 로버트는 자랑스럽게 고개를 끄덕였다.

루스는 다시 얼굴이 빨개졌다가 곧 침울해졌다. "그렇지만 나는 달라."

"뭐가?"

"나는 다르단 말이야."

로버트는 루스의 말을 이해하려고 루스를 뚫어지게 쳐다보았다. "그게 무슨 말이야?"

"나는 코리언이야."

"생김새가 다르다는 거니?"

루스는 고개를 끄덕였다.

"그렇지만 많은 사람들이 너희 집을 칭찬하잖아. 우리 아버지는 백인이지만 그 모양이야. 우리 아버지가 누군지 알아? 술주정뱅이보다 나을 것이 없어. 우리 엄마가 그러는데 우리 눈에 보이는 것이 사실 그대로가 아닐 수 있대. 나는 엄마가 하신 말을 이해할 수 있어."

"전에 일인데 네가 나보고 예쁘다고 했어." 루스가 손가락으로 짧은 소맷자락 끝을 배배꼬며 말했다.

"진짜야, 너는 정말로 예뻐. 정말이야, 루스." 로버트는 진지해 보였다. "우리 엄마도 그렇게 말했어." 루스는 시선을 로버트로부터 발밑에 놓인 책으로 옮겼다.

그때 순자가 젖은 빨래를 양동이에 담아 들고 빨랫줄에 널려고 현관으로 나왔다. 로버트를 보고 반가운 기색을 했다. 순자는 부엌에서 그들의 대화를 다 듣고 있었다. "로버트 아니니? 네가 온 줄 몰랐구나."

"안녕하세요?" 로버트가 벌떡 일어서서 인사했다.

"오늘 교회 갔었니?" 순자가 물었다.

루스가 보기에 엄마는 "밥 먹었니?" "교회에 갔다 왔니?" 두 가지 인사밖에 모르는 것 같았다.

"예. 다녀왔어요."

"엄마", 로버트 옆에 앉아 있던 루스는 어머니가 지나갈 자리를 비켜 주며 말했다. "로버트가 내일 필라델피아로 떠난대요."

"삼촌을 방문하려고?" 순자가 조선말로 묻고 루스가 통역했다.

"우리 식구 모두 필라델피아로 이사할 거예요. 저는 삼촌 밑에서 일하구요."

"잘되었구나. 우리 모두 너를 보고 싶어 하겠구나." 순자는 빨래를 들고 계단을 내려오면서 루스가 로버트를 다시는 만날 수 없다는 사실에 적이 안심이 되었다. *둘은 곧 잊어버릴 거야. 기차가 철로 위를 달리는 것처럼 그렇게 빨리.*

"루스." 로버트가 말했다. "이제 그만 가야겠어. 필라델피아에 도착하자마자 편지할게. 약속해." 로버트는 루스의 눈에 눈물이 고이는 것을 보았다. 그 아름다운 눈에 눈물을 고이게 한 것이 언짢았다.

"이미 두 번이나 약속했잖아." 루스는 그 말밖에 무슨 말을 해야 할지 몰랐다. 갑자기 로버트를 껴안고 싶은 충동에 루스는 스스로 깜짝 놀랐다. 왠지 모르지만 루스는 이것이 마지막 이별이 아니라는 것을 알았다. *로버트는 내가 이곳에 살고 있는 한 반드시 보스웰에 돌아올 거야.*

로버트는 고개를 푹 숙이고 벌써 저 앞에서 발걸음을 세듯이 뚜벅뚜벅 걸어가고 있었다.

"나에게 약속했어." 루스가 로버트에게 외쳤다. 그리고는 로버트를 불렀다. "밥, 잠깐만 기다려."

로버트는 걸음을 멈추고 돌아섰다.

루스는 집 안으로 달려 들어가 그녀의 침실로 뛰어 들어갔다. 책 꽂이 앞에 무릎을 꿇고 앉아 재빨리 책들을 손가락으로 훑어갔다. 루스는 급히 책 한 권을 빼어 들고 앞마당으로 뛰어나왔다. 순자는 루스가 마치 사슴처럼 급히 달려가는 것을 보고 무엇 때문에 저러나 궁금해하며 지켜보았다. 로버트는 의아해하며 루스를 기다렸다. 루스는 숨을 돌리려고 로버트가 서 있는 곳에서 몇 발자국 앞에 걸음을 멈추고 천천히 로버트에게 다가갔다. 그리고서 로버트에게 책을 건네자 로버트는 기쁘게 받았다. 버지니아 울프의 '등대를 향하여(To the Lighthouse)'라는 책이었다.

"기차에서 읽어." 로버트의 푸른 눈을 들여다보며 루스가 말했다.

"고마워, 루스. 정말 고마워." 로버트는 기뻐 어쩔 줄을 몰랐다.

"꼭 읽을게." 로버트의 얼굴이 빨개지며 루스를 바라보았다. 로버트는 가던 길로 돌아서려다가 못다 한 말을 끝마치기로 마음먹었다. "너를 기억하기 위해 이 책 잘 간직할게. 그런데 나는 네게 줄 것이 아무것도 없어."

"너는 내게 아주 특별한 것을 주었어. 그건 너의 우정이야. 그거면 충분해."

로버트는 가던 길로 다시 돌아서서 걸음을 옮겼다. 그는 발걸음이 무거워 몇 번이나 돌아서서 친구를 향해 안타깝게 손을 흔들었다. 그러고는 멀리 들판 너머로 작은 한 점이 되어 사라졌다.

3.

길만은 거의 텅 빈 돼지우리에 기대어 서 있었다. 지난주에 마지막 돼지 떼를 트레먼턴까지 몰고 갔다. 값을 놓고 흥정하다가 겨우 거래가 어렵게 성사되었다. 다른 농산품 가격과 마찬가지로 돼지고기 값도 엄청나게 폭락해서 거의 이윤을 보지 못했다. 길만은 집으로 돌아오는 길에 주머니가 무서울 만큼 가벼운 것을 느꼈다. 돼지 사육은 더 이상 이윤이 남는 장사가 아니어서 길만은 돼지사육을 그만두기로 했다.

길만은 진력이 나서 돼지우리를 바라보았다. 식구들이 먹을 돼지 두 마리만 우리 안에 남아 있었다. 가족을 먹이고 아이들 교육비를 마련하려면 뭔가 다른 일을 해야 했다. 몇 에이커 땅에 사탕무, 감자 및 여러 야채를 심었지만 목표를 달성하려면 더 많은 땅이 필요하다고 느꼈다. 한 가지 선택밖에 없는 것 같았다. 길만은 얼마 전에 조 워렌에게 한 말을 생각하며 조의 제의를 성급하게 거절한 것이 그다지 현실적인 결정이 아니었다는 생각이 들었다. 다시 한 번 교섭하려고 조만간 조를 방문하기로 했다.

집으로 돌아가려고 돌아서니 산 위에 붉게 타는 노을이 그의 시선을 이끌었다. 걸음을 멈추고 손을 호주머니에 넣은 채 경이로운 눈으로 서쪽 하늘을 바라보았다. 아름다운 저녁노을이었으나 그의 불안한 마음은 그를 다급한 현실로 다시 끌어왔다. 그는 집에 돌아가서 술을 마시고 싶었다. 그때 갑자기 무서운 공허감이 마치 붙잡을 수 없이 이리저리로 교모하게 피해 다니는 원수처럼 길만을 둘러쌌다.

아내의 행복을 빼앗았다는 생각이 들었다. 무엇보다도 아내가 그를 사랑하지 않은 것과 자신이 젊은 말순에게 맞는 상대가 아니라고 알고 있었다. 말순의 불행한 결혼에 죄책감을 느꼈다. 가정을 이루려는 끈질긴 소망을 이루기는 했지만 사랑이 부재한 과정에서 억지로 이루어진 가정이었다. 아이들에게는 엄마가 필요하기에 말순을 보내기에는 너무 늦었다.

길만의 결혼생활은 고통이었다. 그에게는 불행한 결혼이었고 그가 알고 있듯이 말순에게는 모든 불행의 시작이었다. 그는 아내로부터 사랑이 담긴 말을 들은 적도 없었고 그런 것을 기대조차 하지 않고 살아왔다. 지나간 세월 동안 그는 홀로 고통과 슬픔 속에서 살아왔다. 가족을 보살피려고 전혀 생소한 유타에 있는 작은 마을로 식구들을 데리고 왔지만 그가 애초에 기대했던 대로 나아진 것이 하나도 없었다.

그날 저녁식사가 끝나고 길만은 땅을 더 세내는 일로 아내와 의논하기로 마음먹었다. 결국 가정의 재정권을 쥐고 있는 사람은 말순이었다. 길만은 일 학년 수준의 산수밖에 몰랐으므로 어떤 면에서는 말순이 그의 아내인 것이 여로 모로 다행스러웠다.

"이리 잠깐 올겨." 남편을 피하려 침실로 가고 있는 말순을 불러 세웠다. 말순은 마지못해 길만을 향해 발길을 돌렸지만 앉지는 않았다. 또 있을지도 모르는 언쟁이나 폭력에 자신을 대비하며 서 있었다.

"우리가 가진 돈이 얼마여?" 길만이 물었다. 그의 작은 뱀눈이 불길스럽게 반짝거렸다.

"우리는 돈 여유가 있었던 때가 한번도 없었어요." 그녀의 차가운 목소리가 길만의 늙은 뼈를 싸늘하게 했다.

"땅을 좀 더 세내야 할 것 같여. 최소한 인건비는 빠지것지. 아니면 다시 탄광으로 돌아가 일헐 수밖에 없을 것이여."

"늦기 전에 캘리포니아로 돌아가요. 여기서 좋아진 것이 하나도 없어요."

"캘리포니아로 돌아가는 일은 없을 거여." 길만이 말순을 차갑게 노려보았다.

"꼭 다이뉴바로 돌아갈 필요는 없어요. 프래스노나 아니면 샌화 퀸 밸리(San Juacquin Valley)에 있는 다른 곳에 정착할 수 있어요. 당신 아이들을 도우려면 나도 뭔가 일을 해야 해요." 말순은 아이들을 가리킬 때마다 '우리 아이들'이 아니라 '당신 아이들'이라고 불렀고 그것이 언제나 길만을 화나게 만들었다.

"프레스노고 프래스노가 아니고 돌아가지 않을 거여. 이곳이 우리 집이고 우리는 여기서 자리를 잡아야 혀. 게다가 나는 농사꾼이여."

"우리는 빈털터리예요." 말순의 어투가 남편이 입 싸움을 시작하도록 길을 터놓았다. "당신과 우리 모두를 위해 캘리포니아가 더 좋아요. 당신이 농장에서 일하고 싶다면 캘리포니아만 한 곳이 또 어디 있겠어요. 날씨도 여기 보다 훨씬 좋고 당신 아이들에게도 성공할 수 있는 보다 좋은 기회가 더 많을 거예요."

"유타에도 좋은 학교가 있어."

"당신이 어떻게 알아요? 영어도 할 줄 모르면서. 그리고 이곳에는 조선인 가정이 단 두 가정뿐이에요. 지금 우리에게 무슨 기회가 있어요?" 말순은 마음이 쓰렸다. 그녀의 얼굴은 가슴에 묻어 두었던 감정을 그대로 노출했다. "당신은 은행에도 학부모 회의에도 못 가는 일자무식이에요. 당신은 눈 뜬 장님이라고요. 그런데 당신이 이 골짜기에서 성공할 수 있다고요? 주제파악 하세요."

"아가리 닥쳐!" 길만이 소리 질렀다. 용수철처럼 튀어 일어나 아내를 노려보았다. "나는 바보도 장님도 아니여. 너는 나를 아무 소용없는 바보로 취급혀."

"당신이 영어를 한 마디도 못 한다는 것이 사실이 아닌가요."

"그려. 나는 영어도 못 하고 영어로 생각도 못 혀. 그러나 우리 말로 생각한다고. 우리말로 잘 생각한단 말이여. 나는 교육은 받지 못했지만 생각할 줄은 안다고."

"당신 같은 사람이 백인들 속에서 살겠다고 여기로 이사 왔어요? 당신은 자신이 누군지 몰라요. 내 말은 듣지도 않고요."

"아가리 닥쳐!" 길만이 고함치며 아내를 때리려고 손을 쳐들었다. 말순은 재빨리 몸을 피했다. 오랫동안 길만에게 맞으면서 닦은 서글픈 솜씨였다. 그러나 아이들이 놀다가 내버려 둔 장난감 나무 토막에 발이 걸려 넘어졌다.

"너는 말이여, 남편보다 더 똑똑한 줄 알고 있겠지. 아직도 그 젊은 새끼를 생각하고 있냐? 그놈하고 함께 잤지? 대답혀!" 주먹을 꽉 쥔 길만의 눈이 독사처럼 반짝거렸다.

말순은 일어서서 그 독사눈을 똑바로 바라보았다. 남편을 더 이상 무서워하지 않았다. "나는 결코 그 사람 아니라 누구하고도 잔 일이 없어요. 날 창녀 취급하지 말아요."

길만은 말순의 따귀를 갈겼다. 말순이 비명을 지르며 마루에 쓰러졌다. 두 아이가 엄마의 비명소리를 듣고 거실로 뛰어나왔다.

"너희들은 방에 들어가!" 길만이 아이들에게 버럭 소리 질렀다. "어서!"

길만의 험악한 표정에 놀라 종태가 잽싸게 방으로 돌아갔다. 그러나 미숙은 그 자리에 남아 엄마를 부축했다. 미숙은 엄마의 얼굴에 선명한 빨간 손자국을 보았다.

"네 방에 돌아가라고 혔잖여!" 길만이 다시 언성을 높였다. 미숙은 아버지로부터 엄마를 보호하려고 엄마를 등 뒤에 숨겼다. 미숙은 아무 말도 없이 그저 아버지를 조용히 바라보았다. 미숙의 눈에는 미움은 없었지만 자신의 목숨을 걸고서라도 엄마를 보호하겠다는 단호한 결심이 서려 있었다. 미숙은 부모가 싸우는 것을 수없이 보아 왔고 그때마다 며칠 동안 가슴이 아파 몸부림쳤다. 엄마를 닮아 두려움이 없고 대담한 미숙은 아버지를 미친 사람처럼 똑바로 쳐다보았다.

"네 방으로 돌아가!" 다시 고함소리가 들렸다. 말순이 딸의 손을 잡고 거실을 떠나려 할 때 길만은 야수같이 말순의 얼굴을 다시 갈겼다. 그 힘에 밀려 뒷걸음치던 말순은 벽에 등을 부딪치고 다시 마루에 쓰러졌다. 이번에는 말순의 코에서 피가 흘렀다. 미숙은 무릎을 꿇고 엄마를 살펴보다가 부엌으로 뛰어 들어갔다. 행주를 손에 쥐고 바로 달려 나와 피로 얼룩진 엄마의 얼굴을 조심스럽게 닦아 주었다.

"왜 엄마를 때려요? 왜요?" 미숙은 무릎을 꿇은 채 미친개처럼 숨을 헐떡거리며 엄마를 내려다보고 서 있는 아버지를 노려보았다. 아버지의 악한 성질이 미숙의 가슴을 찢어 놓았다. "왜 아버지와 맞먹는 상대를 골라 싸우지 않으세요? 당장 멈추지 않으면 경찰을 부를 거예요. 정말이에요." 미숙은 단호했다.

길만은 딸을 내려치려고 손을 머리 위로 올렸다. 그러다가 손을 떨어뜨리고 자신의 추악한 모습을 어둠 속에 감추려고 집을 뛰쳐나갔다.

말순은 조용히 흐느껴 울었다. 미숙은 엄마를 팔로 감싸 안고 두 여인이 함께 울었다. 두려움에 떨던 종태가 살금살금 걸어 나와 벽 뒤에 숨어 거실을 훔쳐보았다. 그러다가 엄마와 누나랑 한 덩어리가 되 함께 울었다.

길만은 몸을 부들부들 떨면서 헛간으로 달려가 문을 발로 걷어 차고 뛰어 들어갔다. 마치 겁먹은 염소처럼 문을 뒷발로 걷어찼다. 끈끈한 액체가 손에서 스며 나올 때까지 벽을 발로 차고 주먹으로 쳤다.

길만은 무릎을 꿇고 소리 높여 울었다. 길만은 아내가 휘발유라 고 부르는 불같은 성질을 억제할 수 없었다. 스스로 어찌할 수 없 는 인간의 감정이 생의 어두운 뒷골목 길에서 헤맬 때마다 길만은 마치 휘발유를 온 몸에 뿌리고 성냥불을 그어대는 짓을 했다. 미친 폭풍우가 지나간 뒤에는 언제나 흉한 상처와 부서진 조각을 남겼 다. 길만은 통회했지만 못된 성질을 억제할 수 없었다.

허탈해진 길만은 그가 어린 시절부터 알던 유일한 신인 부처를 향해 몸부림치며 속에 있는 모든 쓰라린 것을 다 쏟았다.

길만은 신의 존재를 믿지 않았지만 몇 번인가 자비로운 부처에 게 도움을 구하며 울부짖었던 때가 있었다. 어린 시절 독실한 불교 신자며 강령술사인 어머니에게 끌려 절에 몇 번 간 적이 있지만 그 는 일생 동안 부처를 거부해 왔다. 그는 모든 신을 저주했다. 그가 생각하기로는 신이란 단지 자신을 벌주기 위해 존재한다고 여겼다.

캘리포니아에서 일할 때 사람들이 모든 종교의 진리란 한군데로 모인다고 말하는 것을 들었다. 몇몇 조선인 농부들이 기독교로 개 종했는데 그때마다 길만은 그들의 어리석음을 비난했다. 길만은 모 든 인간은 악하다고 생각했기 때문에 모든 사람들이 그의 신랄한 비판의 대상이었다. 신의 존재에 관계없이 인간은 악하고 그들의 모든 행위 또한 악하다고 생각했다.

그러나 그날 저녁 길만은 자신의 의로움이나 도덕적 원칙에 대해 더 이상 확신이 서지 않았다.─길만은 제 나름대로 도덕적인 원칙을 만들어 낸 것이 몇 개 있었다. 길만은 가슴을 찢는 아픔을 느끼며 비통하게 울었는데 그것은 신을 향한 울음이 아니라 자신의 사악함과 무력함에 대한 통곡이었다. 그는 지난 세월 동안 자신만을 위해 만든 도덕률을 믿고 그것을 고집스럽게 지키며 살아왔다. 그러나 그날 밤 자신의 악한 성격에 처음으로 덜미를 잡히고 말았다.

"나는 마귀여!" 그는 마치 먹을 것을 게걸스럽게 삼키다가 목에 걸린 짐승처럼 울었다.

눈물 속에서 딸아이의 모습이 보였다. 딸아이의 목소리가 아직도 귓속을 울렸다.

그러자 어머니의 모습이 눈앞에 떠올랐다. 어머니가 부엌 땅바닥에서 몸부림치며 뒹굴고 있었고 어머니의 비명 소리가 들렸다. 평생 게으르고 돈 한 푼 없던 아버지가 발광하여 어머니의 작은 몸을 회초리로 사정없이 내려쳤다. 어린 소년이 문가에서 겁에 질려 서 있었다. 아버지에게 살려 달라고 애원하는 어머니의 겁먹은 목소리가 들렸다. 여덟살 난 어린 길만은 나긋나긋한 채찍이 어머니의 몸을 감을 때마다 어머니가 지르는 비명 소리를 듣지 않으려고 귀를 틀어막았다. 마침내 어린 사내아이가 마당에서 삽을 집어 들고 부엌으로 뛰어 들어갔다.

놀란 아버지는 어린 아들이 뭘 하려는지 의아해하며 노려보았다. 그러더니 어린아이를 내려치려고 채찍을 쳐들었다. 길만은 삽을 마구 휘두르면서 있는 힘을 다해 아버지를 내려쳤다. 삽은 아버지의 오른다리 정강이를 내려쳤고 아버지는 처절한 비명을 지르며 쓰러졌다. 어린 남자아이는 아버지의 다리에 심한 상처를 입혔고 아버지는 그 상처에서 회복하지 못하고 세상을 떠났다. 길만은 자신의 행동이 부끄러워 아무것도 보지 않으려고, 심지어는 어둠조차도 보지 않으려고 손으로 얼굴을 가렸다.

"나는 내 자신의 악한 행동을 결코 용서하지 않을 것이여." 길만은 귀신을 본 것같이 몸을 떨었다. 그는 몸속에 흐르는 피를 저주했다. 그의 피는 사악하고 독이 있고 부패했다.

길만은 여러 번 파괴적인 악순환을 반복하고 언제나 가족에게 상처를 주는 악한 피를 자신의 몸을 잘라 다 쏟아 버리고 싶어 했다. 두 번이나 목숨을 끊으려고 했다. 한 번은 독약을 마시고 또 한 번은 낫으로 자살을 시도했다. 그러나 그때마다 부처님은 그의 고난을 더 길게 연장시키려고 목숨을 구해 주었다. 지난 세월 동안 아버지에게 치명적인 상처를 입힌 일 때문에 계속해서 벌을 주는 아버지의 더러운 피를 그의 몸에서 한 방울도 남기지 않고 다 쏟아 버리고 싶었다.

길만은 일어나 마구간 뒤쪽으로 걸어가서 농장공구상자 뒤에 숨겨 둔 위스키 병을 꺼냈다. 술병을 거꾸로 들고 검고 붉은 액체를 입안에 들이부었다. 붉은 액체는 작은 폭포수 소리를 내면서 위 속으로 졸졸 흘러 들어갔다. 길만은 목구멍을 톡 쏘는 기분과 창자를 태우는 느낌이 좋았다.

캄캄한 헛간 밖에서 한 조그만 형체가 거의 기는 듯이 마구간을 향해 달려오고 있었다. 아버지가 뭘 하는지 보고 오라고 엄마가 종태를 보냈다. 종태는 문 앞에서 조선 민요를 흥얼거리는 술 취한 목소리를 들었다.

청산리 벽계수야
수이 감을 자랑마라
한번가면 다시
돌아오지 못하려니

종태는 안을 들여다보아도 아무것도 보이지 않았다. 아버지가 캄캄한 헛간에서 무엇을 하는지 문에 귀를 바짝 갖다 댔다. 잠시 뒤에 흥얼거리는 소리가 그치고 코를 몹시 고는 소리가 들려왔다. 그제야 종태는 아버지가 술에 취해 곯아떨어진 것을 알았다. 엄마와 누나가 캘리포니아로 돌아가려고 분주하게 짐은 꾸리고 있는 집을 향해 다시 뛰었다. 엄마는 아버지를 두고 캘리포니아로 돌아가자고 말했다.

잠시 후 세 식구는 길에 올랐다. 브리검 시까지 삼십리가 넘는 먼 길을 걸어가서 새크라멘토행 기차를 잡아탈 예정이었다. 세 식구 한 사람 한 사람이 그들 나름대로 고통과 슬픔을 이기느라 말이 없었다. 그들은 짐을 등에 짊어지고 계속 걸었다. 하늘에는 기울어지는 초승달이 세 식구의 길을 밝혀 주고 있었다. 멀리서 상처 입은 가족에게 작별을 고하듯 개 짖는 소리가 들렸다.

4.

"올해도 작년처럼 상추가 잘되었어요." 순자는 갓 따온 상추를 우물가에서 씻고 있었다. "채전에서 키운 야채 맛이 어땠어요?" 순자가 옆에 서 있는 유진에게 물었다. 둘은 군터의 집 우물로 야채를 씻으려고 나왔다. 어두웠다. 닷새 전 가족이 떠난 뒤 길만이 혼자 살고 있는 집에는 불빛이 보이지 않았다.

"아주 맛이 좋았어요." 유진이 말했다. "토질이 좋으니까 채소와 곡식이 잘돼요."

얼마 전에 싸웠던 화가 서서히 사라지자 두 사람은 다시 화해했다. 어떤 사건이 그들 부부 사이에 금을 가게 할 수는 있지만 두 사람은 곧 서로에게 양보하므로 부부관계를 회복시켰다. 유진은 결코 미안하다는 말을 하지 않았다. 순자 역시 남편에게 사과를 요구하지 않았다. 특히 순자는 대부분의 조선인들처럼 한민족이 수천 년 동안 갈고닦고 다듬어 온 정(情)에 서로의 다른 점을 묻어 두고 살아왔다.

순자는 야채를 한 번 더 헹구려고 다른 물통에 옮겨 담았다.

"길만이 뭘 하고 있는지 궁금하군." 유진이 어둠속에서 장의사처럼 우뚝 서 있는 집을 바라보며 말했다. "아마 술에 취해 있을 테지."

"종태 엄마가 캘리포니아로 돌아가서 다행이에요." 순자는 말순과 아이들이 난폭한 술주정뱅이 없이 잘 살고 있을 것이라고 확신했다.

"잘한 건지 못한 건지 잘 모르겠소." 길만은 유진에게 왜 말순이가 그를 버리고 떠났는지 말을 하지 않았기 때문에 길만의 폭력에 대해서 유진은 아무것도 모르고 있었다.

"우리는 이곳에서 평생 살 건가요?" 순자가 물었다.

유진은 순자에게 얼굴을 돌렸지만 어두워서 아내의 얼굴을 똑똑히 볼 수 없었다. "하나님만이 아시지. 평생을 이 골짜기에서 살

거라는 생각을 해 본 일은 한 번도 없었지만 이곳에서 오랫동안 살기는 살았어요. 내일 무슨 일이 있을지 아무도 몰라요. 그런 예지는 전능하신 하나님에게만 속한 것이니까."

순자는 남편이 가장 듣기 싫어하는 문제를 다시 꺼냈는데도 야단치지 않는 것을 눈치챘다. 유진에게 뭔가 변화가 일어난 것이 틀림없다고 생각한 순자는 그 돌연한 변화를 조금 더 캐 보기로 마음먹었다. "제이콥은 캘리포니아에 있는 대학교에 가고 싶대요."

"나한테는 그런 말 한 적이 없었어요." 그것은 유진에게 뜻밖의 소식이었다.

"캘리포니아에는 보다 좋은 기회가 있을 거라고 했어요."

"제이콥이 잘못 알고 있어요." 아들이 그런 말을 한 마디도 한 일이 없었기 때문에 유진을 당황하게 만들었다. "대학교를 졸업하면 기회가 기다리고 있을게요. 아직 나이가 어려서 잘 몰라서 그래요."

"그 애가 아무것도 모른다고 생각하세요?" 순자는 남편의 얼굴을 보려고 얼굴을 들었으나 보이는 것은 남편의 형체뿐이었다.

"그렇게 생각하지는 않아요." 유진이 말했다. "내가 한 말은 그 애가 잘못 알고 있다는 뜻이지. 기회는 어디건 다 있어요. 준비가 돼 있으면 말이요."

"그 애랑 말해 보세요."

"그렇게 하리다. 그 애는 아주 영리해요. 그 좋은 머리를 썩히면 안 되지." 유진은 마음을 가라앉히려고 헛기침을 했다.

"오늘도 밥한테서 편지가 왔던가요?" 로버트는 그녀의 가정에, 특히 루스에게 잠재적인 위험이라고 생각했다. 로버트가 격주마다 편지를 보내왔는데 순자는 딸을 보호하려고 편지를 모두 없애 버렸다.

"오늘은 오지 않았어요."

"루스가 편지를 받으면 안 돼요."

"글세, 그건 잘 모르겠어요." 편지를 태우자고 고집한 아내에게 못 이긴 채 동의한 일에 항상 죄의식을 느껴 왔다.

"무슨 말씀이세요?"

"아무것도 아니요." 언쟁을 피하려고 유진이 말했다. 비록 아내의 고집에 응하기는 했지만 딸아이가 순수한 조선인이 아닌 사람과 혼인을 한다면 집안 수치가 될 것이다.

"백인 사위를 보고 싶으세요?" 순자는 남편이 그녀에게 등을 돌리는 일이 없도록 확실히 해 두고 싶었다. 유진은 대답을 하지 않았으나 아내의 말 속에 날카로운 가시가 들어 있는 것을 느꼈다.

일요일이었다. 예배가 끝나고 온 가족이 집으로 돌아가고 있었다. 제이콥은 아버지 옆 좌석에 앉아 있었고 나머지 가족은 뒤 자석에 앉아 있었다. 볏짚으로 짠 보닛을 쓰고 느슨하게 리본을 턱밑에 잡아맨 그레이스는 엄마 무릎에 앉아 끄덕끄덕 졸고 있었다. 엄마와 누나 사이에 앉은 다니엘은 그들에게 자리를 더 양보하려고 눈치껏 몸을 이리저리 비비 꼬았다. 순자는 열왕기 상 17장 9절에 나오는 사르밧 과부를 놓고 설교하던 킹 목사의 긴 설교를 듣고 있느라고 지쳐 있었다. 예배당 안에서 몸은 남편 옆에 앉아 있었지만 마음은 그곳에 없었다. 순자의 지친 마음은 트레먼턴 감리교회에서 태평양을 건너 옛 고향의 작은 토담 교회로 수백 번 왔다 갔다 했다. 졸지 않고 깨어 있으려고 애썼지만 쉬운 일이 아니었다. 설교를 듣고 있는 척하려고 이따금씩 엉덩이를 꼬집기도 했으나 알아듣지도 못하는 설교를 듣는 일은 마냥 고통스럽기만 했다. 그렇지만 주일날 그녀의 시련을 보상해 주는 것이 하나 있었다. 가족과 함께 교회를 오가면서 드라이브하는 것이었다. 비록 짧은 코스였지만 가끔 집에서 해방되는 것이 좋았다. 순자는 유진이 오십 달러를 주고 차를 사기 전에는 설교를 한 마디도 알아듣지 못한다는 핑계로 집에 남아 있겠다고 남편을 졸랐었다. 순자는 교회만 가면 자신이 마치 듣지도 못하고 말도 못하는 들판에 덩그러니 서 있는 허수아비처럼 느껴졌다.

"하버드로 진학할거냐?" 유진이 아들에게 물었다.

"그게 첫 번째 선택이에요." 제이콥은 창밖을 내다보며 대답했다. 순자는 부자간의 대화를 들으려고 귀를 쫑긋 세웠다.

유진이 다시 물었다. "그럼 계획에 무슨 차질이라도 생겼니?"

"저 스스로가 선택할 수 있다면요." 제이콥이 아버지의 옆얼굴을 바라보았다.

"선택은 너의 자유다." 유진이 말했다. "대학교육이 너를 성공의 길로 인도해 줄게다. 돈을 많이 벌어야 해. 돈만이 우리 유색인종들이 추구할 것이다. 할 수 있는 대로 돈을 모아 쌓아 두어야 한다."

제이콥은 그 말을 수없이 들어 왔고 아버지의 그런 일방적인 철학에 신물이 났다.

"오로지 돈만이 인종차별을 하지 않는다. 흑인이건 노랑둥이건 자주색이건 파란색이건 돈은 상관하지 않는다. 돈은 네가 원하는 모든 것을 할 수 있도록 해 줄 것이다. 돈은 영향력 있는 정치인들도 살 수 있어. 돈이 너를 행복하게 해 줄 수 없다면 세상에는 아무것도 너를 행복하게 해 줄 것이 없다."

제이콥은 처음으로 아버지가 수천 리 떨어진 곳에서 말하고 있는 것처럼 그들 사이에 먼 거리가 있는 것을 느꼈다.

"문둥이라도 돈만 많으면 사람들이 문드러진 손가락에 입을 맞출게다."

"돈을 많이 벌려면 제이콥이 좋은 대학교를 가야 해요." 순자는 아들 편을 들면서 끼어들었다. 그녀는 자신의 생각을 자연스럽게 대화 속으로 슬쩍 끄집어들일 수 있는 절호의 기회가 온 것을 알았다. "제이콥이 선택하도록 내버려 둡시다. 제이콥은 자신이 무엇을 원하는지도 알고 있고 어떻게 해야 하는지도 알고 있어요."

유진은 갑자기 말을 멈추었다. 순자는 남편이 그 문제를 심각하게 생각하고 있는 것을 눈치챘다. 운전석 위에 달린 작은 거울을 통해 남편의 마음을 읽을 수 있었다. 오랜 결혼생활을 통해 남편을 그녀의 손바닥같이 잘 알고 있는 순자였다. 간단한 일을 결정하는 데도 며칠씩이나 걸리는 사람이 유진이었다.

"너를 위해서라면 내가 마다할 일이 없다." 유진이 말했다. "캘리포니아에 있는 학교를 갈 거냐 아니면 하버드로 갈 거냐?"

"캘리포니아에 있는 학교에 가고 싶어요." 제이콥이 말했다. "아시아 사람들에게는 거기가 훨씬 기회가 많아요. 유타에서 성공한 사업가나 선생을 보신 일이 있으세요? 전 본 일이 없어요."

"왜 캘리포니아가 더 좋을 거라고 생각하니?"

"성공한 사람들이 더러 있어요."

"애에게 맡겨 두세요. 애가 결정할 일이잖아요?" 순자는 남편을 설득시키려고 말했다. 그리고 약간 양념을 쳤다. "내 생각에도 캘리포니아가 훨씬 나을 것 같아요."

"월터가 말하는데 가족이 모두 일본으로 돌아간대요." 제이콥이 말했다.

"가면 가라지." 유진은 제이콥이 그 일본 사람들을 다시는 만나지 않는다는 생각으로 속이 시원했다. 지난 세월 동안 그 일본집안은 눈에 가시였다. "그 사람들은 우리의 원수야. 그 콧대 높은 다까하시! 제가 무슨 정복자라도 된 듯 꼬리를 치고 다니더라니. 언젠가 왜놈들이 우리 땅에서 쫓겨날 거야. 암, 그렇게 되고 말고."

"언제 캘리포니아로 이사 갈 거예요? 이사 갈 준비를 할까요?" 순자는 남편이 이미 마음을 정하기라도 한 것같이 물었다.

"너를 위해서라면 못 할 것이 없다." 유진은 아내를 무시하고 했던 말을 반복했다. "내가 어렸을 때 네 할아버지는 너무 가난했다. 흙을 파 먹을 정도로 가난했지. 그때 나는 내 자식들을 굶기지 않겠다고 스스로 맹세했다. 우리는 짐승같이 살았어."

"여기로 이민 왔던 유럽 사람들이 더러는 산 옆에 땅굴을 파고 살았대요." 순자는 가난이란 전 세계에 있는 인류의 적이라는 것을 남편에게 상기시켰다.

"어떤 일이 있어도 내 아이들을 대학에 보내겠다고 내 자신에게 약속하고 또 약속했었다. 이제 그 꿈을 이루게 되겠구나. 너는 나의 꿈이고 우리 집안의 꿈이다. 첫아들이니 우리 집안의 기둥이다."

그날 저녁식사가 끝난 뒤 유진은 포치에 혼자 앉아 있었다. 한두 개 당면한 문제를 생각하려고 혼자 있고 싶었다. 첫 번째는 캘리포니아로 이사할 것인가 하는 문제였다. 그에 대한 답은 이미 알고 있었다. 많은 일들이 걸려 있어서 그 마을을 떠나고 싶지 않았다. 지난 세월 동안 땀 흘려 쌓아놓은 것을 다 잃어버릴 것이기 때문이었다. 때로 삶은 선택의 기회를 주지 않았다. 농사일은 탄광일이나 철도공사일보다 그다지 어렵지 않았다. 게다가 순자가 말했듯이 자작농사일이라 누가 이래라저래라 명령하거나 간섭하는 사람이 없었다. 비록 땅을 사고 싶어 했던 소원은 정부의 정책 때문에 이루지 못했고 불황이 계속돼 많은 사람들이 농장을 버리고 떠났지만 지금까지 유진은 이래저래 가족을 잘 먹여 살렸다.

한동안 그의 마음을 무겁게 눌러 왔던 다른 문제는 자신과 아들 사이에 벽이 가로놓여 있다는 막연한 생각이었다. 그는 제이콥이 철부지라고만 생각해 왔는데 이제 그 아이는 어느새 사춘기 청소년으로 성장했고 스스로 일을 결정하기를 원하는 것이 분명했다. 아들이 다 성장했다는 자랑스러운 생각이 들면서도 한편으로는 슬펐다. 머지않아 제이콥과 나머지 아이들도 그들의 보금자리를 찾아 떠날 것이다. 그렇게 되면 그와 순자 두 사람이 텅 빈 집을 지키며 살게 될 것이다. 그런 생각이 들자 두려웠다. 고려해야 할 문제가 또 하나 있었다. 순자와 관계된 일이었다. 그 계곡에서 순자의 삶은 몹시도 외롭고 어쩌면 지난날보다도 더 외로운 생활이 계속될지도 모른다. 아내의 두 다리를 힘든 육체노동에 묶어 두고 싶지 않았다. *캘리포니아가 집사람에게나 식구에게 더 좋을 것 같다. 식솔들을 이끌고 중가주로 가자.* 유진은 드디어 마음을 정했다.

계곡 저 아래를 내려다보니 다음 해 이맘때는 그곳을 보지 못하리라는 생각이 들자 서글퍼졌다. 아마도 다시는 볼 수 없으리라. 그 마을은 가족들을 편하게 해 주었고 먹을 것과 입을 것이 언제나 풍족했다. 고향처럼 그 마을에 깊은 정을 느꼈다. 땅 냄새, 파란 초장, 찌는 여름의 무더위, 살을 에는 겨울 추위, 먼짓길, 개울―이 모든 것이 그리워지리라. 유진은 한숨을 내뿜었다. 그러자 마음이 옛날로 달음질쳤다.

옷 가방 몇 개 달랑 들고 샤이엔에 갔을 때 초라한 집에서 살았다. 태평양 연합 철도회사(Pacific Union Railroad)가 소유한 지하 탄광에는 수많은 쿨리 들이(중국인 막노동자들) 일하고 있었다. 남편들을 도와 가족을 먹여 살리고 또 돈을 저축하려고 탄광에서 일하던 소수의 중국 여인들 속에 순자도 끼어 일했다.

어느 추운 겨울이었다. 눈 덮인 산꼭대기로부터 차가운 겨울바람이 넓은 북부 평야에 굽이치며 넓게 퍼져 있는 언덕을 쓸고 내려왔다. 유진은 하루 열 두 시간을 곡괭이로 검은 석탄덩어리를 파느라고 씨름을 했다. 하루는 유진이 살고 있던 집에서 아래쪽으로 두 번째 오두막집에서 살던 매리 왕이 허겁지겁 탄광 작업장 사무실로 달려왔다. "유진의 아내가 몹시 아파요." 매리 왕이 사무실 직원에게 알렸다.

유진이 집에 도착하니 아내는 첫아이를 낳으려고 출산의 고통을 이기느라 죽을힘을 다하고 있었다. 순자는 그 어려움을 이기기에는 몸이 너무 쇠약했다. 중노동과 영양부족으로 한때는 아름답고 싱싱했던 몸이 뼈만 앙상하게 남아 있었다.

두려움과 절망 가운데 유진은 아내를 매리 왕의 마차에 싣고 병원으로 달렸으나 도중에서 아기가 죽고 말았다.

다음 해 여름에는 무서운 사고가 있었다. 그 당시 유진은 폭파팀에서 일하고 있었다. 폭파팀 전원은 중국 쿨리들이었는데 유진은 얼굴 생김새가 같은 덕분에 그 팀으로 보내졌다. 하루는 탄광 갱을

폭파하다가 마치 지옥이 터진 것같이 무서운 폭파소리와 동시에 날카로운 돌파편이 그들 위에 쏟아졌다. 눈 깜작할 사이에 다들 생매장됐다. 유진이 유일한 생존자였다.

"노랑둥이는 똑같은 노랑둥이지 무슨 말이 많아." 조장인 요셉이 말했다. 유진은 덜 위험한 일을 찾을 수 있을까 하고 조장에게 찾아가서 자기는 조선 사람이니 조선 사람으로 인정해 줄 것을 요구했다. 그러나 우스꽝스럽게도 이름에 걸맞지 않은 날카로운 성질을 가진 조장 요셉은 유진의 요구를 단번에 거절했다. 똑같이 얼굴에 거친 석탄 가루를 뒤집어쓰고 일하는 광부들을 누가 백인이고 누가 노랑둥인지 분간할 수 없는 탄광에서도 반동양인 운동인 '위험한 노랑둥이'의 감정이 한껏 고조돼 있었다.

그 다음 해 이른 봄에 유진은 순자를 데리고 솔트 레이크 시를 향해 길을 떠났다. 다시는 탄광에서 일하지 않겠다고 유진은 아내에게 거듭 다짐했다.

모은 돈이 조금 있었으나 아시아 사람들의 토지구입을 금지하는 외국인 토지법에 걸려 땅을 살 수 없었다.

유진은 이곳저곳으로 떠돌아다니며 농장에서 철도공사장에서 그리고 탄광에서 일해 왔다. 탄광에서 있었던 사고 이후에 아늑한 시골마을에 정착하여 아이들을 키우고 싶었다. 솔트 레이크 시로 가던 길에 우연히 보스웰이라고 부르는 작은 마을로 흘러 들어왔다. 유진은 그 마을에서 자리 잡기로 결정했다.

한 번도 와 본 일이 없던 보스웰에서 조그만 농지를 세냈다. 밤낮없이 새벽부터 밤늦게까지 아내와 함께 땅을 갈고 담을 쌓고 두 입에 풀칠을 하고 앞으로 태어날 아이들을 위해 밀 씨앗을 뿌리고 양파와 사탕무를 심었다.

길 아래 반대쪽에 낙농장을 하는 사람이 그의 아내와 같이 살고 있었다. 그 사람 땅에서 밤낮으로 땅 밑에서 뿜어 나오는 시원한 물을 길으러 마을 사람들이 몰려들었는데 군터라고 부르는 낙농업자는 조선가족에게 한 번도 말을 걸어 온 일이 없었고 아이들까지 가까이 가지 못하게 했다.

군터의 아버지는 1850년 독일에서 미국으로 이민 왔다가 고향과 비슷한 그 계곡에 들어와 자리를 잡았다. 아들이 넷이었고 딸이 하나 있었다. 둘째 아들 군터가 가족사업을 계승받았는데 그는 낙농업을 자랑스럽게 여겼다. 독일에 가서 평생배필을 데리고 왔다. 그 여자는 남편보다 키도 크고 몸집도 컸다. 군터는 그 여자가 낙농업에 아주 적합한 여자라고 생각하고 결혼했다.

덩치가 좋은 신부가 별로 보잘것없는 남편의 농장에 도착하자마자 새 지휘관의 도착을 알리는 깊고 날카로운 목소리가 담을 넘고 초원을 지나 계곡 낮은 곳까지 퍼져나갔다.

그러다가 군터가 아내와 어린아이들을 남기고 갑자기 심장마비로 세상을 떠났다. 유진은 군터의 부인이 농장에서 일하기에는 너무 뚱뚱해서 농장을 팔 것이라고 생각했다. 유진은 수년 동안 아티션 우물(땅 밑에서 물이 솟구치는 우물)이 있는 그 농장을 세내고 싶어 눈독을 들여 왔다. 유진은 농장일이 건강에 크게 위협을 주는 사실을 발견한 군터의 과부를 찾아가 임대협상을 했다. 군터의 과부는 즉석에서 유진이 내놓은 조건을 받아들였다. 임대계약서에는 군터네 토지, 우물과 우유배달 차가 포함됐다. 유진과 순자는 가축에게 물을 먹이려고 먼 길을 돌아갈 필요가 없게 됐고 집 뒤에 우물이 있어서 더욱 좋았다. 우물은 밤낮으로 시원하게 물을 뿜어냈다.

유진은 여러 번 우물가에 서서 시원한 물이 물 저장 탱크에 떨어지는 소리를 즐겨 들었다. 그 소리가 유진의 귀에는 그가 평생 듣던 어떤 소리보다도 더 달콤하게 들렸다. 마을 사람들이 물 길러 올 때마다 오랫동안 까마득하게 잊고 살았던 유진의 자존심을 뿌듯하게 해 주었다.

"여기서 혼자 뭘 하세요?" 순자가 남편을 찾아 밖으로 나오며 말했다.

"지나간 옛 일들을 생각하고 있었소." 유진은 과거에서 현실로 다시 돌아오면서 말했다.

"세월이 너무 빨리 지나갔어요." 순자는 남편 옆에 앉았다. 낡은 의자가 순자 밑에서 삐걱 소리를 냈다. 유진은 아내를 바라보며 얼굴을 찡그렸다.

순자는 눈을 가늘게 떴다. "왜 그런 눈으로 쳐다보세요? 내가 낸 소리가 아니에요. 의자가 그랬어요." 순자는 남편의 얼굴을 자세히 살폈다. "우리 캘리포니아로 언제 떠날 거예요? 이미 마음에 결정을 내렸어요?" 그날 저녁 남편에게 무리한 부담을 주지 않으려고 순자는 조심스럽게 물었다.

유진은 마치 쇳덩어리를 등에 짊어지고 있는 듯 무겁게 자리에서 일어났다. "내가 자식들을 위해서 하지 못할 일이 없어요." 눈에 익은 계곡을 내다보며 말했다.

"당신과 나에게도 좋을 거예요. 동포들과 같이 산다는 것 말이에요." 순자는 흥분한 목소리로 말했다. 오랜 세월 동안 가슴속에 가두어 두었던 영혼이 아픈 굶주림이, 아무리 멀리 있을지라도 동족

옆에 있고 싶어 하는 그리움이 새롭게 찾아왔다. 순자는 숨을 깊이 들이마시면서 자신에게 이렇게 약속했다. 너무너무 *외로웠던 이 골 짜기로 다시는 돌아오지 않을 거야.*

유진은 순자를 혼자 두고 길만이 숨어 있는 곳으로 걸음을 옮겼다. 길만을 며칠째 보지 못했다. 잠시 걸음을 멈추고 그 집을 바라보았다. 친구가 가엾다는 생각이 들었다. 설득할 수 있을지 모르지만 길만에게 캘리포니아로 가족을 찾아가라고 권유할 참이었다. *늙은 대나무 같은 사람이야. 굽힐 줄 모르니, 원. 고집이 센 노쇠야.* 유진이 걸음을 다시 옮기면서 생각했다.

안에서 문이 열리기까지 시간이 조금 흘렀다. 길만이 문을 빠끔히 열고 내다보았다. 술에 취해 태풍에 흔들리는 나무같이 흔들거렸다.

"들어와." 길만이가 유진에게 손짓을 하며 말했다. 유진이 안으로 발을 들여놓자 참을 수 없는 악취가 속을 뒤집어 놓았다. 방바닥에는 쓰레기가 깔려 있었다. 길만이 벽스위치를 올려 불을 켜고 나서 쓰러질 듯 흔들거리며 소파로 걸어갔다. 유진은 길만을 따라가서 그 옆에 앉았다. 식구가 떠난 뒤로 길만은 소파에서 잠을 잤다. 그는 매일 밤 술에 곤드레만드레가 되어 소파에 누워 뒤척거렸다. 소파에 술과 침을 질질 흘리며 속이 시원할 때까지 죄 없는 방석에 대고 화풀이를 했다.

"어쩐 일로 왔당가?" 길만은 반눈을 뜨고 유진에게 물었다. 유진은 길만의 입에서 나는 술 냄새에 속이 메스꺼웠다. 악취가 하도 고약해서 토할 것 같았다.

"어떻게 지내는가?" 유진은 악취 때문에 조금 사이를 두고 앉아 있었다. 길만의 거무죽죽하고 수척한 얼굴에는 피로한 빛이 보였다.

"그럭저럭 살고 있고만. 그 더러운 년이 나가 버려서 기분이 좋다고." 길만은 냉소를 머금고 말했다.

"내가 자네라면 처와 애들을 찾아갔을 걸세."

"오매 그 갈보 년을 찾아간다고? 안 될 말이여." 길만은 유진의 충고를 비웃었다. "날 저버리고 그 젊은 놈을 찾아간 것이여. 그년은 내가 늙었다고 한 번도 나를 사랑한 일이 없었단 말이여." 길만은 빈정대면서 술병을 찾아 술을 들이마셨다. 술을 쿨럭쿨럭 들이키는 길만을 바라보던 유진은 불쌍한 생각이 들었다.

"캘리포니아로 돌아가서 자네 처를 찾게나. 자네가 생각하는 것처럼 그렇게 불량한 여자가 아닐세. 아주 충실할 뿐만 아니라 영리하고 애들을 무척 사랑하는 사람이야."

"천만에 말씀이여. 그건 자네가 그년을 몰라서 혀는 말이여." 길만이 탄식했다. "그년은 개여. 무슨 말인지 알아듣겠어?"

"그렇지 않네. 아직 젊어서 그렇지. 여기 살다가는 애들 장래를 망치겠다고 생각했고 자네 혼자서 힘이 드니 자네를 도우려고 한 것이겠지." 유진은 꾸중을 아주 단단하게 맞아야 쌀 친구를 나무랐다.

"생각은 자유여. 자네니께 말허지만 그년은 더러운 년이여. 더러운 갈보란 말이여."

"이제부터 뭘 할 겐가?"

"그냥 일해서 먹고살면 되지 별수 있당가?"

유진은 그의 목소리에서 노여움과 쓰라림을 느꼈다. "우리는 캘리포니아로 다시 돌아가기로 했어."

"뭐라고?" 길만은 못 들은 체하며 다시 위스키를 들이켰다.

"우리 식구도 캘리포니아로 돌아간다고 말했네."

길만은 소중한 술병에 다시 마개를 틀어막으며 아무 말도 하지 않았다.

"자네는 여기에서 이대로 머물 것인가?"

"물론이여. 나는 여기에서 이대로 살 것잉께. 내가 어디로 갈 곳이 있겠어? 농사꾼은 농사를 지어야 혀."

"우리와 같이 돌아가자고. 자네 가족을 찾도록 힘써 주겠네."

"지금 무슨 말을 하는 거여? 나는 여기에서 살겠다고 혔어. 속이 들여다보이는 동정은 필요 없단 말이여." 길만은 유진을 쏘아보았다. 눈은 조금 전보다 더 빨개졌고 숨소리는 거칠어졌다. "가라고. 내 걱정은 하지 말고. 나는 어린아이가 아니여. 살다가 죽으면 저쪽 동네 앞에 있는 무덤에 묻힐 거여. 내가 자네 없이 여기서 못 살 것 같혀? 개똥 같은 생각 말라고." 길만의 눈이 노여움으로 빛났다. 낯선 사람들 속에서 혼자 살 일을 생각하니 두렵기도 했다.

유진이 말했다. "예끼, 바보 같은 사람 같으니라고. 사정이 점점 더 나빠지고 있어. 우리 마을도 마찬가지야. 자네는 손해를 많이 봤고 언제 형편이 좋아질지 몰라. 여기서 어떻게 살아남을 건가?"

"입 하나 풀칠 못할 거여? 형편이 좋아지지 않으면 그때는 다시 와이밍 탄광으로 일하러 갈 것잉께." 길만은 마음이 초조했다. *저 거만하고 주제넘은 얼굴 좀 봐.* 그런 생각을 하면서 유진을 비웃었다.

"샤이엔에 무슨 일거리가 자네를 기다리고 있어?" 유진은 찾아온 목적을 이루지 못한 것을 알고 천천히 일어났다. "내가 한 말을 잘 생각해 보게나. 우리 식구는 겨울이 오기 전에 떠날 걸세. 자네를 억지로 우리와 같이 떠나자고는 못 하겠어. 자네 자신과 가족을 위해 올바른 결정을 내리기를 바라네." 유진은 문을 열고 캄캄한 밖으로 나와 신선한 공기를 마음껏 마셨다. *아휴, 지독한 악취구먼.* 유진은 고개를 설레설레 흔들었다.

제5장

가족이 떠난 지 두 달 만에 길만에게 트레먼턴에 있는 유진의 우편사서함으로 캘리포니아에서 편지가 왔다. 그 편지가 온갖 아픔과 노여움을 다시 몰고 왔기에 길만은 속이 몹시 상했다. 조선말로 쓴 편지였으나 길만은 글을 읽지 못해 더욱 화가 났다. 그래서 길만은 가축들의 배설물냄새로 절어 있는 사육장을 청소하고 있는 유진에게 편지를 들고 찾아갔다.

"자네 딸이 보낸 편지야." 유진이 길만에게 편지를 읽어 주면서 말했다. "아버지가 엄마를 죽일까 무서워서 엄마가 떠난 거예요." 유진은 얼굴을 들어 길만을 바라보았다. 길만은 유진에게 말순이가 중가주에 사는 애인을 찾아 도망갔다고만 말했는데 편지를 읽다 보니 길만이가 의심스러웠다. "이게 무슨 말인가." 유진이 길만에게 물었다.

"그냥 몇 대 갈긴 것이 전부여." 길만의 얼굴에는 회개의 빛이 보이지 않았다.

"우리는 다이뉴바로 와서 엄마는 두 일을 하고 있어요." 유진은 냉담하게 듣고 있는 길만에게 다시 편지를 읽어 주었다. "낮에는 과수원에서 과일을 따고 저녁에는 돈을 좀 더 벌려고 조선 농부들에게 밥을 지어 줘요. 너무 일을 많이 해서 엄마는 해골같이 말랐어요. 엄마는 아버지가 술을 끊으시면 언제든지 오시래요. 그렇지만 아버지가 무서워서 지금은 만나지 않겠대요. 우리는 동포들과 같이 행복하게 살고 있어요. 우리 걱정은 하지마세요. 종태와 나는 아버지가 무척 보고 싶어요."

유진은 편지를 접어 길만에게 건네주었다. "편지를 아주 잘 썼구먼. 자네 딸을 자랑스럽게 생각하라고. 자네가 여자를 때리는 사람인 줄은 미처 몰랐군."

길만은 편지를 마구 구겨 주머니에 넣었다. 긴장해 보였다.

유진은 조용히 말했다. "자네는 훌륭한 아내와 자식들을 두었네. 여자를 때리는 짓은 사내가 할 짓이 아니야. 사내는 사내를 상대로 싸워야지 여자와 싸우는 게 아닐세. 자식들 앞에서 아내를 때리면 애들도 나중에 그렇게 하는 법이야."

길만은 아버지 생각을 잠시 해 보았다. 비록 말하지는 않았지만 유진이 한 말에 동의했다. *그 애비에 그 새끼여. 저주여, 저주.*

"여자란 화덕에서 타고 있는 불과 같다고. 불이 잘 타고 있거든 그냥 내버려 둬. 화덕에 나무를 너무 많이 넣거나 불을 이리저리 헤집게 되면 불길이 죽는 법일세."

길만은 한마디 말도 없이 그 자리를 떴다. 유진은 고개를 저었다. 그러나 길만에게 같이 떠나자는 말은 하지 않았다. 와이오밍에서 길만과 같이 일을 했을 때는 차가운 얼굴 뒤에 숨은 속사람은 보지 못했다. *사람의 속은 알 수 없는 게야. 누구든지 비밀을 가지고 있으니까.* 유진이 슬프게 생각했다.

"한솔에게 편지를 보냈다." 그날 저녁식사를 하면서 유진이 말했다. 순자는 식구가 음식을 골고루 받은 것을 확인하느라 언제나 맨마지막에 자리에 앉는 사람이었다. "그 사람은 스탁턴에서 사업을 하고 있다. 우리가 갈 때까지 너를 그 사람 형께 부탁해 놓았다.

"제가 꼭 먼저 가야 하나요?" 제이콥이 아버지에게 물었다. 가족 앞서 떠나는 것이 염려스러웠다. 게다가 아버지를 도와야 할 일이 많았다.

"새 학교에 가니 먼저 떠나야지. 우리가 다이뉴바에 도착하면 십이월이 될 게다." 유진은 누구보다도 더 보고 싶을 아들을 바라보았다. "그 사람 형이 다이뉴바에 살고 있다. 너는 그 집에서 서너 달 살도록 해라. 내가 도착하면 그 사람이 수고한 것을 갚아 줄 테니까."

"그렇지만 저의 도움이 필요하시잖아요? 곧 추수가 시작될 텐데요."

"내가 혼자서 할 수 있다. 금년에는 추수할 것이 그리 많지가 않다. 루즈벨트 대통령이 현금에 쪼들리는 농부들을 위해 뭔가 손을 좀 써 주었으면 좋겠다만."

"황씨 아저씨는요? 여기서 혼자 사실 건가요?" 루스가 물었다.

"모르겠다. 같이 갔으면 좋겠다만." 유진은 애들 앞에서 친구에 대해 말하고 싶지 않았다. 유진은 식탁 너머로 아들을 바라보며 말했다. "떠날 준비를 해라. 다음 주에는 떠나야 한다."

"그렇게 빨리요?" 순자는 걱정스러웠다. 큰아들이 그렇게 빨리 집을 떠날 줄을 몰랐다. 제이콥을 그녀의 품에서 떠나보낼 마음의 준비가 되지 않았다.

"이미 준비를 다 해 두었다. 한솔이 새크라멘토 기차역에서 너를 만나기로 돼 있다. 새 학기 중도에 다른 학교로 전학하면 너 손해다."

"알겠어요, 아버지. 준비할게요." 제이콥이 말했다.

"아버지, 우리는요?" 다니엘이 물었다. 다니엘은 혼자 떨어지고 싶지 않았다.

"때가 되면 너희들은 어머니와 함께 떠날 게다. 제이콥은 중요한 일이 있다. 대학교에 가야 하니까."

루스가 물었다. "아버지는 우리랑 함께 안 가세요?"

"나는 당분간 여기 남아서 정리할 일이 더러 있다." 유진은 숟갈을 식탁에 놓으며 루스에게 말했다. "떠나기 전에 매사를 잘 정리해야 한다. 고지서도 갚아야 하고 정리해야 할 여러 가지 일이 있다. 일을 잘 마무리 짓지 않고 떠나선 안 된다."

2.

제이콥은 눈부시는 햇볕이 내리쬐는 밖으로 나왔다. 점심 후 월터와 같이 수영하기로 약속돼 있었다. 헤엄을 잘하는 다니엘이 따라 나섰다. 제이콥은 월터에게 캘리포니아로 떠난다고 말하려고 마음먹었다. 월터가 보고 싶겠지만 캘리포니아에서 새 친구를 사귈 것이다.

개울에는 아이들의 떠들썩한 소리로 시끄러웠다. 월터는 다른 아이들과 헤엄을 치고 있었다. 그 계곡의 생명줄인 폭이 좁고 깊이가 얕은 개울은 들판을 굽이쳐 흐르고 있었다. 여름에는 마을 아이들에게는 그곳이 가장 분주한 곳이었다. 제이콥과 다니엘은 옷을 벗어 월터 옷 옆에 던져놓고 물속으로 첨벙 뛰어 들어 갔다. 다니엘은 좋아서 냅다 소리를 지르면서 배영을 했다.

월터가 제이콥에게 헤엄쳐 왔다. "난 안 오는 줄 알았어." 월터가 옆에 서며 말했다.

"짐 싸느라 바빴어." 제이콥은 포플러 나무들이 줄을 지어 서 있는 개울 반대쪽을 바라보며 말했다. 다 보고 싶어질 것들이었다.

"짐을 쌌다구? 어디 가족이랑 휴가 떠나는 거야?"

"아니. 나 이사가." 제이콥이 월터를 바라보았다. "다음 주에 떠나."

"어디로?" 월터가 심각한 얼굴로 말했다.

"캘리포니아로 떠나. 내가 먼저 떠나고 나머지 가족들은 십일월 전에 다 옮길 거야. 학교 때문에 먼저 가는 거야."

"나보다 먼저 떠나는구나." 월터가 말했다. 두 손을 모아 물을 떠서 얼굴에 뿌렸다. "우리는 일본으로 다시 돌아가. 아버지가 고향에 논밭을 조금 가지고 있어."

둘은 한동안 말없이 헤엄쳤다. 그들은 똑같이 이별을 앞두고 무거운 마음을 정리하고 있었다.

잠시 후에 제이콥이 입을 열었다. "다시 안 돌아올 거야?"

"모르겠어. 일본에 한 번도 가 본 일이 없지만 거기가 좋아졌으면 해." 월터는 거북이처럼 물속으로 헤엄쳤다. 다시 물 위로 올라와 얼굴의 물방울을 손바닥으로 훔쳤다. "아버지는 내가 일본 육사에 가서 장교가 되기를 원하셔."

"일본 군대 장교가 되고 싶어?" 제이콥이 물었다. 월터의 말에 놀랐다. 제이콥은 월터가 일본 제국군의 장교가 안 되기를 바랐다. 제이콥은 언제나 월터가 대학교수나 아니면 그와 비슷한 사람이 될 것이라고 생각해 왔다. 제이콥은 월터를 바라보면서 월터는 군대장교가 될 재질이 아니라고 다시 확신했다.

"좋은 일이기는 하겠지. 아버지는 언젠가 일본이 미국까지 영토를 확장할 것이라고 믿고 있어."

"그럼 넌 내 적이 되는 거야, 월터." 제이콥은 차갑고 무서운 눈길을 월터에게 던졌다. "우리는 서로 적이 되지 말자, 월터. 넌 내 친구야."

"알고 있어. 그렇지만 아버지가 원하시는 거야. 어려운 문제야."

"그렇다고 그 길을 택할 필요가 없어. 우리는 미국 국민이야."

"나는 일본인이기도 해."

"일본이 우리 나라를 쳐들어오면 넌 어떻게 할 거니?"

"미국 말이야?" 월터가 물었다.

제이콥은 월터에게서 눈을 떼지 않고 머리를 끄덕였다. 어쩐지 월터가 오늘따라 달라 보인다고 생각했다.

"모르겠어. 한 번도 생각해 보지 않았던 일이니까. 일본이 미국까지는 공격하지 않을 것이라고 생각해. 솔직히 말해 보자. 일본은 조그만 섬나라야. 일본이 미국을 공격한다면 그건 마치 쪼그만 개미가 코끼리를 공격하는 것과 마찬가지일거야." 월터가 웃으면서 말했다.

"우리가 나란히 일본군대를 대항해 싸우길 바란다. 만일 그들이 어리석게도 태평양 이쪽으로 공격해 온다면 말이야." 제이콥이 말했다. 월터는 이따금씩 우스갯소리를 할 때를 빼놓고서는 언제나 신중한 아이였다.

"제이콥, 나는 전쟁 따위엔 관심이 없어. 전쟁은 너무 잔인해. 나는 마음이 약하거든·" 월터는 재미없는 주제를 끝내려고 의식적으로 애썼다. "넌 아직도 하버드 가기를 원하니?"

"마음을 바꿨어." 제이콥이 말했다. 갑자기 고향의 그리움이 가슴에 와 닿았다. ─산, 개울, 즐거운 여름, 스케이트를 타는 얼어붙은 수로, 키가 머리까지 높이 자라는 쑥(Sagebrush) 그리고 강둑에 서서 고기를 잡는 낚시질.

월터는 제이콥이 다시 말하기를 기다리며 그를 바라보았다. "입학이 되고 학비가 너무 비싸지 않으면 스탠포드로 갈 거야. 그렇지 않으면 유시 버클리에 갈 거야. 장학금 받는 것을 목표로 삼고 있어."

"넌 장학금을 받을 거야. 넌 끈질기고 포기하는 일이 없잖아." 월터가 싱긋 웃었다. 제이콥이 월터에게 얼굴을 돌려 찬찬히 그 얼굴을 바라보았다.

"왜 그래? 내 얼굴에 뭐가 묻었니?" 월터가 언짢아서 물었다.

"녹슨 사무라이 칼을 내 얼굴에 들이대지 마." 제이콥이 심각한 얼굴로 말했다.

월터는 그것이 무슨 말인지 알았다. "그런 일은 없을 거야. 왜 그런 생각을 하니?"

"친구니까 염려가 돼 그러는 거야."

"편지할 거니?"

"그럼. 회답 잊지 마."

"최고의 행운을 빈다." 월터가 손을 내밀었다. 둘은 성숙한 사내들처럼 웃으며 힘차게 악수했다.

"우린 다시 만날 거야. 넌 강력한 아시아인 변호사가 되고 나는 워싱턴 정계에 아시아인 정치인 선구자가 돼서 말이야." 월터가 제이콥에게 다시 손을 내밀었다.

"우리는 결혼식 때 서로 들러리가 되는 거야." 제이콥이 말했다. "어느 날 내가 일본 아가씨와 사랑에 빠질지 누가 아니?" 제이콥이 크게 웃었다. 둘은 다시 물속으로 잠수했다. 잠시 후 물 위로 다시 올라와 수영시합을 하듯 빨리 헤엄쳤다.

3.

"우리가 모아 둔 돈으로는 부족할 게요." 유진이 아내에게 말했다. 아이들이 침실로 간 뒤 두 사람은 거실에 앉아 있었다. "학비가 엄청나게 비싸다고 들었어요. 얼마나 비싼지 모르겠지만 제이콥이 장학금을 받아야 할게요. 우리가 그 애 대학교육을 위해 저축해 둔 돈으로는 어림도 없을 것 같소." 유진은 제이콥의 속옷을 깁고 있는 순자를 바라보았다. "지금 뭘 하고 있는 게요?" 아내가 하고 있는 바느질이 주의를 산만하게 하기 때문에 얼굴을 찡그렸다.

"속옷에 주머니를 달고 있어요." 순자가 실을 꿰려고 바늘과 실을 천장 불빛을 향해 들었다.

유진이 다시 얼굴을 찡그리더니 한숨을 내쉬었다. "뭘 하려고?"

"돈을 안전하게 속옷 주머니에 넣어 두려고요. 이렇게 세상이 어지러울 때는 사람들이 괴물로 변해요. 날치기, 잔도둑 그리고 살인자가 된다니까요. 돈을 속옷에 감추고 있다고 생각하는 사람은 없을 거예요. 먼 길을 떠날 때는 거기가 가장 안전한 곳이에요. 옛날에 어머니가 가르쳐 주셨어요."

"그 애는 이제 성년이요. 더 이상 어린아이가 아니에요. 게다가지 애비를 닮아서 힘이 장사에요. 한두 명쯤은 거뜬히 해낼 거요."

순자는 남편의 목소리에 자랑이 섞여 있는 것을 눈치챘다. "열 사람이 도둑 하나를 못 지킨다고 하잖아요? 조심해서 나쁠 것이 없어요." 웃으면서 남편을 바라보았다. 이 속에 이십 달러짜리 지화 다섯 장을 넣고 안전핀으로 꼭 잠가두면 돈은 안전하다고요."

"다 큰 애를 창피스럽게 만드는구려. 허긴 안전이 창피스러운 것보다 낫겠지." 유진은 일어나 침실로 걸어갔다. 온종일 무엇인가 손가락 사이로 빠져나가는 것 같았다. 그것은 일주일 이상 집을 떠나 본 일이 없는 아들 제이콥이었다. 그것도 오래전의 일로 제이콥이 교회 캠프에 갔던 때였다. 그러나 이번에는 아들을 두 달 이상이나 보지 못한다.

순자는 그녀가 조금 전에 주머니를 단 속옷을 들고 제이콥 침실로 걸어갔다. 방문 밑에 불빛이 새어나오고 있었다. 다른 아이들을 깨우지 않으려고 조용조용 문을 두드렸다. 제이콥이 문을 열었다.

"아직 안 자고 있었니?" 순자가 말했다. 다니엘은 침대에서 자고 있었다. 두 형제는 침대를 같이 쓰고 있었다.

"잠이 안 와요."

"내일 떠나니 그럴 테지. 생각이 많을 거다." 순자는 아들을 자랑스럽게 바라보았다. 그리고 나서 속옷을 건네주었다. "내일 아침에 입어라. 속옷에 조그만 주머니를 달아 놓았다. 그 안에 뭐가 들어 있는지 보려무나."

"엄마, 나는 이제 어린아이가 아니에요." 제이콥이 부끄러워하며 말했다. 제이콥은 주머니에 달려 있는 안전핀 두 개를 뽑고 그 안에서 이십 달러짜리 지폐 다섯 장을 꺼냈다.

"네 아버지와 똑같은 말을 하는구나. 안전핀을 제자리에 꼭 꽂아 두도록 해라. 새크라멘토에 도착할 때까지는 속옷을 갈아입지 않겠지?"

제이콥이 투덜댔다. "아뇨. 그렇지만 이건 창피스러운 일이에요."

순자는 제이콥의 말을 못 들은 척했다. "안전핀이 꽂혀 있는 한 돈을 도둑맞을 염려가 없다. 우리는 아주 불안한 때에 살고 있다. 그 말 잊지 말아라. 그럼 어서 자거라." 순자는 방에 들어왔을 때처럼 조용하게 문 쪽으로 걸어갔다. 뒤에서 아들이 바라보는 눈길을 느꼈다. 문 앞에서 걸음을 멈추고 돌아섰다. "돈을 잠자리 밑에나 아니면 주머니에 넣어 둬라. 무슨 말인가 하면 돈모서리가 닳을 때까지 돈을 지니고 있으라는 말이다. 돈을 쓰는 재미보다는 모으는 재미가 있어야 한다." 말을 마치고 밖으로 나가 문을 닫았다. 제이콥은 주머니와 돈을 다시 조사하고 나서 머리를 내저었다. 뒷집 아티션 우물이 밤낮으로 뿜어내는 물처럼 언제나 넘치는 어머니의 사랑이 고마웠다.

한밤중이 지난 뒤였다. 순자가 조용히 문을 빠져나와 집 동쪽으로 걸어갔다. 하늘에는 반달이 걸려 있었다. 느릅나무 아래 물이 담긴 큰 물동이 두 개가 있었다. 순자는 주위에 아무도 없는 것을 확인하려고 이리저리 둘러보고 나서 속옷만 빼놓고 나머지 옷을 다 벗었다. 쪼그리고 앉아 쭈그러진 양은솥으로 물을 떠서 몸과 머리에 부었다. 물이 차가워 몸이 떨렸다. 하나님에게 기도하기 전에 몸을 정결히 하려고 수건에 비눗칠을 하고 몸을 부드럽게 닦았다.

멀리서 개 우는 소리가 들렸다. 고개를 앞으로 숙이고 숱이 많은 검은 머리를 감았다.

목욕재계를 마치고 머리와 몸을 깨끗한 수건으로 닦고 한 번도 입지 않았던 긴 무명옷으로 몸을 감싸고 집 안으로 들어갔다. 잠시 후 한복으로 갈아입고 빗질을 잘한 머리 뒤에 비녀를 꽂고 거실로 걸어 나왔다.

혼인 삼일 전에 유진이 전통에 따라 신부의 부모에게 옻칠을 먹인 조그마한 함을 보냈다. 혼인 기념품이 든 함을 유진의 친구가 짊어지고 왔다. 그 속에는 우주의 화합과 남녀 혼인 일체를 상징하는 빨갛고 파란 색의 옷감과 혼인을 요청하는 편지가 들어 있었다. 순자의 어머니는 동네 아낙네 몇 사람을 불러 혼인식 때 딸에게 입힐 옷을 만들게 했다.

결혼식이 끝난 뒤 순자는 그 옷을 정성스럽게 개어 옷장 속에 깊숙이 감추어 두었다가 새 천지 하와이로 올 때 가지고 왔다. 그 옷은 조선에서 하와이까지 멀고 길었던 항해를 기억나게 했다. 그 날 밤 그 옷을 다시 입었을 때 너무나 소중했던 혼인식이 생각에 떠올라 그녀의 마음을 울렁거리게 했다. 그 옷은 그녀의 희망이자 그녀의 전부였던 젊은 남편을 따라 하와이로 올 때 싸 가지고 왔던 몇 개 안 되는 소유품 가운데 하나였다. 그 옷이랑 한복 몇 벌, 속옷, 옥비녀 그리고 색칠한 나무로 만든 기러기 한 쌍만 싸 들고 영국 상선 "겔릭호"를 탔다. 혼인식 때 그 기러기 한 쌍이 잘생긴 신랑과 화려한 예복으로 몸을 꾸민 젊은 신부 사이에 놓여 있었다. "기러기는 충절의 상징이다." 어머니가 말씀해 주셨다. "한 번 맺어지면 평생을 동고동락한다. 하나가 죽으면 살아 있는 쪽은 죽을 때까지 혼자 산다."

순자는 혼인식 때 입었던 옷을 다시 입고 바닥에 앉았다. 순자는 소중한 자식들이 태어난 축복받은 결혼, 그 혼례 때 입었던 옷을 다시 입고 싶었다. 그 옷을 입고 아침이 오면 정든 집을 떠날 첫아들을 지켜 주십사 하나님께 간구하려고 거실로 나온 것이다.

"비록 보잘것없는 여종이지만 저의 마음을 다해 사랑하는 남편과 사랑스러운 자식들을 주셨습니다. 내 첫 소산인 제이콥을 지켜 주시옵소서. 그 귀한 아들을 저에게 선물로 주셨사옵니다. 주님께서 첫 아이를 데려가시고 이 아들을 대신 주셨나이다. 제이콥은 내 생명보다 더 귀하고 이 아이를 위해서라면 내 목숨도 바치겠나이다. 주님께서 저를 세상에 보내사 아이들의 길을 예비하게 하셨나이다. 여기서 캘리포니아는 먼 길이오니 그 아이를 주님의 그림자로 가리사 모든 위험에서 보호하여 주옵소서."

순자는 고요한 밤 새벽 두시까지 기도하다가 그만 잠이 들었다. 다시 눈을 뜨자 침실로 돌아가 평복으로 갈아입었다. 벽에 걸린 시계를 보니 아들이 집을 떠날 시간이 여섯 시간밖에 남지 않았다. 아들을 위해 맛있는 조반을 만들어야 한다. 사랑하는 아들을 맛있고 영양가 높은 아침을 먹여 보내야지. 누가 뭐라고 해도 세상에는 엄마가 만든 음식보다 맛있는 것이 없으니까. 부엌으로 들어가 벽 스위치를 올려 불을 켰다. *집에 전기가 있으니 어찌나 편한지.* 순자는 만족해 혼자 웃었다.

브리검 시까지는 순자와 다니엘만 같이 가기로 했다. 자리가 모자라서 여자아이들은 집에 남아 있기로 했다.

아침식사가 끝난 뒤 제이콥은 마지막 가방을 뒷자리에 실었다. 다니엘은 아버지가 시동을 걸고 출발하기를 기다리며 이미 차에 타고 있었다.

유진은 밖으로 걸어 나왔다. 두 아들을 바라보다가 차를 향해 걸음을 옮겼다. 지난밤에는 매일 자는 여섯 시간 잠을 놓쳤다. 아들을 멀리 보내는 일이 쉽지 않은데다가 또 여러 가지 일들을 생각하느라 잠을 설쳤다. 하늘색 드레스를 입고 순자가 유진의 뒤에서 걸어왔다. 무슨 중요한 것을 깜빡 잊었는지 갑자기 걸음을 멈추었다. 차 뒤에서 부모님을 기다리며 서 있는 제이콥을 바라보았다. 아들에게 손짓을 하고나서 서둘러 집 안으로 들어갔다. 제이콥은 엄마가 무엇을 잊으셨을까 궁금해하며 엄마를 따라 안으로 들어갔다.

순자는 거실에서 제이콥에게 등을 돌리고 돌아서서 스커트를 올렸다. 그녀의 걸어 다니는 속바지 금고에서 이십 달러짜리 지폐를 한 장 꺼냈다. 다시 돌아서서 제이콥 손에 돈을 쥐어 주었다. "캘리포니아로 가는 길에 사 먹고 싶은 것이 있거든 돈 아끼지 말고 사 먹어라. 잘 먹어야 한다." 순자는 아들을 꼭 껴안았다.

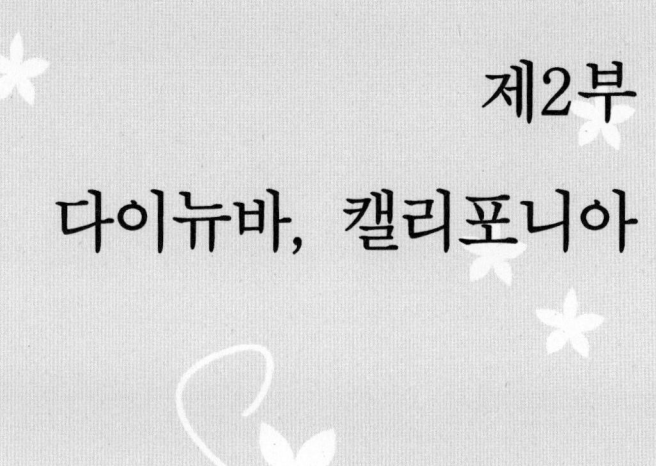

제2부

다이뉴바, 캘리포니아

제6장

1.

1935년.

화창한 오후에 유진은 일을 마치고 차문이 네 개 달린 뷰익 세단을 몰고 집으로 가고 있었다. 라디오에서 빙 크로스비가 콧소리로 부르는 "형제여, 동전 한 닢 도와주세요."라는 노래가 흘러나왔다. 그 노래가 유진의 마음을 한결 무겁게 했지만 라디오를 끄지 않고 그냥 내버려 두었다. 유진이 'G'가(街) 모퉁이를 돌면서 리들리 묘지에 묻혀 있는 조 선생을 생각했다. 어디로 가는지 깨닫기도 전에 유진은 이미 묘지를 향해 운전하고 있었다. 어떤 면에서 조 선생은 유진에게는 아버지 같은 존재였다. 삼 년 전 새로운 정착지를 찾아 다이뉴바로 이사 온 뒤 유진은 여러 번 묘지를 찾아갔다.

조 선생도 자신의 생년월일을 몰랐기 때문에 묘비에는 그분의 이름만 새겨져 있었다. 앞으로 어느 때 누군가가 생년월일을 새겨 넣도록 자리를 비워 놓았다. 조선 여자를 만나 가정을 이루고 싶었던 그분의 소망은 끝내 이뤄지지 않았다. 농장일꾼으로 외롭게 살

앉던 그분의 일생이 자식 하나 없이 그 골짜기에서 허무하게 끝나고 말았다. 어떻게 보면 불행했던 그분의 일생을 기억할 후손이 없다는 것이 다행스럽게 보였다.

비석을 내려다보면서 유진은 옛날 트레먼턴에서 킹 목사님이 참사람이 된다는 것이 얼마나 힘든 일인가라는 주제로 설교했던 일이 머리에 떠올랐다. 이제야 유진은 인생이란 고해라는 것을 알았다. *"인생은 고난을 위하여 났나니 불티가 위로 날음 같으니라."* 라고 욥이 말하지 않았던가? 인생은 다른 창조물과 다를 것이 없다. 태초에 사람이 에덴동산을 돌보는 관리인으로 선택받았으나 달콤한 여자의 꼬임에 빠져 하나님이 사람의 생명 겹겹이 짜놓은 하나님을 향한 사랑과 믿음을 저버렸다.

와이오밍과 유타 주에서는 사람들이 유진을 "차이나 맨"이라고 불렀다. 그런데 캘리포니아 주의 그 작은 농촌 마을에서는 유진을 포함한 동양 사람들을 "브라운 맨(갈색 인)"이라고 불렀다. 유진은 가끔 자신의 피부색이 많은 사람들에게 왜 그리 문제가 되는지 의아하게 생각했다.

유진은 리들리에 있는 김형제 종묘원에서 운전수로 일했다. 매일 아침 다이뉴바에서 리들리까지 오리 길을 차로 출퇴근했다. 농촌인 리들리와 다이뉴바는 계곡의 생명줄 킹스 강이 짙은 나무 숲 사이를 뚫고 구불구불 흘러가는 샌 화킨 계곡 중앙에 아늑하게 자리 잡고 있었다. 포도밭이 계곡 여기저기에 흩어져 있었고 길옆으로 과일 나무들이 줄을 지어 서 있었다. 여름에는 빨간 딸기, 자주색 포도 그리고 황금색의 양귀비꽃이 계곡을 뒤덮어 마치 하나님의 손길이 경이한 솜씨로 수채화를 그려 놓은 것 같았다. 99번 고속도로를 빠져나오면 길게 뻗어 있는 큰길 옆으로 살구나무와 복숭아나무가 리들리까지 줄지어 서 있었다.

유진은 유타에서 도착한 바로 다음 날 일자리를 얻었다. 나라가 아직도 불황에 허덕이는데 일을 구하여 큰 다행으로 여겼고 불황이 언제 끝이 날지 아직도 끝이 보이지 않았다. 다이뉴바는 원래 계곡 여기저기에 목장이 흩어져 있던 조그마한 마을이었는데 차츰 포도밭이 들어서자 목장이 서서히 사라졌다. 그런 변화는 거의가 농촌출신이었던 조선 사람들에게 좋은 일자리를 제공했다. 다이뉴바에는 리들리보다 조선인들이 더 많이 살고 있었다. 1900년 초기에 일자리를 찾아 샌 화킨 계곡으로 흘러 들어온 조선 사람들은 그곳에서 그들 마을을 이루었다. 수는 적었으나 조선인들끼리 똘똘 뭉쳐 살았고 조선 여인들 수가 많지 않아서 삼분의 일이 독신남성들이었다.

많은 사람들이 큰 도시에서 살고 싶어 했으나 미국사회에 미움을 사거나 의심받을 일도 하지 않았는데 그들을 미국사회에 위험한 요소라고 보고 일자리를 주지 않았다. 반아시아인 열기가 고조되고 있던 때 그들은 가장 문명화된 인간정글에서 서로 보호하고 도우며 살기 위해 한 몸처럼 뭉쳐 살아야 했다.

손가락으로 꼽을 정도의 소수 조선 여인들은 보석처럼 귀했다. 그들은 애초에 남편들을 따라 하와이로 같이 왔던 사람들이었든가 아니면 훨씬 뒤에 남자의 사진만 보고 혼인하려고 미국으로 건너왔던 흔히들 말하는 '사진신부'들이었다. 그런 이유 때문에 더러는 멕시코 여인들과 결혼했고 백인 여자들과 결혼한 사람도 있었다. 미국시민권을 받을 자격이 없는 사람과 결혼하는 백인 여성들의 시민권을 박탈하는 케이블 법안이 1922년 통과됐기 때문에 조선 남자와 결혼한 백인 여인들은 미국시민권을 빼앗겼다. 그 여인들은 신실한 기독교 여인들이었고 다이뉴바에 있는 조선인 교회에서 주일학교를 가르쳤다. 그들과 결혼한 조선 남편들과 백인 여인들이 치러야 했던 값은 너무도 터무니없었다. 부인이 백인이라는 이유로 남편도 조선사회에서 환영을 받지 못했다. 조선인들 대부분이 순수한 혈통을 자랑스럽게 여겨 왔는데 백인 여자와 조선 남자 사이에 태어난 '튀기'들을 비웃었다.

유진은 저녁식사를 기다리면서 거실에서 리들리에서 발행하는 "리들리 엑스포넨트" 신문을 읽고 있었다. 유진은 랄프 테일러가 기고하는 "농부들의 코너"를 즐겨 읽었다. 그는 기사에서 농장주들의 권익보호에 크게 필요한 토지재산불법 침입에 관한 법을 약화시키려는 시도가 실패할 것과 주정부 소득세를 인상할 것이 확실하다고 말했다. 누가 이민 농부들의 수고를 동정할까 유진은 한숨을 내쉬었다. 식품란에는 풍자만화를 동원한 카스틸(구 스페인) 왕과 한 기사(騎士)에 대한 재미있는 기사가 실려 있었다. "카스틸 왕은 마늘 냄새를 몹시 싫어해서 1368년에는 마늘을 먹은 기사들은 최소한 한 달 동안 왕 앞에 나타나지 못하도록 칙령을 내렸다."

유진은 그 기사가 재미있어 혼자 빙긋이 웃었다. *분명히 왕은 진짜 맛이 뭔지 모르고 살았구먼.*

"모임에 가실 거예요?" 순자는 세 아이들이 아버지를 기다리고 있는 식탁에 앉는 남편에게 물었다. 다니엘은 뚱한 얼굴로 아버지를 바라보며 저녁식사 때마다 늦게 나타나는지 아버지가 미웠다. 아버지가 꾸물대고 식탁에 늦게 나타날 때마다 다니엘은 배가 고파 견딜 수 없었다. 그때마다 아버지를 기다려야 하는 예의범절을 바보스럽다고 생각했다. 유진네 아이들도 다른 조선가정처럼 아무리 배가 고파도 아버지가 수저를 들 때까지 참고 기다려야 했다.

제이콥이 빠진 식탁에서 유진은 마치 큰아들을 찾는 듯 아이들을 둘러보았다. 제이콥은 지난해부터 학교기숙사에서 살고 있었다. 제이콥은 다음 달 집으로 돌아와 팔월 말까지 가족들과 여름을 같이 보낼 것이다. 여름방학이 시작되면 미국 각처에서 조선 대학생들이 리들리와 다이뉴바로 일거리를 찾아 몰려오는데 제이콥도 그 속에 끼어 일을 하게 된다. 그러다가 여름방학이 끝나기 전에 스탠포드로 돌아간다. 유진이 식사기도를 하려고 머리를 숙였다. 수없이 반복해 온 일이라서 아이들도 동시에 고개를 숙였다.

"모임에 가실 거냐고요?" 순자가 다시 물었다. 유진은 순자가 무슨 말을 하는지 알고 있었다. 머리를 짧게 커트한 순자는 훨씬 젊어 보였다. 짧은 머리는 캘리포니아가 순자를 변화시킨 것 가운데 하나였다. 조국을 해방시키려는 항일 단체인 동지회 회장 이승만이 다이뉴바를 방문한 이후 그날 저녁모임은 가장 중요한 모임이었다. 하버드와 프린스턴에서 공부하고 국제정치학 박사학위를 받은 이승만은 독립운동의 일환으로 몇 년 전에 다이뉴바를 방문했었다.

"가야 할 것 같소." 유진이 마지못해 말했다. 순자는 유진의 목소리에서 예의 마음이 내키지 않는 권태를 들었다. "동지회는 독립운동보다 이곳에 살고 있는 동포들 복지를 위해 일해야 할 것이요."

순자는 남편의 말뜻을 알고 실망했다. 유진이 말을 이었다. "여기 동포들은 집도 없는 사람들이 많아요. 대부분이 저 지저분한 노동자숙소에서 살고 있어요. 왜 우리가 그 많은 돈을 모아 수천 리 떨어져 있는 나라에 보내야 하는지 모르겠소."

"그 말은 듣지 않은 것으로 합시다." 순자는 놀란 듯 눈을 크게 뜨고 남편을 바라보았다. "남들 앞에서는 그런 말 안 하시면 좋겠어요. 그건 입에 담을 수도 없는 말이에요."

"난 바른말을 했어요. 이것 봐요. 그 사람들은 짐승처럼 일하고 헐어빠진 판잣집에서 잠자고 그러면서도 항일 운동을 합신다 하는 동지회에 돈을 다 바치고 있어요. 한 달에 1달러 정도라면 나도 상관하지 않겠지만 그 사람들 하는 짓들이 틀렸어요. 땀 흘려 번 돈 거의 전부를 나라를 위해 바치고 있어요." 순자가 다시 실망하여 남편을 바라보았다. "어떻게 그런 말을 하실 수 있어요? 우리는 나라를 위해 가진 것 다 바쳐야 해요. 수천 명이 나라의 독립을 위해 싸우며 죽어 가고 있어요. 그런데 당신은 나라를 위해 몇 푼만 보내자고요? 당신이 부끄러워요."

아이들이 혼란한 눈으로 부모를 번갈아 바라보았다. 특히 주일학교에서 조선말을 배우기 시작한 다니엘이 더 그랬다. 그해 열다섯 살인 루스만 부모가 무엇 때문에 언쟁을 하는지 그 내용을 알고 있었다.

순자는 그 문제에 대해서는 양보하지 않았다. 얼굴이 굳어 있었다. "당신은 어렸을 때 부모님을 잃었어요. 부모 없는 생활이 어땠어요? 이제 당신도 우리도 나라를 잃었어요. 다시 고아가 되고 싶으세요? 우리가 어디에서 살든지 우리나라는 우리 영혼 속에 살아 있어요. 우리나라는 우리 생명의 일부에요. 영원히요."

"나는 그 나라에서 발가벗고 굶주렸어요." 유진은 순자가 등골이 오싹할 만큼 차가운 눈길로 쏘아보면서 날카롭게 말했다. "수 세기 동안 양반계급이 나라를 지배해 왔어요. 그들끼리 권력싸움을 해 오다가 이제는 나라까지 잃었소. 그건 내 책임이 아니요. 가난한 농상인들이 불쌍하지만 나라를 구하기 위해 내 일생을 희생할 수 없어요. 그러기엔 너무 늦었어요." 유진은 말을 마치고 식탁에서 바람처럼 밖으로 사라졌다. 남편이 앉아 있던 텅 빈 자리를 바라보았다. *절망적이야.* 순자는 한숨을 쉬면서 아이들의 걱정스러운 시선을 느꼈다. "아무것도 아니다. 그냥 해 보는 싱거운 입씨름이다. 자, 어서 저녁먹자." 순자가 말했다.

제7장

1.

캐런 야마모토는 혼자 책상에 앉아 있었다. 뜨거운 초여름날 대학도서관이 평상시보다 조용해서가 아니라—학기 동안은 그런 일이 없다. 도서관 직원이 알고 있듯이 수재들의 대부분이 소수의 아시아계 학생들과 사귀기를 싫어하기 때문이었다. 그 여직원은 "유유상종"이라는 말이 있듯이 같은 인종끼리 모이는 것은 지극히 자연적인 현상이라고 생각했다. 인간은 친구를 마음대로 선택할 권리가 있다. 아시아 학생들과 사귀지 않는다고 해서 나무랄 수가 없다. 그런 이유로 큰 책상이 캐런 혼자 차지가 됐다.

캐런은 그해 스탠포드 대학교 일 학년이었다. 그녀는 아버지를 닮아서 활동적이고 어머니처럼 아름답고 도전적이었다. 남쪽으로 사십리 떨어져 있는 산호세에서 태어나 그곳에서 초등학교, 중학교 그리고 고등학교를 다녔다.

캐런은 키가 크고 호리호리한 몸매에 아름다움이 뛰어났다. 성적 면에서 다른 학생들을 앞서 가는 일이 아니고서는 사소한 일에 관심이 없는 그녀는 게으름과 일을 미루는 것을 가장 싫어했다. 미국에서 태어났기 때문에 어쩔 수 없이 미국시민으로 인정하는 나라에서 유명한 아시아 여성 언론인이 되겠다는 야망 앞에 멀고 험한 길이 놓여 있는 것을 알고 있었다. 미국에서 태어난 미국시민이기는 했지만 생김새와 피부색 때문에 실제 생활에서 그녀는 일본에서 건너온 이민자와 같은 취급을 받았다. 캐런은 고등학교 시절부터 아무것도 부패한 인간성을 고칠 수 없다는 사실을 스스로 생활을 통해 배웠다. 그러나 그녀는 꿈을 성취하기 위해 아무리 먼 길이라도 가겠다는 결심을 가지고 있었다. 그때 고등학교에 다니던 남동생 잔이 대학에 진학하지 않겠다고 했다. "대학 졸업한 아시아 남자 몇 사람을 알고 있는데 아직도 직장을 잡지 못하고 있어요." 잔이 부모님에게 그런 말을 했던 때가 있었다.

그날 오후 캐런은 동생의 부정적인 말을 기억했다. 그러나 그 말에 영향을 받지 않았다. 캐런은 고등학생의 반항적인 이론에 마음이 흔들릴 여자가 아니었다. 그녀는 만만치 않는 여장부였다. 그녀 자신이 얼굴을 맞대고 싸워야 할 두 적수를 알고 있었다. 자신이 가진 결점과 싸워야 하고—그녀도 다른 사람들처럼 약점이 있었다. —어느 때인가 언론인으로서 모략과 음모로 가득 찬 세상의 진상을 가차 없이 폭로하기 위해 투쟁하는 일이 바로 그것이었다. 캐런은 친절하고 활발하며 꿋꿋한 의지를 가진 여자였다. 그러나 캐런은 자신의 결점을 재치 있게 감추기 때문에 부모님이 아니고서는 아무도 그녀의 결점을 본 사람이 없었다.

그녀의 아버지 쇼지는 산호세에서 오렌지를 재배하고 있었다. 쇼지는 쿄토 교외에 있는 작은 마을에서 태어났다. 어려서부터 쌀농사와 배 재배 그리고 원예를 배웠다. 젊어서 미국으로 건너와 농장 일꾼으로 때로는 과수원에서 과일 따는 일을 했다. 그 당시 아시아 이민자들의 대다수가 그런 일을 했다. 그러다가 오렌지 따는 일본인과 조선인 일꾼들이 벌이는 무서운 싸움을 경험했다. 때로 두 패가 삽과 낫, 어떤 사람들은 부엌칼까지 손에 들고 나와 그들 조국의 명예를 위해 목숨을 내걸고 싸웠다. 쇼지는 조선인들의 사나운 성질을 직접 눈으로 목격했고 그들을 미워하기 시작했다. 조선인들은 야만인이었다.—쇼지는 그 말의 정확한 뜻을 몰랐다.

이십 년 전 쇼지는 캘리포니아 리버사이드에서 산타클라라 벨리로 옮겨와서 노동일을 했다. 그러다가 묘목원을 가지고 있던 일본계 미국인의 주인 딸을 만났고 몇 달 후에 결혼했다. 장인의 묘목원에서 길 아래쪽으로 조금 떨어져 있는 과수원을 임대하여 오렌지를 재배했는데 그것이 쇼지 인생의 전부가 됐다. 쇼지는 열심히 일하여 가족을 잘 부양했으나 아이들의 교육문제만은 아내에게 전부 맡겼다. 그는 아내에게도 몇 마디밖에 안 하는 말이 없는 사람이었다. 대체로 그가 무슨 말을 했는지 해석하는 일은 가족들의 책임이었다. 미국 땅에서 일본 배를 재배하겠다는 꿈을 한 번도 포기하지 않은 고집스러운 사람이었다. 아이들이 어렸을 때 쇼지는 가끔 일본 배가 얼마나 달콤하고 향기로운지 자랑했다. "배는 추운

겨울에 맛이 더 좋다. 그 부드러운 배를 한 번 우지직 깨물면 세상
이 극락으로 변한다.”

“여기 자리 비었나요?” 캐런이 한낮의 꿈속에서 남자의 목소리를
들었다. 참고서를 팔짱에 끼고 책상모통이에 서 있는 제이콥을 쳐
다보았다. 캐런은 동생이 미국에 대한 부정적인 생각을 바꾸고 올
바른 길로 나가게 도와주려고 동생과 대화할 수 있는 길을 모색하
고 있던 참이었다.

캐런은 한 번도 본 일이 없는 남학생이 마치 갈라놓은 수박 위
로 살금살금 기어 올라가서 수박 단물을 핥는 개미처럼 그녀의 생
각에 살며시 파고들어 자신의 모든 비밀을 다 알아낸 것 같은 불쾌
한 느낌이 들었다.

“앉아도 돼요?” 제이콥이 팔에 끼고 있는 책의 무개를 느끼며 다
시 물었다.

“그럼요.” 캐런이 눈을 제이콥으로부터 그녀의 책으로 재빨리 옮
겼다.

“감사합니다.” 제이콥이 말했다. 그는 책을 책상 위에 올려놓고
캐런을 마주보고 앉았다. 참고서를 열고 페이지를 넘겼다. 그러나
어쩐지 마음이 집중되지 않았다. 캐런을 바라보면서 그녀의 예쁜
얼굴을 자세히 뜯어보았다. 공책 한 장을 뜯어 몇 자 갈겨썼다. 그
리고 그 종이를 캐런 쪽으로 밀었다. 캐런은 종이를 집지 않고 몸
을 책상 위로 뻗어 “내가 당신에게 방해가 되면 다른 자리로 옮기
겠습니다.”라는 내용을 읽었다. 캐런이 종이를 집어 뒤집어 놓고
빨리 몇 자 갈겨썼다. 그러고서는 종이를 제이콥에게 밀었다. 제이
콥은 종이를 손에 들고 읽었다. “나는 시간을 낭비할 여유가 없어

요."라는 내용이었다.

제이콥은 책상 위에 종이를 올려놓고 캐런이 쓴 글 바로 밑에 다음과 같이 썼다. "나도 마찬가지입니다. 내가 당신에게 관심이 있다고 생각하지 마세요." 종이가 책상 위로 다시 한 번 소풍을 나 갔다. 이번에는 캐런이 제이콥을 민망하게 만들려고 종이를 마구 구겨 책상 한가운데 놓았다. 제이콥은 더 이상 캐런에게 주의를 기 울이지 않았다.

캐런이 구겨진 종이를 손에 들고 도서관을 나섰을 때는 이미 늦 은 오후였다. 도서관을 나가면서 그것을 쓰레기통에 버릴 생각이었 다. 밖으로 나오면서 캐런은 아직도 구겨진 종이를 손에 들고 있는 자신을 발견했다.

그날 저녁 제이콥이 스캇 머피가 운전하는 차 옆자리에 앉아 있 었다. 스캇은 제이콥과 방을 같이 사용하는 룸메이트였고 학교에서 가장 친한 친구였다. 스캇은 제이콥을 부모에게 소개하려고 집으로 데리고 가고 있었다. 대학생활은 스캇이 예상했던 만큼 쉽지가 않 았다. 스캇의 아버지는 버클리에 있는 장로교 교회의 목사였다. 스 캇은 머피 집안의 응석받이로 자란 막내였는데 어수선하고 떠들기 를 좋아했다. 그러나 제이콥이 가끔 놀려대듯이 스캇은 매우 머리 가 영리한 응석받이였다. 스캇과 제이콥은 장학금을 받는 것 이외 에는 공통점이 하나도 없었다.

"우리 가족은 아버지가 받는 월급으로 겨우 살고 있어." 스캇이 한때 제이콥에게 말했다. "교인들은 가난이 최고의 덕 가운데 하나 라고 생각하고 목사는 가난해야 한다고 생각하고 있어. 그들은 풍 부한 인생을 즐기면서 말이야." 그래서 스캇이 어렸을 때부터 길러 왔던 꿈은 대서양을 건너서까지 영향력을 뻗을 수 있는 백만장자가 되는 것이었다. "가난한 사람들과 도움이 필요한 사람들을 위해 좋은 일을 할 수 있다면 부유란 사람을 비굴하게 만드는 가난보다 훨씬 났다고 생각해."

스캇은 제이콥을 옆에 태우고 대학로에서 고속도로로 진입하는 길로 들어섰다. 고속도로에 진입해서 얼마 동안 달리다가 제이콥이 고속도로 비상선에 서 있는 캐런을 발견했다. 캐런은 그녀의 차 뒤에 서 있었다. 날이 저물고 있었고 금요일 저녁 교통량이 평소보다 이상하리만큼 뜸했다. 제이콥이 스캇에게 비상선으로 들어가라고 말했다. 스캇이 비상선으로 들어서서 캐런의 고장 난 차가 서 있는 쪽으로 차를 후진했다. 그때 캐런이 차에 타고 있는 제이콥을 보았다. 제이콥을 보자 반가웠다. 드디어 도움이 도착한 것 같아서 마음이 놓였으나 조금 콧대를 높이기로 마음먹었다.

"여기서 뭘 하세요?" 제이콥이 차에서 내리며 물었다.

"타이어가 터졌어요." 캐런이 약간 머뭇거리며 말했다. "허지만 내가 어떻게 할 수 있을 거예요. 고속도로 순찰이 올 거예요."

"아는 여자야?" 스캇이 낮은 목소리로 물었다.

"만난 일이 있어." 제이콥이 캐런에게 다가가며 말했다. "어떻게 하려고요? 타이어를 갈아 끼울 줄은 아세요?"

"아뇨." 캐런이 제이콥을 거만한 눈으로 바라보며 말했다. "고속도로 순찰을 기다리고 있어요."

"순찰이 안 오면요?" 제이콥이 피식 웃었다.

스캇은 가엽다는 듯이 캐런을 바라보며 말했다. "고속순찰이 올 가능성은 천분의 일입니다."

"얼마나 더 가실 겁니까?" 제이콥이 자동차 키를 달라고 캐런에게 손을 내밀며 물었다.

"산호세까지요." 캐런이 열쇠를 던지자 제이콥이 잽싸게 받았다. 제이콥은 트렁크를 열고 타이어와 잭을 꺼냈다.

"거기에 남자친구가 있나 보지요?" 제이콥은 아스팔트 길바닥에 앉아 차를 잭으로 들어 올렸다.

"왜 알고 싶어 하세요?" 캐런은 제이콥이 무뚝뚝하고 우둔하며 거만스럽다고 여겼다. 그 일은 제이콥과 상관없는 일이었다.

"대답 안 해도 되요. 뭐 개인적으로 댁에게 관심 있는 건 아니니까요."

스캇은 제이콥의 계획적인 무례함에 당황했다. 아름다운 여자 앞에서는 예의를 보일 줄 알아야지라고 생각하면서 친구를 변호하려고 캐런에게 말했다. "진짜 그런 뜻으로 한 말이 아니에요."

"진짜야." 제이콥은 타이어를 뽑느라고 무릎을 꿇었다.

"부모님이 산호세에 사세요." 제이콥이 한 말에 기분이 상한 캐런이 말했다. "이제 만족하신가요?"

"우리는 버클리로 가던 중이었어요. 부모님이 거기 사세요. 제이콥 부모님은 중가주에 살고 있어요."

"시골뜨기로군요. 어쩐지 예의가 없다고 생각했어요." 캐런은 거만하게 턱을 높이 들고 지나가는 고속도로 차들을 바라보았다.

"잠깐만요." 제이콥이 소리를 높였다. 일어나서 캐런을 똑바로 바라보았다. 어두워서 얼굴이 잘 보이지 않았다. 고속도로 반대쪽에서 오는 자동차 불빛이 캐런의 얼굴을 잠시 비쳤다가 빨리 사라졌다. "내가 보기엔 혀에 무슨 문제가 있는 것 같군요. 그래요. 내

아버지는 농부이고 나는 그 사실을 조금도 부끄러워하지 않아요."

그 순간 캐런은 아버지를 생각했다. 그러나 묻지도 않는데 아버지가 농부라는 사실을 자원해서 말하고 싶지 않았다. 젊은 두 학생이 타이어를 바꿔 끼는 데 이십 분도 걸리지 않았다. 캐런은 차에 올라 시동을 걸었다. 제이콥은 운전석 쪽으로 다가가서 캐런에게 손을 내밀었다.

"왜 그러세요?" 캐런이 콧대 높게 제이콥을 올려다보았다.

"돕게 허락해 주셔서요. 그리고 댁의 비뚤어지고 못된 성격을 참게 해 주셔서요."

캐런이 손을 내밀자 제이콥은 그 손을 꼭 잡았다. 캐런이 불편해서 얼른 손을 뺐다.

"중국 사람이세요?" 얼굴을 붉히면서 캐런이 물었다.

"나는 코리안입니다."

"일본의 신민(臣民)이군요." 캐런은 제이콥이 대들기 전에 그 자리를 떠나 빠른 속도로 고속도로 차량 속으로 진입했다. 제이콥과 스캇은 입을 벌린 채 서서 바라보고 있었다.

"머리가 좀 돈 여자야." 제이콥은 머리를 설레설레 흔들었다.

삼십 분 후에 불이 환하게 켜진 집 앞에 캐런이 차를 세웠다. 저녁식사 전에 집에 도착하고 싶었지만 터진 타이어가 그녀를 고속도로에 거의 한 시간이나 붙잡아 두었다. 그날은 캐런의 생일이었다.

딸이 도착하기를 기다리며 어머니 게이코는 마음속에 시름없이 떠오르는 무서운 생각을 이기느라 집 아래위로 마냥 서성대고 있었다. 비록 부처님의 자비를 믿었지만 지나치게 딸 걱정을 하는 자신을 나무랐다.

"늦었구나." 캐런이 차에서 내리자 딸을 나무라는 목소리로 게이코가 말했다. "걱정이 돼 죽을 뻔했다. 지난 두 시간을 여기서 너를 줄곧 기다리고 있었다." 게이코의 목소리에는 큰 안도와 어머니의 나무람이 섞여 있었다.

"미안해요, 엄마." 캐런이 웃으면서 엄마를 껴안았다. "오는 길에 차에 문제가 있었어요."

"아니, 무슨 문제가? 그래 어떻게 했니?" 게이코는 그날이 딸의 생일인데 늦게 도착한 딸을 나무란 것을 미안하게 여겼다.

"괜찮아요." 캐런이 엄마의 손을 잡고 집을 향해 걸었다.

"배고프겠구나."

"너무 배고파요, 엄마."

딸을 기다리고 있던 쇼지가 거실로 나오면서 말했다. "늦었구나." 쇼지는 그가 즐겨 입는 고이가 그려진 기모노를 입고 있었다.

"타이어가 터져 도와 줄 사람을 기다렸어요."

"누가 도와주었니?"

"스탠포드에 다니는 대학생이 도와줬어요. 그 학생이 나를 발견해서 참 다행이었어요." 캐런이 여느 때처럼 말했다.

"남학생이?" 딸들이 남자친구 이야기를 하면 똑같은 반응을 보이는 세상의 어머니들처럼 게이코는 흥미를 느꼈다.

"사실은 두 학생이었어요. 거의 일을 혼자서 맡아 했던 학생이 있었는데 조선 사람이라고 하더군요."

"조센징이라고?" 쇼지가 얼굴을 찡그렸다. 마치 귀신의 그림자가 딸 앞을 지나간 것처럼 쇼지는 형광등 불빛 아래 기분이 상해 보였다.

"정치학을 공부하는 괜찮은 학생이었어요."

"너에게 보여 줄 특별한 선물이 있다." 게이코는 딸을 데리고 캐런의 방으로 갔다. 모든 것이 옛날처럼 깔끔하고 정결하게 정돈돼 있었다. 책장, 작은 거울이 달려 있는 옷장, 사진이 걸려 있는 벽, 그러자 그 방에 없었던 다른 것이 캐런의 눈길을 끌었다. 빨간 장미꽃을 수놓은 검은 색의 오비와 꽃무늬가 있는 오렌지색의 기모노가 화장대 위에 놓여 있었다. 게이코가 흐뭇하게 딸을 바라보며 말했다. "뭔지 보려무나."

"오, 엄마." 캐런이 아름다운 옷을 바라보며 감탄했다.

"네가 대학 일 학년이 되는 해 생일날 기모노를 입는 너의 모습이 보고 싶었다."

"고마워요, 엄마. 너무 좋아서 무슨 말을 해야 할지 모르겠어요." 캐런이 엄마를 껴안았다.

"어서 입어 봐라. 아버지가 기다리신다."

이십 분 뒤에 엄마와 딸이 작은 식당 방으로 걸어 나왔다. 기모노를 입고 게다를 신은 캐런의 발걸음이 조심스러웠다. 벚꽃을 수놓은 상보가 오래 사용한 참나무 식탁을 왕실 식탁같이 모습을 바꾸어 놓았고 그 위에는 음식이 잔득 담겨 있는 은쟁반이 천장에 달린 불빛을 받아 광채를 내고 있었다. 열아홉 개의 생일 양초가 꽂힌 생일케이크가 식탁중앙에 놓여 있었다.

"조센징하고는 말도 하지 마라. 아주 몹쓸 사람들이다." 쇼지는 식탁 위쪽에 앉으면서 말했다.

"나도 그렇게 들었어요." 게이코가 남편에게 합세했다.

"야만인들이다. 내가 옛날 리버사이드에서 일할 때 그들이 얼마나 야만이고 사나운지 내 눈으로 똑똑히 보았다. 우리 일본 노동자들은 그들과 항상 문제가 많았다. 아주 나쁜 사람들이야." 쇼지가 머리를 흔들었다. 게이코는 말이 많은 남편을 보고 적이 놀랐다.

"허지만 역사는 일본이 조선을 침략했다고 말하고 있어요." 캐런이 말했다. 캐런은 어린아이가 아니었다.

"그건 거짓말이다. 그들이 야만이라서 우리가 개화시켜 주려고 했던 거야."

"오늘이 너 생일인데 못된 야만인들 이야기는 하지 말자." 게이코가 웃으며 말했다.

"잔은 어디 갔어요?" 캐런이 엄마에게 물었다.

"곧 돌아올 거야." 게이코는 속으로 아들을 걱정했다.

"내가 조금 전에 한 말 기억해라." 딸을 바라보며 쇼지가 엄하게 말했다. "조센징과 어울리지 마라. 너를 해치려고 별의별 짓을 다 할 거다. 그 사람들을 믿으면 안 돼. 내 경고를 잊지 마라."

"허지만 일본이 먼저 침략했고 그것이 사실이에요. 아빠."

"어떤 면에서는 그렇게 생각할 수도 있겠지." 쇼지는 당황해하며 여러 번 헛기침을 했다. "언제나 강자가 약자를 침략하는 법이다. 그리고 강자만이 큰소리칠 수 있다. 백인들이 미국 원주민들을 멸망시킨 것같이 말이다. 강자가 이것이 법이라고 하면 그것이 법이고 이것이 정의라고 말하면 그것이 뭐든 간에 정의가 되는 거야. 법을 만드는 것은 강자니까. 가난하고 힘없는 사람들이나 소수민족은 그냥 따라만 가면 돼."

"그럼 아빠는 내가 신문기자가 되면 어떤 기사를 쓰기 원하세요?" 캐런이 식탁 저쪽에 앉아 있는 아버지를 바라보며 물었다.

"더할 것도 덜할 것도 없이 사실 그대로 써야지."

"그럴게요, 아빠. 조언해 주셔서 고마워요."

딸아이가 얼마나 영리한지 알고 있는 게이코가 웃었다. 가끔이기는 했으나 캐런이 어렸을 때 어려운 질문을 해서 아빠를 꼼짝 못하게 한 일이 더러 있었다.

"결혼하는 날 그 기모노를 입고 남편에게 보여 줘라. 아마 크게 기뻐할 거야." 게이코가 말했다. *그래. 내 딸은 훌륭한 일본 남자를 만나 결혼해야지. 누구든지 내 딸을 데리고 가는 사람은 가장 행운아일 것임에 틀림없어.*

2.

순자는 하늘색 투피스를 입고 장미나무로 만든 화장대에 달린 거울 앞에 서서 멋을 내느라고 마지막 손질을 하고 있었다. 나무를 깎아 만든 기러기 두 마리가 화장대 왼쪽에 서로 마주보고 앉아 있었다. 높은 칼라에 달린 하얀 면 레이스가 순자를 훨씬 더 젊어 보이게 했다. 자신의 모습에 크게 만족하자 검은 펠트 모자를 손에 들어 머리 위에 가만히 얹었다. 잠시 옷과 모자를 다시 손질하고 나서 자신의 모습을 거울에 한 번 더 비춰 보았다. 자신의 모습에 만족했다. 침실 밖으로 나가 부엌으로 들어갔다. 루스가 저녁 먹은 설거지를 하고 있었다.

루스가 엄마를 보자 일하던 손을 멈추고 엄마를 머리에서부터 발끝까지 훑어보았다. "엄마, 너무 아름다워요." 루스가 말했다. 루스는 엄마를 늙은 할머니로 생각했는데 이제 보니 너무 젊어 보였다.

순자가 웃으며 말했다. "옛날, 옛날, 그 옛날 엄마도 너처럼 예뻤다."

"엄마는 아직도 아름다워요. 고등학교 여학생처럼 젊고 발랄하게 보여요. 정말이에요, 엄마."

"거짓말쟁이." 순자는 딸을 바라보며 웃었다. "애들 공부시켜라. 특히 다니엘이 더 열심히 공부해야 한다. 아빠가 그러시는데 그 애 성적이 그리 좋지 않다는구나."

"잘하고 있어요. 아버지를 기쁘게 해 드리려고 열심히 노력하고 있어요. B학점이 몇 개 있는 것쯤은 괜찮은 거예요. 아버지는 다니엘 성적을 너무 걱정 안 하셔도 되요."

"그 정도로는 안 된다. 누나처럼 전부 A를 받아야지."

루스도 오래전에 그 말을 들었던 일이 있었기 때문에 다니엘이 가엾다는 생각이 들었다. "우리는 여러 면에서 다 달라요. 엄마, 내가 가야 할 길이 있고 다니엘이 가야 할 길이 있어요. 그걸 막지 마세요."

순자는 루스가 한 말이 마음에 들지 않았다. "회의가 끝나는 대로 바로 돌아오마." 그 말을 마치고 순자는 밖으로 나갔다.

유진은 차 안에서 순자를 기다리고 있었다. 유진은 스스로를 참을성이 많은 사람이라고 생각했다. 그러나 순자가 '얼굴에 페인트 칠'을 하고 외출준비를 하느라 남편을 오랫동안 기다리게 할 때 유진은 자신이 생각하는 것만큼 참을성 있는 사람이 아니었다. 유진은 순자를 포함한 모든 여자들이 외출준비를 하는 데 왜 한두 시간이 걸리는지 이해할 수가 없었다.

하루는 외출 준비하는 데 시간을 질질 끄는 아내에 대한 불평을 동료들에게 늘어놓았던 적이 있었다. 동료들도 똑같은 답답한 심정을 털어놓았다. 한 사람은 세상의 모든 여자들은 남자들에게 앙갚음하느라고 일부러 시간을 질질 끌어 남자를 안달 나게 만든다고 말했다. 드디어 나타난 아내를 바라보고 유진은 고개를 설레설레 흔들었다. *드디어 여왕마마께서 납시는구먼.*

어른들이 떠나자마자 루스는 다니엘과 그레이스를 거실로 호출했다.

다니엘은 그해 열 살이었고 그레이스는 여덟 살이었다. 순자는 다니엘을 집안에서 가장 잘생긴 남자라고 불렀다. 다니엘은 제이콥이 그 나이였을 때보다 키가 컸다. 다니엘은 키가 크고 몸이 가늘었고 동작이 민첩했다. 학교가 끝나면 집에 붙어 있는 일이 거의 없었고 언제나 저녁식사 시간을 놓쳤다. 저녁 식사 전에 집에 돌아오지 않으면 저녁을 굶어야 한다는 아버지의 엄한 경고가 효력이 없었다. 순자는 다니엘이 저녁식사에 늦을 때면 아들이 어디에서 무엇을 하고 있는지 정확하게 알고 있었다. 다니엘은 한참 떨어져 있는 리카르도 가구제작소에서 나이 많은 주인 곤잘레스 할아버지를 도와주었다. 다니엘은 나무로 공작하는 일을 좋아해서 고등학교를 졸업하고 곤잘레스 할아버지 밑에서 견습생이 될까 생각을 하고 있었다. 결정할 시간이 아직도 많이 남아 있었다. 단 두 가지 선택이 앞에 놓여 있는 것 같았다. 목회 일을 하기 위해 준비하는 일이 첫 번째 선택이고 다음 선택은 곤잘레스에게서 가구제작 기술을 연마하는 것이었다.

아버지가 다니엘의 장래를 염려하는 것과는 달리 다니엘은 영리하고 부지런한 아이였다. 곤잘레스 할아버지의 친절한 충고를 마음에 간직했는데 나중에 그 충고를 기준하여 장래에 무슨 일을 할 것인지 마음을 정할 것이다. "옛날 내가 어렸을 때는 손으로 만든 가구가 크게 인기를 끌었고 값도 비쌌다. 우리는 조그만 가구 한 토막이라도 우리 기술공들의 자부심을 가지고 만들었다. 암, 그랬고말고. 그런데 세상이 변했다. 가구제작 공장들이 여기저기 들어서더니 이제는 대량으로 가구를 생산해 내고 값도 싸서 우리가 경쟁할 수 없다." 곤잘레스 할아버지는 다니엘을 실망시키려고 한 말이 아니었다. 그보다는 오히려 다니엘이 자영사업을 원할 경우 가구제작보다 장래가 밝고 돈도 더 벌 수 있는 다른 일을 찾아보라는 뜻에서 다니엘에게 용기를 주려고 그 말을 했다.

그레이스는 속에 있는 말을 다 하는 솔직한 아이였다. 그리고 자못 반항적이기도 했다. 이러나저러나 그레이스는 여전히 아빠의 사랑을 제일 많이 차지하는 막내딸이었다.

"숙제 해." 루스가 앞에 서 있는 다니엘과 그레이스에게 지시했다. "숙제가 끝나거든 아홉 시까지 책을 읽다가 잠자. 알겠지?"

지금까지 큰 문제를 일으키지 않은 다니엘은 누나의 지시가 공평하다고 생각했다. 머리를 끄덕이고 침실로 돌아갔다. 그러나 그레이스는 거실에 남아 있었다.

"뭐야, 그레이스?" 루스가 물었다.

"내가 진짜로 못생겼어?"그레이스는 언니를 심각하게 바라보았다.

"아니. 그레이스, 넌 내가 사랑하는 예쁜 동생이야."

"근데 피터는 날보고 못생겼대. 눈이 작고 뚱뚱하대."

"피터가 누군데?" 루스가 물었다. 그레이스는 루스의 단 하나뿐인 여동생이고 누구든지 여동생에게 그런 경멸적인 말을 하면 가만두지 않을 것이다.

"나랑 같은 반이야. 자기 이름도 못 쓰는 바보야." 그레이스는 다른 애들 보는 앞에서 피터가 함부로 뱉어낸 마음 아팠던 말들을 기억하니 기분이 상했다.

루스는 입술을 쭉 내밀고 앞에 서 있는 어린 동생을 보고 웃었다. *뚱뚱하긴 하지만 아주 영리해.* 그렇게 생각하면서 루스는 동생을 가엾게 생각했다. "누가 내 동생을 보고 그런 말을 해?"

"걔는 백인 쓰레기야."

"그런 말 하면 못써. 누구에게든지 다시는 그 말 하지 마. 알았어, 그레이스."

마음이 내키지 않았지만 그레이스는 머리를 끄덕였다. "다시 날 보고 못생겼다고 하면 코를 한 방 갈겨 줄 거야. 진짜 그럴 거야." 다음에는 일 초의 주저함 없이 한 방 갈겨 주겠다는 결심을 언니에게 보여 주려는 듯 문제의 작은 눈이 언니를 째려보았다.

"오늘 저녁에 몇 가지 안건이 있습니다." 조선 애국여성회 회장 김춘자는 회의를 진행하기 시작했다. 회원들은 리들리와 다이뉴바에서 몰려왔다. 그 두 이웃동네 조선인들은 누가 누군지 서로 잘 알고 있었고 회원들은 단결과 자매관계로 하나로 똘똘 뭉쳐 있었다.

지난 삼십 년 간 그 두 이웃동네에서 독립운동을 위한 자금을 어느 지역보다도 많이 상해 임시정부에 보냈다. 비록 가난하게 살았지만 상해 임시정부로 보낸 독립운동자금 가운데서 삼분의 일이 리들리와 다이뉴바에서 왔다. 그들은 하와이에 제일진으로 도착했던 초기 이민 선구자들이었다. 최근에 두 이웃동네 단체가 두 개의 정치단체로 갈라졌다. 떠도는 말에 의하면 그 분열은 이승만이 미국에서 출생한 오스트리아 여인 프란체스카 도너와 결혼했기 때문이라고 했다. 이승만이 백인 여인과 결혼하자 많은 사람들이 이승만 독립단체를 떠났다. 다이뉴바는 이승만의 동지회에 속했고 리들리는 안창호의 국민회에 속했다. 두 지도자는 조국독립을 위해 투쟁했으나 다른 길을 걷고 있었다.

안창호는 국민들의 청결한 도덕과 개화를 통해 자주 독립을 성취하려는 꿈을 가지고 있었고 이승만은 워싱턴 정계에서 정치철학을 훈련받은 경험 있는 정치가였다.

순자는 그 지역에 살고 있는 조선인들의 공회당인 다이뉴바 조선인 장로교회 예배실에 모인 회원 속에 앉아 있었다. 한 사람도 빠진 회원이 없었다. 누가 몹시 아프지 않은 이상 언제나 전원이 참석했다. 그 모임이 아니고서 다른 사회활동이나 오락 활동이 없었다. 전 회원은 멋을 잔득 부리고 음식과 마실 것을 들고 참석했고 한 달 동안 모아두었던 스트레스, 눈물, 불평불만 그리고 웃음을 보자기에 잔뜩 싸 들고 와서 회원들과 같이 나누었다. 회원 가운데 '신문' 또는 '입이 바쁜 사람들'이라고 별명이 붙은 여자회원들이 있었는데 모임에 오자마자 끼리끼리 모여 헛소문이나 아니면 남편들 불평을 털어놓고 싶어 몸이 근질근질해서 못 견디는 사람들이었다.

"우리 단체의 대동단결이 오늘 저녁 토의할 첫 안건입니다. 우리 지역단체가 두 개로 분열된 이후 많은 분들이 우리 여성단체를 염려하고 있어요." 김춘자는 평소 좋아하는 회색 드레스로 정장했다. "남자들은 하나로 뭉치는 데 문제가 있는 것 같습니다. 그러나 우리 단체가 깨지면 우리의 힘이 약해집니다. 게다가 리들리파와 다이뉴바파가 우리 단체를 그들 단체로 흡수하기 위해 압력을 가하고 있습니다. 나는 그들의 압력에 항복하지 않을 거예요."

"만일 계속 압력을 가한다카면 우리는 남정네들 밥해 주는 일과 빨래해 주는 일을 그만둡시더." 뒤에서 한 목소리가 들려왔다. 떠들기 좋아하고 억센 노인이라고 알려진 경상도 할매였다. 키가 큰 경상도 할매는 검은 옷을 입고 순자 바로 뒤에 앉아 있었다. "미쳤다고 할지 모르지마는예 그 방법은 언제나 효과가 있심더. 지난 사십 년 동안 그래 봤는데예 그 방법이 내 영감쟁이 고집을 아주 싹 꺾어 놓았어예."

웃음이 터져 나왔다. 어떤 젊은 여자들은 어찌나 우스운지 손뼉을 치며 박장대소했고 어떤 사람들은 일어나서 발을 동동 굴렀다.

김춘자는 얼굴을 찡그렸다. "우리가 그 두 단체 아래 들어가야 한다고 생각하시는 분들은 손을 들어 주세요." 아무도 손을 들지 않았다.

"여자들은예 뭐든지 퍼뜩퍼뜩 배우고 퍼뜩퍼뜩 잘해나가는데예 문제는 남정네들이 너무 늦어서 탈이라예." 같은 목소리가 선언했다. 모두 경상도 할매에게 눈을 돌렸다. "우리가 해야 할 일은 우리가 해야 하고 남정네들은 자기네들이 해야 할 일을 해야 합니더. 그것이 싫타카면예 우리 입는 치마를 남정네들에게 입혀 주고예 부엌에서 밥이나 하라캅시더. 우리가 남정네들 바지를 입고예 그 사람들이 하는 일을 우리가 합시더. 우리는예 미국에서 살고 있는 기라예. 그게 싫다카면 멋대로 하라고 하지예." 여자 몇 사람이 일어나 박수를 쳤다. 김춘자는 그들의 행동을 못 마땅히 여겼다. 그런 저질적인 행동은 전통적인 가정구조를 비웃고 위협할 수 있는 가능성이 있다고 염려했다.

다른 안건을 처리한 뒤 김 회장은 시끄러운 소리를 가라앉히려고 얼른 마지막 안건을 내놓았다. 그것은 곧 여름방학 동안 일거리를 찾아 몰려올 대학생들을 먹일 불고기파티에 필요한 돈을 모으는 일이었다. 그 일은 해마다 있는 행사였다.

"미세스 김." 김춘자가 순자를 불렀다. "어서 시작하세요."

순자는 모금바구니 두 개를 손에 들고 자리에서 일어났다. 그리고 복도 가운데로 걸어가 회원들 앞에 섰다. 순자는 그 여성단체 이사회의 재정담당이었다. "이제 주머니를 털어놓을 때입니다." 순자가 말했다. "전에처럼 여러분이 내시는 돈은 우리 대학생들을 먹이는 데 사용합니다. 그들은 우리들의 아들들이고 조선사회를 이끌고 나갈 장래의 지도자들입니다. 하실 수 있는 대로 많이 희사해 주세요. 결혼반지는 빼구요."

회원들은 순자가 말을 마치기도 전에 복도로 쏟아져 나왔다. 한 줄로 서서 핸드백을 열고 모금바구니를 가득 채웠다.

회의는 조국과 조국에 두고 온 동족을 위한 기도로 끝났다. 회의가 끝났을 때는 거의 자정에 가까웠다. 한 시간이 채 걸리지 않은 짧은 회의가 끝나자마자 친교하느라 밤이 깊어 가는지도 몰랐다. 모두 다음 회의를 고대하며 헤어졌다.

다른 회원들과 함께 밖으로 걸어 나온 순자는 길옆에 서서 남편을 기다렸다. 마음에 있는 것을 서로 나누며 친구들을 찾아가고 특별한 때에는 친구들을 집으로 초대하는 일이 너무나 좋았다. 순자는 가끔 보스웰에서 살던 때를 돌아보고 너무나 외로웠던 삶을 생각했다.

저만치서 몇몇 여자들이 남편들을 기다리면서 떠들고 큰소리로 웃고 있었다. 스트레스를 풀어서 기분이 좋아진 순자도 어둠 속에서 혼자 웃었다.

몇 발자국 뒤에서 한 여자가 포드 승용차에서 내려 순자 쪽으로 걸어왔다. 순자는 그것을 모르고 있었다. 그 여자는 순자가 놀라지 않도록 낮은 목소리로 말했다. "언니, 안녕하세요?"

순자는 귀에 익은 목소리를 찾아 고개를 돌렸다. 놀랍게도 말순이었다. "종태 엄마?" 순자는 말순을 바라보고 있는 자신의 눈을 의심했다.

"예. 저예요." 말순은 반가워하며 웃었다.

"아니 나를 어떻게 찾았어요?" 순자는 말순을 껴안았다.

"댁에 갔었어요. 애들이 여기에 가면 만날 수 있다고 하더군요. 2년 전에 소식을 들었는데 너무 바빠서 올 틈이 없었어요. 지금 프레즈노에서 살고 있어요." 말순은 말을 이었다. "다이뉴바로 돌아왔지만 남편도 없이 여기서 살아야 할 특별한 이유가 없었어요. 두 아이를 데리고 보다 나은 기회를 찾으려고 프레즈노로 옮겼어요."

"그럼 우리는 다시 이웃이네." 순자가 기뻐했다.

"그래요."

자동차가 길옆으로 빠져나와 순자 옆에 멈추었다. 아내를 태우러 온 유진이었다.

"애들 아빠가 왔어요."

말순은 운전석 쪽으로 걸어가 유진에게 고개 숙여 인사했다. 유진은 놀랐다. 지난날 이따금씩 길만의 가족을 생각해 보았지만 이렇게 말순을 만나게 될지는 몰랐다.

유진은 말순을 올려다보았다. "뜻밖이군요. 어떻게 지내세요?"

"나도 애들도 다 잘 있어요."

"우릴 따라오세요. 할 이야기가 태산같이 많아요. 아마 밤을 샐지도 몰라요." 순자가 남편 옆에 앉으며 어깨 너머로 말순을 쳐다보았다.

조금 뒤 세 사람이 유진의 거실에 앉아 차를 마셨다. 순자는 말순의 수척한 얼굴을 바라보았다. 옷은 잘 입었으나 너무 말라 보였다. 한때 보스웰에서 활기에 넘쳤던 여인은 이제 말순 안에 더 이상 존재하지 않았다. 말순의 손을 만지니 마른 소나무 껍질같이 거칠고 앙상했다.

"애들 때문에 프레즈노 차이나타운에 있는 중국집 차고를 빌려 살았어요. 겨울에는 너무 추워서 잠을 못 잤어요. 여름에는 차고 안이 찌듯이 더워서 애들은 밖에서 잠을 잤어요. 거기서 2년을 살았어요. 하숙집에서 일을 하면서 돈을 모아 조선 농장일군들을 상대로 식당을 차렸지요. 장사가 재미있게 잘됐어요. 때로 딸애가 학교가 끝난 후 그리고 주말에 나를 도와주었어요. 다이뉴바에서 살 때는 돈을 모으느라 생활비를 줄여야 했어요. 그래서 애들을 제대로 먹이지 못했어요. 허지만 이제는 잘 먹여요." 말순은 활짝 웃었다.

"보스웰에 있을 때 식당이나 하숙집을 열고 싶다고 하던 말 생각나요." 순자는 말순이가 가여워서 뼈만 남은 손을 다시 잡았다.

"아직 젊으니까 하숙집 장사는 할 수 없었어요. 무슨 말인지 이해하시겠지요?"

"그럼 이해하구말구요."

"딸아이가 없었으면 장사를 할 수 없었을 거예요. 그 애가 벌써

열 살이에요." 말순은 자랑스럽게 말했다. "중국 사람들도 더러 와요. 조선 음식을 좋아해요."

"조심하세요." 유진이 걱정하며 말했다. "프레즈노 차이나타운에 아편 장사꾼들이 많아요. 아편중독이 된 젊은 조선 청년 몇 사람이 자살했어요."

"나도 그 말 들었어요. 그 사람들 말썽 부린 일이 없었어요."

"장사가 잘되니 다행이군요." 순자는 말순의 목에서 두 줄의 깊은 주름을 보았다.

흔들의자에 앉아 있던 유진은 길만에 대해 물어보기로 마음먹었다. "남편 소식 들었나요?"

순자는 때도 모르고 미련하게 그런 것을 묻는 남편을 날카로운 눈으로 바라보았다.

"못 들었어요. 보스웰을 떠난 후로 소식을 듣지 못했지만 애들에게는 생일 카드랑 선물을 보내오고 있어요."

"잘 지내시겠지." 순자가 말했다.

"애들이 편지를 했지만 회답이 없었어요. 지금까지도 나를 미워할 거예요."

"어떻게 할 건가요?" 순자가 물었다.

"모르겠어요. 그이를 생각할 시간이 없어요. 우리가 어디 살고 있는지 알고 있어요. 다시는 애들이나 나를 때리지 못하게 할 거예요. 다시는요."

"그럼." 유진은 자리에서 일어섰다. "실컷 말씀들 하세요."

유진이 자리를 떠난 뒤 순자는 숭늉을 만들어 말순에게 먹이려고 총총 발걸음으로 부엌으로 들어갔다. *뭘 좀 먹여야지. 너무 말*

랐어. 얼마나 생활이 힘들었을까. 가엾은 생각이 들었다. 살던 마을 이름도 제대로 발음하지 못했던 보스웰에서 비록 짧은 기간이었지만 이웃에서 살았던 말순을 순자는 무척 좋아했다. 냄비에 물을 붓고 마른 누룽지를 넣은 다음 스토브 위에 올려놓고 다시 거실로 돌아갔다. 마치 동생처럼 말순 옆에 가까이 앉았다.

"다시 뵙게 돼서 너무 기뻐요. 한 번 들러 주세요."

"그러면 얼마나 좋을까. 그런데 나는 운전을 못 해요."

"그럼 제가 애들 데리고 틈날 때마다 올게요. 주일이 좋겠어요. 예배가 끝나는 대로 바로 잠시 들르겠어요."

"우리 애들이 좋아하겠네. 주일날도 일해요?"

"예. 그 사람들이 먹어야 하니까요. 마치 내 자식들 같아요." 말순이 웃었다.

순자가 물었다. "보스웰에서 말하던 그 젊은 사람 때문에 내가 걱정 안 해도 되겠지?"

"걱정 안 하셔도 되요." 말순은 웃으며 말했다. "내가 돌아오기 전에 떠났대요. 로스앤젤레스에서 산다는 말을 들었어요. 게다가 나는 결혼한 여자예요. 다른 남자가 있다면 평생 수치스런 일일 거예요. 그건 원칙에 어긋나는 일이에요." 말순은 남편에게 얻어맞던 그날 밤을 생각하며 잠시 말을 멈추었다. "젊은 조선 남자들이 나에게 관심을 보이지만 남편이 살아 있는 한 그 사람을 기다릴 거예요. 우리의 안전을 위해 떠났던 것뿐이었어요. 나를 처음 때린 건 아니었지만 새사람이 돼서 애들에게 돌아오기를 기도하고 있어요. 하나님이 성경에서 그렇게 말씀하세요."

"하나님은 언제나 우리 기도에 응답하세요. 포기하지 말아요."

"애들을 위해서도 포기 못 해요. 남편 말을 할 수 있는 사람은 언니밖에 없어요. 애들에게는 아버지의 좋은 점만 애기해 줘요. 비록 좋은 점이라고는 별로 생각나지 않지만요."

"그래 장사는 어때요?"

"잘돼요. 집을 장만할 돈을 모았어요." 말순은 보스웰을 떠났던 밤을 생각하면서 다시 말을 멈추었다. "그날 저녁 그 이와 다투었어요. 그러자 딸애 앞에서 나를 마구 때렸어요. 그래서 그 사람을 떠나기로 결심했죠. 죽일까 봐 무서웠어요." 얼굴에 눈물이 흘러내렸지만 말순은 그것을 의식하지 못했다. 순자는 말순의 슬픔을 같이 나누려고 그녀의 손을 잡았다. "처음으로 그 사람의 눈에서 마귀를 보았어요. 내 목을 자르려고 손에 낫을 쥐고 있었는데 그것은 사람이 아니라 마귀였어요."

"다음 날 새크라멘토행 기차를 타려고 브리검 시를 향해 걷고 또 걸었어요. 어린 종태는 발이 부르터서 더 못 걷겠다고 울었어요. 애를 등에 업고 걸었어요. 내가 지칠 땐 미숙이가 동생을 업었어요."

순자가 말순을 안고 등을 부드럽게 쓰다듬어 주며 위로했다. 순자의 눈에 눈물이 고였다.

"다이뉴바로 돌아오니 김춘자 회장님이 일자리를 주셨어요. 내가 은혜를 다 갚지 못할 만큼 도와주셨어요. 회장님 댁에 방을 한 칸 얻어 그 다음 날부터 일 나갔어요. 곧 두 일을 하게 됐지요.

"내가 일할 때 미숙이가 동생을 위해 밥을 짓고요. 나는 새벽 일곱 시에 일 나가서 밤 열한 시에 집으로 돌아왔어요. 내가 집으로 돌아오면 애들은 잠자고 있었어요. 돈을 조금 저축했다가 그곳을 떠났어요. 다이뉴바는 작은 마을이고 애들에게 장래가 없는 곳이었어요. 그때 내가 올바른 결정을 했던 것이 다행이었어요. 처음 몇 달은 무척 힘이 들었어요. 그렇지만 돈도 없고 남편도 없는 여자에겐 아무것도 두렵지 않았어요. 그래서 짐승같이 일했어요. 식당을 개업하고 나는 거기서 먹고 자고 했어요."

"어떻게 살았는지 상상이 가요." 순자가 말했다. "말할 사람이 필요하거든 나를 생각하세요. 말 들어 줄 사람이 없는 것이 어떤 것인지 나는 알아요. 보스웰에 살면서 그걸 경험했어요."

"틈이 생길 때마다 들를게요." 손수건에 눈물을 닦으며 말순이가 말했다.

"나도 뭔가 일을 찾아야 해요. 제이콥이 대학교를 간 뒤 우리가 저축할 수 있는 돈은 다 제이콥에게 보내요. 장학금을 받기는 하지만 다른 데 돈이 많이 들어가요. 아버지가 돈을 잘 벌지만 그것으로는 부족해요. 루스도 곧 대학에 진학할 것이고. 애들을 위해서라면 뭐든지 할 수 있어요." 순자는 총총 걸음으로 다시 부엌으로 들어갔다. 친동생처럼 사랑하는 말순에게 줄 김이 무럭무럭 나는 숭늉을 그릇에 담아들고 나왔다.

새벽 두시까지 두 여인은 웃고 떠들었다. 말순이가 떠나려 하자 두 여인 사이에 옛날처럼 다시 즐거운 입씨름이 벌어졌다. 순자가 말순에게 집에서 만든 특식을 가지고 가라고 했을 때 일어났다. 말순이가 겸손하게 받기를 거절하자 순자는 양보하지 않고 받아 가라고 성화였다. 말순이 순자의 고집에 항복하자 그 문제는 금방 해결됐다. 헤어지면서 순자는 말순에게 개인적인 충고를 했다. "건강이 나쁘면 세상이 다 내 것이라도 아무 소용이 없어요. 애들을 위해서라도 건강을 잘 보살펴요."

3.

내리쬐는 햇볕 아래 포도를 따는 학생들에게 칠월의 건조한 중 가주의 여름 더위는 견디기 힘들었다. 그들은 지난 달 일을 찾아 다이뉴바와 리들리로 몰려왔다. 그들은 재빨리 새로운 환경에 적응했다. 별이 깜박이는 하늘을 쳐다보며 벌판에서 잠자는 것이 모험적이기도 했다. 비록 잠시 동안이었지만 힘든 농촌생활은 그들 자신을 되돌아보고 젊은 꿈을 다시 조명해 보는 귀중한 시간을 주었다. 그해에는 약 이백명의 조선대학생들이 포도밭에서 일했다. 그들은 열심히 일하고 받은 일당으로 밥값을 내고 나머지는 저축했다.

두 주일 전에 제이콥도 다이뉴바로 돌아와 다른 대학생들 속에 끼어 포도를 땄다. 제이콥은 다른 학생들보다 포도를 쉽게 땄다. 오랫동안 육체노동을 하지 않았지만 어렸을 때부터 농장에서 굳혀 온 건강한 몸이라 어려움 없이 노동일에 쉽게 적응할 수 있었다. 그저 며칠 동안만 근육과 허리가 뻣뻣했지만 금방 정상으로 돌아갔다.

그해 팔월 십일 아침, 두 조선인 단체가 리들리에 있는 조선인 장로교회 앞에 집합했다.

남녀노소 할 것 없이 손에 국기를 들고 모였다. 교회출입구 위에는 "우리는 일본의 불법적인 조선점령을 규탄한다. 또한 우리는 올림픽위원회가 조선에 저지른 오류를 규탄한다."라고 쓴 현수막이 걸려 있었다.

유진과 그의 가족들은 교회에 일찍 도착했다. ─유진은 그해 동지회 간부였고 그 지역 조선사회의 지도자 가운데 한 사람이었다. 얼마 동안 지역사회 지도자들이 유진을 홍보담당 이사로 추대하려는 낌새를 알고 유진은 그들을 피해 다녔다. 길에서 그 사람들과 우연히 부딪히면 유진은 마치 미꾸라지처럼 빠져 달아났다. 그러다가 더 이상 도망 다닐 수가 없어 어쩔 수 없이 그 자리를 수락했다. 머리와 팔에 흰 수건을 질끈 두른 중간층 지도자들은 교회 문으로 올라가는 계단 난간에 기대 서 있었다. 그들 대부분은 힘이 없는 조국을 슬퍼하며 뜬 눈으로 밤을 샜다. 그들은 마치 고아가 된 신세처럼 슬펐다. 그날 분노와 서러움 속에서 국제올림픽위원회에 항의하려고 모였다.

조선 애국여성회 회원들은 흰색으로 칠한 교회 나무울타리 옆에 모여 집회가 시작되기를 초조하게 기다리고 있었다. 교회출입문 옆에 놓인 검은색 피아노는 여름 햇살을 받고 눈부시게 반짝거렸다.

8월의 파란 하늘 아래 군중들이 어둡고 슬픈 얼굴로 서 있었다. 누군가가 군중 속에서 "왜놈들을 죽여라!"라고 소리쳤다.

교회는 주차장이 따로 없어서 집회에 모인 사람들과 구경꾼들은 I가와 13가 그리고 14가 길을 메우고 있었다. 경찰이 눈에 띄었고 지방 신문사에서는 집회를 취재하라고 기자를 몇 사람 파견했다.

조선 출신 마라톤 선수 손기정이 독일 베를린에서 열린 국제올림픽대회에서 금메달을 딴 것이 바로 어제였다. 그런데 일본은 손기정에게 가슴에 일장기를 달게 했고 일본 이름인 '키테이 손'으로 등록하게 했다. 손기정은 베를린에 도착하자 그의 조선 이름으로 등록했고 이름 옆에 토끼를 그려서 자신의 국적이 조선인 것을 나타냈다.

신문에서는 다음과 같이 보도했다. "메달을 받는 기단에 서서 두

명의 조선 마라톤 선수 손기정과 삼등으로 들어온 남선경은 그들을 일본 선수로 인정한 것 때문에 일본국가 연주가 끝날 때까지 견딜 수 없는 부끄러움에 고개를 가슴 위에 떨어뜨리고 서 있었다."

김 선생이 소수의 고위 간부들을 대동하고 교회건물 밖으로 걸어 나왔다. 성명문을 손에 들고 있었다. 지역 지도자들은 성명서초안을 작성하고 다시 수정하느라 밤을 꼬박 샜다. 김 선생이 한복과 모시 윗도리를 입고 나타나자 집회군중은 조용해졌다. 엄숙한 고요가 그들을 둘러쌌다.

여자 피아니스트가 피아노 앞에 앉았다. 숨을 깊이 내쉬고 옛날 조선 애국가를 치기 시작했다. 김 목사가 애국가를 인도했다.

> 무궁화 삼천리는 우리 강산
> 신성한 이천 민족은 우리 민족
> 삼천리 이천만은 우리 동포
> 만세. 만세. 만세. 영원무궁
> 성자신성 이천만
> 화려강산 삼천리
> 이 안에서 우리 기쁜 노래 부르자.
> 억만세 만만세
> 우리 삼천만 동포
> 만세. 만세. 만만세
> 삼천리 우리 강산

"만세! 만세! 만세!" 애국가가 끝나고 김 목사가 손을 들자 군중들이 손을 높이 들고 우레 같은 소리로 만세삼창을 외쳤다. 김 선생이 일본의 불법 조선지배와 국제올림픽위원회의 부당한 결정에 항의하는 성서를 낭독하고 있는 동안 집회조직을 맡은 장만수는 군중 가운데 서서 일장기를 높이 쳐들었다. 성명서 낭독이 끝날 때까지 막대기 끝에 달아맨 일장기를 군중들이 어디서든지 볼 수 있도록 높이 들고 있었다.

장만수는 일장기를 내렸다. 옆에 서 있던 남자가 성냥불을 켜서 일장기에 불을 붙였다. 장만수는 불타는 일장기를 다시 높이 들어 올렸다. 군중들이 마치 폭풍처럼 소리 지르며 일장기를 향해 야유하기 시작했다. 어떤 사람들은 손뼉을 치면서 "왜놈들을 죽여라!" 라고 소리쳤고 어떤 사람들은 불에 타서 재가 되는 일장기를 조용히 바라보고 있었다. 그러고 나서 그들은 파도처럼 영어와 모국어로 "일본에게 죽음을! 조국이여, 영원하라!"고 소리치면서 길거리로 쏟아져 나갔다. 리들리에 사는 소수의 일본인들이 반일본시위를 지켜보려고 일찍 나왔다가 14가 모퉁이에 있는 일본인 의류상점 안에서 밖을 내다보며 시위군중을 비웃었다.

"일본인은 돌아가라." 젊은 대학생들이 군중 앞에서 조선 깃발을 흔들고 걸어가면서 외쳤다. "금 메달리스트는 기테이 손이 아니고 조선선수 손기정이다. 우리는 국제올림픽위원회의 신속한 사과를 요구한다."

제이콥은 행진하는 시위대열 앞에서 플래카드를 든 학생들 속에 끼어 있었다. 다니엘과 그레이스는 그 옆에서 국기를 흔들며 행진했다. 순자와 루스는 그들 뒤에서 반일 구호를 외쳤다. "우리는 일본이 조선에서 즉각 물러갈 것을 요구한다!"

제이콥은 시위를 계속하면서 월터 다카하시를 생각했다. *지금쯤 미국으로 돌아왔을지 모른다.* 어디에 있든지 월터는 제이콥의 원수가 아니다. *그렇지만 월터는 일본 사람이다, 그렇다면 우리는 적이*

란 말인가? 환경이 우리를 적으로 만든 것인가? 아니면 우리가 선택한 일인가? 왜 내가 그 선을 그어야 하는가?

제이콥이 고개를 돌려 "일본에게 죽음을!"이라고 구호를 외치고 있는 어머니와 루스를 보았다.

성난 시위군중은 빨리 11가로 나와 질서정연하게 시청 앞에 다시 모였다. 김 선생과 지도자들도 그 자리에 모였는데 이번에는 유진이 영어로 성명서를 읽었다. 짧은 성명서가 끝나자 군중들은 모국어로 "조국이여 영원하라. 일본은 물러가라!"라고 다시 외쳤다. 그러고는 목이 터지라고 애국가를 합창했다.

4.

아침 일찍 제이콥은 도시락을 들고 보스웰에서 아버지가 타고 다니던 포도르 승용차를 몰고 일터로 가고 있었다. 그 차는 아직도 쓸 만했다. 기숙사에서 살고 있었기 때문에 학교가 있는 팔로알토에서는 운전할 때가 많지 않았다. 운전을 하면서 차의 계기반을 보았다. 아침 온도가 벌써 섭씨 삼십 이도였다. *오늘도 몹시 덥겠군.* 제이콥이 얼굴을 찡그렸다.

이상하게도 그날 아침에는 늘 다니던 길로 가지 않았다. 운전석에 앉자 보스웰의 장난꾸러기 어린 제이콥이 난데없이 나타났다. 그때까지 까마득하게 잊어버리고 있었던 옛날의 짓궂은 장난을 하고 싶어 온몸이 꿈틀거렸다. 갑자기 먼짓길로 자동차경주 선수마냥 마음껏 달려 보고 싶었다. 장난꾸러기 제이콥이 킬킬 웃는 소리를 들자 길이 너무 울퉁불퉁해서 평소에 피해 다니던 흙먼지 길을 달리 싶었다. 먼지를 일으키며 아침 공기 속으로 마음껏 달리고 싶다는 충동이 젊은 제이콥의 몸을 전기 파동처럼 간지럽게 만들었다.

길에는 자동차가 한 대도 보이지 않았다. 혼자서 자동차경주를 하기에 안성맞춤이었다. 길게 뻗은 먼짓길로 꺾어 들자마자 숨을 깊이 들이마시고 게솔린 페달을 밟았다. 마치 엔진에 공기가 너무 많이 차 있는 것처럼 늙은 엔진은 여러 번 신음소리를 내며 앞뒤로 덜컹거리면서 몸부림쳤다. 그러다가 산토끼처럼 뛰어나갔다. 말할 수 없는 스릴이 등을 타고 내려왔다. "야후!" 걷잡을 수 없는 흥분 속에 제이콥이 소리쳤다. 차는 투우사를 향해 달려드는 투우같이 무서운 속도로 달렸다. 제이콥은 재빨리 고개를 돌려 차 뒤에서 일어나는 짙은 먼지구름을 보았다.

잠시 후, 앞에 네거리가 나타났다. 금방 개스 페달에서 발을 떼고 차를 세우려고 속도를 줄였다. 길 양쪽에 키가 큰 호두나무와 복숭아나무가 줄지어 서 있었다. 시골에서 살고 싶은 생각은 없었지만 제이콥은 언제나 전원풍경을 좋아했다. 그때 눈에 익은 여인의 모습이 들어왔다. 오래된 집 앞 정원에서 일하던 캐런이었다. 제이콥은 급하게 브레이크를 내리 밟았다. 브레이크는 죽는 소리를 내며 길 가운데 차를 세웠다. 제이콥은 그 집 앞으로 차를 후진했다.

제이콥은 그 여자가 캐런인지 확신할 수 없어서 엔진을 켜놓은 채 핸들 뒤에 앉아서 그 여자가 얼굴을 들기를 기다렸다. 몇 발자국 떨어지지 않은 거리였으나 그 여자는 챙이 넓은 밀짚모자를 눌러 쓰고 있었기 때문에 얼굴을 볼 수 없었다.

그러자 제이콥의 마음에 의심이 들기 시작했다. 캐런은 산호세가 집이다. 그러니 그 여자가 캐런이라고 생각하는 것이 웃기는 일처럼 보였다. 제정신인 여자가 무엇 때문에 젊은 사람들이 좋아할 것이 하나도 없는 시골 마을을 방문한단 말인가? 고개를 저으면서 시계를 보았다. 그날 일할 포도원에 도착하기에는 아직도 시간이 충분했다.

제이콥이 막 떠나려고 할 때 정원에서 삽을 들고 일하던 여자가 일어섰다. 시끄러운 엔진 소리가 나는 쪽으로 얼굴을 돌렸다. 그때 캐런은 눈에 익은 얼굴을 보았다. 두 사람의 눈이 마주쳤다. 제이콥이 웃긴다고 생각했던 일이 현실로 나타났다. 제이콥이 차에서 뛰어내려 캐런을 향해 상쾌하게 걸어갔다. 마음은 두근거렸고 머릿속에는 천상의 노랫소리가 들리는 듯했다.

"캐런, 안녕하세요?" 제이콥이 밝게 웃으며 말했다.

"제이콥 박." 캐런이 믿지 못하겠다는 얼굴로 말했다. "여기서 뭐 하세요?"

"부모님이 다이뉴바에 사세요. 날보고 촌뜨기라고 했던 말 생각 안 나요? 그런데 여기서 뭘 하세요?"

캐런은 얼굴을 붉혔다. "막내외삼촌 집에 왔어요. 과수원을 하고 계세요. 여기가 외삼촌 집이구요." 캐런이 돌아서서 집을 바라보았다. 말쑥하게 회색 페인트를 칠한 깨끗한 집이었다.

"삼촌댁에 언제까지 계실 건가요?"

"며칠만요."

"여기 머무르는 동안 내가 구경시켜 드릴까요? 캐런이 원하신다면 말입니다."

"참 좋은 생각이에요." 캐런이 밝게 웃었다. "그런데 외삼촌이 걱정이 돼요. 전형적인 일본 사람은 아니지만 그래도 일본 사람이 거든요."

제이콥은 캐런이 한 말뜻을 알았다. "그럼 아무 말도 하지 마세요."

"그건 속이는 거잖아요? 외삼촌에게 그럴 수는 없어요. 참 좋으신 분이에요."

"속이는 건 아니지요. 외삼촌이 묻지 않으면 자원해서 말할 필요가 없잖아요. 가렵지도 않은 다리를 긁어 피 나게 할 필요 없어요."

"그 말 처음 듣네요. 누가 그 말을 했지요."캐런이 눈을 가늘게 뜨고 제이콥을 의심쩍어하며 바라보았다.

"제이콥 박이요." 제이콥이 큰소리로 웃었다. "내일 호수에 데리고 갈게요. 아침 아홉시에 데리러 오겠습니다. 어때요?"

"내일 일 안 하세요?"

"꾀병을 부리지요. 적당한 이유를 생각해 보겠습니다." 제이콥이 대답을 기다리며 말했다.

"그럼 내가 점심을 준비할 테니까 마실 것 가지고 오세요."

"그러지 않아도 돼요." 제이콥이 손을 흔들었다. "신하가 다 준비하겠습니다." 제이콥은 캐런을 웃기느라 허리를 숙여 인사했다. "그럼 내일 봐요." 제이콥은 휘파람을 불며 차로 걸어갔다.

"제이콥." 캐런이 등 뒤에서 불렀다. 제이콥이 돌아서자 캐런이 말했다. "미안해요."

"뭐가요?" 제이콥은 캐런이 한 말뜻을 몰라서 물었다.

"고속도로에서 했던 말. 그런 뜻으로 말하려고 한 건 아닌데 그만…. 제이콥이 말한 대로 내 혀에 문제가 있나 봐요."

"아, 그것 아무것도 아닌걸요. 캐런이 그런 뜻으로 말하지 않은 거 알고 있어요." 제이콥은 행복한 새끼 고양이처럼 차에 뛰어올라 차를 몰았다. 너무 흥분한 나머지 사거리에 세워 놓은 정지표지도 보지 못하고 지나쳤다. 한참 뒤에야 그 사실을 깨달았다. *이건 기적이야.* 제이콥이 생각했다. *이 조그만 시골에서 캐런을 만나다니! 세상은 정말 좁구나!*

다음 날 아침 제이콥이 부엌으로 들어섰다. 어머니가 조반을 만들고 있었다. 어머니에게 데이트가 있다고 말할 참이었으나 자세한 내용은 말하지 않기로 했다.

"어머니, 오늘은 일 안 가요. 대신 여자 친구 만나러 갈 거예요." 어머니의 반응을 주시하며 말했다.

"여자 친구?" 어머니가 놀라면서 물었다. "다이뉴바에 여자 친구가 있어?" 순자는 활짝 웃으며 아들을 바라보았다.

"다이뉴바에 사는 여자 친구가 아니에요. 같은 대학을 다니는데 산호세에서 외삼촌 집에 다니러 왔대요."

"외삼촌이 누구신데? 리들리나 다이뉴바에 사는 동포들은 내가 다 알고 있다."

"조선 여자가 아니에요."

"조선 여자가 아니라고? 그럼 백인 여자란 말이냐?" 순자는 깜짝 놀랐다.

"백인도 아니에요. 어머니, 배고파요." 제이콥은 어머니에게 솔직하지 못한 것에 죄의식을 느꼈다. 사실대로 말했다가는 어떤 일이 생길지 알고 있었기 때문이었다.

"아니, 그럼 멕시코 여자냐?" 갑자기 그녀 자신과 가족에게 매우 중대하게 보이는 주제를 아들이 슬쩍 넘어가지 못하도록 해야겠다

고 마음먹었다

"나중에 말씀드릴게요. 우린 그냥 친구예요."

"아, 그냥 친구라고?" 그제야 순자는 마음이 놓였다. 그저 친구란 말이지."

"심각한 관계가 되기에는 우린 서로를 잘 몰라요." 제이콥이 아침식사를 먹으려고 식탁에 앉으면서 어머니에게 미안한 생각을 털어버리려고 어깨를 으쓱거렸다. 사실 그들은 친구 사이도 아니었다.

포도 따는 계절에는 호수를 찾아오는 사람이 없어서 호수는 너무 고요했다. 청바지를 입은 제이콥은 잔가지로 짠 캐런의 소풍바구니를 받아들고 나란히 걸었다.

"정말 조용하고 아름다운 곳이네요. 참 좋아요." 캐런이 말했다. 그녀는 꽃무늬가 있는 소매가 짧은 블라우스에 청바지를 입고 있었다. "몇 년 전에 부모님을 따라 외삼촌댁에 왔었어요. 여기서 얼마나 오래 살았어요?"

"사 년밖에 안 됐어요." 제이콥이 대답했다. "유타에서 오래 살다가 이사 왔어요. 그곳 보스웰에서 월터 다카하시랑 같이 학교를 다녔는데 그 애 부모는 일본 골통분자였어요. 그렇지만 우리는 제일 가까운 친구였어요."

"우리 엄마 할아버지와 할머니는 1800년 후반에 미국으로 오셨대요. 아버지는 일본에 있는 야마모토 집안의 장손이시구요." 캐런이 제이콥을 잠시 바라보다가 말을 이었다. "오늘 제이콥한테 용서받으려고 왔어요."

"뭐 잘못한 일이 또 있어요?"

"일본에 대해서요." 캐런은 심각해 보였다. "조선을 침략한 건

나빠요. 그것으로 끝난 것이 아니라 조선을 속국으로 만들었어요."
캐런이 갑자기 걸음을 멈추고 제이콥을 찬찬이 바라보았다. "내가
말한 것도 용서받고 일본이 손기정 선수에게 한 짓도 사과할 겸 해
서 왔어요."

　제이콥은 캐런이 그런 어른스러운 말을 할 줄 예상하지 못했다.
그녀가 사과하는 일은 캐런의 문제가 아니었다. 캐런은 일본의 조
선 침략이나 국제올림픽위원회 결정과 전혀 관계가 없었다. "그건
캐런의 잘못이 아니에요."

　"용서해 주시겠어요?" 캐런은 고속도로에서 말을 함부로 지껄였
던 일을 깊이 후회했다. 제이콥은 고속도로에서 그녀를 못 본 체
지나칠 수 있었다. 그렇지만 그는 친절하게도 차를 세우고 도와주
었다. 캐런은 길들지 않은 혀를 함부로 놀린 것은 철부지 어린 캐
런이었던 것을 알고 있었다. 지난 날 철없는 캐런이 성숙한 캐런을
당황하게 했던 때가 더러 있었다.

　"비록 조선을 불법으로 점령한 것은 일본의 나쁜 지도자들의 책
임이라고 생각하지만 나는 캐런을 용서해 줄 일이 하나도 없어요."
제이콥은 손을 내밀었다. 캐런이 그 손을 가만히 잡았다. 손을 잡
은 채 잠시 동안 서로 바라보았다.

　"전쟁은 영웅과 영웅들의 이야기를 만들어 내요. 전쟁으로 남들
에게 도덕적인 죄를 범하거나 범하지 않거나 그건 문제가 되지 않
아요. 그들에게 유일한 목적은 이기는 것이에요." 제이콥이 말했다.
　그들은 다시 천천히 걸었다.

　"캐런, 내가 걱정하는 것은 일본이 우리나라를 침략하지 않을까
하는 겁니다. 일본은 자만심으로 가득 차 있는 잘못된 영웅들을 높

이 찬사하고 있어요. 나는 그들의 자만심이 그들을 잘못된 길로 이끌고 갈 것이라고 확신하고 있어요. 바람을 잔뜩 불어넣은 풍선은 언젠가는 터지게 돼 있어요. 얼마 동안은 공중에 떠돌아다니겠지만 언젠가는 나무 가지나 전선대에 걸려 터질 겁니다. 사람의 자존심도 그런 식으로 끝나요."

"일본 사람들 때문에 우리 소풍이 김빠지는 거 싫어요. 우리에겐 여기가 우리 조국이에요." 캐런이 뿌루퉁하게 말했다.

제이콥이 웃었다. "어머니가 캐런이 누구냐고 물었어요. 그래서 그냥 친구 사이라고 대답했어요. 처음으로 어머니에게 거짓말을 했어요."

"처음이라고요? 어머니는 세상에서 가장 복이 많으신 분이세요." 캐런이 자랑스럽게 웃었다. "어떤 법을 전공할 거예요? 그냥 관심이 있어서 물어본 거예요." 캐런은 처음으로 제이콥에게 관심을 가졌다.

"형법을 전공하고 싶어요."

"그럴 거라고 생각했어요." 캐런이 생긋 웃었다.

"나는 항상 동포들의 목소리가 되고 싶어 했어요. 이상하다고 생각하세요? 내가 동포들의 대변인이 되고 싶다는 것 말입니다."

"나는 종교적인 사람은 아니지만 사람은 각자 세상에서 해야 할 일을 가지고 태어났다고 생각해요."

그들은 소나무 그늘에 앉았다. 캐런은 소풍 바구니를 열고 코카콜라 병을 꺼내 제이콥에게 주었다.

"이상하다고 생각하지 않아요. 나도 그런 운명이라는 느낌이에요."

"고맙습니다." 제이콥은 콜라 병마개를 손으로 비틀어 열었다.

"우리에게는 공통점이 있군요." 제이콥은 생각에 잠긴 얼굴로 콜라를 마셨다. 바람 한 점없는 무더위에 잔뜩 부풀은 칠월의 열기가 골짜기에 갇혀 있었다. 마치 계곡의 소리를 무더위가 통째 삼켜버린 듯이 주위는 고요했고 모든 것이 정지된 상태처럼 움직이지 않았다.

"우리가 원하는 것을 다 성취하지 못할지 모르지만 우리는 인내해야 해요. 우리가 제대로 준비가 되면 기회는 찾아올 겁니다."

"제이콥은 대단한 변호사가 되겠어요. 강력하고 섬세한 그런 변호사 말이에요. 언젠가 제이콥이 성공적으로 변호한 기사를 쓸 날이 올지 모르겠네요." 캐런은 제이콥과 눈이 마주치자 얼굴을 숙였다. 덧없이 흘러가는 그 순간 캐런은 자신이 여자인 사실을 새삼 깨달았다. 두 사람의 만남이 우연이 아닌 것을 알고 가슴이 뛰었다. 도서관에서 제이콥을 처음 만났을 때 버릇없고 뻔뻔한 사람이라고 생각했었는데 이제 그에게 새사람의 모습을 잠깐 엿보았다.

"나는 캐런이 쓴 기사를 읽고요." 제이콥이 말했다.

"많은 언론인들은 정직하지 않고 편견이 많고 인종차별이 심해요. 신문배달이나 하면 적격일 그런 사람들이에요. 자기네들의 편견을 먹고 사는 해충들이고 대중을 속여요."

제이콥은 콜라를 다 마셨다. 눈을 들어 호수 저 너머 있는 갈색 산을 바라보았다. 멀리 떨어져 있는 보스웰의 언덕과 개울, 월터 그리고 오래 살았던 정들었던 집을 생각나게 했다.

"부패한 인간들을 어떻게 변호할 건가요?" 캐런이 잔디 위를 빨리 달려가는 다람쥐를 바라보며 물었다.

"그건 내가 할 일이 아닙니다." 제이콥이 파란 하늘을 올려다보며 말했다. "그건 하나님이 하실 일이에요. 잘못 없이 기소된 사람들을 변호하는 일을 할 겁니다." 제이콥은 항상 사람들에 대해 좋지 않은 편견을 가지고 있었다. "내가 누군데 부패한 인간들의 마음을 변화시킬 수 있다고 감히 생각이나 하겠어요?"

캐런은 제이콥을 바라보다가 팔을 위로 쭉 뻗어 기지개를 폈다. "이 아름다운 마을에 와서 무척 기분이 좋아요."

"산호세가 안 좋아요?"

"좋아요. 그렇지만 어머니의 지나친 보호가 싫어요. 부모님을 무척 사랑하지만 마치 FBI가 나를 24시간 감시하는 그런 기분이에요. 그래서 자유롭게 숨을 쉬고 싶어서 며칠 떠나온 거예요." 자유롭다는 큰 위로가 그녀를 따뜻하게 감싸주었다. *자유란 이렇게도 귀한 것이로구나.* 캐런은 달콤한 생각에 젖었다.

"며칠 더 있어도 되잖아요?"

"글쎄요. 내일 일 안 해요?" 캐런이 물었다. 제이콥은 반짝거리는 그녀의 눈을 보았다.

"갈 수도 안 갈 수도 있어요."

"무슨 말이에요?"

"내일 캐런을 다시 만날 수 있다면요." 제이콥은 캐런을 다시 만나고 싶어 그녀의 질문을 슬쩍 돌렸다.

"어떤 일을 하세요?"

"포도를 따서 박스에 넣는 일이에요. 일당인데 그리 나쁘지 않아요. 박스 개당 돈을 받는 일인데 열심히 일하는 만큼 벌 수 있어요."

"내일 같이 일해도 돼요?"

"신문기자가 될 분이니까 도움이 되는 경험일 거예요. 육체노동해 본 일 있어요?"

캐런은 수줍게 웃었다. "아뇨. 가끔 내 방 청소하시는 어머니를 도와드린 일은 있어요."

"그럼 좋은 경험이 되겠네요."

제이콥의 대답이 캐런을 놀라게 했다. 아주 다른 대답을 할 줄 기대했었다. "손에 흙을 묻히고 싶어요. 내일 날 데리고 갈 수 있어요?"

"그건 문제가 아닌데 다음 날 온몸이 쑤시고 아파서 일어나지 못할 텐데요."

"걱정하지 마세요." 캐런이 웃었다.

돌아가는 길에 캐런이 말했다. "외숙모는 일본 사람이 아니에요."

"어느 나라 사람이든지 그런 일에는 흥미가 없어요." 제이콥은 라디오를 틀었다. 호기 카마이클의 "스타 다스터" 트럼펫 연주가 흘러나왔다. 캐런은 시골길을 따라 달리는 드라이브를 만끽하고 있었다.

"미국산 멕시코인이에요. 너무 좋으신 분이세요." 캐런이 제이콥에게 얼굴을 돌리면서 웃었다. "외삼촌에게 제이콥이 일본 사람이라고 말할래요."

"누구냐고 물으시면요?"

"가렵지도 않은 다리를 긁어 피 나게 할 그런 바보는 아니에요." 캐런은 재미있다는 듯 깔깔 웃었다. "일본 이름 하나 생각해 봤어요. 제이콥 이토. 어때요?"

"괜찮은데요." 제이콥이 빙긋이 웃었다.

"너무 흥분돼요." 캐런은 팔과 몸을 쭉 뻗었다. 반항심과 어머니의 간섭 없이 스스로 결정할 수 있는 자유가 그녀를 더욱 신나게 만들었다. 신바람이 나서 손톱마디까지 짜릿했다.

다음 날 아침 잔 타나카와 그의 아내 로시타가 포치에서 아침식사를 하고 있었다. 잔 타나카는 야외활동을 좋아하는 사람이라 식사까지도 밖에서 하기를 즐겼다. 그날 아침 두 사람은 포도밭에 나가 일하기로 돼 있었다. 잔은 몸이 뚱뚱하고 구릿빛의 피부에 콧수염을 길렀다. 머리는 칼로 자른 듯 가지런히 빠져 앞머리 쪽은 이미 공터였다. 로시타는 가끔 남편을 사무라이같이 생겼다고 놀렸다. 결혼한 지 이십 년이 넘도록 자식이 하나도 없었다. 로시타는 애를 낳지 못하는 것이 자신의 책임이라고 스스로를 책망하며 성녀 과달루페(동정녀 환상이라고 함)에게 자비로운 중재를 빌었으나 효과가 없는 것 같았다.

잔은 최근에 몸집이 부쩍 늘어난 아내를 바라보았다. 특히 허리에서부터 아래쪽이 더 그랬다. *임신하기에는 너무 뚱뚱해.* 잔이 가엾게 생각했다. 과달루페를 믿는 로시타의 믿음이 차츰 약해지고 있기는 했지만 그녀는 임신을 결코 포기하지 않았다.

"외삼촌, 잘 주무셨어요?" 캐런이 문밖으로 나오며 인사했다. "외숙모님, 안녕."

로시타는 캐런을 무척 사랑했다. 잔은 식탁너머로 두 여자를 바라보면서 두 여자 사이에 엄청난 차이점을 발견했다. *로시타도 캐런의 나이였을 때는 아름다웠어.* 그 생각에 한숨이 나왔다. *이제는 마치 스모 씨름꾼 같아.*

"외삼촌, 저 오늘 일하러 갈 거예요. 포도 따는 일요." 캐런은 조심스럽게 외삼촌의 얼굴표정을 지켜보았다. 외삼촌에게 빨개진 얼굴을 감추려고 자리에서 일어나 꽃밭으로 걸어갔다. 거짓말하고 천연덕스럽게 앉아 있는 일이 쉽지 않았다.

"일 간다고?" 잔은 멍청한 얼굴로 캐런을 바라보았다. "이런 헛소리를 들으려고 내가 오래 살고 있나 보다. 너 엄마가 나를 죽일 게다. 게다가 넌 일을 해 본 적이 없잖니?"

"여보, 좋은 경험이 될지 누가 알아요?" 로시타는 남편을 상냥한 눈으로 바라보며 말했다. "캐런이 신문기자가 될 테니까 하루하루 살아가는 노동자들의 생활이 어떤지 경험해 볼 좋은 기회예요. 아마 좋은 기삿거리가 될 거예요."

"좋은 기사라니?" 잔이 퉁명스럽게 말하면서 실망한 눈으로 아내를 바라보았다.

캐런은 식탁으로 돌아와 로시타 옆에 앉았다. 로시타가 외삼촌을 마음대로 주무른다는 사실을 알고 있기 때문에서 외삼촌을 설득하든가 아니면 조금 압력을 넣어 주기를 바랐다.

"농장에서 품팔이하는 사람들에 대한 기사 말이에요. 특히 멕시코 노동자들 생활에 흥미가 있을 거예요."

"이런 엉터리 봤나." 잔은 고개를 흔들었다. "쟤 엄마가 나를 죽일 거라는데도 그래. 당신도 그 성질 잘 알잖아."

"그럼 말 안 하면 되죠. 아주 간단한 문제예요." 로시타는 남편에게 윙크를 보냈다. 잔은 로시타의 바보 같은 제안이 못마땅했다.

캐런은 로시타를 보며 생긋 웃었다. "가렵지도 않은 다리를 긁어 피 나게 하지 마세요."

잔과 로시타는 그 말뜻을 헤아리려고 서로 바라보았다. 그 말을 한 번도 들은 일이 없었다.

"캐런, 그게 무슨 말이냐? 난 다리가 가렵지 않은데. 어디 다리가 가려우니?" 로시타는 눈을 가늘게 뜨고 캐런을 바라보았다.

"야뇨. 아무것도 아니에요." 캐런이 웃었다.

"어느 포도원에서 일할 거냐?" 잔은 언짢은 기분을 달래면서 물었다. "그렇게도 기삿거리를 찾고 싶거든 우리 포도밭에서 일하려무나. 그렇지만 도무지 이해를 할 수 없구나."

"친구가 데리러 올 거예요. 같이 일하기로 했거든요. 같은 대학에 다니는 학생이에요."

로시타는 눈치를 채고 눈썹을 위로 치켜 올리며 남편을 바라보고 고개를 끄덕였다. 그러나 평범한 농부의 논리에 빠져 있는 남편은 그 신호를 보지 못했다.

"그 사람 일본 사람이냐?" 잔이 물었다.

"예. 아주 훌륭한 일본 사람이에요. 한번 만나보세요. 외삼촌이 좋아하실 거예요." 캐런은 엉겁결에 꾸며낸 거짓말에 구역질이 났다. 거짓말이 너무 지나친 것 같아서 은근히 걱정됐다.

"집에 한번 데리고 오너라. 이름이 뭐냐?"

"제이콥 이토예요. 법대생이에요." 캐런은 물속에 너무 깊이 들어간 것을 깨달았다. 그리고 자신이 거짓말을 꾸며낼 수 있다는 사실에 스스로 놀랐다. 그러나 엎지른 물을 담기에는 이미 너무 늦었다.

남녀 수백 명이 마치 개미떼같이 계곡 여기저기에 흩어져 포도밭에서 일하고 있었다. 따가운 햇볕이 내리쬐였으나 포도를 따는 노동자들의 손길을 느리게 하지 못했다. 그들에게는 계곡의 숨 막히는 더위를 생각할 시간이 없었다. 그 많은 사람들이 포도밭에서 일했으나 이상하리만큼 조용했다. 포도밭에서 창고로 포도를 실어

나르는 트럭들만 제각기 다른 높이의 소음을 내며 오가고 있었다.

뜨거운 햇살로부터 피부를 보호하려고 로시타의 색이 바란 긴 소매 윗도리와 청바지를 입고 챙이 넓은 밀짚모자를 쓰고 로시타의 작업신발을 신은 캐런이 바쁘게 포도를 따고 있었다. 다른 노동자들보다 일손이 더디었다. 포도 따는 일이 생각했던 것보다 훨씬 어려웠다.

단단히 준비를 하고 그날 생존경쟁에 뛰어든 캐런을 지켜보고 있던 제이콥은 놀라지 않을 수 없었다. 쉬지 않고 비지땀을 흘리면서 일하는 모습이 가엾기도 했다. 한 번도 노동을 해 본 일이 없는 사실을 고려할 때 더욱 그랬다.

점심을 먹기 전에 캐런은 일손을 멈추고 말도 하지 않고 웃지도 않으며 포도만 따는 주위 사람들을 둘러보았다. 말을 하거나 웃으면 일손이 늦어지기 때문이었다. 시간은 돈이고 돈을 벌려고 숨이 막히는 무더위 속에서 노동을 하는 것이다. 나라가 경기불황으로 어려울 때 포도를 따는 일이 있는 것도 축복받은 일이었다.

여름방학을 이용해 돈을 벌려고 골짜기로 몰려온 학생들과 노동자들 사이에 끼어 일하면서 캐런은 세상에 다른 인생이 존재하고 있는 것을 보았다. 물이 쏟아지듯 땀방울이 떨어지는 얼굴들을 바라보며 캐런은 일 나온 것이 올바른 결정이었다고 생각했다. 이 세상에 존재하리라고 미처 상상조차 하지 못했던 세상의 다른 일면을 볼 수 있는 기회였다. 그녀 자신도 농사꾼의 딸이었지만 한 번도 농장에서 일해 본 일이 없었다. 잠시 아버지를 생각해 보았다. 아버지는 한때 과일 따는 노동자였다고 어머니가 말해 주었다. 잠시 회상해 보는 순간 캐런은 포도 따는 노동자들 속에서 아버지 모습을 보았다. 심한 육체노동이 오만하고 애매하며 설익은 젊은 여자의 인생철학을 변화시키고 있는 것을 느꼈다. 몇 발자국 떨어져서 마치 포도를 따기 위해 세상에 태어난 것처럼 능숙하게 일하고 있는 제이콥에게 다가갔다, 제이콥은 먹고살기 위해 포도를 따야 할 그런 종류의 사람이 아니기에 캐런은 그에게서 이상한 느낌을 받았다. 그것은 그를 깊게 존경하는 마음이었다.

제이콥은 돌아서서 캐런을 바라보며 밝게 웃었다. 제이콥은 일손을 멈추고 지난 네 시간 동안 캐런이 포도를 얼마나 땄는지 보려고 캐런 쪽으로 걸어왔다. "거북이처럼 느리게 일하다가는 굶어 죽어요." 제이콥이 실망하여 고개를 흔들었다.

"알아요." 캐런 얼굴이 붉어졌다. "나도 제이콥이나 다른 사람들처럼 빨리 할 수 있으면 좋겠어요."

"그렇지만 오늘이 첫날이란 사실을 고려하면 많이 딴 거예요. 일이 끝나면 몇 푼 받겠는 걸요."

"그냥 철을 따라 여기저기 옮겨 다니며 일하는 노동자들의 일면을 보고 싶었어요." 캐런은 손수건을 꺼내 땀을 닦았다.

그들은 캐런이 점심을 놓아 둔 포도나무 그늘에 앉았다. 캐런이 점심을 바구니에서 꺼내 샌드위치를 싼 종이를 벗기는 동안 제이콥은 물을 마셨다.

"캐런의 정신을 높이 평가해요."제이콥이 말했다. "가난한 노동자들의 생활을 보려고 온 줄 알아요. 삶은 매우 힘들어요. 나는 그걸 내 손으로 일할 때부터 배웠어요. 나는 아버지가 농장에서 일하시는 것을 지켜보면서 내 자신에게 약속했어요. 먹고살려고 농장으로 다시는 돌아오지 않겠다고요."

"난 제이콥이 그렇게 힘들게 살았다는 걸 몰랐어요." 캐런은 제이콥의 눈을 바라보았다. 그녀는 제이콥 속에서 건장하고 굴하지 않는 사람을 보았다.

"사람들이 아버지를 차이나 맨이라고 비웃었어요. 이 나라에서는 모든 것이 사람의 피부와 관계 있어요. 인간의 가치, 교육, 가치관 그리고 인격은 가치가 없어요. 우리가 유색인종인 한 우리의 장래는 제한을 받고 있어요. 우리는 그런 조직과 싸울 뿐만 아니라 편견과 싸워야 해요. 우리 앞길에는 수많은 장애물이 놓여 있어요. 싸워 나가야 합니다."

"제이콥의 용기와 힘을 존경해요. 외삼촌 집에 온 것을 잘했다고 생각해요. 이런 일이 있을 줄 모르고 그냥 며칠만 도망 나오려고 했던 건데. 많은 교육이 됐어요. 데리고 다녀 줘서 고마워요."

"천만에요." 제이콥이 웃었다. "점심을 빨리 끝내자고요. 일을 시작해야지요. 굶어 죽고 싶진 않겠지요?"

5.

대낮이 가까워오자 차들이 킹스 강변으로 몰려왔다. 포도 따는 짧은 계절이 거의 끝났다. 개학을 앞둔 학생들을 보내는 이별파티였다. 다음 해에 다시 그 골짜기로 돌아올 학생들도 있었고 졸업을 하고 살길을 찾아 떠날 학생들도 있었는데 그들에게는 그해 여름이 마지막이었다. 주일 예배가 끝나자 다이뉴바와 리들리에 사는 조선인들이 킹스 강으로 몰렸다. 조선인사회의 대부분을 차지하는 사람들은 사십대에서 육십대에 이르는 노총각들이었다. 승산이 없다는 것을 잘 알고 있었지만 혹시나 독신 여자가 있을까 하고 일찍 나와 어슬렁댔다. 그들의 소망은 가정을 갖는 것이었으나 결혼하지 않은 조선 여인이 없어 실망으로 끝나고 말았다. 그들 대부분에게는 희망이 가장 무서운 적이었다.

조선 애국 여성단이 일찍이 나와 자리를 넓게 잡아 놓았다. 유진의 가족도 그 단체의 열성회원인 순자를 따라 일찍 나왔다. 루스는 대다수 사람들같이 더위를 피하려고 청바지에 면으로 된 반소매 윗도리를 입은 가벼운 차림이었다. 그러나 질이 낮은 옷이 아니었다. 포도 따는 계절이 오기 전에 순자는 해마다 열리는 소풍에 갈 딸을 위해 옷을 마련해 두었다. 곧 대학에 갈 딸의 아름다운 모습에 반할 남자 대학생이 있을까 은근히 기대하면서 그 옷을 준비해 둔 것이다.

코를 찌르는 양념냄새가 그릴에서 불고기를 굽는 연기를 타고 하늘로 올라가면서 주위로 퍼져나갔다. 소풍 나온 다른 나라 사람들은 양념냄새를 맡느라고 코를 킁킁거렸고 어떤 사람들은 맛있는 양념냄새를 따라왔다가 그 주위를 빙빙 돌기도 했다.

순자는 루스가 음료를 담당하도록 미리 작전을 세워 놓았다. 대학생들이 음료수를 마시러 왔다가 그 가운데 한 명은 루스에게 관심을 가지리라고 생각했다. 애들은 조선 사람들과 혼인해야 한다. 그러나 작은 시골 마을에서 좋은 남편감을 구하기가 쉽지 않았다. 루스는 결혼을 생각할 나이가 됐다. 순자는 열여섯 살에 유진과 결혼했다. 그러나 대학에 진학할 루스에게 결혼은 아주 먼 관심사였다. 그러나 어머니는 벌써부터 딸의 남편감을 찾고 있었다. 보스웰을 떠나기에 앞서 루스가 했던 말이 순자를 계속 괴롭혔다. "난 대학공부를 마치고 버지니아 울프 같은 작가가 될 거예요." *도대체 버지니아 울프라는 여자가 누구야?* 작가나 선생직업은 찢어지게 가난해. 고향에서 들은 말이었다. 미국에 살고 있는 작가나 선생들은 조선에 있는 작가나 선생들보다 찢어지게 가난하지 않을지 모르나 그래도 순자 생각으로는 가난할 것이 분명했다. 게다가 순자가 아는 사람 가운데 그런 직업을 가지고 있는 사람은 한 사람도 없었다. *도대체 왜 여자들이 밖에 나가 일하고 싶어 하는지 이해할 수 없어. 집안일보다 더 재미있는 일이 어디 있다고* 순자는 가끔 의아스러웠다. *루스는 훌륭한 남편을 만나 집에서 애 낳고 밥 짓고 빨래하면 그것으로 족해.*

"얼음 조금 더 줄래요?" 젊은 대학생이 루스에게 말했다. 음료수를 놓은 탁자 옆에 서서 루스에게 컵을 내밀었다.

"원하는 만큼 드릴게요." 루스가 얼음을 떠서 학생이 들고 있는 컵을 채웠다.

"여기서 사세요?" 그 학생은 루스를 대학생으로 생각했다.

"예." 루스는 처음 보는 학생을 쳐다보았다.

"대학생이세요?"

"아뇨. 아직 고등학교에 다녀요."

"나는 또…." 학생이 어깨를 으쓱했다. "나는 브라이언 송이라고 해요. 샌프란시스코에서 살고 UC 버클리에 다니고 있어요." 브라이언이 자연스럽게 자신 소개를 했다.

"루스에요." 브라이언이 그녀에게 관심이 있다는 생각이 자신을 성숙한 여자로 느끼게 만들었다. 루스는 얼굴이 붉어졌다.

"어느 대학에 진학할 생각이세요?" 브라이언은 얼음을 깨물었다.

"프레즈노 주립대학에요. 집에서 가까워요."

"샌프란시스코에 오시거든 한번 들러 주세요. 부모님이 차이나타운 옆 클래이 스트리트에서 세탁소를 하고 계세요. 찾기가 아주 쉬워요."

루스는 대답하지 않고 웃기만 했다.

"뭘 전공하고 싶으세요?"

"작가가 되고 싶어요."

브라이언은 루스를 차분히 뜯어보았다. "정말이세요?"

"무슨 전공이세요?" 루스가 물었다. 브라이언은 그녀와 키가 비슷했고 건장한 몸에 눈이 따스하고 친절하게 빛났다.

"상업전공이에요. 올해 삼학년입니다. 부모님은 내가 의사가 되기를 원하셨어요. 그렇지만 그건 내가 원했던 것이 아니었어요."

"그럼 브라이언이 원하는 대로 내버려 두셨어요?" 루스는 아버지가 얼마 전에 하셨던 말을 기억하면서 놀랐다. 아버지는 안정된 장래를 위해 루스에게 의사가 되라고 하셨다.

"말도 마세요. 많이 싸웠어요. 진짜에요. 아버지는 전통적인 조선인이세요. 절대로 굽히지 않아요." 브라이언이 머리를 흔들며 말했다. "끝에 가서는 내가 아버지를 설득할 수 있었어요. 힘들었어요."

뜨거운 햇볕 아래 기름이 흐르는 그릴에서 고기를 굽고 있던 순자는 허리를 펴면서 냅킨으로 통통한 얼굴에 흐르는 땀을 닦았다. 어찌나 더운지 마치 자신을 그릴에 굽는 것 같았다. 학생들의 텅빈 배와 맛있는 음식에 굶주린 독신자들의 배를 채우려고 부지런히 고기를 구웠지만 구워 내기 바쁘게 없어졌다. 순자가 허리를 펴자 포프라 나무 아래서 음료수를 맡고 있는 딸과 이야기를 하고 있는 남학생의 모습이 눈에 들어왔다. 햇빛이 부셔 손으로 눈을 가리고 브라이언을 관심 있게 바라보았다. 순자 눈에는 아버지와 키가 비슷한 딸보다 학생 키가 조금 작게 보였다. "작은 고추가 맵다."는 옛날 어른들의 말이 생각났다. 딸을 보고 웃고 있는 학생을 자세히 보려고 눈을 들었다. 젊은 학생은 매우 씩씩하고 잘생겨 보였다.

순자는 큰 포프라 나무 아래서 장만수와 이야기하고 있는 남편을 찾았다. "장만수 대위는 황길만같이 머리가 약간 돈 사람이야." 남편이 말했었다. 두 사람은 가까운 사이가 아니었다. 사실 유진은 장만수를 매우 싫어했다. 그날 오후 두 사람은 신문에 실린 조선인 집회 기사에 대해서 말을 나누고 있었다.

"내 생각으로는 우리가 왜놈들을 처치해 버려야 할 것 같습니다." 장만수가 말했다. "이 골짜기에 왜놈들이 더러 살고 있습니다. 그놈들을 하나씩 하나씩 없애야 합니다."

"장 대위님. 그건 살인행위입니다. 누구를 죽이면 법이 뒤쫓아 옵니다. 게다가 우리는 잘못이 없는 사람을 죽이면서까지 우리의 권리를 주장해서는 안 됩니다. 그건 위선이에요."

"그들이 먼저 살인자나 밤도적같이 우리나라에 쳐들어와 우리 것을 도적질했습니다. 우리 땅, 자유 그리고 우리말까지 말입니다. 어떻게 평화적으로 빼앗긴 것을 찾을 수 있다는 말입니까?"

"우리는 공정해야 합니다. 일본 사람들에게도 말입니다."

"박 선생님, 그놈들의 야만 행위에서 공정을 찾아볼 수 있습니까?" 장만수는 "눈에는 눈, 이에는 이"라는 성경 말을 문자 그대로 믿는 사람이었다. 어쩌다가 그 사람과 어울려 말하게 됐는지 후회하는 유진을 장만수가 째려보았다. 그때 유진은 총총 발걸음으로 급히 걸어오고 있는 순자를 장만수의 어깨 너머로 보았다. 순자는 장만수에게 고개를 숙여 인사한 뒤 공손히 남편에게 다가가 남편을 한쪽 옆으로 끌어냈다. 그리고 남편 귀에 대고 소곤거렸다. "한 젊은 학생이 우리 루스와 말을 걸고 있어요. 어디 한번 가서 누군지 알아보세요."

"무슨 말을 하든지 그냥 놔둬요."유진이 아내를 나무랐다. "나는 트레먼턴에 살던 김씨도 아니고 내 딸을 밀정하는 사람도 아니에요." 남편의 목소리가 순자의 흥분된 기분을 싹 망쳐놓았다. 얼굴이 붉어진 순자는 조용히 뒷걸음으로 그 자리를 떠나 왔던 길로 다시 돌아가면서 속으로 남편의 무례함을 원망했다.

점심식사가 끝나자 강 언덕 포프라 나무와 참나무 아래 모두 큰 원을 그리며 둘러앉았다. 게임과 노래자랑 시간이었다. 어떤 사람들은 그해 상품이 어떤 것인지 궁금해서 고개를 기웃거렸다. 지난 해 소풍 때 일등상은 RCA 신품 라디오였다.

밝은 여름옷을 입은 김춘자는 큰 미소를 띠면서 가운데로 걸어 나왔다. 주위를 한 번 둘러보고 나서 상냥한 목소리로 말했다. "참석해 주신 여러분들에게 감사를 드립니다. 우리 가족을 다시 뵈니 정말 기쁩니다." 잠시 말을 멈추고 웃는 얼굴로 어린아이들을 둘러보았다. "오늘 특별 손님을 소개해 드리게 된 것을 기쁘게 생각합니다." 다시 밝게 웃었다. "지난 해 서울에서 미국으로 건너 온 이제일 학생을 소개하겠습니다. 이제일 씨는 샌프란시스코 음악학교에서 성악을 공부하고 있는 학생입니다. 여러분, 환영의 박수를 부탁드립니다."

허리를 꼿꼿이 세우고 가운데로 부지런히 걸어 나오는 젊은 학
생을 환영하는 박수소리가 우렁찼다. 이제일은 가운데 서서 공손히
머리를 숙여 인사했다. 그는 하얀 반소매 셔츠에 검은색 바지를 입
고 있었다. 마치 한 사람 한 사람 얼굴을 바라보듯 청중을 바라보
았다. 다시 허리를 숙여 인사하고 나서 노래를 불렀다.

> 내 고향 남쪽바다 그 파란 물 눈에 보이네.
> 꿈엔들 잊으리요. 그 잔잔한 고향바다.
> 지금도 그 물새들 날으리. 가고파라 가고파.
> 이릴 때 같이 놀던 그 동무들 그리워라.
> 어디 간들 잊으리요. 그 뛰놀던 고향동무
> 오늘은 다 무얼 하는고. 보고파라 보고파.
>
> 그 물새 그 동무들 고향에 다 있는데
> 나는 왜 어이타가 떠나 살게 되었던고
> 온갖 것 다 뿌리치고 돌아갈까 돌아가
> 가서 한데 얼려 옛날같이 살고지고
> 내 마음 색동옷 입혀 웃고 울고 지내고저
> 그 날 그 눈물 없던 때를 찾아가자 찾아가.

노래가 끝나자 잠시 동안 박수도 없이 죽은 듯이 조용했다. 그러
자 뒤에서 흐느끼는 소리가 가느다랗게 들렸다. 그 흐느끼는 소리
가 마치 전염병처럼 앞으로 번지더니 눈 깜짝할 사이에 주위에 퍼
졌다. 모두 홍수처럼 눈물을 흘렸다. 연로한 여자들은 손으로 얼굴
을 가리고 소리 내어 울었다.

테너가수는 자신의 슬픔과 눈물을 삼키듯 눈을 감은 채 그대로
서 있었다. 그들은 조국을 떠나 멀고 먼 길을 배를 타고 미국에 온

그들의 비극적인 역사와 지금도 이 땅에서 이방인으로 살고 있는 신세를 슬퍼하며 울었다. 나라도 잃고 이제는 돌아갈 나라도 없어 비통하게 울었다.

유진 옆에 앉아 있던 순자는 얼굴을 가리고 소리 없이 흐느끼고 있었다. 유진의 눈물 고인 눈이 빨개졌다. 부모들의 나라를 한 번도 가 보지 못한 어린아이들은 부모들의 괴로움과 슬픔을 피부로 느끼며 같이 울었다. 그들은 하나뿐인 조국, 우리들의 나라라고 부르는 미국에서 태어났지만 그 나라의 일원이 아니었다. 범죄를 저지른 일조차 없었건만 미국 주류사회와 정부는 그들의 생김새가 다르기 때문에 그들의 고난과 아픔을 외면했다.

제3부

영원한 이별

제8장

1.

늦은 오후 유진은 다니엘을 태우고 다시 창고로 갔다. 새 창고는 다섯 달 전에 영업을 시작했다. 유진은 기차역에 가까운 I 스트리트에 있는 새 건물에서 일해 왔다. 주일 오후라서 거리가 한산했다. 몇 개의 화물차가 한가롭게 철로 위에서 쉬고 있었다. 유진은 어제 잊어버리고 간 발송계획표를 가지러 왔다.

"오래 걸리지 않을 게다." 유진은 제이콥이 떠난 빈자리를 채우고 있는 다니엘에게 말했다. "말없이 어디로 새면 안 된다. 알아들었느냐?" 유진이 차문을 열고 아들을 바라보며 엄하게 경고했다. 다니엘은 고개를 끄덕였다.

그해 다니엘은 열두 살이었다. 교회에서 많은 활동을 하고 있었다, 다니엘은 하나님이 그의 길을 예비해 두셨다고 굳게 믿었다. 아버지를 기다리느라 지루해서 계기판에 눈을 돌렸다. 라디오를 틀고 음악에 맞추어 어깨춤을 추면서 스위치를 이쪽저쪽으로 계속 돌렸다. 그러자 얼마 떨어지지 않은 거리 저쪽에서 어느 할머니가 조용한 철길을 건너는 것이 보였다. 왼손에 보자기를 들고 지팡이에 의지하면서 절름거렸다. 철로를 건너려고 하다가 그만 보자기를 놓치고 땅바닥에 넘어졌다. 다니엘은 눈 깜짝할 사이에 차문을 열고 길거리에 쓰러져 있는 할머니를 향해 빨리 뛰었다. 할머니는 바닥에 엎드린 채 일어서려고 애쓰고 있었다.

"안 다치셨어요?" 조심스럽게 할머니를 일으켜 길에 앉혔다. 다니엘은 할머니를 바라보았다. 얼굴에 주름이 많은 연세가 많으신 분이었다.

"고맙다." 할머니가 말했다. "집으로 가는 길이었는데 전에도 그랬던 듯이 갑자기 현기증이 나서 그만 쓰러지고 말았다." 할머니는 밝게 웃으면서 다니엘의 손을 잡았다.

다니엘이 말했다. "댁이 어디세요? 제가 모셔다 드릴게요."

"그랬으면 좋겠다. 여기서 저쪽으로 길을 서너 개 지나면 우리 집이다."

"저가 도와드릴게요." 할머니가 너무 연약해서 다니엘이 조심스럽게 일으켜 세웠다. 그리고 아버지가 기다려 주시겠지 생각하고 할머니를 집에까지 모셔다 드리기로 했다. 한 손에 보자기를 들고 다른 손에는 할머니의 손을 잡고 길을 건넜다. 할머니는 천천히 걸으면서 계속 웃고 즐거운 목소리로 말했다.

할머니 집에 도착하자 젊은 여자가 문을 열었다. 그녀는 숙모와 나란히 서 있는 다니엘을 보고 놀랐다.

"마르다야, 애는 다니엘이다." 할머니가 말했다. "마르다는 나의 조카야. 나랑 같이 살고 있어." 할머니는 다니엘에게 말을 마치고 마르다에게 얼굴을 돌렸다. "또 넘어졌다. 그때 다니엘이 나를 도와주었다. 약이 전혀 효과가 없는 것 같다." 할머니는 다니엘 손을 잡고 거실로 걸어 들어갔다. 할머니는 나무 흔들의자에 앉으면서 다니엘에게 옆에 있는 소파에 앉으라고 말했다. 오래된 집이었으나 거실이 넓었고 집 뒤에 있는 넓은 뒤뜰이 환하게 내다보였다.

할머니가 다니엘에게 물었다. "다니엘이라 부를까 아니면 대니라고 부를까?"

마르다가 물이 담긴 컵과 약을 가지고 들어왔다. 마르다는 이십 대 후반의 여인으로서 키가 크고 큰 초록색 눈이 얼굴 전체를 차지하고 있는 것 같았다.

"대니라고 부르세요." 다니엘이 대답했다.

"도리스 숙모님, 혼자서 나가지 마세요. 이번이 마지막이에요. 숙모님은 보통 고집이 아니세요." 마르다가 항의하며 소파 끝에 앉았다.

"내가 죽으면 네가 제일 먼저 알게 될 거야. 나에겐 너밖에 없으니까." 도리스 엘리엇은 입안에 약을 넣고 물을 마셨다. "멕시코 친구들을 만나러 갔었다. 그 사람들을 도와야 해. 너무 가난한 사람들이 많아." 도리스는 마르다에게 말했다. 그리고 다니엘에게 고개를 돌렸다. "대니, 넌 중국 사람이냐?" 도리스뿐만 아니라 마르다도 그것이 궁금했다.

"아뇨. 저는 코리안이에요."

"코리안이라구?" 도리스는 회상에 잠기며 말했다. "남편과 내가 상해에서 선교를 했던 일이 있다. 벌써 삼십여 년 전의 일이구나. 상해에서 조선 사람들을 많이 만났다."

"저는 한 번도 중국이나 조선에 가 보지 않았어요. 저는 유타에서 태어났어요." 도리스는 조금 나아진 것같이 보였으나 다니엘은 여전히 할머니의 건강을 염려했다.

"남편이 상해에서 돌아가셨다. 어느 날 열이 나더니 고열이 며칠 계속됐다. 그러더니 그만 돌아가셨어. 말라리아 열병이었어. 미국으로 모시고 올 시간이 없었다. 먼 길을 여행하기에는 몸이 너무 쇠약한 상태였으니까."

"그런 일이 있었군요."

대니, 시원한 것 좀 마실래?" 마르다가 물었다.

"괜찮아요. 지금 가봐야 해요. 아버지가 기다리세요. 아버지는 늘 내 걱정이세요."

"조금 기다리시게 하려무나." 도리스는 말을 계속했다. "그래서 남편 장례식을 마치고 돌아왔어. 우린 자식이 없어서 마르다는 나에겐 하나님의 귀한 선물이다. 나를 잘 돌보고 참을성이 많아. 나는 프레즈노에서 태어나 거기서 자랐어. 내가 어렸을 때 부모님이 리들리로 이사 오셨지."

"교회에 다니니?" 마르다가 물었다.

"예. 다이뉴바에서 다녀요."

"조선 사람들이 I와 13가 사이에 새 교회건물을 세웠는데 거기 가봤니?"

"딱 한 번 가봤어요. 좋은 교회였어요." 리들리와 다이뉴바에 있는 두 조선 교회가 서로를 형제라고 하면서도 잘 어울리지 못하는 것이 다니엘에게는 불가사의한 일이었다. 겉과 속이 다른 어른들의 신앙생활이 다니엘 마음을 언짢게 했다.

"너는 크리스천 대학을 가겠구나. 그렇지 않니?" 도리스가 물었다.

"그걸 어떻게 아세요?" 다니엘이 깜짝 놀랐다. 목회자가 되겠다는 말을 아무에게도 하지 않았다. 엄마 혼자만 알고 계셨다.

"너는 하나님의 부르심을 받았다. 너를 보던 순간 너 이마에 하나님이 인치신 것을 보았다."

다니엘이 조심스럽게 물었다. "예언하세요?"

"아니다, 나는 예언가가 아니야." 그 말이 우스운지 도리스는 웃으며 말했다. "사도 바울의 말에 의하면 예언의 은사는 하나님의 가장 큰 선물이야. 하지만 나는 예언하는 선물은 받지 못했다. 어떤 일을 보기는 해. 그걸 환상이라고 부를 수 있겠지."

"도리스 숙모님은 무슨 일이 일어나기 훨씬 전에 그 일을 미리 보셔. 사람들이 머리가 돌았다고 비웃을까 봐 아무에게도 그런 말을 안 해." 마르다가 말했다. 그녀는 숙모의 비밀을 말하기 꺼렸다.

"게다가 사람들이 날보고 노망들었다고 생각할지 모르는 일이다. 아니면 내가 아직도 남편의 죽음을 슬퍼하고 있기 때문에 정신이 약간 돌았다고 할지 모르는 일이다. 나에 대해서 별의별 말을 다 할 테지."

"그냥 중국에 남아 계셨으면 좋을 뻔했어요." 다니엘이 말했다.

"그것을 오늘까지도 후회하고 있다. 그래. 중국에 남아 있어야 할 것을. 그러면 내가 죽으면 남편 옆에 묻힐 수 있을 것인데." 도리스는 한숨을 쉬었다. "그때 나는 젊어서 그랬을 거야. 어떻든 날 자주 보러 오너라. 부모님이 다 살아 계시냐?"

"예."

"너 부모님을 만날 수 있으면 좋겠다. 너를 자랑스럽게 생각하시겠구나. 예수님의 마음과 사랑을 가진 젊은이를 말이다." 도리스는 따스함이 가득 찬 눈으로 다니엘을 바라보았다.

다니엘이 돌아가려고 자리에서 일어났다. "그랬으면 정말 좋겠어요. 이제 그만 가봐야 해요. 아버지를 오래 기다리게 할 수 없어요."

"도와줘서 고마웠다. 대니." 도리스는 뼈가 앙상한 손으로 다니엘의 손을 잡았다. "넌 참으로 좋은 아이다." 도리스는 마르다에게 얼굴을 돌렸다. "하나님이 날 도우시려고 다니엘을 보내신 거야. 마르다야, 하나님은 항상 나와 함께 계셔."

"숙모님, 나도 알고 있어요. 하나님이 언제나 숙모님과 같이하신다는 걸요." 마르다는 숙모에게 미소를 띠었다.

다니엘은 정신없이 뛰었다. 골목을 돌자 운전석에 앉아 기다리고 있는 아버지의 모습이 눈에 들어왔다.

"죄송해요, 아버지." 다니엘은 아버지를 바라보면서 사과했다. "도리스 할머니를 도와 드리느라고요." 다니엘을 아버지 옆자리에 앉았다.

유진은 못마땅해서 얼굴을 찡그렸다. "이번에는 도리스냐? 도대체 도리스가 누구냐?"

"늙으신 할머니에요. 기차 철로에서 넘어졌어요. 그래서 제가 가서 도와드렸어요. 그리고 집에까지 모셔다 드렸어요."

"또 다른 노인 이야기로구나."

다니엘이 안개처럼 사라진 것이 그때가 처음이 아니었지만 유진은 그런 아들을 걱정했다. 다니엘이 사라지는 배후에는 대개 노인들을 돕는 일과 관련이 있었다. 아들이 동정심이 많아 때로는 자신의 능력한계를 벗어나면서까지 남들을 돕는 따뜻한 행동을 유진은 잘 알고 있었다.

*아마 아내 생각이 옳을지 모르지*라고 유진이 생각했다. "우리 다

니엘은 주님의 종이 될 거에요. 그 애는 하나님의 특별하신 선물이에요." 순자가 했던 말이 머리에 떠올랐다. 유진은 아들 어깨에 손을 얹고 자랑스럽게 다독거렸다.

2.

수업이 끝나자 아이들이 운동장으로 쏟아져 나왔다. 그해 열 살인 그레이스는 놀이터 옆 운동장에 그려 놓은 돌차기를 하려고 친구들과 교실에서 밖으로 나왔다. 그레이스는 친구들보다 키가 작았다. 돌차기 하느라고 뛸 때마다 통통하고 짧은 목이 올라갔다 내려갔다 했다. 마지막 네모꼴에 발이 닿았을 때 피터 윌러스가 버쩍 마른 가슴 위에 팔짱을 끼고 서 있는 모습을 보았다. 그레이스는 뒤를 쫄쫄 따라다니며 눈이 작다고 놀리는 피터를 미워했다.

"얘들아." 그레이스가 뒤에 서 있는 친구들을 돌아보며 말했다. "여기 누가 오셨는지 봐. 버쩍 마른 토끼 피터야." 그 소리에 여자 친구들이 낄낄대고 웃었다.

"넌 뚱보야, 뚱보." 피터는 큰 목소리로 여자아이들과 싸우러 온 목적을 자랑스럽게 선포했다.

"넌 언제나 날보고 뚱보라고 놀리는데 말이야." 그레이스는 피터에게 바짝 다가가서 그의 얼굴을 똑바로 쳐다보며 도전했다. 그레이스 머리가 피터의 턱에 와 닿았다. 그레이스의 담대한 눈이 적수를 올려다보았다. "난 네가 날보고 뚱보라고 할 때마다 널 미워했어. 날보고 뚱뚱하다는 말을 다시는 하지 못하게 할 거야. 알아들겠니?" 그레이스는 혀를 내밀고 서 있는 키가 크고 버쩍 마른 피터를 노려보며 대들었다. "이제 그만해. 피터."

"이제 그만해. 피터." 피터는 그레이스 목소리를 흉내 내며 비웃었다.

"넌 바보천치 백인 쓰레기야."

갑자기 피터가 그레이스의 어깨를 두 번 밀었다. 그레이스는 몸의 균형을 잃고 쓸어졌다. 다른 아이들이 그레이스와 피터의 싸움을 구경하려고 몰려들었다. 그레이스는 먼지를 털면서 일어섰다. 피터는 마치 영웅이나 된 것처럼 그레이스에게 혀를 내밀고 서 있었다. 그때 주먹이 번개같이 날아와 그의 코를 때렸다. 피터는 잠시 비틀거리다가 넘어졌다. 땅에 엎드려 손바닥으로 코를 닦았다. 손에 코피가 묻어 나왔다. 피를 보자 전기에 감염된 것처럼 흥분했다. 피터는 벌떡 뛰어 일어나 그레이스에게 돌진했다. 둘은 넘어져 서로 안고 잡아당기며 무서운 속도로 주먹을 날렸다. 드디어 그레이스가 피터의 가슴을 깔고 앉았다. 운동장에서 놀던 아이들이 모두 구경하려고 달려왔다.

바로 그때 담임선생 미세스 모건이 둘을 떼놓으려고 허겁지겁 달려왔다. 피로 엉망이 된 피터의 얼굴을 보고 깜짝 놀랐다. 급히 손수건을 꺼내 피터의 코를 막아 주었다. 그러고 나서 그레이스와 피터의 목덜미를 잡고 노려보았다. "왜 싸웠어?" 미세스 모건이 다그쳤다. "누가 먼저 시작했니?" 남자 아이가 먼저 시작했으려니 생각하며 피터를 노려보았다. 피터는 고개를 흔들며 부인했다.

"그럼 그레이스 네가 먼저 시작했니?" 그레이스를 노려보았다.

"선생님, 피터가 먼저 나를 두 번 떠밀었어요. 그래서 내가 때려

줬어요." 그레이스가 말했다. 그러자 주위에 둘러서 있던 아이들이 한목소리로 그레이스 편을 들었다.

"당장 나를 따라와. 너희들 부모님들에게 바로 알려야 하겠다."

두 아이가 마치 전쟁포로처럼 고개를 숙이고 선생님 뒤를 따라갔다.

교실로 들어오자 미세스 모건이 두 아이를 책상 맞은편에 서라고 명령했다. 그리고 그녀의 책상 뒤로 가서 우아한 자세로 앉았다.

"무슨 일이 있었는지 말해. 아니면 내가 너희들 집에 전화하겠다." 선생님이 으르렁댔다. 미세스 모건은 용감한 동양소녀의 얼굴이 흥분으로 빨갛게 된 것을 보았다. "왜 꾸물거리고 있어?" 선생님이 성급하게 두 아이를 노려보았다.

그레이스가 먼저 입을 열었다. "쟤는 항상 나를 놀려요. 날보고 뚱보라고 하더니 내 어깨를 두 번이나 세게 밀었어요. 그래서 내가 얼굴을 때린 거예요."

"넌 날보고 백인 쓰레기라고 했잖아." 피터가 대들었다. 그는 그레이스가 저만치 거리를 두고 서 있어서 마음이 놓였다.

"아니, 그레이스. 넌 그 말이 무슨 뜻인지 알고 있니?" 미세스 모건이 고개를 흔들었다. "그건 나쁜 말이야."

그레이스는 얼굴을 떨어뜨리고 지난주에 아버지가 사다 준 예쁜 신발을 내려다보았다.

"여자애들은 그런 나쁜 말을 함부로 지껄이면 안 돼." 미세스 모건이 실망한 목소리로 말했다. "어떤 사람이든지 사람은 쓰레기가 아니야. 피터, 너는 여자애들을 놀리면 안 돼. 내 말 알아들었니?" 선생님이 노려보자 피터는 교실바닥을 내려다보며 몸이 깡말라서 뼈가 튀어나온 어깨를 으쓱했다.

미세스 모건이 목소리를 가다듬었다. "내일 아침 부모님 한 분을 모시고 와."

"예. 선생님." 그레이스가 힘없이 대답했다. 여전히 새 신발을 내려다보며 아버지를 생각하고 있었다.

"피터, 넌?" 미세스 모건이 매서운 눈으로 피터를 노려보았다.

"아버지는 감옥에 있어요." 피터는 다른 쪽으로 얼굴을 돌렸다.

"안됐구나. 그럼 어머니는?"

"안 오실 거예요." 피터는 처음으로 그의 가족을 창피하게 느꼈다. 고개를 가슴 위로 떨어뜨렸다.

"그게 무슨 말이냐?" 미세스 모건이 째려보았다.

"엄마는 남자친구와 살고 있어요."

"아니, 그럼 엄마가 너와 같이 안 산다는 말이냐?

"집에 돌아와 밥을 해주고 우리가 잠들면 다시 남자친구 집으로 가요." 피터의 목소리는 거의 들리지 않았다.

"아버지가 언제 집으로 돌아오실 거라고 생각하니?" 미세스 모건은 무거운 짐을 혼자 짊어지고 있는 어린 피터를 가엽게 여기며 다시 물었다. 그때 미세스 모건은 피터가 그레이스를 좋아하고 있는 것이 틀림없다는 생각이 들었다. 그런데 그레이스 앞에서 이미 수치를 당했는데 또 그런 질문을 해서 피터를 더욱 난처하게 만든 자신을 나무랐다.

"모르겠어요. 엄마가 그러는데 물건을 훔치다가 잡혀 들어갔대요."

미세스 모건은 피터의 말을 주의 깊게 듣고 있는 그레이스에게 얼굴을 돌렸다. 피터의 이야기는 그레이스를 슬프게 만들었다. "내일 아침 아버지를 모시고 와. 알았지?"

"예. 선생님." 그레이스는 대답하면서 피터를 흘낏 바라보았다. 피터가 불쌍하다는 생각이 들었다. 그레이스는 더 이상 화나지 않았다.

그날 저녁식사를 마친 뒤 그레이스는 아버지를 찾아 거실로 들어왔다. 아버지는 샌프란시스코에서 발행하는 조선신문 신한민보를 읽고 있었다. 아버지에게 어떻게 말을 걸까 자신이 없었다. *아빠는 아마 잠시 동안 화를 내실거야. 그렇지만 언제든지 나를 무척 사랑하시니까 금방 용서해 주실 거야.* 그런 생각이 들자 용기가 생겼다.

유진은 읽고 있던 신문 너머로 풀이 죽어 서 있는 딸을 바라보았다. 비록 무슨 일인지는 알 수 없었지만 뭔가 잘못된 것을 쉽게 알 수 있었다.

"그레이스, 왜 그러느냐?" 유진은 신문 위로 딸을 바라보며 물었다.

"말씀드릴게 있어요." 그레이스는 미세스 모건의 메시지를 아버지에게 어떻게 전해야 할지 몰라 말이 목 안으로 기어 들어갔다.

"내가 듣고 있다. 무슨 일인지 말해 봐라. 무슨 일이냐?"

"선생님이 내일 아침에 학교로 오시래요."

"왜 나를 보자고 하시지?" 유진은 궁금하여 팔꿈치를 무릎 위에 올려놓고 몸을 앞으로 수그렸다.

"이유는요. 그 이유는요, 내가 남자애를 때렸어요." 그레이스는 아버지가 엉덩이를 한 대 찰싹 때릴 것을 예상하며 고개를 푹 숙였다. 그러나 놀랍게도 아버지는 잠시 동안 아무 말이 없었다. 그것은 그레이스의 짧은 일생 중에서 가장 긴 순간이었다.

"사내아이를 때렸다?" 유진이 믿을 수 없다는 듯 낮은 소리로 중얼거렸다.

"걔는 항상 나를 놀리고 듣기 싫은 별명으로 나를 골려요." 그레이스는 자신을 변호하기로 결심했다. 비록 나중에 후회하기는 했지만 그 순간에는 자신을 변호하는 것이 올바른 일이라고 생각했다. "걔는 나를 중국 사람이라느니 쌀눈 그리고 뚱보라고 놀려요. 그래서 나를 귀찮게 하지 말라고 여러 번 경고했는데도 말을 듣지 않아요." 그레이스는 고개를 들었다. 화가 나서 얼굴이 찡그려져 있었다.

"어떤 사내 녀석이냐?" 유진은 흥미를 느꼈다. 막내딸이 그런 말괄량이라고 생각해 본 일이 없어서 유진은 갑자기 한바탕 크게 웃고 싶었다.

"버쩍 마른 애인데 싸울 줄도 몰라요." 드디어 그레이스는 평소 태도로 돌아와 아버지에게 말했다.

"그래서 그 애를 두들겼다는 말이야?"

"그냥 한두 대 때렸어요. 그게 전부예요."

"이리 와, 이 말괄량이야." 유진은 팔을 벌리고 딸을 품에 안았다. 그 순간 그레이스는 모든 걱정을 다 잊어버렸다. 심지어는 피터와 미세스 모건까지도.

제9장

1.

"아직 먹어 보지 못했어요." 캐런이 말했다. "허지만 조선음식이 맵고 양념을 많이 쓴다고 들었어요."

"맞아요. 북쪽지방에서는 추위를 이기느라 아주 매운 음식을 먹는다는 말을 들었어요. 그렇지만 내가 듣기로는 남쪽지방 음식은 그리 맵지가 않다고 해요." 제이콥이 말했다. 그들은 제이콥의 부모가 육개월 동안 작은 텐트촌에서 살았던 산타크루즈 산으로 가고 있었다. 다음 해에는 1900년도 초기에 잠깐 조선인촌을 이루고 살았던 우드랜드를 방문할 계획이었다.

제이콥과 캐런은 매주 한 번씩 만났고 드라이브 아니면 팔로알토 다운타운에서 아이스크림을 먹으면서 같이 시간을 보냈다. 오래 전부터 아버지의 고된 이민발자취를 찾아가 보자는 생각은 있었으나 그날 처음 그 목적으로 길을 나섰다. 캐런은 하나뿐인 딸이었으나 감수성이 예민하고 희생적이었다. 제이콥처럼 캐런도 마음먹은 일은 결코 포기하지 않고 밀고 나가는 성격이었고 성적이 조금이라도 떨어지면 스스로를 용서하지 못하는 그런 성격이었다. 캐런은 제이콥을 무척 사랑했다. 비록 두 사람 사이에 존재하는 문화적 상이점을 인정하면서도 제이콥을 긍정적으로 보았다. 그들은 미국에서 태어났기 때문에 부모들의 문화와 전통에 깊은 영향을 받지 않았다. 제이콥과 캐런은 이민 이세였다. 다행히도 그들은 인종적인 차이를 통해 서로를 바라보지 않았다. 전통이라는 장애물을 무시하고 함께 같은 길을 걷고 싶어 했다.

"언젠가 내 기숙사로 와서 조선요리를 만들어 줄래요?" 캐런이 제이콥의 손을 잡으며 말했다.

"친구가 싫어할 텐데."

"그럼 조선식당에 가요. 여러 가지 조선음식을 먹어 보고 싶어요."

"한 번 데리고 가겠습니다. 재미있는 이야기 하나 할게요. 어느 미국 선교사가 처음으로 조선에 갔을 때 이야기인데요. 하루는 양반 집으로 식사초대를 받았어요. 조선에서는 손님대접을 아주 크게 한대요. 음식을 많이 장만한다는 뜻이에요.

"옛날에는 그 나라의 풍습을 몰라 웃지 못할 에피소드가 많았다고 해요. 어머니한테서 들은 이야기인데 그 선교사는 식탁에 놓인 싱싱한 야채를 보았는데 그것을 케첩을 친 샐러드로 잘못 생각했어요. 김치가 그렇게 보이거든요. 샐러드를 보자 반가워서 입에 잔뜩 넣었어요. 그러자 얼굴이 뻘게지고 눈에는 눈물이 글썽거렸어요. 그건 양념이 많이 든 매운 김치였거든요."

"어머, 저걸 어떻게!" 캐런이 당황스럽게 말했다.

"주인이 손님에게 왜 그러시느냐고 물었어요. 혹시 음식이 입에 맞지 않아서 그런 줄 알고요. 선교사는 김치가 하도 매워서 씹을 수 없어 그냥 꿀꺽 삼켜 버렸어요. 물을 많이 마시고 나서 '선생님의 가족을 보니 내 가족 생각이 나서 눈물이 났습니다.'라고 했대요." 제이콥이 웃었다.

"저런!" 캐런이 장난기 담긴 눈으로 제이콥을 바라보며 말했다. "왜 사실 그대로 말하지 않았을까?"

제이콥이 피식 웃었다. "주인을 민망하게 만들고 싶지 않아서 그랬을 거예요."

"얼마나 당황했을까!"

"조선 음식을 먹다가 아무리 맵고 짜더라도 울지 말고 부모님이 보고 싶어서 운다고 하지 마세요."

"창피스럽게 굴지 않을게요. 약속해요. 다음 토요일 조선식당에 데리고 가 주실 수 있어요?"

"샌프란시스코에서 찾아보겠습니다. 다이뉴바 집으로 같이 갈 수 있다면 좋을 텐데. 어머니는 일류 요리사예요. 어머니 요리를 좋아할 거예요." 가족이 새삼 그리워 제이콥이 한숨을 쉬었다. "언젠가 집으로 데리고 갈 때가 있을 거예요. 어머니는 사랑이 많으신 분이세요. 가끔 억세 보이기도 하지만."

제이콥은 캐런의 어떤 점이 그의 마음을 움직였는지 생각했다. 그녀의 이해심, 따스한 성격, 세련된 몸가짐 그리고 어머니처럼 타협하지 않는 경직함을 들 수 있었다.

캐런은 제이콥의 탁 트인 마음과 선명한 비전 그리고 원하는 것을 끝까지 따라가 잡는 굽히지 않는 성격에 마음이 끌렸다. 어머니의 성화에 못 이겨 자신의 영혼을 버린 아버지와는 달리 제이콥은 자신이 옳다고 믿는 것을 끝까지 주장했다. 캐런은 제이콥이 자신의 요구를 친절하게 고려해 줄 테지만 잘못된 요구를 함부로 들어주지 않을 것을 알고 있었다.

"만날 날이 오겠지요." 캐런이 의심이 담긴 목소리로 말했다.

"우리는 갈 길이 멀어요. 많은 장애물이 우리를 가로 막고 있어요. 머지않아 부모님들의 엄청난 반대에 부딪힐 겁니다." 제이콥은 속도를 줄이고 하이웨이를 벗어나 위험 시 주차할 수 있는 비포장 주차장에 차를 세웠다.

"여기서부터는 길을 건너 언덕 아래로 걸어 내려가야 합니다. 옛날 부모님이 살았던 장소를 찾을 수 있을 것 같아요."

두 사람은 차에서 내려 하이웨이에서 차가 끊어질 때를 기다리다가 하이웨이 반대쪽으로 뛰어 건너갔다. 언덕을 내려가면서 집들이 띄엄띄엄 숲속에 가려 있는 것을 보았다. '산사람'이라고 불리는 사람들인데 도시와 거리를 두고 평화롭게 살고 있는 사람들이었다. 녹슨 철길을 건너고 반원을 그리며 계속 내려갔다. 개울을 사이에 두고 갈라진 빈터에 닿았다. 탐스럽도록 깨끗한 개울물이 낮은 소리로 속삭이며 골짜기 아래로 흘러가고 있었다. 제이콥은 마치 잃어버린 보물을 찾고 있는 듯이 빈터에 서서 이리저리 살폈다. "바로 이 자리가 부모님이 그해 잠시 사셨던 장소입니다." 제이콥은 가슴이 뭉클했다. 부모님의 발자취를 찾아 공터를 여러 번 돌았으나 발자취는 지난 사십년 동안 가랑잎에 묻혀 보이지 않았다. 이제는 눈에 보이는 것도 들리는 소리도 없었다.

제이콥은 죽은 소나무 그루터기에 앉았다. 캐런이 그 옆에 조용히 앉으며 그의 손을 잡았다.

"가까운 곳에 의료시설도 없는 이곳에서 부모님이 사셨어요. 하루는 어머니가 무서운 복통을 앓았대요. 아버지는 일하시느라 종일 집에 계시지 않고 어머니는 죽는 줄 알았대요." 제이콥이 말했다. 제이콥 눈에 여러 명의 조선이민자들이 모닥불 주위에 둘러 앉아 술을 마시고 웃고 떠드는 모습이 보였다. 그 사람들 가운데 보헤미안처럼 일자리를 따라 다니던 아버지가 앉아 있었다.

캐런은 제이콥의 마음이 어디서 해매고 있는지 알았다. "그래서 어떻게 하셨대요?"

"여자라고는 어머니 혼자였대요."

"무척 놀랐겠어요."

"그랬겠지요. 그렇지만 어머니는 캐런같이 강인해요." 제이콥이 캐런의 입술에 살며시 입을 맞추었다. "우리는 부모님이 이 땅에서 경험하셨던 고난을 기억해야 해요." 제이콥은 눈을 들어 녹슨 철로 쪽을 바라보았다. "아버지는 철도회사에서 무거운 나무를 싣고 내리느라 레드우드에서 산타크루즈 산을 수백 번을 드나들었을 거예요." 산을 향하여 얼굴을 들었다. "가족역사는 대대로 물려받아야 해요. 우리는 뿌리를 알아야 하니까요. 가족역사를 모르고 뿌리만 안다는 건 아무 뜻이 없어요. 사람이 자신의 역사를 모른다면 그 집안사람이 아니에요. 그런 사람은 사람도 아니에요."

"유타 고향을 아직도 기억해요?" 캐런은 제이콥 어깨에 머리를 기대며 물었다.

"고향을 잊을 수 없어요. 어머니도 두고 온 아름다운 고향 이야기를 가끔 하세요. 보스웰은 나에게 가장 아름다운 곳입니다. 여동생들도 보스웰을 좋아해요. 몰몬 친구들, 친절한 이웃들, 추수 그리고 낚시질, 스케이팅, 겨울에 눈사람 만들었던 일… 다 기억하고 있어요."

제이콥은 갑자기 고향이 그리워졌다. 산 아래 평화롭게 자리 잡은 작은 마을은 제이콥을 품에 안고 키워 주었고 꿈을 심어 주었다.

캐런은 가만히 제이콥의 손을 꼭 쥐었다.

"나도 고향 산호세를 좋아해요. 사실은 사라토가가 태어난 곳이에요. 작은 도시였는데 아버지는 거기서 항상 외톨이같이 살았어요. 내가 네 살 때 이사했는데 그래서 그런지 별로 기억나는 것이 없어요."

"가끔 월터에게 무슨 일이 일어났을까 생각해 봐요. 아마 일본군 장교가 됐을지 몰라요. 내 생각이 틀리기를 바라지만."

"어떤 일본 사람들은 교육을 위해서 자녀들을 일본에 보내요."

"월터는 내 결혼식 때 들러리가 돼 주겠다고 약속했어요." 제이콥은 회상에 잠기며 여기저기 기억을 더듬어 보았다. "내가 아홉 살 때 루스랑 말을 타고 트레먼턴으로 갔어요. 그날은 찌는 듯이 무더워서 아이스크림을 사 먹으러 읍내로 나갔어요. 가던 길에 보안관을 만났어요. 우리는 너무 어려서 말을 타고 나올 수 없다고 야단쳤어요. 그러다가 그냥 가도록 내버려 두더군요. 몸이 뚱뚱한 분이었는데 친절했어요."

"집에 돌아와서 야단맞지 않았어요?"

"보안관이 아버지를 찾아가서 말했던가 봐요. 집으로 돌아오는 길에 아버지가 말을 타고 오시는 것을 보았어요. 무지무지하게 화를 내셨어요."

2.

마지막 수업이 끝나자 그레이스가 친구들과 밖으로 나왔다. 지난 해보다 키가 더 자라 보이지는 않았으나 중학생이었다. 십일월의 쌀쌀한 바람이 불고 있는 학교건물 밖으로 걸어 나왔다. 학교간판

옆에서 피터를 기다리려고 친구들과 헤어졌다. 마지막 싸움이 있은 뒤에 둘은 가까운 친구가 됐다. 싸우고 나서 친구가 되는 것이 박 씨네 집안의 내력이었다.

그레이스와 피터 사이에 현저한 차이점은 그레이스는 모든 일에 자신을 가졌고 매사에 적극적인 자세로 결정을 내렸다. 그러나 피터는 매우 달랐다. 피터는 매사에 자신이 없었고 무슨 일이든지 마음을 정하지 못했다. 아버지가 감옥에서 풀려나온 뒤 두 번씩이나 이사를 다녔다. 그러나 아버지는 집에 붙어 있지 않았다. 피터는 아버지가 무슨 일을 하고 다니는지 알고 있었지만 아무에게도 말하지 않았다. 누구의 도움 없이 자신을 돌봐야 했고 매일 같은 땅콩버터 샌드위치를 싸 들고 학교에 왔다. 그레이스가 그것을 알고 나서 마음이 아파 어머니에게 피터 점심까지 싸 달라고 졸라 허락을 받았다.

피터가 문 앞에 나타났다. 학교에서 맨 마지막으로 나온 학생이었다. 그레이스는 피터에게 뭔가 좋지 않은 일이 있는 것을 알았다. 피터는 가족 이야기를 빼놓고서는 모든 것을 그레이스에게 말했다. 피터는 부모에 대해 한 번도 이야기를 한 일이 없었다.

"왜 그래, 피터?" 그레이스는 피터와 나란히 걸었다. "널 오래 기다렸어. 집에 가 버린 줄 알았어. 무슨 일이 있니?"

"성적 때문에 그래." 피터가 기가 죽어서 말했다.

"그렇게 나쁘니?"

"그런가 봐. 우드러프 선생님이 내가 공부를 더 열심히 하지 않으면 유급시키겠대."

"그럼 더 열심히 공부해야지. 피터, 그 길밖에 없잖아."

그레이스는 피터가 이번에는 자신의 한계를 넘어뛰어서라도 공부를 더 열심히 하도록 용기를 주려고 마음먹었다.

"그레이스, 어떻게 해야 공부를 더 열심히 하는 건지 모르겠어." 피터는 멍한 눈으로 그레이스를 바라보았다.

그레이스는 눈에 익은 기가 꺾인 피터의 모습을 바라보았다. "생각을 깊이 하고 모든 것을 질서 있게 해야 해."

"그레이스, 네가 지금 무슨 말을 하고 있는지 모르겠어. 나도 생각할 줄은 알아. 언제나 생각한다고."

"바보 같은 걸 생각하는 건 진짜 생각하는 게 아냐. 이제 네가 할 일은 유급당해서 나이 어린 아이들이랑 같이 어울려 놀든가 아니면 우리랑 같이 한 학년 올라가든가 마음을 정해야 해. 생각을 깊이 해야 해."

"난 아직도 어떻게 하면 생각을 더 깊이 하는 건지 모르겠어." 피터는 자신이 왜 다른 아이들과 다른지 자신에게 화가 났다.

"우리랑 같이 올라가고 싶니?" 그레이스는 걸음을 멈추고 친구를 뚫어지게 바라보았다.

"그러고 싶어." 피터는 그레이스의 화난 얼굴을 바라보며 움츠렸다.

"그럼 공부를 더 열심히 해야 해."

"어떻게?"

그레이스는 그 질문에 김이 빠져 고개를 흔들었다. "피터, 질문이 있거든 무엇이든지 나한테 물어."

"나보고 화내려고?"

"아니. 화 안 낼게. 약속해."

"바보 같은 질문을 해도?"

"바보 같은 질문을 해도 화 안 내. 약속해."

그레이스 가족이 세내어 살고 있는 집에 도착할 때까지 둘은 말이 없었다.

"네가 바보라는 말이 아니야. 네가 열심히만 하면 다른 아이들처럼 공부 잘할 수 있어."

"정말 그렇게 생각하니?"

"뭔가 몹시 갖고 싶으면 그걸 가질 수 있는 길이 생겨."

"그레이스, 난 아직도 무슨 말인지 모르겠어."

"피터, 내일 보자."

피터는 그레이스 앞을 지나 길 아래쪽으로 걸어갔다. 그레이스는 고개를 푹 숙이고 손을 주머니에 넣은 채 걸어가는 피터를 바라보며 서 있었다. 어떻게 하든지 피터를 도와주고 싶었다.

제10장

1.

유진은 아침 일찍 트럭으로 일꾼들을 태우러 다니는 일로 하루를 시작했다. 사장이 그에게 가끔 담당 외의 일을 맡길 때가 있었는데 그날 아침 일꾼들을 태우러 다니는 것이 그런 일의 일종이었다. 새 포장 창고를 짓는 현장으로 가면서 트럭 뒤에서 인부들이 옛날 시창을 하는 소리를 들었다. 가락에 풍미를 더하느라 한두 사람이 휘파람을 불었다. 유진도 회사 사장처럼 옛 노래를 싫어했다. 너무 슬프고 자아를 부인하는 가락이었다. 그런데 그날 아침 귀담아 시창을 들으니 고향생각이 절로 났다.

공산 야월 두견이는 슬피 울고
강심에 어린 달빛 쓸쓸히 비춰있네.
어랑 어랑 어허야 어야 디야 내 사랑아.

가을바람 소슬하니
낙엽이 우수수 지고요.
귀뚜라미 슬피 울어
남은 간장 다 썩이네.
어랑 어랑 어허야 어야 디야 내 사랑아.

마지막 절은 그의 가슴에 산불을 붙여놓고 한 번도 꺼진 일이 없는 아름다운 아내를 생각나게 했다. 그 시조는 옛날 순자와 함께 마을 끝에 있던 강으로 나갔던 일을 너무 생생하게 묘사했다. *그렇지. 그날 밤은 온달이 밝은 빛을 환하게 비추었지.* 유진이 기억했다. 그날 밤 순자가 미역을 감고 싶다고 강으로 데려다 달라고 부탁해서 함께 나갔다. 강에는 두 사람뿐 아무도 보이지 않았다.

유진은 등을 돌리고 강둑에 앉아 강가 버드나무 아래서 미역을 감는 사랑하는 여인을 위하여 망을 보고 있었다. 순자에게 절대로 훔쳐보지 않겠다고 약속했지만 그 약속을 지키기가 그리 쉽지 않았다. 그러다가 유진은 살짝 고개를 돌렸다. 순자는 청결한 향내가 밤공기를 유혹하는 청포로 검고 긴 머리를 감고 있었다. 유진은 순자의 발가벗은 가슴을 보았다. "너 참 아름답다." 강둑에서 순자를 놀렸다. 순자는 깜짝 놀라 소리치며 물속으로 몸을 감추었다. 그날 밤 집으로 돌아오는 길에 순자는 유진의 짓궂은 장난을 몹시 꾸짖었다.

유진은 오십 여 년 전에 당했던 무안을 씻어 버리듯 혀로 입술을 핥았다. 그게 뭐 용서받지 못할 죄라고. 그 생각이 들자 유진은 혼자 빙긋이 웃었다. 볼린-매튜스 철물상을 지날 때 루스와 나이가 거의 비슷해 보이는 젊은 동양여자가 빠른 걸음으로 걸어가는 모습이 보였다. 유진은 사랑하는 딸 루스를 생각했다. 루스는 대학을 가려고 곧 집을 떠날 것이다. 유진은 그의 삶에 생길 또 하나의 공백을 어찌 메울지 막연하기만 했다. 유진은 내일 직장면접이 있는 루스를 데리고 샌프란시스코에 간다. 그곳에서도 직장을 구할 수 있으나 루스는 독립생활을 원했고 작가가 되려는 꿈을 키우려고 집을 떠나고 싶어 했다. 유진은 반대하지 않았으나 다시 생길 공백이 두려웠다. 아내도 다른 아이들도 제이콥이 남긴 텅 빈 공백을 채워 주지 못했다.

"한 손가락을 깨물면 다른 손가락도 아픈 법이다." 옛날 고향에서 듣던 말이었다.

"박형." 김팔수가 유진을 불렀다. 그는 유진과 함께 하와이에 첫발을 디뎠던 일차 이민자 가운데 한 사람이었다. 김팔수는 운전석 옆에 앉아 초조한 듯 담배연기를 푹푹 내뿜고 있었다. "나를 몹시 괴롭히는 일이 하나 있소." 김팔수가 말했다.

"뭔데 그래요?"

"옛날 사탕수수밭에서 일했던 시절이 생각나요?"

"그럼요." 유진은 햇볕에 탄 구릿빛 얼굴로 김팔수를 바라보았다. "어찌 그때를 잊을 수 있겠어요?"

"그때 사탕수수밭에 그냥 남아 일했던 사람들은 돈을 꽤 모았다는 말을 들었어요."

"다 그런 건 아닐게요. 인생이란 그렇게 공평하지 않아요." 유진이 웃었다. "인생이 그렇게 공평했다면 옛날에 세상교회들이 문을 닫았을 거예요."

김팔수는 잠시 말을 멈추고 담배를 꺼내 불을 붙였다. "내 사촌 동원이 기억나요?"

"기억하고말고요. 우스갯소리 잘하던 사람 아니오?"

"그놈이 호놀룰루에서 일본 년하고 결혼했대요."

"일본 여자하고?" 유진은 목소리를 높였다.

"그렇다니까. 일본 년하고 말이요. 그래서 다시는 전화하지 말라고 으름장을 놓았어요. 그놈은 우리의 원수 일본에 영혼까지 팔아먹은 놈이요." 김팔수는 화가 치밀어 담배를 창밖으로 획 내던졌다.

"아니 어찌 그럴 수가!" 유진은 그 말이 믿어지지 않았다. 유진도 화가 났다. 그 당시 조선인들은 한결같이 일본인들을 몹시 미워했고 그 미움은 마치 전염병같이 번져 나갔다.

"그것이 그놈이 나에게 말한 전부가 아닙니다."

"뭐 또 놀랄 일이 있나요?" 유진이 김팔수를 힐끗 쳐다보았다.

"그년은 그 새끼보다 열 살이나 위래요. 아주 미친놈이야." 김팔수는 혀를 차며 고개를 흔들었다.

"유감스럽군." 유진이 말했다.

"나도 마찬가지외다." 김팔수가 한숨을 푹 내쉬었다.

2.

학생들이 국제관계에 대한 강의가 끝나자 교실 밖으로 쏟아져 나왔다. 제이콥이 그 가운데 끼어 있었다. 제이콥은 저만치 앞서 가는 캐런을 따라잡으려고 빠른 걸음으로 다른 학생들을 앞질렀다. 캐런은 계단을 거쳐 아래층으로 내려갔다.

캐런이 미처 출입구 문손잡이를 잡기도 전에 제이콥이 바로 뒤로 와 섰다.

"캐런, 할 말이 있어." 둘은 나란히 밖으로 나갔다.

"뭔데?" 캐런은 지난 몇 주 동안 제이콥을 피하고 있었다.

"그냥 말하고 싶어서." 제이콥이 캐런을 마주 보고 섰다.

"다른 강의가 있어." 캐런이 제이콥을 보며 호소하듯 말했다. "우리는 다시 만나지 말아야 해. 우리는 해결하지 못할 일들이 너무 많아."

"그래서 나를 피하는 거야?"

"사사로운 건 아냐. 우리는 부모님을 생각해야 해."

"적어도 나에게 설명해 줄 책임을 느껴야 해. 그렇게 생각 안 해?" 제이콥이 대들었다.

"미안해. 이렇게 우리 관계를 끝내고 싶지 않았어. 할 말이 있으면 내일 시간이 있어."

"데리러 갈게."

캐런은 제이콥을 다시 한 번 더 쳐다보고 나서 앞서 걸었다. 제이콥은 캐런이 모퉁이를 돌아 보이지 않을 때까지 서서 바라보다가 반대쪽으로 발길을 옮겼다. 제이콥은 도저히 정복할 수 없어 보이는 많은 문제가 그들 앞에 놓여 있는 것을 알고 있었으나 캐런을 위해 싸우겠다는 결심에 변화가 없었다.

일생 동안 같이 걸어갈 여정의 지도를 캐런과 함께 그렸으나 그해 새 학기가 시작되면서부터 그들의 관계는 다른 방향으로 가기 시작했다. 그들은 함께 넘어야 할 언덕, 함께 건너야 할 강 그리고 같이 통과해야 할 태풍이 그들 앞에 놓여 있음을 알고 있었다. 그러나 캐런은 부모님이 완강하게 반대할 것을 알고 제이콥과의 관계를 빨리 끝내고 싶었다.

지난밤부터 하늘이 어두워지고 바람이 몹시 불었다. 아침 일찍 소나기가 퍼부었다. 제이콥은 최근에 발견한 카요테 공원으로 캐런을 데리고 갔다. 제이콥이 도시의 소란을 피해 가끔 즐겨 찾는 공원이었다. 캐런을 옆에 태우고 마냥 드라이브하고 싶었다. 두 사람은 차 안에 앉아 창문을 때리는 빗줄기를 지켜보았다. 오 미터 정도 떨어진 바다에서는 바람이 무서운 속도로 불고 성난 파도는 산 꼭대기 높이로 치솟았다. 그들은 말없이 성난 파도를 지켜보고 무서운 바람소리와 빗소리를 듣고 있었다.

"내가 캐런을 얼마나 사랑하는지 알고 있어?" 드디어 제이콥이 고요를 깨뜨렸다. "난 우리 관계에 대해 많은 생각을 해 봤지만 내가 이런 대접을 받을 만한 짓을 한 일이 없었어. 말없이 멍한 얼굴로 나를 쳐다보는 것 말이야."

캐런은 대답하지 않았다. 손을 무릎 위에 포개 얹고 그녀의 괴로운 마음처럼 보이는 파도를 내다보고 있었다.

제이콥은 말을 이었다. "우리는 서로 사랑하기에 이 어려운 길을 택했어. 나는 아무것도 우리 앞을 가로막을 수 없다고 생각했어."

"난 두려워." 캐런은 고개를 돌리지 않은 채 말했다.

"캐런의 심정을 알고 있어. 누군가가 이런 말을 했어. '쟁취할 가치가 없는 것은 처음부터 싸울 가치가 없다고.' 사실 나도 두려워. 그렇지만 우리는 분명한 목적을 위해 싸우는 거야." 제이콥이 캐런의 손을 가만히 잡았다. 캐런은 저항하지 않았다. "어떤 일이 있더라도 그리고 아무리 힘든 투쟁일지라도 나는 캐런을 포기할 수 없어. 캐런은 나의 전부야."

캐런은 얼굴을 돌리고 제이콥을 바라보았다. 아픈 마음을 혼자서 견디기 힘들었다. 그렇지만 제이콥은 제이콥대로 홀로 아픔을 견디고 있기에 캐런 자신도 혼자서 아픔을 견뎌야 했다. "우리가 지금까지 했던 말, 서로 함께 나누었던 모든 것 다 잊어버려야 해." 그녀는 얼른 성난 파도 쪽으로 얼굴을 돌렸다.

불길한 어두운 하늘 아래 성난 파도는 마치 굶주린 수백 마리의 거대한 뱀이 한 덩어리가 되어 꿈틀거리듯 어두운 바다 한가운데서 몸부림치고 있었고 키다리 유칼립투스 나무들은 무섭게 불어 닥치는 바람에 술 취한 듯 흔들렸다. 성난 파도는 노아대홍수 때처럼 죄 많은 세상을 다 쓸어버릴 것처럼 바다기슭으로 달려왔다.

"우리가 서로 나누었던 것들은 진정이었어. 우리는 앞으로 닥쳐올 일들을 두려워하고 있어. 우리를 반대하는 부모님들 그리고 거기에 따르는 실망… 그렇지만 우리가 함께 싸운다면 이길 수 있어." 제이콥이 말했다.

"난 부모님에게 그런 시련을 줄 수 없어. 난 부모님을 너무 사랑해." 캐런의 목소리가 떨렸다.

"나는 그런 캐런의 마음을 높이 평가해. 나는 나대로 해결해야 할 일이 많아. 캐런, 날 사랑해?"

"제이콥이 상상할 수 없을 만큼."

"그럼 뭘 더 바라는 거야?"

"모르겠어." 가슴이 터질 것만 같은 캐런은 손으로 얼굴을 가리며 소리쳤다.

"내가 캐런 부모님보다 더 중요하다고 나를 택하라는 것이 아냐. 부모님은 아무리 좋든 나쁘든 언제나 우리 부모님이셔. 만일 우리가 누구를 사랑한다고 해서 부모님을 소홀히 한다면 깨지기 쉬운 인간들의 사회구조를 유지하라고 하나님이 우리에게 주신 도덕규범이 무너지고 말거야. 그렇지만 언젠가 캐런은 한 몸이 될 사람을 택해야 해."

캐런은 잠시 제이콥을 바라보며 말했다. "날 설득시키려고 하지 마. 우린 다시는 만나지 말아야 해."

"캐런을 사랑하기 때문에 나는 캐런을 설득하고 싶지 않아. 설득해야 할 사람들은 우리 부모님들이야. 부모님들은 우리가 그분들의 결정을 존중하듯 우리의 결정을 존중해야 해. 부모님들은 우리가 성인이 될 때까지 우리를 키워 주셨어. 이제 캐런은 성인으로서 스스로 일을 결정해야 해. 그런데도 캐런은 아직도 부모님이 캐런을 위해 모든 일을 결정해 주시기 바라고 있어. 부모님은 캐런의 인생을 사실 수 없기 때문에 그런 결정을 할 수가 없어."

"멋진 말이야." 캐런이 말했다. "너는 의심할 여지없이 유명한 형사변호사가 될 거야."

"우리는 서로 미워하는 두 민족을 화해시키는 사명이 있다고 캐런이 말했어."

"이렇게 기억력이 좋은 사람은 처음 봤어. 그래. 내가 그런 말을 했어. 그리고 지금도 우리가 그 사명을 가지고 있다고 믿어. 그렇지만 그 일을 위해서 우리가 반드시 결혼할 필요가 없다고 생각해."

"나도 동감이야." 제이콥은 캐런의 얼굴을 똑바로 쳐다보려고 몸을 돌렸다. "그렇지만 우리가 부부가 된다면 더 많은 일을 할 수 있어. 캐런, 나는 한 가지를 분명히 해 두고 싶어."

"더 말하지 마. 날 기숙사로 데려다 줘. 그리고 우린 다시는 만나지 말아야 해." 캐런은 가슴속에 또 다른 파도가 일고 있는 것을 느끼면서 바다로 눈을 돌렸다. "비록 캐런의 두 민족에 대한 감상적인 견해에 전적으로 동의하지 않지만 난 캐런을 사랑해. 사실 내가 우리 일로 고민하기 전에는 그런 생각을 해본 일이 없었어."

"그렇지만 우리는 서로 화해할 수 없는 두 원수들의 자식들이야. 우리 관계는 이루어질 수 없어." 캐런이 제이콥을 쳐다보았다. "날 데려다 줘."

"그래서 우리는 원수가 되어 서로를 더욱 미워하며 부모님들이 만들어 놓은 미움을 유산으로 받아야 한다는 말이야?"

바로 그 순간 캐런이 차문을 열고 빗속으로 뛰쳐나갔다. 비가 홍수처럼 쏟아지고 있었다. 비를 맞으며 잠시 그 자리에 서 있다가 차문을 닫고 공원 출입문 쪽을 향해 걸었다.

제이콥은 뛰어내려 캐런의 뒤를 쫓아갔다. 금세 그들은 소나기에 흠뻑 젖었다. 날씨가 춥고 어두웠다. 모래 언덕에 서 있는 유칼립투스들이 몸부림치듯 바람에 마구 흔들렸다.

"캐런, 뭘 두려워하는 거야?" 제이콥은 캐런 바로 뒤에서 윙윙거리는 바람 속에서 소리쳤다. "왜 나를 사랑했어? 야만인 같은 한 조선 남자를 일본 여자가 불쌍하게 여겼던 거야? 조선 사람들이 불쌍해서? 그렇다면 난 그걸 절대로 용서 못 해."

"제이콥 박, 나는 널 사랑했어. 그건 동정하고는 관계없는 일이야." 캐런은 팔로알토 기숙사까지 걸어갈 결심이었다. 아무것도 무섭지 않았다.

"사랑이란 그렇게 마음대로 조작할 수 있는 거야? 좋으면 입에 넣고 싫으면 뱉어내는 그런 거야?"

캐런은 걸음을 멈추고 돌아섰다. 그러고서 제이콥을 노려보았다. 제이콥이 내뱉은 말이 그녀를 무섭도록 화나게 만들었다. "너는 내가 처음 사랑했던 남자야. 나를 무정하고 차가운 여자로 취급하지 마." 캐런이 빗속에서 소리쳤다. 손으로 얼굴에 흐르는 빗물을 닦았으나 눈을 뜨기조차 힘들었다.

"다음 희생자는 누구야?" 제이콥이 소리 질렀다. 마구 몰아치는 바람이 그의 목소리를 삼켜 버렸다. 그의 차가운 눈길이 캐런을 소름 치게 만들었다. "내 속에서 어떤 남자를 봤어? 한 조선 사람? 네가 진정 두려워하는 것이 뭐야? 두 민족의 원수관계, 그거야?"

"아무것도 두렵지 않아." 캐런은 속에 가두어 두었던 감정이 터져 흐느끼기 시작했다.

"그럼 뭐야?"

"두려운 건 내 자신이야." 캐런이 목이 터져라 소리 질렀다. "나는 너를 위해 굳게 서 있을 만큼 강하지 못해."

"아니야. 너는 네 자신이 생각하는 것보다 훨씬 강해. 강하든지 강하지 않든지 그건 문제가 아냐. 우린 같이 해결할 수 있어. 약속해. 캐런, 나는 너를 사랑하지 않을 수 없어. 나는 어떻게 하면 좋지? 말 좀 해 봐. 너를 어떻게 사랑하지 않을 수 있는지 말해 봐."

캐런은 빗물과 눈물로 범벅이 된 얼굴로 제이콥을 바라보았다. 그러다가 제이콥의 팔에 몸을 내던지고 소리 내어 울었다. 그리고 미친 듯 제이콥에게 입을 맞추었다.

3.

다섯 달 전에 개통한 샌프란시스코-오클랜드만을 가로지르는 다리 위로 운전하며 유진은 옆에 앉아 있는 딸을 흘깃 바라보았다. 루스는 오른쪽에 높이 서 있는 빌딩과 다리 아래로 지나다니는 배 그리고 마치 눈덩어리처럼 다리 위를 굴러가는 자동차 물결을 넋을 잃은 듯 바라보고 있었다. 루스는 시골 농부의 아내가 되지 않겠다는 결심과 자신이 가야 할 운명을 스스로 찾아 나서겠다는 결심을 새롭게 다짐했다. 루스는 마음을 들뜨게 하는 샌프란시스코에서 새 삶을 눈앞에 그려보느라 정신이 없었다. 케이블카, 귀가 닳도록 들어온 샌프란시스코 부두, 골든게이트 공원 그리고 부자들만 드나드는 화려한 식당들.

그러자 루스는 한낮의 아름다운 공상에 빠져들었다. 화려한 색깔의 드레스를 입은 젊은 여자가 우아하게 장식된 침실창문 옆에 서서 향기로운 영국산 차를 마시면서 바다 저 아래에서 바쁘게 오가는 요트를 내려다보는 모습을 보았다. 그녀는 책을 보기 좋게 싸놓은 창문 옆에 있는 작은 책상으로 돌아가 단정한 자세로 책상 앞에 앉았다. 하얀 종이에 정성껏 써놓은 사랑의 이야기를 다시 손질했다. 그것은 그녀가 보스웰을 떠난 이후 쓰고 싶었던 자신의 사랑의 이야기였다. 로버트를 기다리기로 마음먹었다. 그리고 언젠가 필라델피아로 가서 로버트를 찾을 생각이었다. 로버트를 그리워하는 마음은 잠깐 왔다가 사라지는 그런 그리움이 아니었다. 그 추억은 가슴깊이 감추어 두었던 세공하지 않은 보석과 같았다. 이제는 그것을 꺼내 아름답게 갈고닦아 광채를 낼 때라고 생각했다. *로버트는 나를 반드시 찾을 거야. 그때가 오면 우리는 옛날처럼 같이 웃고 영원토록 행복하게 살 거야.*

같은 차를 타고 가면서도 두 사람은 서로 다른 생각을 하고 있었다. 유진은 도시경치를 구경할 기분이 아니었다. 이른 아침 딸을 태우고 집을 떠난 이후 유진은 마음이 몹시 편하지 않았다. 루스가 곧 집을 떠난다는 생각이 샌프란시스코에 도착할 때까지 곧장 마음을 괴롭게 했다.

여러 번 이곳저곳 모퉁이를 돌고나서 겨우 집을 찾았다. 유진은 찾던 집에서 가까운 옥 스트리트에 차를 세웠다. 유진과 루스는 차에서 내려 흰색 바탕에 짙은 밤색 페인트로 장식한 지중해식 이층 집을 올려다보았다.

유진은 열일곱 살 딸이 대도시에 온 흥분에 쌓여 주위를 살피고 있는 모습을 불안하게 바라보며 벨을 눌렀다.

나이가 든 남자가 안에서 문을 열었다. 그분은 두 사람을 보고 밝게 웃었다. "다이뉴바에서 오신 박 집사님과 루스지요?" 유진에게 손을 내밀었다.

유진은 공손하게 손을 잡았다. "그렇습니다. 이 목사님. 제가 박유진입니다."

"내가 이 목사입니다. 김 선생으로부터 편지 받았습니다. 기다리고 있었지요." 이 목사는 루스를 친절하게 바라보았다. "아가씨가 루스겠구먼."

루스가 웃으며 깍듯이 고개를 숙여 인사했다.

안으로 들어서자 이 목사는 친절하게도 건물 역사를 말해 주었다. "이 집은 1800년도 초반에 불란서 건축가의 설계로 지은 개인 주택이었습니다. 현재 일층은 교회로 사용하고 있고 이층은 사택과 사무실로 사용하고 있습니다. 어서 올라가시지요. 계단이 좁고 가파르니 조심해서 올라와야 합니다." 이 목사는 앞서 계단을 올랐다. 유진이 뒤에 서고 루스가 아버지 뒤에서 따라 올라왔다.

계단을 다 오르자 문이 나왔다. 유진과 루스가 기다리는 동안 이 목사가 문을 열고 안내했다. 그들은 넓지 않은 입구로 들어섰다. 신발을 벗고 이 목사를 따라 거실로 보이는 방으로 들어갔다. 검소하게 꾸며진 방이었다.

작은 창문을 통해 부두에서 불어오는 시원한 바람이 들어왔다.

"집사람은 회의에 가고 집에 없습니다." 이 목사는 마르고 작은 체구였으나 건강해 보였다. "뭘 좀 마시겠습니까?"

유진은 공손하게 사양했다.

"그래 작가가 되고 싶다고?" 이 목사가 루스를 바라보았다. 그는 루스가 상냥하고 예의범절을 지키는 것에 흡족했다. 가정교육을 잘 받고 자란 표시였다. 루스는 품위가 있고 섬세한 성격에 주의 깊어 보였다.

"예. 목사님." 루스가 대답했다. "소설가가 되고 싶어요."

"아주 좋은 직업이지. 그러니 글을 잘 쓰겠구먼."

"노력하고 있습니다. 목사님."

"나는 영어로 기사를 쓸 수 있는 사람이 필요해요. 우리말로 기사를 써 본 경험이 있으면 더욱 좋고. 젊은 독자들이 있어서 그런데 내가 우리말로 기사를 쓰면 루스가 그걸 영어로 번역하고 편집을 하는 일인데 할 수 있겠어요?" 이 목사는 친절한 시선으로 루스를 바라보았다.

"우리말이 유창하지는 않지만 목사님이 도와주시면 할 수 있겠습니다."

"그럼 됐어요. 방이 하나 남아 있는데 원하면 그 방을 써도 돼요." 이 목사는 유진을 바라보았다. "물론 박 집사님이 허락하셔야지요. 요즘 젊은이들은 늙은이들과 살기를 원하지 않아요."

"독립하고 싶어서 그렇겠지요." 유진이 말했다. 유진은 딸이 목사님 댁에서 살게 된다는 생각에 한결 마음이 놓였다. 생각하지도 않았던 이 목사의 친절에 감사했다.

"가능한 대로 빨리 독립해야지요." 이 목사는 잠시 말을 멈추고 루스를 바라보았다. "캘리포니아 주립대학에 지원해 보는 게 어떨까? 오해하지는 말고. 내 생각으로는 주립대학이 루스의 장래를 위해서 더 도움이 될 것 같은데."

"우리는 루스의 대학교육을 지원할 재정적 여유가 없습니다." 유진이 말했다. 유진은 돈 이야기를 할 때마다 창피스러웠다. "큰아이가 스탠포드에 장학금으로 다니고 있습니다. 그런데 장학금만으로는 부족하지요. 그래서 우리 수입의 여분은 다 그 아이에게 갑니다. 졸업하면 동생들 공부를 책임지겠다고 하지만 졸업하려면 아직도 몇 년이 더 남아 있습니다."

"그래요. 큰 짐이 되겠습니다. 김 선생은 어떻게 지내십니까? 사업을 잘하고 계시겠지요."

"예. 목사님. 아주 큰 사업가세요. 조선인으로서는 처음으로 백만장자가 되신 분이지요. 우리는 모두 그분을 자랑스럽게 생각합니다."

"훌륭한 사업가입니다. 그리고 존경받는 애국자시구요. 항상 그분을 위해 늘 기도하고 있습니다."

"돈을 잘 벌고 있습니다. 최근에 다른 사람들과 함께 새 포장회사를 만들었습니다. 새 기계도 많이 들여놓았고 매사가 잘되어 가고 있습니다."

이 목사가 만족스럽게 웃었다. "그 소식을 들으니 기쁩니다. 안부 전해 주세요."

"그렇게 하겠습니다. 목사님. 딸에게 직장을 주셔서 감사합니다."

"천만에 말씀입니다. 그저 조그만 일입니다. 많은 보수는 줄 수 없지만 잘 해 나갈 수 있을 것입니다. 내가 혼자서 신문 발행하느라 여러 가지 일을 다 맡아 해 왔습니다. 기자일, 타자수 일 그리고 편집까지 해 왔습니다. 살다 보면 때로는 다른 선택의 여지가 없을 때가 있지요." 이 목사의 웃음이 해묵고 충충한 거실을 밝게 했다.

인터뷰가 끝나자 유진은 제이콥을 만나러 갔다. 제이콥은 아버지가 오는 줄 모르고 있었다. 유진이 일하는 회사 김 사장이 한 달 전에 이 목사에게 루스를 추천하는 편지를 보냈으나 회신이 없다가 어제 회신을 받았다.

딸이 집을 떠난다는 것이 계속 유진의 마음을 눌렀지만 면접 결과가 좋아서 마음이 가벼웠다. 유진이 감사하는 일이 또 하나 있었다. 루스가 이 목사 집에서 살게 된 것이 바로 그 일인데 유진의 마음을 크게 기쁘게 했다.

제이콥은 캐런을 태우고 해프문 해안을 따라 드라이브하기로 돼 있었다. 그날은 화창한 금요일 오후였는데 날씨가 드라이브하기에 안성맞춤이었다. 시동을 걸고 주차장을 빠져나가나려 할 때 아버지와 루스가 기숙사 쪽으로 걸어오고 있었다. 놀라기는 했지만 가족을 만나 너무나 반가웠다. 얼른 차에서 내려 아버지에게 인사하려고 뛰어갔다.

아버지에게 머리를 숙여 인사했듯. "아버지, 안녕하셨어요?"

"그래 잘 있다."

"오시는지 몰랐어요." 제이콥이 아버지와 루스를 바라보며 말했다.

"나도 너를 보러 올 계획이 없었다." 유진은 집안의 울타리인 큰 아들을 자랑스럽게 바라보았다. 기분이 좋아 제이콥에게 그의 방문 목적을 설명하고 루스의 면담에 대해서도 말해 주었다.

제이콥은 캐런과 한 약속이 생각났다. 시계를 들여다보았다. 언제나 정확하게 시간을 지키는 캐런을 만나기까지 몇 분밖에 남아 있지 않았다. 그런데 캐런과 가족 사이에 붙잡힌 처지가 됐다. 그 곤란한 처지를 벗어날 방법이 없었다.

"왜 그러느냐?" 아버지가 물었다. 유진은 아들 얼굴만 봐도 마음을 읽을 수 있었다.

"아무것도 아니에요." 제이콥은 곧바로 어떤 결정을 내려야 한다고 생각했다. 어머니가 자주 말했듯이 제이콥의 머리가 빨리 움직였다. 그러자 그 상황에서 가장 적절해 보이는 실제적인 해결책이 머리에 떠올랐다. 비록 캐런과의 관계가 친구 사이 이상이었지만 아버지에게 캐런을 친구로 소개하려고 마음먹었다.

"여자하고 약속이 있니?" 유진은 옛날 순자와 자주 만났을 때를 기억하며 아들에게 말했다.

"예. 같이 가시겠어요?"

"그러자. 오늘은 기쁜 일만 생기는구나." 유진은 아들을 보며 너털웃음을 웃었다.

이십 분 뒤에 그들은 시내 아이스크림가게에 앉아 있었다. 가게 안에는 대학생 몇 명이 떠들면서 지루한 오후를 보내고 있었다. 제이콥은 아버지가 즐겨 드시는 바닐라 아이스크림을 주문했다. 작은 탁자를 사이에 두고 제이콥과 캐런이 나란히 앉아 있었고 그 앞에는 유진과 루스가 앉아 있었다. 유진은 크게 만족하여 캐런에게 루스의 면담에 대해 말해 주었다. 캐런은 루스를 축하해 주었다.

"만나서 매우 반가워요. 저 녀석은 애비에게 여자 친구가 있다는 말조차 하지 않았지만 이제 다 컸으니 장래와 좋은 배필을 생각할 나이가 됐어."

캐런은 수줍게 고개를 숙였다. 그러나 속으로는 만날 준비가 전혀 돼 있지 않은데 갑자기 상면하게 된 일을 걱정했다.

"그래 부모님은 어디에서 사시나?" 유진은 캐런을 잘 알기까지는 개인적인 편견을 가지지 않겠다고 생각하며 캐런에게 물었다. 캐런은 매우 아름다웠으나 여자가 너무 예쁘면 팔자가 세다는 말이 기억났다.

"산호세에서 살고 계세요." 캐런이 조심스럽게 말했다. "아버지는 농사일을 하고 계시구요. 조그만 과수원이에요."

"나 역시 평생을 농업에 종사했지. 가족 본(本)이 어디신지 물어

봐도 괜찮을까?"

캐런은 그 질문에 숨이 막힐 것 같았다. 그런 질문이 너무 빨리 왔다. 그러나 캐런은 정직하고 진실하게 대답하려고 결심했다. "아버지는 일본 조그마한 시골에서 태어나셨고 어머니는 미국에서 태어나셨어요. 외할아버지와 할머니는 동경에서 오셨대요."

그 순간 유진의 밝았던 얼굴색이 하얗게 질렸다. 얼굴을 떨어뜨리고 탁자위에 올려놓은 손을 쥐어짜고 있었다.

제이콥은 하나도 놓치지 않고 그 장면을 다 지켜보고 있었다. 잘 될지 모르지만 아버지를 위로하고 싶었다. "우리 학교에는 아시아 학생들이 많지 않아서 모두 가족같이 지내고 있어요."

"넌 지금 수수께끼 같은 소리를 지껄이고 있다. 내가 네 말을 알아듣지 못하는 일자무식이든가 아니면 교육이 너를 바보로 만든 모양이다." 유진은 당장 그 자리를 떠나고 싶었다. 유진은 나라와 민족의 원수의 딸인 캐런을 더 이상 바라보지 않았다. 그의 영혼이 소용돌이 속으로 빨려든 것처럼 정신이 어지럽고 눈앞이 빙글빙글 돌았다. *내 아들이 원수와 피를 나누려 하고 있구나.* 유진은 몸을 부들부들 떨었고 미칠 것 같았다. 콱 막혀 버린 가슴속에 복잡한 감정을 숨기려고 애쓰면서 유진은 속으로 하나님에게 부르짖었다. *어찌 이 꼴을 보게 하시려고 나를 오늘날까지 살려 두셨습니까?* 하나님이 온갖 고난과 아픔으로 엮어 만드신 내 인생은 이제 올 때까지 다 왔습니다. 유진은 자리를 차고 일어나 회오리바람처럼 밖으로 나가 버렸다.

루스는 잠깐 오빠를 바라보다가 아버지 뒤를 쫓아 나갔다. 아버지는 길 아래쪽으로 술 취한 사람처럼 비틀거리며 걸어가고 있었다. 아무리 우습게 보인다고 할지라도 루스는 아버지의 심정을 이해했다. 아버지를 따라잡으려고 발걸음을 재촉했다. 집에까지 멀고도 먼 자동차 여행이 되겠구나. 루스는 슬픈 생각이 들었다.

제11장

1.

새벽에 유진은 길에서 들려오는 소리에 잠을 깼다. 순자를 깨우지 않으려고 조심스럽게 침대에서 내려와 침실 밖으로 나갔다. 거실로 나오자 잠시 동안 어둠속에 서 있다가 불을 켰다.

분명히 침실창문 밖에서 자동차 소리가 들렸다. 창문으로 걸어가 커튼 한 귀퉁이를 들고 어두운 밖을 살펴보았다. 길에는 아무도 보이지 않았다. 그러나 커튼을 닫지 않고 다시 이리저리 살펴보았다. 머뭇거리는 새벽의 어둠을 바라보면서 탕자를 기다리는 자신을 발견했다. 커튼을 내리고 소파로 뚜벅뚜벅 걸어갔다. 문밖에서 제이콥의 목소리가 들려올 것을 은근히 바라며 소파 앞에서 다시 잠시서 있었다. 그러나 아무 소리도 들리지 않았다. 분명히 무슨 소리를 들었음에 틀림없다고 생각하며 무겁게 소파에 앉아 손으로 얼굴을 가렸다.

제이콥은 스탠포드 법대에 다니고 있었다. 그해 여름에는 집에오지 않았다. 아이스크림 가게에서 처음으로 캐런과 만난 뒤 유진과 제이콥은 서로 멀어졌고 부자관계는 갑자기 나빠졌다. 처음으로 아버지와 아들은 서로 냉담해졌고 부자관계에 금이 가기 시작했다.

누가 보더라도 제이콥은 캐런과 사랑하는 관계였다. 유진은 어제 세상에 태어난 사람이 아니었다. 아들과 캐런의 연인관계가 그를 마치 문둥병처럼 괴롭혔다. 제이콥이 마지막으로 전화했을 때 유진은 아들에게 어떠한 상황이든 캐런을 박씨 가문에 받아들일 수 없다고 분명히 했다. 제이콥이 일본 여자를 포기하지 아니하겠다면 유진은 아들과 절연하기로 작정했다.

그때까지 살아온 자신의 인생을 여러 각도에서 살펴보니 골치 아픈 문제밖에 없었다. 일본 여자와의 결혼은 절대로 허락할 수 없고 숨이 붙어 있는 한 일본 여자가 집안에 발을 들여놓지 못하게 할 것이다. 만일 제이콥이 그 일본 여자와 결혼한다면 그 지방에 살고 있는 동포들은 자식사업에 실패했다고 비웃을 것이다. 그것보다 더욱 나쁜 것은 가족이 다이뉴바에서 쫓겨날지도 모르는 일이었다. 아들의 혼인은 견딜 수 없는 치욕을 가지고 올 것이고 혼인의 축복보다는 가족에게 평생 오명을 입힐 것이다. 그렇게 되면 유진은 식구를 데리고 동포들과 멀리 떨어져 살 곳을 찾아 이곳저곳으로 떠돌아다녀야 할 것이다. 체면을 잃고, 게다가 민족과 나라까지 잃는 것은 참을 수 없을 일이다. 그것은 유진에게 죽음과 다를 바 없다.

유진은 유타에서 다이뉴바로 이사 오기 십오년 전에 다이뉴바에 조선인 치과의사가 살고 있었는데 그 사람의 비극적인 이야기를 들었던 기억이 났다. 그 치과의사는 샌프란시스코에서 다이뉴바로 흘러들어 왔는데 주정부의 치과면허도 없이 치과개업을 했다. 일본 이름과 유창한 일본어 실력 때문에 그를 일본인으로 알고 많은 일본인 환자들이 몰려왔다.

어떤 애국 열성분자들은 그에게 일본 환자를 받지 말라고 거듭 경고했으나 그 치과의사는 경고를 귀담아듣지 않았다. 그러다가 끝내 그곳에서 쫓겨나는 신세가 되고 말았다.

유진은 거실을 지나 다니엘 침실로 갔다. 다니엘은 단잠에 취해 있었다. 침대 모서리에 서서 다니엘을 내려다보았다. 유진은 다니엘도 이제는 어린아이가 아니라는 사실을 문득 깨달았다.

허리를 굽혀 다니엘 얼굴을 손으로 부드럽게 만졌다. 조용히 문을 열고 나와 그레이스 방으로 들어갔다. 그레이스도 이제는 등에 업고 다니던 어린아이가 아니었다. 침대 옆에 서서 한동안 사랑스럽기만 한 딸을 내려다보다가 담요를 위로 당겨 덮어 주었다.

유진은 문을 열고 잠시 머뭇거리다가 돌아서서 다시 한 번 딸을 바라보았다. 그리고 조용히 문을 닫고 나왔다. 그가 애써 만든 보금자리가 반이 비어 있는 사실을 갑자기 깨닫고 어쩔 줄 몰랐다. 공허함과 허탈감이 전기충격처럼 그의 몸을 지나갔다. 그대로 털썩 주저앉고 싶었다. 머지않아 다니엘과 그레이스도 그들의 보금자리를 찾아 떠날 것이다. 유진은 자신의 삶이 온통 텅 빈 것같이 느껴졌다. 자랑스러울 것은 아니지만 그는 일생을 아이들을 위해 바쳤다. 모든 동물이 새끼들을 사랑하지 않는가? 인간의 종말과 짐승들의 종말이 다를 것이 무엇인가? 사람은 어두운 세상에 태어나 그 속에서 자라고 마땅히 받아야 할 고통보다 더 많은 고통을 감수해야 한다. 그러는 사이에 애들이 태어나고 애들이 부모들의 중심이 되고 그러다가 보금자리를 찾아 훨훨 날아가 버린다. 어느 날 다니엘과 그레이스도 훨훨 날아가 버릴 테지.

"그 다음에는?" 유진이 자신에게 물었다. 수많은 태풍에 시달리다가 이제는 해변벼랑 바위 틈새에 박혀 있는 깨진 조개껍질같이 자신도 연약한 껍데기만 남을 것이고 여정을 마치려고 늙어 삐걱거리는 뼈를 질질 이끌고 쓰러지는 순간까지 마지막 남은 길을 걸어가야 할 것이다. *그것이 내 인생의 끝이야.* 전도서에 솔로몬왕의 말이 생각났다. *헛되고 헛되니 모든 것이 헛되도다.*

"지금 이 시간에 무엇을 하고 계세요?" 유진이 침대로 돌아가니 순자가 물었다. "우리가 아직도 보스웰에살고 있는 줄 아세요?"

"다를 게 뭐람?" 유진이 침대로 다시 올라가며 말했다. "보스웰이나 다이뉴바, 끝은 똑같은 걸."

"지금 무슨 말을 하고 계세요? 끝이라니 무슨 말이에요?" 순자는 머리맡에 놓인 램프를 켜고 남편을 의심쩍게 바라보았다.

"당신과 나 말이요." 유진은 머리를 베개 위에 눕히고 눈을 감았다.

"마치 귀신한테 홀린 것 같은 소리를 하시네요." 순자는 남편의 얼굴을 가까이서 보려고 몸을 뒤척거렸다. 남편의 목소리는 옛날 고향 뒷산에서 들려오던 절의 종소리같이 깊고 공허하게 들렸다. 그 종소리는 새벽마다 정확하게 스님들에게 불경시간을 알리느라 울렸다. "어딜 갔다 오셨어요."순자가 의아해하며 물었다.

"애들 보러 갔다 왔어요. 천사같이 잠자고 있더군."

"그런데 그 끝이란 말은 무슨 소리에요?"

유진은 대답하지 않았다. 눈을 뜨고 천장을 멀거니 쳐다보았다.

"어디 편찮으세요?" 순자는 다시 물었다. 남편의 마음이 다른 곳을 헤매고 있는 것처럼 보였다. 밑도 끝도 없는 남편 말이 수상쩍었다.

"어느 날 당신과 나만 남게 될 것이오." 유진이 입을 열었다.

"그걸 지금까지 모르셨어요?" 순자는 남편 손을 잡고 그녀의 가슴 위에 얹었다.

"먹고 사느라 바쁘기만 했어요. 그 생각이 오늘 아침같이 그토록 강하게 마음에 와 닿은 적이 한 번도 없었어요." 유진은 숨을 크게 들이켰다. "무서운 태풍마냥."

"모든 사람에게 똑같이 찾아오는 운명을 생각하지 않으려면 더 바빠지셔야 하겠네요." 순자는 남편의 손을 쓰다듬었다.

"갑자기 매사가 텅 빈 것 같고 뜻이 없는 것 같았어요. 지나간 세월 동안 내가 무엇을 했고 왜 투쟁을 했는지조차 모르겠구려. 매사가 다 헛된 것이오." 유진은 아내 얼굴을 보려고 옆으로 돌아 누웠다. "한때 진달래처럼 아름다웠던 당신도 이젠 늙어 가는구려." 유진은 얼굴을 찌푸렸다. 사십 여년 전 아내의 부드러웠던 손을 다시 만져 보려는 듯 순자의 손을 잡았다. "이런 주름살이라니!" 유진이 탄식했다.

"내 걱정은 마세요. 당신의 아름다운 진달래꽃은 아직도 활짝 필 날이 여러 해 남아 있어요. 당신은 다시 젊어져 오래오래 살고 싶으세요?"

"아니!" 마치 그 질문이 유진을 깜짝 놀라게 한 것처럼 얼른 짧게 대답했다. "해 아래 새로운 것이 하나도 없다고 성경이 말하고 있어요. 내가 겪은 일들을 다시 겪고 싶지 않아요. 들을 것 다 들었고 볼 것 다 봤소이다."

"어느 날 우리가 산에 나물 캐러 갔던 일 생각나요?"

"우리가 사랑에 빠졌을 때였지."

순자 얼굴이 붉어졌다. 남편의 얼굴을 부드럽게 쓰다듬었다. "아직도 기억력이 좋으세요. 그건 당신이 늙지 않았다는 증거예요. 아직 육십도 아닌데."

"다음 해 내 나이 육십이요." 유진이 툴툴거렸다.

"산에서 내려오다가 나이 많으신 스님을 만났지요. 기억나세요?" 나른하고 부담스러웠던 졸림이 떠나갔다. 순자는 높은 산꼭대기에서만 자라던 산나물을 캐 바구니에 담아 머리에 이고 산을 내려오는 젊은 연인들을 다시 한 번 기억 속에서 보았다. "그분은 날보고 '아가씨는 여러 바다를 지나서 아가씨가 한 번도 들어 보지 못한 멀고 먼 땅으로 갈 것이요. 아이들은 그 땅에서 번성할 것이나 아가씨는 이 땅으로 다시 돌아와 양지바른 산에 묻힐 것이요.'라고 말했어요."

"다른 말도 했던 것 같은데 기억이 안 나는구려. 당신보고 매우 아름다운 마음을 가진 사람이라고 말씀하셨어요."

"그건 잘 모르겠어요. 우리가 기독교인이 되기 훨씬 전 일이었으니까. 그렇지만 우리 아이들은 이 땅에서 번성할 거예요. 하나님이 늘 지켜 주시니까요. 하나님은 여종의 간구를 무시하지 않으실 거예요."

유진이 퉁명스러운 목소리로 말했다. "일이 돼 가는 꼬락서니를 보니 엉뚱한 생각이 들 때도 있어요. 기도 멈추지 말고 끈질기게 간구하세요. 아들 녀석은 원수나라의 딸과 사랑에 빠져 애비 말은 듣지도 않고 있으니!"

순자가 한숨을 내쉬었다. "그냥 내버려 둡시다. 어쩌겠어요?"

"사장님이 고맙게도 그 녀석 교육비를 보조해 주시니 다행이요. 만일 사장님이 그 일을 아시면 학비보조도 끝날 것이고 나도 쫓겨 날 것이요."

"하나님이 제이콥을 위해 예비하신 길을 우리가 바꿀 수 없어요. 애들이 제각기 보금자리를 찾아 떠나면 우리는 조국으로 돌아갑시 다. 진짜 우리 음식을 해 드릴게요. 나물 캐러 산으로 데려다 주시 기도 하구요." 순자가 소곤거리는 목소리로 말했다. 유진은 순자의 눈이 반짝거리는 것을 보았다. "산 밑 개울에서 산나물을 씻었지요. 물이 어찌나 차던지 아직도 생각나요."

"그래서 그 스님의 말씀을 믿는다 그 말이요?"

"그냥 생각나서 해 본 말이에요. 우리 고향으로 돌아갑시다." 순 자는 남편을 바라보았다. 그러나 유진은 말이 없었다. 순자는 그의 마음이 어디에 가 있는지 궁금했다.

2.

"아니. 실망하진 않아." 캐런이 말했다. 둘은 샌프란시스코에 있 는 일본식당에서 저녁식사를 기다리고 있었다. 식당에는 손님이 몇 사람밖에 없었다. 그 날 오후 늦게 캐런이 저녁식사를 같이하려고 제이콥과 함께 샌프란시스코로 나왔다. "신문사는 아시아 기자들에 게 흥미가 없나 봐. 로스앤젤레스 신문사에 이력서를 보냈어. 두고 봐야지. 기자직보다 못한 일을 하게 될지 몰라." 캐런은 팔꿈치를 식탁 위에 올려놓고 손으로 턱을 고이며 생각에 잠겼다.

"인내하라고." 제이콥이 말했다. "뭐하고 싸우는지 알고 있잖아? 좋은 일이 생길거야. 포기하지 마."

"포기 안 해. 그저 답답해서 그래."

"어머니에게 말씀드렸어?"

"아니, 아직. 절호의 기회를 노리고 있어. 어머니가 깜짝 놀라시겠지. 많은 언쟁을 하게 될 거구. 그렇지만 마지막에 가서는 내 편에 서실 거야." 캐런은 애써 웃으려 했다. 그녀는 쉽게 이길 수 있는 전쟁이 아니라는 것을 알고 있었다. 주문한 식사가 왔다. 둘은 똑같이 야키 우동과 스시를 시켰다.

"엄마는 내가 빨리 결혼하기를 바라서. 로스앤젤레스에 있는 한 일본가정을 알고 있대." 캐런은 어머니가 한 말을 생각하느라 얼굴을 찌푸렸다. "다른 말씀도 하셨는데 잘 기억이 안 나. 주의해서 듣지 않았으니까."

"어떻게 할 거니?" 제이콥은 자신이 싸워야 할 전쟁을 생각하며 물었다.

"먼저 직장을 구해야 해. 그걸 위해 기도해 줘. 집을 나와 제이콥이 법대를 졸업할 때까지 혼자 살면 돼. 제이콥 부모님은?"

"마음을 바꾸지 않으실 거야. 다른 조선 사람들같이 일본 사람들을 몹시 미워하시니까. 그 심정은 이해하지만 일본 사람 모두가 원수가 아닌 걸 아셨으면 좋겠어."

"우리는 일본의 조선침략과 아무 관계가 없어. 우리보고 어쩌라는 말이야? 어른들의 미친 짓에 뛰어들라는 말인가?" 캐런은 허탈해 보였다.

"어른들은 그렇게 생각하지 않아."

캐런이 젓가락으로 스시를 집었다. "아."

제이콥이 입을 벌리자 캐런이 스시를 입안에 넣어 주었다. "제이콥 아버지, 나를 굉장히 놀라게 하셨다. 대단하신 분이셨어. 조선 남자들 모두가 다 그래?" 캐런은 유진이 아이스크림 가게에서 보였던 반응을 생각하며 웃었다.

"거의가 다 그래. 우리 부모님은 다르다고 생각했었는데…. 그분들이 뭐라고 하시든 우리는 우리 인생을 사는 거야. 그리고 나는 부모님에 대한 내 책임을 다할 거야. 캐런이 부모님을 사랑하는 만큼 나도 내 부모님을 사랑해. 우리는 다만 생각하는 것이 다르고 사물을 보는 눈이 다를 뿐이야."

"나 생각해 봤는데", 캐런이 우동국수를 입에 넣으면서 말했다. "시청에서 일하는 것이 그리 스타일을 구기는 일은 아닌 것 같아. 어떻게 생각해?"

"어떤 일인데?"

"아마 사무직이겠지 뭐."

"스탠포드 출신이 시청 사무직원이라?" 제이콥은 캐런의 형편을 이해했지만 걱정스러웠다.

"빨리 직장을 구해야 해. 직장이 있으면 나를 놓아 주실 거야."

"형편이 좋아질 거야."

"십 년 뒤에는 사정이 달라지겠지만 지금은 아무도 기자가 되고 싶다는 아시아 여자에게 관심조차 보이지 않아. 내 교육배경에 흥미가 있을지 모르지만 내 얼굴이 문제야. 연방정부가 아시아인들을 미워하는 조직적인 운동에 성공했고 반아시아인 감정이 너무 깊이 뿌리를 내렸어. 이제는 그 뿌리를 뽑기엔 늦었어." 캐런이 말했다.

"하지만 아시아인들은 인종차별을 다른 각도에서 보고 있어. 흑인들은 노예상인들 손에 끌려 이 땅으로 왔어. 그러나 우리 조상들은 보다 나은 기회를 찾으려고 자발적으로 이 땅에 온 거야. 그런 점에서 어떤 아시아인들은 그들이 흑인보다 낫다고 생각해. 검은색이 아니고 노란색이니까."

제이콥은 가만히 캐런의 말을 들으면서 저녁을 먹고 있었다.

"많은 아시아인들에게는 그들의 노란 피부가 그들의 유일한 위로일지 몰라. 그들은 자유를 얻기 위한 흑인들의 투쟁을 배워야 해. 흑인들과 아시아인들이 나란히 걸어갈 때는 아직 요원해."

제이콥은 캐런을 바라보면서 캐런이 왜 그 주제를 놓고 말하는지 의아했다. 제이콥은 지난날 캐런이 다른 직업을 찾았으면 하고 바란 적이 가끔 있었다. 제이콥 생각으로는 캐런은 너무 비판적이고 어떤 일에는 지나치게 예민했다. 조금 전에 들고 나온 인종문제가 그 가운데 하나였다.

"아시아인들과 흑인들이 같은 길을 걷는 일은 없을 거야. 그리고 백인들은 아시아인들이나 흑인들과 같이 길을 걷는 일도 없을 것이고. 백인들은 그들이 불편하지 않을 만큼만 유색인종을 참아 주겠지만 그 이상은 기대하지 말아야 해."

"왜?"

"자존심이 있는 곳에 인종차별이 활기를 쳐. 사람을 서로 분리시키는 것이 자존심이야. 자존심을 우리 마음에서 제거할 수 있다면 어느 땐가 우리는 우리가 생긴 그대로 서로를 용납할 수 있게 될지 몰라."

저녁식사가 끝나고 둘은 부두로 나와 산책을 했다. 조용한 저녁이었다. 가로등이 거리를 밝게 비추고 있었고 길을 따라 줄을 지어 서 있는 나무들은 바닷바람에 가볍게 하늘거렸다. 제이콥과 캐런은 손을 잡고 산책 나온 사람들 속에 끼어 걸었다.

둘은 똑같이 부모들의 압력을 느꼈다. 야마모토 가정은 억압자의 자부를 가지고 있었고 박씨네 가정은 억압받는 사람들에게 공통적인 뼈에 사무치는 증오를 가지고 있었다.

"나는 마치 두 집안 사이에 끼어 샌드위치가 된 기분이야." 제이콥은 부두난간에 기대어 어둠이 깔린 샌프란시스코만을 바라보았다. "모든 것이 일본과 조선이 관련돼 있어."

제이콥 옆에 서 있던 캐런은 그의 손을 잡았다. "사람이 멋진 옷을 입고 좋은 집을 소유하고 또 우리가 세상의 모든 지식을 다 소유했다고 할지라도 사람의 마음은 여전히 악해. 우리는 별로 변한 것이 없어. 강자는 약자를 이용하고 그 밑에 깔린 동기는 지나친 욕심과 남을 멋대로 조종하려는 정치적인 야심이야."

제이콥은 발아래 캄캄한 바닷물을 물끄러미 내려다보았다. "저속에 뭐가 있는지 볼 수 없는… 우리들의 장래같이 보여."

"제이콥, 우린 이 전쟁을 어떻게 싸울 거야?" 캐런은 제이콥 얼굴을 들여다보았다. 닥쳐올 전쟁이 두려웠다.

"나는 부모님에게 좀 더 시간을 드릴 거야. 문제가 닥칠 때마다 하나씩 해결하도록 하자고. 나는 부모님과 동포에게 반항하고 싶어. 일본 사람들을 미워하고 잃어버린 나라를 그리워하는 마음은 이해하지만. 나라를 다시 찾는 유일한 길은 일본인들을 죽이는 것이라고 믿고 있어. 나는 밀려오는 이 미움의 파도를 멈추게 할 수 없어. 파도는 점점 더 거세지고 있어. 도대체 왜 같이 잘 지낼 수 없는지 모르겠어.”

“제이콥, 이거 알고 있어?”

“뭘?”

“제이콥이 나에게 다이뉴바를 구경시켜 주겠다고 했을 때 나는 부끄러웠던 내 행동을 사과하려고 따라간 거야. 다른 이유는 없었어. 그때는 제이콥이 귀엽다는 생각도 없었어.” 캐런은 그날 함께 있는 시간을 속절없는 이야기로 낭비하고 싶지 않았다.

“진짜?” 제이콥이 놀라 물었다.

“그런데 이년 뒤에 나는 제이콥과 사랑에 빠졌고 이제 제이콥은 내 삶의 중심이야. 나에게 구경시켜 주겠다고 했던 일 너무 잘한 일이었어. 그날을 돌아보면 마치 영화장면 같아.” 캐런은 제이콥의 뺨에 입 맞추었다. “그리고 우리가 졸업하기 전에 나에게 결혼 프러포즈를 했어. 가장 행복했던 순간이었어.”

제이콥은 캐런을 품에 안았다. “그건 시작에 불과한 거야.”

“제이콥 박, 나는 너를 행복하게 해 줄 거야.” 캐런이 제이콥의 귀에 속삭였다. “내가 할 수 있는 한 너를 세상에서 가장 행복한 남자로 만들 거야.”

“언제 캐런의 부모님을 만나는 영광을 줄 거야?”

“나의 로미오, 부모님이 첫 번째 쇼크를 받고 나서.” 캐런이 웃었다.

“그 쇼크가 얼마나 클까?”

3.

루스는 이층에 있는 그녀의 침실에서 제이콥을 기다렸다. 루스는 이미 이 목사의 사설을 타자로 정리해 놓았다. 쉬운 일이었지만 시간제 일이라 부업으로 일주일 세 번 아침에 식당에서 웨이트리스로 일했다. 무리를 피하려고 시립대학에서 몇 과목만 택했다. 집을 떠나 혼자 살기는 처음이었다. 작은 마을이 그립지 않았지만 가족이 몹시 그리웠다. 이 목사 옆방이 그녀의 침실이었다. 매우 조용한 밤이었다. 그녀의 침실에서는 샌프란시스코 만을 내려다 바라볼 수 없었지만 뒤 창문 아래 있는 뒷집의 유럽풍 정원을 내려다보며 즐겼다. 고물상에서 산 그림으로 방을 꾸몄다. 작은 침대가 하나있었고 방 한구석에 책을 높이 쌓아 놓았다. 같은 교회에 다니는 권 집사가 집에서 쓰던 책장과 옷장을 주겠다고 약속했다. 모아 두었던 책은 다니엘과 그레이스에게 주고 왔다. 이제 성인이 된 루스에게는 필요 없는 책들이었다. 여유가 생기면 다시 책을 수집하고 싶었다.

손목시계를 흘깃 보았다. 교회 밖에서 오빠를 기다리려고 아래층으로 내려갔다. 제이콥이 지난주에 전화를 걸어 돌아오는 토요일 저녁에 들르겠다고 말했다. 루스는 제이콥이 캐런과 함께 오는 줄은 모르고 있었다. 리들리에 있을 때 캐런을 서너 번 생각해 본 일은 있었으나 특별히 그녀를 생각할 이유가 없었다. 루스는 오빠를 위하는 마음에서 그들의 관계가 친구 이상의 관계가 아니기를 바랐다. 무엇보다도 아버지가, 비록 임종 직전에 있을지라도, 그들의 관계를 절대로 용납하지 않을 것을 알고 있었다. 안에서 교회 밖으로 나가는 문이 하나뿐이었다.―옆에 있던 낡은 문은 도적을 맞은 뒤에 아주 봉쇄해 버렸다.

문밖으로 걸어 나오자 제이콥과 캐런이 그쪽으로 걸어오고 있었다. 캐런을 보자 루스는 오래전 기억 속에서 사라진 먼 친척을 다시 만날 때 느끼는 그런 기쁨과 조심스런 느낌을 받았다. 루스와 캐런은 희미한 가로등 아래서 마치 옛날 친구처럼 서로 반갑게 껴안았다. 루스는 캐런 뒤에서 교회 문을 닫고 예배실로 안내했다. 나무 십자가와 강대상이 전기불빛에 드러났다. 조선 국기와 성조기가 마치 떨어질 수 없는 옛날 전우처럼 나란히 한구석에 서 있었다. 니스를 입힌 강대상 뒤에는 아름다운 꽃이 꽂혀 있는 꽃병이 놓여 있었다.

"방이 좁아 세 사람이 편하게 앉을 자리가 없어."

"여기도 편한데." 제이콥은 얼른 동생 편을 들었다. 그러나 기독교 가정에서 자라 이제는 영적으로 방황하는 자신을 생각하니 마음이 편치 않았다.

"어떻게 지내니?"

"일하고 공부하고 돈 모으느라 바쁘게 살고 있어." 루스는 제이콥 옆에 앉아 있는 캐런을 바라보며 웃었다. "아직도 두 사람 데이트하는 거야?"

"거의 매주 만나." 캐런은 제이콥의 손을 잡으며 말했다.

제이콥이 말했다. "내가 졸업하면 우린 결혼할 거야."

"아버지는 그걸 알고 계셔?" 루스가 깜짝 놀라 물었다.

"아직은. 아버지는 내 말을 들으실 마음의 준비가 안 되셨어. 그냥 화만 내시고 계시니까. 그렇지만 조만간 말씀드릴 거야."

"허락하시면 좋을 텐데." 루스는 아버지가 동지회 간부가 되신 뒤에 점점 전통적인 조선 남자로 변하고 있는 것을 생각하니 걱정스러워졌다.

"허락하실 거야." 제이콥은 확신이 없었지만 그렇게 말했다. "학교는 어때?"

"좋아. 몇 과목만 택했어. 두 직장에서 일하기 때문에 잘할 수 있을까 시험해 보는 거야."

"두 직장을?" 캐런이 놀랐다. "그건 너무 어려울 텐데. 제이콥은 어떻게 생각해?"

"버티어 봐. 내가 졸업하면 도울 거니까."

"내 걱정은 하지 마. 일하며 독립생활 하는 것이 재미있어. 내가 생각했던 것보다 어렵긴 하지만. 잘하고 있다고 생각해. 게다가 사설은 내가 하고 싶은 일에 도움이 돼."

"무슨 일을 하고 싶은지 물어봐도 되요?" 캐런이 말했다.

"루스는 작가가 되고 싶대." 제이콥은 자랑스러운 눈으로 동생을 바라보았다. 제이콥은 때로 어머니처럼 드세기는 하지만 언제나 따뜻하고 섬세하며 순종하는 동생을 좋아했다.

"멋있네요. 그리고 보니 루스는 작가처럼 보여요." 캐런이 웃었다. 그녀가 한 말은 사실이었다. 루스에게는 뭔가 특별한 것이 있어 보였다. 특히 사색적이고 남의 생각을 뚫어보는 눈과 계란형의 얼굴 그리고 기다란 손가락이 루스를 그렇게 보이게 했다.

"어느 신문사에서 일하세요?" 루스는 캐런에게 물었다.

"아직도 일을 찾고 있어요. 아시아 여자들에게는 기회가 제한돼 있어요. 마치 공상의 세계를 헤매고 있는 것 같아요."

"캐런은 선구자예요. 쉽지 않겠지만 이건 도전이에요. 도전은 캐런을 강하게 만들 거예요."

"많은 어려움이 우리 앞에 놓여 있어요. 중국인, 일본인, 조선인들 말이에요. 그렇지만 우리는 절대로 포기하면 안 돼요." 캐런은 루스의 눈과 예쁜 얼굴 그리고 얇은 입술을 자세히 바라보며 말했다.

"히틀러가 등장하자 많은 사람들이 독일 사람들을 미워했어요. 미국에 살고 있는 독일 사람들을 잡아 수용소에 가두자고 야단들이었어요. 그때 내 친구를 걱정했던 일이 생각나요."

"로버트 말이니?" 제이콥이 물었다.

"응."

"그 애 지금 어디 있니? 소식 듣고 있어?" 제이콥은 보스웰에 살때 루스와 로버트의 친했던 사이를 알고 있었다.

"아직 아무 소식도 못 들었어. 아마 외삼촌을 도우며 학교 다니느라고 바쁠 거야."

"그렇겠지."

캐런이 루스에게 말했다. "다음 일요일 저녁에 시간 있어요?"

"무슨 계획이라도 있어?" 제이콥이 캐런에게 물었다. 캐런은 시누이가 될 루스와 친해지고 싶었고 또 루스를 좋아했다. 그리고 언젠가 루스의 정신적 지원이 필요할지 모른다고 생각했다.

"차이나타운에서 저녁식사를 같이 했으면 하구."

"주일 저녁이면 좋아요. 저녁예배가 끝나고요."

"그럼 일요일 저녁 일곱 시가 어때요?"

"일곱 시 반이면 좋겠어요."

제이콥은 캐런을 보고 웃었다. "장래 시누이 될 사람에게 뇌물

쓰는 거야?"

"나쁠 건 없잖아?" 캐런은 생긋 웃었다.

4.

순자는 다니엘을 한 시간 넘게 기다렸다. 학교생활보다 더 바쁘
고 예상할 수 없는 방과 후의 다니엘 스케줄을 익히 잘 알고 있었
다. 순자는 그날 오후 다니엘이 늦은 것에 짜증스러워하는 이유가
있었다. 말순이 유진의 가족을 저녁식사에 초대했다. 가족이 다들
준비하고 기다리는데 다니엘이 나타나지 않아서 조바심이 났다. 다
니엘을 찾아봐도 아무데도 없었다. 곤잘레스 가구점에도 없었다.

그때 다니엘은 집에서 좀 떨어진 곳에서 노부부를 도와 식품봉
지를 들어다 주고 있었다. 다니엘은 사람을 싫어할 수 없는 아이었
다. 언제나 명랑하고 동정심이 많고 개구쟁이고 익살스러웠다. 최
근에 순자는 아들에게 '우리 집안의 코미디언'이라는 별명을 붙였
다. 그러나 유진은 다니엘의 활동범위와 성격을 잘 묘사하는 '시장'
이라는 별명을 지어 주었다.

보스웰에서 살 때 하루는 다니엘이 말에게 이야기하고 있는 것
을 보았다. 순자가 무엇을 하고 있느냐고 묻자 다니엘은 사람의 말
을 알아듣도록 말을 훈련시키고 있다고 대답했다. 다니엘의 엄마로
서 순자는 아들의 별스런 아이디어와 순수함을 익히 잘 알고 있었
다. 그러나 때로 다니엘의 동정심과 순수한 성격이 순자를 걱정스
럽게 만들었다.

노부부 식품봉지를 집까지 배달해 주고 나자마자 다니엘은 아버지의 성 난 얼굴과 천둥 같은 목소리를 들을 각오를 하며 집을 향해 뛰기 시작했다. 예상했던 대로 다니엘이 모퉁이를 돌자 차에 타고 있는 아버지의 모습이 눈에 들어왔다. 다니엘은 다른 조선 사람들처럼 참을성이 없는 아버지의 성질에 익숙해 있었다.

"너 일주일간 외출금지다." 다니엘을 보자마자 아버지가 화난 목소리로 선포했다. "알아들었느냐?"

"예. 학교가 끝난 뒤 일주일간 외출금지요." 다니엘이 아버지 말을 받아 복창했다. 다니엘은 내일 이맘때쯤이면 아버지는 한 말을 다 잊어버릴 것이라고 알고 있었다. 그러나 아버지는 한 말을 잊어버리지 않는다는 사실을 다니엘은 모르고 있었다. 아버지는 킹스 강 위로 날아다니는 새들처럼 근심걱정이 없는 아들에게 벌을 집행하기가 마음이 아팠다. 그래서 벌주기로 선포한 것을 잊어버린 것처럼 보였을 뿐이었고 아들의 자유스러운 영혼을 필요 이상으로 억제해서 안 된다고 알고 있었다. 유진은 참을성이 없었으나 사랑이 많은 사람이었다.

"와 주셔서 고마워요." 말순이는 박씨네 가족을 반갑게 맞이했다. 모두 식당에 앉았다. 식당 밖에는 "전주 아줌마 식당"이라고 손으로 쓴 한글과 중국말 간판이 붙어 있었다. 식당은 프레즈노 차이나타운 옆에 자리 잡고 있었다. 좁은 실내에 식탁이 여섯 개면 족할 좁은 공간인데도 말순은 식탁 두 개를 더 놓았다. 그래도 자리가 너무 좁다고 불평하는 손님이 없었다. 말순이 손수 쓴 메뉴가 실내 장식용 그림처럼 벽마다 다닥다닥 붙어 있었다. 그날 박씨네 집안을 저녁식사에 초대했기 때문에 말순은 오전 영업만 했다.

종태는 형이라고 불렀던 옛 친구를 다시 만나 좋아서 어쩔 줄 몰라 했다. 다니엘 옆에 앉아 새처럼 조잘거리는 종태는 박씨네 집 안사람들에게 길만을 연상시켰다.

미숙은 말순을 많이 닮았고 어머니보다 훨씬 키가 컸다. 미숙은 이제 숙녀로 성장했고 생각 깊은 담갈색 눈에 관찰력이 날카로웠다. 가끔 카운터 너머로 재잘거리는 종태의 말을 듣고 있는 다니엘을 훔쳐보았다.

"종태는 다니엘을 만나서 너무 좋아 야단이에요." 옛날 보스웰에서처럼 순자와 미숙의 도움을 받으며 상을 차리고 있는 말순이가 말했다. "혈기가 왕성한 아이에요. 나중 군인이 되고 싶대요."

"사내애들은 경찰 아니면 소방원이 되기 원해요. 큰 수수께끼에요." 순자는 아들을 바라보며 말했다.

"오늘 비빔밥을 만들었어요."말순이가 말했다.

"종태엄마 고향의 명물?" 순자가 좋아했다. "나는 비빔밥을 아주 좋아해요. 어떻게 만드는지 가르쳐 주세요."

말순은 웃으며 말했다. "지난주에 전주비빔밥에 빠질 수 없는 참기름을 짰어요. 집에 가실 때 좀 가지고 가세요. 시장에서 파는 것보다 맛이 훨씬 좋아요."

"고마워요." 순자는 미소를 띠고 어깨 너머로 미숙을 바라보았다. "미숙이는 엄마처럼 예뻐요." 순자는 감탄했다. 그녀는 식당에 도착한 뒤로 아무도 모르게 미숙을 지켜보았다. *좋은 아내가 될 아이야.* 그 생각을 하면서 순자는 아들을 바라보았다.

말순은 자리에서 일어났다. "갈비를 좀 구울게요. 좋은 나무 숯이 있어서 불을 지펴 놓았어요. 내가 갈비를 굽는 동안 다들 식사하세요. 기다리지 마시구요."

순자는 말순의 손을 잡고 말했다. "비빔밥이면 충분해요."

"다니엘에게는 충분하지 않을 걸요." 말순은 유진 옆에 앉아 있는 다니엘을 바라보며 웃었다. "다니엘은 한창 자라는 애예요."

"먼저 식사하세요." 순자가 말했다.

"또 시작이네요." 말순은 순자를 바라보며 웃었다. "여긴 보스웰이 아니에요. 그리고 우리 집에 오신 손님이에요. 오늘은 제가 대접하도록 내버려 두세요."

"하지만 우리는 친구에요. 종태 엄마가 먼저 드세요. 갈비구이는 내 전문이에요. 생각 안 나요?" 순자는 고집을 부렸다.

카운터에서 어머니와 순자를 바라보고 있던 미숙이가 웃으면서 말했다. "해결 방법이 있어요. 제가 갈비를 구울게요. 아줌마랑 엄마랑 다 같이 드세요."

"그것 참 좋은 생각이다." 말순은 기뻐하며 말했다. "저 애는 언제나 문제를 쉽게 풀어요. 놀랍지요. 그래서 수학을 잘하나 봐요."

순자는 놀란 얼굴로 미숙을 마라보았다. "요리할 줄 아니?"

"예. 가끔 제가 요리해요. 엄마만큼 잘하지 못하지만요."

순자는 미숙의 언행이 마음에 들었다. 순자는 하얀 피부에 아버지의 무성한 눈썹, 엄마를 닮은 얇은 입술 그리고 담갈색 눈의 깨끗한 얼굴을 다시 한 번 자세히 뜯어보았다. *다니엘을 위한 손색없는 피조물이야.* 마음이 흡족했다.

"그럼." 말순은 순자 옆에 앉았다.

"종태엄마는 고생이 많았지만 아이들을 잘 키웠어요." 순자가 말했다. "미숙이는 다 큰 처녀에요. 애들 자라는 것을 지켜보노라면 놀라워요. 우리가 늙어 가는 것보다 애들이 더 빨리 자라요. 대나무같이 쑥쑥 자란다니까요."

미숙은 양념에 재운 갈비가 담긴 그릇을 들고 뒤로 나가는 작은 문을 열고 밖으로 나왔다. 그릴에서는 오렌지 불꽃이 뜨거운 공기 속으로 열을 뿜어내고 있었다. 미숙은 엄마가 갈비를 구울 때마다 앉는 쇠 의자에 앉아 갈비를 한 대 한 대씩 그릴에 올려놓았다. 미숙은 왜 다니엘에게 인사를 하지 않았는지 생각해 보았다. 그 생각에 얼굴이 붉어졌다.

잘 구워진 갈비를 청백색의 큰 접시에 담으면서 미숙은 유타의 옛 일을 생각했다. 다니엘과 함께 학교를 다닌 기간은 짧았으나 다니엘은 언제나 그녀에게 친절했다. 때로 미숙은 다니엘을 온화하면서도 대담한 보호자 같은 남자라고 생각했었다. 아버지에게서 바로 그런 이미지를 보고 싶어 했었다. 아버지는 가족을 먹여 살리기는 했으나 그런 보호자는 아니었다.

고기를 담아들고 식당으로 돌아가려고 일어섰을 때 다니엘이 문 밖으로 걸어 나왔다. 갑자기 미숙의 얼굴이 붉어지면서 가슴이 마구 뛰기 시작했다.

"너희 어머니가 고기를 다 구웠는지 보고 오라고 하셨어." 다니엘이 말했다. 둘의 눈이 마주쳤다. 다니엘의 눈은 옛날처럼 친절하고 따뜻했다.

"응. 다 구웠어." 미숙은 수줍게 대답했다.

"미숙, 너를 다시 만나서 반가워." 미숙이가 듣고 싶어 했던 말이었다.

"나도 그래. 대니." 미숙은 다니엘의 눈을 바라보았다.

"학교는 좋아?"

"응. 좋아. 넌?"

"좋아. 우리가 캘리포니아로 이사 와서 너무 좋아. 내가 도와줄 게."

미숙은 얼굴을 붉히며 고기가 담긴 큰 쟁반을 다니엘에게 건네
주었다. 미숙이 앞에 서서 함께 좁은 문을 통해 안으로 들어갔다.

제12장

1.

식당 안에 서너 명의 손님이 앉아 있었다. 일이 끝나기 전에 루
스는 식탁을 돌면서 부족한 설탕이나 소금 그리고 후춧가루를 병
에 채웠다. 손목시계를 들여다보았다. 거의 집으로 돌아갈 시간이
었다. 반시간 뒤에는 루스가 너무 즐기는 혼자만의 시간을 갖게 된다.

그날은 금요일 오후였다. 루스는 저녁 때 캐런을 아파트로 방문
할 계획이었다. 루스는 캐런과 사귀면 사귈수록 캐런이 더 좋아졌
고 오빠가 행운아라고 생각했다. 루스가 마음을 열고 무슨 말이든
지 다 할 수 있는 언니 같은 존재였다. 캐런이 시청에 직장을 구해
샌프란시스코로 이사 온 뒤 둘은 사이가 좋은 친구가 됐다.

루스가 탁자를 돌고 있을 때 입구에서 떠들썩한 웃는 소리가 들
렸다. 호기심에 고개를 돌리자 아시아청년 한 패거리가 식당 안으
로 들어오고 있었다. 동료인 데이지는 싫은 얼굴로 그들을 맞이했

다. 그 당시 아시아인들은 식당에서도 환영을 받지 못했다.

루스는 그들에게 주의를 기울일 만한 특별한 이유가 없어 하던 일을 다시 계속했다. 이제 식탁 두 개만 돌면 끝이 난다. 그때 갑자기 눈에 익은 얼굴이 머릿속에 떠올랐다. 마치 이상한 느낌을 확인하듯 어깨 너머로 청년들의 얼굴을 다시 보았다. 그들 속에 브라이언이 서 있었다. 브라이언도 루스를 바라보았다. 시끄러운 패거리들이 데이지의 안내를 받아 구석자리로 걸어갈 때 브라이언은 루스 앞으로 걸어왔다.

"루스 아니세요?" 브라이언이 아직도 믿지 못하겠다는 얼굴로 물었다.

"브라이언, 안녕하세요?" 루스는 일 년 반 전에 리들리 피크닉에서 처음 만났던 젊은 대학생을 기억하며 말했다.

"내 이름을 지금도 기억하세요?" 브라이언은 반가운 얼굴로 루스 얼굴을 바라보았다. 루스 얼굴이 붉어졌다. "샌프란시스코에서 일하는 줄 몰랐어요. 언제 다이뉴바를 떠났어요?"

"거의 일 년 됐어요."

"다시 만나 너무 반가워요. 아직 믿어지지 않아요." 브라이언이 가까스로 흥분을 가라앉히며 말했다.

"지금도 학교 다니세요?" 루스가 물었다.

"작년에 졸업하고 잠시 아버지를 도와드렸어요. 그러다가 새크라멘토로 옮겼어요." 브라이언이 웃었다. 갑자기 로버트 생각이 루스를 놀라게 했다.

"아버지가 건강이 좋지 않으세요. 그래서 아버지를 뵈러 왔어요. 오후 늦게 다시 새크라멘토로 돌아갈 거예요. 거기서 식당을 개업

했어요. 한번 와주시면 좋겠습니다만."

"그럴 수 있으면 좋겠네요. 남 밑에서 일하는 것보다 개인사업이 나을 거예요."

"여긴 젊은 아시아 사람들이 할 만한 직업이 없어요. 대학졸업장이 있어도 마찬가지에요." 브라이언은 고개를 돌려 구석에 앉아 있는 친구들에게 손을 흔들었다. "조선 사람에게 직업을 주지 않는다고 그걸 잘못이라고 말할 사람이 없어요."

"우리 교회에서도 직장이 없는 교인들이 몇 있어요. 힘드신가 봐요." 루스는 브라이언 어깨 너머로 데이지의 뿌루퉁한 얼굴을 보며 말했다. "일을 마쳤으니 그만 가 봐야 해요."

"내 식당에 한번 오세요. 작지만 위치가 참 좋아요."

"거기는 너무 멀고 또 학교를 가기 때문에 시간이 없어요." 루스는 브라이언을 피하려는 것이 아니라 로버트가 아직도 머릿속에서 감돌고 있는 한 누구와도 사귀고 싶지 않았다.

"친구들이 기다려서 가 봐야겠어요. 다시 만나서 반갑습니다." 브라이언은 돌아서서 친구들을 향해 걸어갔다.

그날 저녁 루스는 캐런 아파트로 가서 브라이언에 대해 캐런에게 말했다. 둘은 거실에서 차를 마시고 있었다. 제이콥이 오면 모두 함께 저녁을 먹으러 나가기로 돼 있었다.

"나는 그런 일은 잘 모르지만 아마 좋은 경험이 될 거에요." 캐런이 생각에 잠기며 말했다. "사실 루스는 누구하고도 깊은 관계가 없었어요. 내가 루스라면 브라이언과 한번 사귀어 볼 거에요. 루스와 로버트는 심각했던 사이가 아니었어요. 때로 두 사람 사이에 강

열한 느낌이 있을 수 있었겠지만 사랑이란 상호적인 거예요. 다시 말하자면 서로 주고받는 것이고 대개의 경우 주는 것이에요."

"나는 누구에게도 관심 없어요. 브라이언도 마찬가지예요."

"그런 말 하기에는 너무 이르지 않을까요? 지금 루스가 보는 것은 빙산일각이에요." 캐런은 웃는 얼굴로 말했다. "나는 운명이라는 걸 믿어요. 운명이란 우리가 태어나기 이전에 이미 우리의 삶이 결정된다는 힌두교의 가르침이에요. 아무것도 우리의 운명을 바꿀 수 없어요."

"누가 우리의 운명을 결정하지요?"

"변덕이 많은 신이 아니면 영일 거예요."

"그렇지만 오빠는 기독교인이에요."

"알아요. 제이콥의 종교를 편견 없이 한번 알고 싶어요. 내가 종교인이 아니기 때문에 남의 신앙이나 종교를 배척하지는 않아요."

루스는 관심을 가지고 물었다. "그럼 오빠와 캐런은 평생연분으로 태어났다고 믿으세요?"

"그렇게 믿어요. 내가 리들리에 갔고 내가 마침 정원에 있을 때 제이콥이 일을 가면서 내 쪽으로 운전해 왔고요. 그때 내가 집 안에 있었더라면 제이콥은 나를 보지 못했을 것이고 우리 이야기는 아주 다른 이야기가 됐을 거예요. 어쩌면 우리 이야기가 전혀 존재하지 않았을 수도 있었겠지요. 그 일을 어떻게 달리 설명할 수 있겠어요? 우리가 만난 것은 이미 우리가 일생을 같이할 운명을 타고 태어났기 때문이었어요. 사실 일이 그렇게 된 것이 기뻐요."

루스는 잠시 동안 심각한 얼굴로 생각하다가 말했다. "그럼 로버트와 나 사이에 그런 일이 일어나도록 돼 있었다는 말이세요? 로버트가 멀리 이사 간 것 말이에요."

캐런은 루스가 로버트에 대한 마지막 한 가닥의 희망을 붙들려고 하는 것을 알고 가엾은 생각이 들었다. "만일 로버트가 필라델피아로 아사하지 않았고 루스가 아직도 그곳에 살고 있었다면 사정이 달라졌을지 모르지요. 그렇지만 로버트는 이사를 가야 했고 그것은 환경에 의해 그렇게 된 거에요. 누가 그걸 막을 수 있었겠어요? 로버트가 그 환경을 만들지 않았어요."

루스는 보스웰에서 로버트와 마지막 날을 생각했다.

캐런은 루스의 마음을 눈치챘다. "아직도 편지를 기다리나요?"

"때로는요. 허지만 로버트의 기억이 차츰 사라져 가는 걸 느껴요. 로버트가 약속을 지키지 않았다는 걸 믿을 수 없어요. 우리 인생을 우리 마음대로 할 수 없다는 게 믿기세요?"

"알아요. 무슨 말인지." 캐런은 어려운 질문에 대한 답을 찾으면서 천장을 쳐다보았다. "어떻게 살 것인지 무엇을 할 것인지 결정은 우리가 해요. 왜냐하면 우리 문제니까요. 그렇지만 우리 기대와 전혀 다른 결과가 올 때가 많아요. 그런 점에서 본다면 우리 의지는 한계가 있다고 봐요."

루스는 하나님이 모든 일을 결정하신다는 말이 생각났다. 그러자 그것은 공평하지 않다는 생각이 들었다.

세 사람은 그날 밤 저녁식사를 마치고 늦게 캐런 아파트로 돌아왔다. 거실에 앉아 차를 마시며 제이콥과 캐런 그리고 루스까지도 관심을 가진 문제를 놓고 논의하고 있었다.

"캐런을 만나기 전에는 이런 일을 생각조차 해 보지 않았어. 나는 당연히 조선 여자와 결혼하려니 생각했으니까." 제이콥은 두 여자에게 말했다. "캐런이 조선 여자였거나 중국 여자였다면 아무 문제가 없었을 거야. 부모님과 우리가 다 받아들일 수 있는 해결책을 찾느라 머리를 싸맸지만 아직도 해결책을 찾지 못했어. 가슴이 너무 답답할 뿐이야."

"오빠, 아버지를 잘 알고 있잖아." 루스는 제이콥을 가엽게 바라보았다. "아버지는 무슨 일이 있어도 허락 안 하실 거야. 나는 아버지와 엄마가 일본 사람들을 어떻게 생각하는지 알고 있어. 해결방법이 없어." 루스는 오빠의 고뇌를 피부로 느끼면서 어떻게 하든지 오빠를 도와주고 싶었다.

"우리 두 사람은 부모님이 허락하시든 안 하시든 결혼할 거야. 그렇지만 부모님의 축복을 받고 결혼하고 싶어."

"그런 것 기대하지 마. 나는 부모님, 조부모님, 조카들 등등 친척들이 많아. 어머니가 우리 관계를 아신다면 마구 날뛰실 거야." 캐런이 차를 마시면서 말했다.

"평화적인 해결방법을 찾지 못할 경우 단 한 가지방법밖에 없어. 마지막으로 부딪혀 보는 거야. 내가 무서운 두 반대세력 사이에 끼여 어쩔 줄 모르는 처지에 빠져 있는 것이 아주 싫어." 제이콥이 캐런에게 말했다. "마냥 미룰 수 없는 일이야. 다음 해 내가 졸업하고 일자리를 얻게 되면 곧바로 결혼할 거야."

"부모님과 우리 결혼을 생각하면 가슴이 찢어지는 것 같아. 부모님을 설득할 수 있는 길이 있다면 오죽 좋으련만. 우리가 똑같이 이러고 있으니 나 역시 제이콥처럼 허탈해진 상태야." 캐런이 한숨을 쉬었다.

"부모님을 배신해선 안 돼. 그렇지만 우리의 장래를 부모님 손에 맡길 수 없어. 부모님의 요구는 너무 일방적이고 독재적이야. 어느 날 내가 이런 궁지에 빠질 줄은 상상도 못 했던 일이야." 제이콥은 창가로 걸어갔다. 숨이 막힐 것 같았다. 창문을 위로 밀어 올리고 숨을 크게 들이마시며 아래에 있는 길을 내려다보았다. 제이콥을 바라보는 캐런과 루스도 막연하기만 했다.

"오빠" 루스가 침묵을 깨뜨렸다. "내가 오빠라면 부모님의 허락 없이도 그냥 밀고 나가겠어. 결국 이건 오빠 결혼이야. 왜 부모님의 동의가 필요해?"

제이콥이 돌아서서 루스를 노려보았다. 그는 화가 나 있었다. "부모님을 배신해선 안 된다고 했잖아. 네가 지금 한 말 용서 못 해."

"제이콥." 캐런은 제이콥에게 다가가서 제이콥을 껴안았다. "루스는 우리를 도우고 싶어 그러는 거야. 꾸중을 들을 사람은 루스가 아니야."

"오빠, 도움이 될까 봐 한 말이었어. 다른 길이 없잖아. 부모님을 배신하고 안 하는 것이 문제가 아니야. 오빠는 캐런에게 초점을 맞추고 거기서부터 일을 진행해야 해."

"레드우드, 산타크루즈, 우드랜드, 라라미 그리고 보스웰에서 부모님이 우리를 위해서 어떤 고생을 하셨는지 알기나 하니? 넌 내가 지난날 내 자신에게 무슨 약속을 했는지 아니? 부모님을 편안하게 모시겠다고 약속했어. 내가 어렸을 때 부모님이 얼마나 고생하셨는지 매일 보았어. 부모님의 유일한 소망은 우리를 위해 아름다운 보금자리를 만드는 것이었어. 부모님에겐 우리가 전부야. 어떤 때는 배불리 먹을 것도 없었어. 어머니는 몸이 아파도 의사에게 갈 형편이 되지 않았어."

"제이콥." 캐런이 제이콥의 얼굴을 바라보면서 울음 섞인 목소리로 말했다. "우리는 부모님을 배신하면 안 돼."

잠시 동안 무거운 침묵이 흘렀다.

"우리가 어렸을 때는 우리가 부모님의 책임이었던 것처럼 부모님은 이제 우리의 책임이야. 부모님을 존경하라는 우리의 전통적인 가치관을 지켜야 해. 그렇지만 부모님 요구를 만족시켜 드릴 수 없어. 그분들의 요구가 공평하지 않기 때문이야. 아무리 부모님의 요구가 우습게 보일지라도 그분들은 우리의 부모님이야. 사랑은 한계가 없어." 캐런은 부드러운 목소리로 제이콥의 마음을 위로했다

루스는 제이콥에게 사과했다. "오빠, 미안해. 오빠를 화나게 할 생각이 아니었어. 나도 오빠나 캐런처럼 마음이 답답해서 그랬던 거야. 미안해."

"너는 네 자신을 이런 궁지로 몰아넣지 않도록 해. 그리고 너는 조선 남자와 결혼해야 한다. 넌 우리가 어떤 과정을 거치고 있는지 모를 거야."

루스는 얼굴을 붉혔다. 그녀는 그날 밤 제이콥이 보인 화난 모습을 한 번도 본 일이 없었다. 자신이 오빠와 같은 처지에 있다면 오빠보다 다른 해결방법을 쉽게 찾을 수 있을까 하고 생각해 보았다.

2.

쇼지와 게이코 야마모토는 산타클라라 길 건너편에 있는 산호세

기차역에서 로스앤젤레스에서 도착할 혼다 가족을 기다리고 있었다. 게이코와 줄리아 혼다는 산타클라라에서 함께 초등학교부터 고등학교까지 다니다가 줄리아가 고등학교 이 학년 때 가족이 로스앤젤레스로 이사했다.

혼다 가족의 방문은 특별한 목적이 있었고 그 목적은 대단히 중요한 것이었다. 혼다 부부는 맏이에다가 성격이 우유부단한 치과의사인 아들이 하나 있었다. 줄리아는 아들을 결혼시키려고 수많은 일본 여자들을 만나보았으나 한 여자도 그녀의 까다로운 입맛에 맞지 않았다. 불행하게도 며느릿감을 고르는 힘든 과정에서 정작 결혼할 큰아들 토마스는 아무런 결정권이 없었다. 줄리아는 아들을 너무 사랑했고 또 소유욕이 강해서 큰아들을 응석받이로 키웠는데 아들을 엄마 말이라면 무조건 순종하는 '마마보이'로 만들었다. 게다가 토마스는 세상에 어떤 여자도 어머니 같은 여자가 없다고 생각했다.

줄리아가 캐런을 마지막 본 것이 캐런이 중학교 다닐 때였다. 팔 개월 전에 게이코한테서 캐런의 재학졸업사진이 든 편지를 받았다. 그러나 줄리아는 며느릿감을 고르느라 너무 바빠서 게이코를 보러 올 시간이 없었다. 그러다가 줄리아의 끈질긴 노력이 실망으로 끝나자 '사랑하는 내 아들 토마스'를 위해 케이코를 만나기로 마음먹었다.

게이코는 친구의 방문을 우연하게 보이게 하려고 캐런에게는 일체 말하지 않았다. 그래야만 잘 꾸며진 첫 상면을 의심하지 않을 것이기 때문이었다.

캐런은 그날 저녁 동생의 스무 번째 생일파티에 오기로 돼 있었다.

어떤 사람들은 사랑하는 사람들을 보내려고, 어떤 사람들은 다음 기차 편으로 도착할 사랑하는 사람들을 기다리느라 역 대합실이 분주했다.

마치 사윗감을 기다리는 것이 초조한 듯 쇼지는 대합실에서 서성대고 있었다. 사실 쇼지는 초조했다.—쇼지는 사교적인 사람이 아니었다. 그리고 사윗감을 만나는 일 때문에 초조한 것이 아니라 하는 일 없이 멍하니 시간을 낭비하는 것이 그를 초조하게 만들었다. 게이코가 알듯이 쇼지는 시간이 남아돌아가면 어쩔 줄 모르는 사람이었다. 일본에서 농가의 장남으로 태어난 그는 일생을 힘든 농사일에 바쳐 왔다. 쇼지는 농사일로 정신없이 바쁘게 돌아가지 않으면 마치 자신이 쓸모없는 사람이 돼 버린 것처럼 두려워했다. 농사일은 그의 인생이었다. 일밖에 모르는 그 정신질환을 게이코나 자녀들도 어찌할 수 없었다. 게이코는 남편의 일 버릇을 "사람을 죽이는 중독"이라고 불렀다.

다른 사람들은 떠들고 즐겁게 웃는 그날 오후에도 쇼지는 할 말이 한 마디도 없었다. 다른 사람들은 행복하게 보였으나 쇼지는 죽을 것같이 마음이 답답했다. 오렌지 밭으로 나가 일하고 싶어서 몸이 근질근질했다.—흙냄새와 시원한 공기를 맡고 들들 볶는 아내로부터 해방되는 일이 그리웠다.

드디어 오래 기다리던 로스앤젤레스발 북행 열차가 도착했다. 대합실은 사람들로 다시 웅성거렸다. 게이코가 제일 먼저 출구로 달려갔다.

몇 분이 지난 뒤 줄리아가 나타났다. 남편과 아들은 뒤에서 졸졸 따라왔다. 두 여인은 반가워 소리를 지르며 서로 껴안았다. 두 남편은 기계적으로 악수를 했다. 토마스는 일본인들의 평균 키에 검은 양복을 입었고 테가 좁은 중절모를 쓰고 두꺼운 돋보기안경 너머로 눈을 껌벅거렸다. 토마스는 어머니의 흥분이 가라앉기를 기다리고 서 있었다.

"내 아들 토마스야." 줄리아는 자랑스럽게 아들을 게이코에게 소개시켰다. 줄리아는 언제나 값비싼 유럽의 최신유행을 따라 옷을 입었는데 그날은 게이코와 캐런을 만나기 위해 유럽 디자이너가 만든 밝은 베이지색 드레스를 입고 있었다.

"야, 정말 잘생겼어!" 게이코는 토마스를 바라보며 감탄하듯 말했다. "만나게 돼 반가워 토마스."

"저도 그렇습니다. 아주머니." 토마스가 말했다. 그는 정부의 고위관료처럼 보였다. 그는 잠시 기계적인 웃음을 띠었다. 그 웃음은 금방 사라졌다.

그날 저녁 혼다 가족은 캐런의 동생 잔에게 줄 선물을 잔뜩 사들고 일찍 도착했다. 그들은 모간 힐에 있는 줄리아 오빠 집에서 묵고 있었다.

여행의 피로가 풀린 토마스는 푸른 양복을 입고 있었다. 로스앤젤레스에서 야채도매상을 하는 토마스 아버지 프랭크는 키가 작고 몸집이 땅딸막한 사람이었다. 그들은 거실에서 차를 마시고 있었다. 게이코는 혼다 가족의 좌석배열이 이상하다고 생각했다. 제멋대로 떠들며 뛰어다니는 버릇없는 아이를 옆에 붙잡아 놓고 있듯 토마스는 부모 가운데 앉아 있었다. 자식을 둘이나 기른 경험 있는 게이코는 토마스가 엄마의 과잉보호를 받은 '엄마의 애기'라는 낌새를 느꼈다. 그녀의 느낌이 맞는다면 캐런의 결혼은 아주 불행할 것 같았다.

잔이 아직 돌아오지 않아 게이코를 실망시켰다. 아침 일찍 잔이 집을 나가기 전에 게이코는 그날이 생일이니 빨리 돌아오라고 일렀다. *손자에게 돈과 선물로 아이를 응석받이로 만들어 놓은 외할머니가 잔을 붙들고 있는 게 틀림없어.* 잔은 대학을 가지 안 가기로 마음먹고 외삼촌의 종묘원에서 일했다. 게이코가 보기에는 아들이 여자에게 도무지 관심이 없어 보였다.

그러나 잔은 이 년 전에 하와이로 옮겨 자영사업을 하고 있는 친구에게 갈 계획으로 아무도 모르게 돈을 모으고 있었다. 하와이 오하우에 사는 그 친구와 파트너로 일하고 싶었다. 한 번도 늦어본 적이 없는 캐런은 정확하게 제시간에 도착했다. 혼다 가족을 보고 놀랐다. 줄리아가 웃음으로 활짝 핀 얼굴로 한 번도 만나본 일이 없는 토마스를 캐런에게 소개했다. 캐런과 토마스는 형식적으로 눈인사를 나누었다. 게이코와 줄리아가 정성껏 꾸민 음모는 캐런의 눈에는 우습게 보였다. 캐런은 토마스에게 전혀 관심이 없었다. 두꺼운 안경을 끼고 입술이 두꺼운 토마스는 캐런이 어렸을 때 사진에서 봤던 엄하게 생긴 나이 많은 어느 일본학교 선생을 연상시켰다. 어머니에게 제이콥과 자신의 깊은 관계를 말해야 할 때가 드디어 왔다고 생각했다. 마음의 준비는 되지 않았지만 주어진 환경이 그렇게 할 수밖에 없게 만들었다.

더 이상 꾸물거리며 사실을 숨길 필요가 없었다. 토마스와 줄리아를 보자마자 더 이상 미루어서 안 되겠다고 생각했다. 예상하지 않았던 매우 불쾌하고 어색한 생일파티였다. 세 사람의 눈이 지켜보고 있는데 식사를 즐길 수 없어 캐런은 조금만 먹었다. 로스앤젤

레스에서 온 가족이 그녀를 너무 불편하게 만들어 바로 떠나기로
마음먹었다.

줄리아가 캐런을 다시 한 번 살펴보기 전에 캐런은 부모에게 곧
바로 떠나야 한다고 말하고 정중한 자세로 혼다 가족에게 사과했다.

예상하지 않았던 일에 놀란 줄리아는 캐런을 좀 더 잡아두라고
게이코에게 눈짓을 했다. 줄리아에게 너무 큰 실망이었고 캐런이
줄리아의 얼굴에 대고 아들을 거절하는 성명을 발표하는 것과 다
를 바 없었다. 줄리아는 훌륭한 가정교육을 받은 젊은 여자들을 다
거절했었는데 이제는 친구 딸에게 퇴짜를 맞았다고 생각했다. 줄리
아의 얼굴에서 웃음이 싹 사라졌다.

캐런은 동생에게 생일선물을 주고 나서 등 뒤에서 그녀를 따라
다니는 세 쌍의 눈길을 느끼며 바로 문밖으로 걸어 나갔다. 게이코
는 몹시 화가 나고 당황하여 차에까지 딸을 따라 나왔다.

"너답지 않게 이게 무슨 짓이냐?" 게이코가 엄하게 따졌다. "손
님이 식사를 하고 있는데 떠나다니! 무례하기 짝이 없다."

"그분들은 엄마 손님이지 저의 손님이 아니에요." 캐런이 대답했다.

"아무리 그렇다고 해도 이건 생각할 수도 없이 무례한 짓이야.
너 때문에 창피스러워 못 견디겠다. 왜 이런 행동을 하니?"

캐런은 차문을 잡은 채 숨을 깊이 내쉬며 엄마를 잠시 바라보았다.
"엄마, 나는 사귀는 사람이 있어요. 다음 해 우린 결혼할 거예요."

"아니 그게 사실이냐?" 게이코는 홀린 듯 딸을 바라보았다.

"정말이에요. 아주 훌륭한 사람이에요. 엄마가 자랑스러워하실
거예요." 캐런은 무거운 짐을 내려놓아 훨훨 날아갈 것 같았다. 제1
막이 실수 없이 내려온 것이다.

"어미에게 좀 더 일찍 말해 줬어야 했다. 줄리아가 너를 만나려고 왔어. 뭐라고 해야 할지 모르겠구나. 어미를 궁지로 몰아넣었구나."

"미안해요, 엄마. 엄마를 당황하게 할 생각은 아니었어요. 그렇지만 그분들이 오시는 줄 몰랐어요. 그리고 만날 마음의 준비도 되지 않았고요."

"나를 당황하게 한 것은 나쁜 일이다만 데이트하는 사람이 있다니 좋은 소식이다." 드디어 게이코가 웃었다. "얼마나 오랫동안 사귀었니?"

"육년 됐어요."

"육년 동안 어미에게는 한마디 말도 없었니? 슬프구나. 난 내가 너에게 가장 가까운 친구라고 생각했는데…. 하나뿐인 어미에게 6년 동안 말 한마디도 없었다니! 부끄럽다." 게이코는 딸을 심하게 나무랐다. "그렇지만 내 딸이 사랑하는 사람이 있다니 마음이 놓이는구나."

"엄마, 정말 미안해요."

"어떤 사람인지 만나보고 싶구나. 못 만나게 하지는 않을 테지?" 게이코는 딸을 바라보며 눈을 가늘게 떴다.

"아뇨. 그렇지만 기다리셔야 해요. 모두 다 기다려야 해요."

"무슨 소리냐?"

"다음 해 법대 졸업하거든요. 공부에 방해가 되면 안 돼요."

"법대생이라고?" 게이코는 크게 기뻐했다. "머리가 좋은 사람이구나."

"예. 머리가 아주 좋아요."

"미국에서 태어났니?" 게이코는 딸의 결혼 상대자가 어련히 일본 사람일 거라고 생각했다.

"예. 미국에서 태어났어요." 캐런은 어머니의 핸드백을 뒤지다가 들킨 소녀같이 얼떨떨하게 대답하고 있는 자신을 발견했다. 아직도 어머니와 함께 걸어가야 할 길이 먼 것을 알고 있었다.

"잘생겼니?" 게이코는 마음이 놓여 딸을 보고 행복하게 웃었다.

"잘생겼어요." 캐런은 행복하게 웃는 어머니의 웃음에 답하려고 애썼다.

"부모님도 살아 계시고?"

"예."

"부모님들이 일본 어디 출신인지 궁금하구나. 2세냐?"

캐런은 그 질문에 온몸이 굳어져 대답을 못했다. 그런 질문이 조만간 나오리라 예상하고 대답할 준비는 하고 있었으나 그 질문이 좋지 않은 때에 그것도 너무 빨리 나왔다. 캐런은 끈적끈적한 기분을 이기려고 목소리를 가다듬었다.

"왜 대답이 없니?" 게이코는 갑자기 긴장해 보이는 딸을 바라보았다.

"일본 사람이 아니에요." 캐런은 어머니에게 정직하고 싶었다. 그렇지 않으면 일을 더 어렵게 만들 것 같았다.

"그럼 어디 사람이냐?"

"조선 사람이에요."

게이코는 소스라치게 놀라 얼굴이 하얗게 질려 몸을 부들부들 떨었다. 그녀는 딸에게 견딜 수 없는 모멸감을 느꼈다. 캐런은 눈물 어린 눈으로 어머니에게 다가가서 몸을 부들부들 떨고 있는 어머니를 껴안았다. 걷잡을 수 없이 화가 난 게이코는 있는 힘을 다해 딸을 뒤로 밀쳤다. 캐런이 비틀거리는 동안 게이코는 홱 돌아서서 집을 향해 성난 발길을 옮겼다. 캐런은 어머니가 집 안으로 사라질 때까지 그 자리에 서 있었다. 차에 올라타고 잠시 동안 멍하니 앉아 있었다. 가슴이 너무 아파 갈기갈기 찢어지는 것 같았다. 천천히 손수건을 꺼내 눈물을 닦았다. 그러고 나서 길 아래쪽으로 천천히 차를 몰았다. 아파트로 돌아가는 길에 제이콥에게 잠깐 들를 계획이었으나 그날 밤은 혼자 있고 싶었다.

캐런을 화나게 한 것은 줄리아와 일을 그럴싸하게 꾸민 엄마 때문이었다. 쥐덫에 걸린 쥐 같은 기분이었다. 쥐덫에 가까이 갔으나 걸릴 만큼 가까이 가지는 않았다. 다행이라는 생각이 들었다. 사정이 제이콥과의 관계를 털어놓게 한 것을 다행으로 여겼다. 언젠가는 닥칠 일이었다. 캐런은 제이콥과 자신을 위해 싸워야 할 힘든 전쟁이 바로 코앞에 닥친 것을 깨달았다. *오늘 밤에 있었던 일로 어떤 일이 벌어질지 누가 알겠어?* 캐런은 한숨을 내쉬었다.

3.

침실창문으로 뒷집의 정원을 내려다보면서 루스는 브라이언을 믿을 수 있을지 스스로에게 묻고 있었다. 북쪽에 있는 새크라멘토까지 브라이언의 차를 타고 같이 여행하고 싶은지 자신에게 재확인하고 싶었다.

일하는 식당은 그런대로 영업이 잘 됐으나 일주일에 세 번, 그것도 하루에 세 시간밖에 일을 주지 않아서 생활에 필요한 돈이 부족

했다

지난주 브라이언이 전화를 걸어 새크라멘토에 있는 그의 식당에 초대를 했다. 그의 초대에 나쁜 동기가 있는 것같이 보이지 않았다. 사실 루스는 브라이언을 좋아하기 시작했다. 브라이언은 루스가 마음을 닫으려고 애쓰는 로버트와 닮은 점이 많았다. 브라이언은 친절하고 분명했다. 그리고 그녀를 초대하는 이유가 적절하게 보였다. 루스는 식당업에 전문가는 아니었지만 다소 실제적인 경험을 얻었다. 커피만 시켜 놓고 온종일 시간을 보내는 실업자가 아니라 제대로 값진 음식을 주문할 여유가 있는 그런 손님들을 만족하게 해 주는 방법을 터득했다.

로버트를 사랑하는 마음은 아직도 살아 있었지만 그를 완전히 잊어버리는 것은 힘든 도전이었다. 그녀는 로버트를 향한 사랑이 그녀를 어느 방향으로 끌고 가든지 그냥 내버려 두기로 했다. 비록 로버트가 약속을 지키지 않은 것이 믿어지지 않았으나 사람은 주어진 환경에 적응하기 위해서 스스로 원하든 원하지 않든 변하는 법이다. 하루는 삶이 질서 있게 보였다가 다음 날은 무질서하게 보인다. 그것이 인생이다. 그녀는 단 한 번도 정상에 닿아 보지 못한 어린 시절의 꿈에서 멀어지고 있었다. 다른 나무를 심고 그 나무가 자랄 계절을 기다려야 한다. 겨울은 영원히 계속하지 않는다.

드디어 마음을 정하고 브라이언과 만나기로 약속한 장소로 나가기로 했다. 그녀와 사귀기에 합당한 브라이언을 의심했던 것이 미안했다. 그녀는 서둘러 밖으로 나와 길 아래쪽으로 걸음을 옮겼다. 밝은 날씨에 공기까지 상쾌했다. 조금 걸어가자 길 아래쪽에 브라이언의 빨간색 포드 8기통 컨버터블(오픈 카)이 길 모퉁이에서 언덕 아래 쪽으로 주차해 있는 것이 보였다. 가까이 가자 브라이언이 어린아이 같은 밝은 웃음을 웃으며 반가워했다. *저건 바로 로버트의 미소야.* 그 순간 루스는 그녀의 결단력이 부족한 마음을 몹시 꾸짖었다. 브라이언은 루스에게 인사하려고 차에서 내렸다. "루스, 안녕하세요?"

"안녕하세요?" 루스는 브라이언이 차문을 열어 주자 자리에 편하게 앉으며 말했다.

"시장하시겠어요." 브라이언이 운전석에 앉았다.

"별로요."

"도중에 뭘 좀 먹도록 하겠습니다. 그렇지만 새크라멘토에 도착할 때까지 식욕을 아껴 두세요. 요리사에게 루스를 위해 특식을 부탁했으니까요." 브라이언은 언덕 아래로 차를 몰았다.

두 시간 뒤에 그들은 식당에 도착했다. 열두 개의 식탁이 놓인 조그마한 식당이었는데 실내장식은 볼품없었고 실내가 더러웠다. 감수성이 예민한 루스의 눈이 실내를 날카롭게 바라보았다. 요리사 김씨는 샌프란시스코에서 수습을 마친 중년 경상도 남자였고 억센 경상도 사투리를 썼다. 웨이트리스 케이디가 점심을 날랐다. 루스는 오던 길에 과일을 좀 먹어서 배가 고프지 않았다. 그러나 루스는 브라이언을 기쁘게 해 주려고 정원에서 기른 싱싱한 야채와 요리사의 전문인 닭 수프 등 여러 가지를 조금씩 맛보았다.

"부엌을 보여 드리겠습니다." 점심식사가 끝나자 브라이언이 안내했다. 루스는 그를 따라 부엌으로 들어갔다. 부엌은 장소가 넓고 깨끗했으나 너무 어질러져 있었다. 루스는 금세 부엌이 제대로 활용되지 않고 있다는 것을 알았다. 김씨가 요리사로 부엌을 맡고 있

는 한 부엌을 확장한다고 해도 달라질 것이 없다고 생각했다. 예상
했던 대로 창고와 냉동실은 엉망이었다. 브라이언이 물어보면 대답
할 수 있도록 본 것들을 꼼꼼히 기억해 두었다. 그녀는 식당을 개
선할 가능성을 보았고 브라이언이 도움이 필요한 것을 알았다.

그날 오후 브라이언은 루스에게 평가를 부탁했다. 루스는 그녀의
의견을 솔직하게 말했다. 브라이언은 고마움을 표했다. 첫 번째로
요리사를 바꾸라는 제안을 했다. 김씨의 요리솜씨가 좋기는 했으나
그렇게 좋지는 않았다. 브라이언은 노동자들을 대상으로 영업을 했
으나 위치가 너무 좋아서 고급식당으로 자랄 수 있는 기회를 놓칠
까 봐 안타까웠다. 브라이언은 루스의 제안에 전적으로 동의하지
않았고 김씨를 교체할 생각도 없었다. 루스가 김씨를 주방장 바로
밑에 두는 것이 좋겠다고 말했을 때 브라이언이 만족해했다.

브라이언은 주정부청사 앞길인 L 스트리트에 차를 세웠다. 그는
루스에게 번화가를 구경시켜 주고 있었다. "루스가 새크라멘토로
이사 와서 일을 도와줬으면 해요. 실내장식과 식탁배열 같은 것 말
입니다. 그리고 루스가 필요하다고 생각한 대로 바꿔 주시면 좋겠
습니다."

그들은 차에서 내려 캐피털 공원으로 걸어갔다. 날씨가 산책하기
에 안성맞춤이었다. 키가 큰 야자나무는 파란 하늘을 배경으로 뽐
내며 서 있었고 넝마 같은 너절한 옷을 입은 소나무는 길옆에 서서
자리를 지키고 있었다. 초겨울 낙엽이 공원에서 보도 위로 굴러다
녔다.

"넉 달만 있으면 졸업해요. 그때 어떻게 할지 결정을 할 거에요."
루스가 말했다.

"여기서 UC 데이비스 대학교에 다닐 수 있잖아요?"

"장래에 대해 많이 생각해 봤어요. 아직도 작가가 되고 싶은 마음에는 변함이 없어요. 그렇지만 당장 필요한 것도 무시할 수 없어요."

"저쪽 벤치로 가서 좀 앉을까요?" 두 사람은 벤치로 가서 앉았다. 한동안 겨울옷을 입고 빠른 걸음으로 지나가는 사람들을 바라보았다.

"이삼 년 동안 쉬면서 생각해 보고 싶으시면 여기로 와서 나를 도와주세요."

루스는 웃었다. "졸업하고 나서 무엇을 할지 아직은 분명한 계획이 없어요. 그렇지만 평생을 웨이트리스로 일하고 싶지 않아요."

"고용인으로 일해 달라는 말이 아니에요. 파트너로 같이 일해 주셨으면 좋겠어요. 어떻게 생각하세요?"

"고마워요. 그렇지만 이리로 이사 오는 건 생각 밖이에요."

"샌프란시스코에 뭐가 있어요?"

"내 꿈이 있어요." 루스도 자신에게 똑같은 질문을 했다. *샌프란시스코에 뭐가 있느냐구? 가장 아름다운 도시. 바닷가에 자리 잡은 항구도시. 멋있는 도시. 하지만 그 모든 것들이 나에게 뭐란 말인가?*

"꿈은 루스가 어디를 가든지 루스를 따라다녀요. 나는 샌프란시스코에서 태어나서 거기서 자랐어요. 내가 더 좋은 기회를 찾아 여기로 옮겼을 때 내 꿈도 나를 따라왔어요. 말하자면 내가 꿈을 따라온 거지요. 루스와 꿈은 파트너예요." 브라이언은 루스를 설득하려 하지 않았다. 루스도 그걸 알았다. 그것이 루스의 마음을 편하게 만들었다.

"나는 브라이언에게 도움을 줄 무슨 특별한 것이 없어요. 너무 기대가 큰 것 같아요."

"그렇진 않아요. 그렇지만 루스는 경험이 있고 사업에 필요한 재능이 있어요. 내가 원하는 것이 바로 그런 것입니다. 아버지는 내가 실질적이지 못하다고 말씀하셨어요. 꿈을 먹고 산다고요." 브라이언이 빙긋 웃었다. "지금 대답 안 하셔도 돼요. 졸업한 뒤에 생각할 시간이 많을 거니까요." 그는 잠시 십일월의 하늘을 쳐다보았다. "일주일에 한 번씩 루스를 만나고 싶어요."

루스는 얼굴이 붉어지면서 발아래서 굴러다니는 낙엽을 내려다보았다. "왜요?"

"루스가 너무 좋아요. 그리고 루스를 더 알고 싶어서요. 나를 믿으세요?"

루스는 고개를 꺼덕였다. 그녀는 브라이언의 솔직함이 고마웠다.

"일주일에 한 번 만날 수 있지요?" 브라이언이 다시 물었다.

루스는 대답하지 않았다. 브라이언은 루스가 다른 사람과 데이트하고 있다고 생각했다. "누구 다른 사람하고 만나세요?"

"말할 것이 있어요." 루스가 말했다. "유타에 살 때 남자친구가 있었어요. 우리는 오랫동안 서로 알고 지냈어요. 그러다가 다른 곳으로 이사 갔어요. 나는 그 사람을 사랑했어요. 우리 사이에는 아무 일도 없었어요. 우린 그냥 어린 친구였으니까요. 나는 그냥 친구라고 생각했는데 나중에 알았지만 나는 그 친구를 사랑했었어요." 루스는 브라이언을 쳐다보았다. "잊어버리려고 애썼는데 마음대로 되지 않네요."

"그런 일이 있었군요. 잊는다는 것이 무척 힘들었겠지요."

"브라이언이 알아야 할 것 같아서 말했어요. 마치 어린 소녀가 꾸며 낸 이야기 같지요?"

"아뇨. 말해 주셔서 감사합니다. 그렇지만 나는 그때 일을 잊어 버려야 한다고 생각해요. 아직도 그 사람 기다리세요?"

"아뇨. 그 사람도 나를 사랑했다고 생각해요. 나는 편지를 기다렸고요. 매주에 한 번씩 편지를 쓰겠다고 약속했거든요. 그래요. 이 이야기는 내가 믿으려고 만들어 낸 이야기예요. 아직도 기다리느냐고요? 그렇게 생각지 않아요. 들어 줘서 고마워요."

"언제든지 말하고 싶을 때 루스 말을 들어 줄 사람이 옆에 있다는 걸 기억해 주세요. 마찬가지로 내가 말하고 싶을 때 내 말을 들어 줄 사람이 있으면 해요."

루스는 미소를 머금고 말했다. "나는 남의 말을 잘 들어 주는 사람이에요."

"나도요."

4.

일요일 오후 다니엘은 자전거를 타고 아버지의 심부름을 가고 있었다. 노동자 합숙소에 살고 있는 김성재에게 메시지를 전하러 가는 길이었다. 자전거 페달을 힘껏 밟았다. ― 합숙소는 집에서 조금 떨어져 있었다. 목수보다는 목사가 되겠다는 결심을 한 뒤 작년부터 곤잘레스 할아버지 가구점에서 일을 도와주는 것을 그만두었다.

다니엘은 곧 고등학교를 졸업하고 로스앤젤레스에 있는 신학교에 입학하기로 돼 있었다. 순자는 다니엘의 학비를 보조하려고 하숙집을 열고 싶어 했다. 처음 유진은 그 일을 반대하고 나섰다. 그러다가 다니엘의 학비 및 기타 경비를 알고 나서 긴 한숨을 내쉬면서 마지못해 허락했다. 유진 혼자 수입으로 아이들의 대학교육비를 보조해 줄 수 없었다. 이년 뒤에는 그레이스도 대학에 진학할 것이고 그러자면 막내딸 교육비도 마련해야 했다.

다니엘은 보스웰에 살 때 어머니가 가르쳐 준 아리랑을 휘파람 불면서 노동자 합숙소로 가는 먼짓길로 들어섰다. 늙은 참나무 아래 사람들이 모여 웅성대는 모습이 보였다. 자전거를 길에 팽개치고 구경꾼들 속으로 비집고 들어갔다. 구경꾼들이 둘러싸고 있는 한가운데 두 사람이 서로 당기고 밀치면서 큰소리로 고래고래 소리 질렀다.

재미있는 일이 없어 굶주린 노동자들은 싸움을 재미있게 구경하고 있었다. 다니엘은 구경꾼들의 얼굴을 바라보았다. 모두 표정이 없는 얼굴들이었다.

"야, 이 개새끼야. 네놈이 내 마누라와 잤지?" 조효섭이 목이 터지라 소리 질렀다. 그의 화가 난 얼굴은 붉으락푸르락했고 몸을 부들부들 떨었다.

"네 마누라가 먼저 꼬리를 쳐서 내가 같이 자 준 일밖에 없어." 조효섭의 적수가 말했다. 그는 조효섭보다 키가 훨씬 컸다.

"야 이 개새끼야! 당장 이곳에서 꺼져. 그렇지 않으면 네놈을 죽여 버릴 테야." 조효섭이 주먹을 휘두르며 키 큰 남자를 밀쳤다. 그러나 상대가 워낙 덩치가 커서 꿈쩍하지도 않았다. 그때 키 큰 사내가 주먹을 높이 들더니 조효섭을 향해 주먹을 날렸다. 딱하고 뼈 부러지는 소리를 내면서 주먹이 조효섭의 얼굴을 내리쳤다. 조효섭은 꺼꾸러져 코피를 흘렸다.

"내가 네 마누라의 청을 들어준 것밖에 없다고 했잖아? 너는 젊은 마누라를 즐겁게 해 주기에는 너무 늙었어." 키 큰 사내가 참을 수 없는 모욕을 삼키고 있는 조효섭을 내려다보며 비웃었다. "마누라를 만족하게 해 줄 수 없으니 나를 좋아할 수밖에. 그건 네 잘못이야. 생각은 있지만 몸이 말을 안 들어. 넌 너무 늙었어. 넌 이제 늙은 폐인이야."

다니엘은 조효섭을 가여운 눈으로 바라보았다. 싸움을 말릴 만큼 힘이 세지 못했다. 다니엘이 힘이 딸리는 조효섭을 어떻게 도울까 생각하고 있는 사이에 조효섭이 벌떡 일어나 상처받은 곰처럼 젊은 사내에게 돌진했다. 두 사람이 동시에 뒤로 넘어졌다. 둘은 서로 위에 올라타려고 뒹굴면서 씨름했다. 조금 뒤에 키 큰 사내가 어려움 없이 조효섭을 깔고 앉아 얼굴에 주먹을 마구 퍼부었다. 조효섭도 그리 만만치 않았다. 그는 밑에 깔려 미친 듯 위쪽으로 주먹을 날렸으나 불리한 위치라 큰 피해를 주지 못했다.

그러자 대정복자처럼 웃으면서 큰 사내가 일어섰다. 더러운 옷자락으로 피 묻은 손을 닦았다. 그때 패자는 눈 깜짝할 사이에 일어나 안주머니에서 권총을 꺼내 적수를 향해 겨냥했다. 그리고 탄창에 들어 있는 여섯 발을 다 쏘았다. 키 큰 사내가 쓰러졌다. 여섯 발이 뚫고 들어간 구멍에서 피가 흘러나왔다.

그 장면을 지켜보던 다니엘은 연거푸 토했다. 그런 무서운 일을 본 일이 한 번도 없었다. 다니엘은 자전거를 향해 비틀거리며 달려갔다. 자전거에 뛰어 오르자 즉시 그곳을 떠났다. 어찌나 놀랐던지

숨을 쉴 수 없었다. 공포로 하얗게 질린 다니엘은 죽을힘을 다해 페달을 밟으면서 소리소리 질렀다.

집에 닿자 자전거를 잔디 위에 팽개치고 뒤뜰에서 의자를 고치고 있는 아버지를 찾아 집 안으로 뛰어 들어갔다. "아버지, 누가 사람을 죽였어요."

"누가 누구를 죽였단 말이야?" 유진은 하던 일을 계속하며 말했다.

"총에 맞아 죽은 사람은 누군지 몰라요. 두 사람이 다 조선 사람이었어요. 너무 끔찍했어요." 다니엘은 무섭고 몸이 떨려 목격한 사건을 제대로 생각으로 연결시킬 수 없어 조리 없는 소리를 마구 지껄였다. 어찌나 무서웠던지 말이 혓바닥에 걸려 입 밖으로 나오지 않았다. "그게 사실이냐?" 유진은 이따금씩 과장하는 버릇이 있는 아들을 바라보았다

"가서 직접 보세요. 노동자 합숙소에서 일어 난 일이에요. 덩치가 크고 곰같이 생긴 사람이 총에 맞아 죽었어요."

"우리 동포가 확실하냐?"

"예. 한 사람은 조효섭이었어요. 그 사람이 총을 쏜 거예요. 키 큰 남자가 자기 부인하고 같이 잠을 잤대요. 무척 화가 나 있었어요."

"김 목사님과 함께 가 봐야겠다." 유진이 아들을 지나 집 안을 향해 걸음을 급하게 옮겼다. 그러다가 걸음을 멈추고 돌아서서 아들을 바라보았다. "너 는 본 것도 들은 것도 없고 그 자리에 있지도 않았다. 무슨 말인지 알아듣겠느냐?"

"예. 아버지. 나는 본 것도 없고 들은 것도 없고 그 자리에 있지도 않았어요." 다니엘의 아버지 말을 복창했다.

"그럼 됐다. 어서 조씨 부인에게 달려가 숨으라고 전해라. 그리

고 곧바로 집으로 돌아와야 한다."

아버지가 어머니와 이야기하는 사이에 다니엘은 자전거를 다시 타고 집을 나섰다. 조효섭이 집에 도착하려면 시간이 걸릴 테니 그 사이 조효섭의 아내를 피신시켜야 한다. 조씨 부부는 동쪽으로 조금 떨어진 곳에서 헛간을 개조한 단칸방에서 살고 있었다.

무거운 임무를 지고 다니엘은 다리가 부러져라 페달을 밟았다. 금방 얼굴에서 땀이 솟았다. 길에서 조금 떨어진 침침한 밤색 페인트를 칠한 집에 닿자 다니엘은 앞문으로 달려가 연거푸 문을 두들겼다. 안에서 아무 대답이 없었다. 조효섭의 아내를 찾으려고 집 뒤로 달려갔다. 잠시도 낭비할 시간이 없었다. 살인사건 장면이 아직도 눈앞에 생생했다. 조효섭의 아내의 안전이 걱정됐다.

모퉁이를 돌자 조효섭의 아내가 잎이 다 떨어진 복숭아나무 아래서 손으로 빨래를 하고 있었다.

"아줌마!" 다니엘이 숨이 찬 목소리로 불렀다. 조효섭의 아내는 소리 나는 쪽으로 얼굴을 돌렸다. 다니엘은 소스라쳐 놀랐다. 그녀의 얼굴은 두들겨 맞아 보기가 흉할 정도였다. 입술은 주먹으로 얻어맞아 퉁퉁 부어 있었다. 다니엘은 사진신부로 보다 나은 삶을 찾아 미국으로 건너온 조효섭의 아내를 불쌍하게 생각했다. 그녀의 삶은 비극의 연속이었다. 가난과 남편에게 두들겨 맞는 것이 그녀 삶의 전부였다.

남편은 집에 붙어 있을 때가 없었다. 일이 끝나면 같은 패거리들과 어울려 프레즈노로 나가 노름을 했다. 농번기에만 잠시 집에 들렀다. 농번기가 아닌 계절에는 성적 욕구를 채우려고 가끔씩 집에 들렀고 아내가 모아 둔 돈을 다 내놓으라고 아내를 들들 볶았다.

겨울에는 아예 차이나타운에서 살았다. 돈이 다 떨어지면 노름빚을 갚느라 잡일을 하고 마약도 팔고 다녔다. 차이나타운에서는 아편을 쉽게 살 수 있었기 때문에 조효섭은 아편중독에 걸렸다. 그는 아편 주사를 놓으려고 항상 주사기를 가지고 다녔다. 아편주사 바늘을 하도 많이 찔러서 두 팔이 온통 딱지로 덮혀 있었다. 팔의 혈관이 굳어져 주사바늘이 들어가지 않을 때는 다리에 있는 혈관에 주사를 놓았다. 그는 아내 앞에서 옷을 갈아입는 일이 거의 없었고 팔의 주사 딱지를 가리려고 긴 소매 셔츠를 입고 다녔다. 효섭의 아내는 그런 남편의 비밀을 오래전부터 알고 있었다.

아편을 맞고 아편기운이 온몸에 퍼질 때까지 목구멍이 타서 독한 양주를 마셨고 그러다가 잠이 들곤 했다. 노름 돈이 떨어지기가 바쁘게 집으로 달려와 피땀 흘려 모아 둔 아내 돈을 뺏어 갔다. 조효섭의 아내는 여름에는 과일을 따고 늦은 가을과 겨울에는 남의 집 청소를 해 주고 농사꾼들의 옷을 세탁해 주며 밥과 김치만 먹고 살았다. 조효섭은 아내가 피땀 흘려 모은 돈을 뒤지느라 집 안을 발칵 뒤집어 놓았다. 마치 사근사근한 잎사귀로 배를 채운 산토끼가 행복하여 들판을 깡충깡충 뛰어가듯이 조효섭은 돈을 찾기 바쁘게 아내의 돈을 들고 노름 집으로 뛰어갔다.

돈을 찾느라 집 안을 뒤집어 놓을 때마다 조효섭의 아내는 굶주림과 상처를 다시 체험해야 했다.

"조씨가 아줌마를 죽이러 오고 있어요." 다니엘은 서툰 조선말로 온 목적을 전했다. "조씨는 키가 크고 덩치가 큰 사람을 죽였어요. 어서 도망가세요."

조효섭의 아내는 전혀 놀란 기색이 없었다. 빨래를 계속하며 말했다. "내가 숨을 곳이 어디 있겠니?"

"어디든지 가서 숨으세요. 아줌마를 죽일 거예요. 어서 서두르세요. 곧 이리로 올 거예요." 다니엘은 혀를 굴려 마른 입술에 침을 바르며 조효섭이 뒤에 서 있지 않나 어깨 너머로 뒤를 돌아보았다.

조효섭의 아내는 일어서서 하늘을 올려다보며 말했다. "주님, 나를 불쌍히 여겨 주세요. 남편이 나를 죽이게 해 주세요. 저에게는 이런 저주받은 삶보다 죽음이 나을 것입니다." 그녀는 다니엘에게 고개를 돌렸다. "어서 여기를 떠나거라. 나는 죽음이 두렵지 않다. 죽음은 나에게 가장 큰 축복일 것이다. 어서 여기를 떠나거라. 나 때문에 시간을 낭비하지 마라."

"아줌마가 안 가시면 나도 안 가요. 아줌마, 그런 일은 생각하지 마세요. 아줌마는 하나님에게 귀한 사람이에요. 하나님은 아줌마의 생명을 구하시기 원하세요."

"내 생명이라고?" 그녀는 콧방귀를 뀌면서 입술을 삐죽하게 내밀었다. "나에게는 생명이 없다. 그저 죽지 못해 살고 매를 맞아 뼈마디가 쑤시는 몸 덩어리가 있을 뿐이다. 이제 끝이 나야 한다. 다니엘, 어서 여기를 떠나지 않으면 크게 다칠 거야. 내 말 들어라."

이제 다니엘은 조효섭의 아내가 도망가지 않을 것을 눈치챘다. 조효섭의 아내를 끌어내려고 다니엘이 대담하게 가까이 다가갔다. "아줌마가 안 가면 나도 안 가요."

"너 도대체 왜 이러니? 너는 우리 집안의 문제와 상관이 없다."

"아버지가 아줌마에게 알리라고 하셨어요. 아줌마를 염려하고 사랑하는 사람이 많아요."

"네 아버지 친절이 고맙구나. 그렇지만 아무도 우리 집안일을 해결할 사람이 없다. 자. 이제 그만 떠나거라." 그녀는 다니엘을 끌어내려고 다니엘 앞으로 바짝 다가갔다. 바로 그때 남편이 비실거리며 뒤뜰로 들어서는 것을 보았다. 그는 정신이 혼란하고 지쳐 보였다. 조효섭의 아내가 보기에 남편은 완전히 정신이 나간 사람이었다. 그녀는 남편에게 등을 돌리고 서 있는 다니엘이 걱정스러웠다. "드디어 나타났다." 다니엘에게 낮은 목소리로 말했다. 다니엘이 돌아 서자 조효섭이 안주머니에서 권총을 꺼냈다.

"넌 여기서 뭘 하고 있느냐?" 조효섭이 다니엘에게 물었다.

"아줌마를 피신시키러 왔어요. 합숙소에서 무슨 일이 있었는지 다 봤어요." 다니엘은 말하지 말아야 할 말을 하고 있는 자신을 의식하지 못했다. 이상하게도 다니엘은 조효섭이 무섭지 않았다.

"야 이년아. 얘하고도 잠을 잤냐?" 조효섭이 아내를 노려보았다.

"미쳤어요." 조효섭의 아내가 대들었다. 그 말투가 그녀를 향해 권총을 겨냥하고 있는 남편의 화를 부채질했다. 그러나 오랫동안 기다려 왔던 순간이었기에 두렵지 않았다. "당신은 미쳤어요. 어서 해치우세요. 나는 당신의 더러운 손이 내 몸에 닿았던 그 순간부터 이 시간을 기다려왔어요."

조효섭은 주머니를 뒤져 조그만 위스키 병을 꺼내 꿀꺽꿀꺽 마셨다. 크게 트림을 하고 나서 빈 술병을 내던졌다. 술병은 조효섭의 아내 바로 옆에 있는 벽에 큰 소리를 내며 부딪쳐 산산이 깨졌다.

"너는 또 다른 살인사건을 목격하겠구나." 조효섭은 다니엘에게 말했다. 그리고 아내에게 고개를 돌렸다. "우린 같이 염라대왕 앞으로 가는 거다. 거기서 너와 나는 지옥불 속에서 같이 사는 거야. 좋아할 거야."

다니엘은 조효섭의 손이 걷잡을 수 없이 떨리는 것을 보았다. 얼른 조효섭의 아내를 막고 앞에 섰다. 바로 그 순간 총소리가 날카롭게 울렸다. 다니엘이 쓰러지자 조효섭의 아내가 소리를 질렀다. 그때 다시 권총 소리가 들렸다. 이번에는 조효섭이 머리에 권총을 대고 방아쇠를 당겨 자살했다. 다니엘을 죽인 것은 우발사고였다. 잘못도 없는 아이를 죽인 순간 조효섭은 그때까지 살면서 견디어온 정신적 고통과 자신을 아편중독자로 만들어 시달리게 한 슬픈 삶을 끝내려고 순간적으로 결정을 했다. 조효섭의 아내는 다니엘 시체 옆에 무릎을 꿇고 앉아 다니엘의 죽음과 그녀의 불운했던 인생을 저주하며 가슴을 치며 통곡했다.

5.

아침 일찍 순자는 아이들을 데리고 장의사로 갔다. 다니엘의 장례식이 내일로 다가왔다. 아들과 함께 있을 시간은 하루도 남지 않았다. 장례를 위해 잘 준비된 다니엘의 시신이 참나무 관 안에 누워 있었다. 순자는 그날 하루를 아들과 같이 있고 싶었다. 내일이 지나면 사랑하는 아들을 다시는 보지 못한다. 아들이 총에 맞아 죽은 뒤 집으로 돌아오지 않겠다고 고집을 부린 남편을 기다리며 지난밤을 뜬눈으로 지새웠다.

실내를 비추는 전기불빛마저도 죽음처럼 창백한 추도실에서 순자는 아들 관 옆에 서 있었다. 살아 있다면 웃고 떠들며 엄마를 껴안아 줄 아들의 차가운 뺨에 입을 맞추었다. 아들은 움직이지도 않고 말도 없었다. 순자는 아들의 찬 손을 붙잡고 흐느꼈다. 그녀의 상처받은 영혼을 위로해 줄 것이 하나도 없었다. 모든 사람을 사랑했던 아들, 하나님을 사랑하고 삶을 그렇게도 사랑했던 아들과 함께 있을 시간은 그날이 마지막이었다. 슬픔도 죽음도 없는 저 세계에서 아들과 재회할 수 있기에 순자는 이별을 고하지 않기로 마음먹었다. 지난 이틀 동안 식음을 전폐한 순자는 배고픈 줄도 몰랐다. 슬픔이 그녀의 음식이었고 눈물이 마실 물이었다.

비록 상처 입은 그녀의 영혼을 타고 흐르는 피는 언젠가 멈추겠지만 터진 가슴은 그대로 남아 있을 것이다.

"우리는 보스웰을 떠나지 말아야 했어." 순자는 흐느끼며 다니엘에게 말했다. "우리가 유타에 그냥 살았더라면 이런 일이 너에게 일어나지 않았을 것을. 언덕을 뛰어다니며 새처럼 행복하게 웃고 개천에서 수영하고 솔트크릭에서 엄마에게 줄 조개를 잡아 집으로 돌아왔을 텐데…. 아들아, 내가 너랑 보스웰로 함께 돌아갈 수만 있다면…." 순자는 바닥에 무릎을 꿇은 채 아들의 관을 붙들고 오열했다.

순자가 비통하게 울고 있을 때 여동생들을 데리고 점심을 사 먹이러 나갔던 제이콥이 어머니 점심을 사 들고 돌아왔다. 점심식사를 하면서 동생들과 아버지를 집으로 모셔 오기로 했다. 충격인 다니엘의 죽음 때문에 그들은 그들 나름대로 형제를 잃은 슬픔과 싸우고 있었는데 그들에게는 아버지와 어머니를 따로따로 위로해야 하는 이중의 짐을 지고 있었다.

제이콥은 어머니 곁으로 걸어가 차가운 어머니의 손을 잡았다. 루스와 그레이스는 관 옆에 서서 다니엘이 즐겨 입던 하늘색 양복과 넓은 노란색 타이를 매고 누워 있는 다니엘을 내려다보다가 눈물을 흘리며 구석에 있는 의자로 돌아가며 울었다.

"어머니, 뭘 좀 드시고 쉬셔야지요." 제이콥이 어머니에게 말했다. "우리는 내일 장례식을 세 번 치르고 싶지 않아요. 아버지를 모시러 갈 거예요. 어머니도 저희들과 함께 가세요."

"내가 어떻게 아버지 얼굴을 볼 수 있다는 말이냐?" 제이콥을 바라보는 순자의 눈은 하도 울어서 빨갛게 퉁퉁 부어 있었다. "네 아버지에게 캘리포니아로 돌아가자고 했던 사람이 바로 나다."

"어머니 자신을 너무 원망하지 마세요. 우리는 동포들이 그리워 이사 온 거예요. 다니엘에게 이런 일이 일어날 줄 아무도 몰랐어요."

의자에 앉아 흐느끼고 있던 루스는 어머니에게 걸어가 어머니를 가만히 껴안았다. 루스와 어머니가 함께 울었다. "내일 장례식을 위해 마음의 준비를 하셔야 해요" 루스가 말했다. "엄마, 집으로 돌아가 음식을 드시고 힘을 내셔야해요."

"내가 어찌 다니엘을 이 어두운 곳에 혼자 두고 간다는 말이냐?" 순자는 다니엘을 내려다보았다. 실탄이 뚫고 지나간 다니엘의 머리의 상처는 잘 가려져 있었다. 그러나 장난꾸러기 아들의 모습과 사랑스러운 미소는 다니엘의 시체에서 사라지고 보이지 않았다.

"어머니, 여기서 어머니가 하실 일은 하나도 없어요."

"아버지는 어떠시냐?" 순자는 눈물 고인 눈으로 루스를 바라보았다.

"형편없으세요. 아버지를 모시고 와야 해요. 동포들이 우리와 함께 슬퍼하고 있어요. 남자 분들이 아버지 곁에 계시면서 아버지를 위로하고 있지만 아버지는 위로받기를 거절하세요. 아버지를 모시고 오지 않으면 아버지는 병원에 실려 가실 거예요." 루스는 어머니를 부축하고 의자로 걸어갔다.

"아버지는 아무도 원망하지 않으세요. 엄마는 엄마 자신을 원망하고 있어요. 그렇지만 아무도 막을 수 없던 일이었어요."

순자는 오빠나 언니보다 다니엘의 죽음을 더 슬퍼하는 그레이스를 바라보았다. "오빠가 보고 싶어 울고 있구나." 순자는 딸의 얼굴을 쓰다듬었다. "집으로 가자. 아버지도 모시고 와야지."

주말이었지만 많은 사람들이 장례식에 참석했다. 하관식 예배에 이백 명 이상이 모였는데 그 가운데 도리스 엘리엇과 마르다가 보였다. 십이월 첫 주의 기후는 쌀쌀했다. 어떤 사람들은 햇빛이 밝은 날씨는 다니엘이 하나님 앞으로 가 있다는 증거라고 수군거렸다.

말순은 두 아이를 데리고 아침 일찍 장례식에 참석했다. 그녀는 그때까지 집안에서 죽은 사람이 한 사람도 없었기 때문에 다니엘의 죽음은 그녀에게 큰 충격이었고 그녀의 가정을 다시 한 번 둘러보는 기회가 됐다. 다니엘의 죽음은 말순과 미숙에게 너무나 큰 충격이었다. 비록 터놓고 말한 적은 없었지만 말순과 순자는 언젠가 다니엘과 미숙의 친구 사이가 결혼으로 꽃피우기를 기대했었다. 지난밤 말순은 딸이 옆방에서 다니엘의 죽음을 슬퍼하는 소리를 들었다.

유진은 하관식 예배가 진행되는 동안 가족들과 나란히 앞줄에 앉아 있었다. 아들을 잃은 슬픔과 단식이 유진을 눈에 띌 만큼 쇠약하게 만들었다. 그날아침 교인들이 부축을 해야 할 정도였다. 유진은 얼굴이 죽은 사람처럼 창백했다. 지난 며칠 동안 슬픔은 유진을 스스로 몸을 가누지 못할 만큼 쇠약하게 만들었고 유진은 절망의 어둔 골짜기에서 혼자 방황했다. 그의 얼굴은 살아 있는 사람의 얼굴이 아니라 아들과 함께 죽은 사람의 얼굴이었다.

하관식이 끝났다. 조객들은 유가족들에게 위로의 인사를 한 뒤 뿔뿔이 흩어졌다. 말순의 가족이 유가족을 위로하려고 다가왔다.

미숙의 얼굴은 온통 눈물로 얼룩졌다. 미숙은 순자를 껴안았다. 두 여인은 서로 꼭 껴안은 채 다니엘이 없어도 힘 있게 살아가자고 서로를 위로하면서 울었다.

"다니엘이 너무 보고 싶어요. 언제나 보고 싶을 거예요." 미숙은 목이 메여 순자의 귀에 대고 속삭였다.

마이클 리 (지은이, 역자)

▮약력

한국에서 출생. 1973년 도미, LIFE Bible College에서 목회학을 전공하였고 졸업 후 개척교회 목회를 시작했다. 2000년 건강상의 이유로 목회직을 떠나고 건강이 회복되면서 어렸을 때부터 꿈이었던 작가로 다시 출발하였다. 기독교인들을 위한 『결혼, 이혼, 그리고 재혼』의 출판을 계기로 하여, 이어서 전쟁소설 『아프가니스탄에서 탈출』을 출판하였다. 1800년 후반기에 러시아 원동으로 이주했다가 1937년 스탈린에 의해 중앙아시아로 추방당한 고려인의 역사를 배경으로 한 역사소설 『인간화물』(영어 제목: Human Cargo)을 탈고하여 출판을 앞두고 있다. 현재 미국 캘리포니아 주 북부에서 집필을 계속하고 있다.

이상현(역자)

▮약력

미국 Southern California Seminary에서 상담심리학(Ph.D)을 전공하고 California Union University, 일본 중앙학원대학, 동서대학교 등에서 교수를 역임하였다. 2002년부터 중국 용정종합고급중학교 교장으로 부임하여 조선족 청소년 교육과 코리언 디아스포라(Korean Diaspora)를 위해 사역하고 있다.

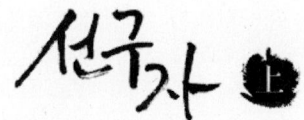

초판인쇄 | 2010년 1월 15일
초판발행 | 2010년 1월 15일

지은이 | 마이클 리
역 자 | 이상현·이정수
펴낸이 | 채종준
펴낸곳 | 한국학술정보㈜
주 소 | 경기도 파주시 교하읍 문발리 파주출판문화정보산업단지 513-5
전 화 | 031) 908-3181(대표)
팩 스 | 031) 908-3189
홈페이지 | http://www.kstudy.com
E-mail | 출판사업부 publish@kstudy.com
등 록 | 제일산-115호(2000. 6. 19)

ISBN 978-89-268-0720-0 04810 (Paper Book)
      978-89-268-0721-7 08810 (e-Book)
      978-89-268-0718-7 04810 (Paper Book Set)
      978-89-268-0719-4 08810 (e-Book Set)

내일을여는지식 은 시대와 시대의 지식을 이어 갑니다.